HEYNE

W03339512

Das Buch

Die Milchstraße im 49. Jahrtausend. Die Erde ist das Zentrum der Liga Freier Terraner, der mehrere Tausend besiedelte Welten angehören. Der wichtigste Repräsentant der Liga ist Perry Rhodan, jener Mann, der die Menschheit zu den Sternen führte.

Rhodan begibt sich als Passagier auf das Zivilraumschiff PALENQUE, um im Niemandsland des Ochent-Nebels Kontakt zu den Akonen aufzunehmen, den alten Erzfeinden der Menschheit. Doch es kommt anders: Die PALENQUE stößt auf ein riesiges Raumschiff, das mit nahezu Lichtgeschwindigkeit durch das All rast. Es ist eine Sternenarche, bewohnt von Menschen, die vor über 55 000 Jahren ihre Reise angetreten haben.

Wer hat diese Arche gebaut? Und zu welchem Zweck? Und wie kann es sein, dass sein Kommandant einen Zellaktivator trägt, der ihn unsterblich macht? Rhodans Fragen bleiben unbeantwortet, als ein akonischer Flottenverband das Schiff an sich reißt. Rhodan bleibt nur der Rückzug – und die Hoffnung, dass eine zweite Arche Licht ins Dunkel bringt ...

Der Autor

Seit über vier Jahrzehnten ist der Name des Wahlmünchners Hans Kneifel ein Markenzeichen für spannende Unterhaltung vor exotischem Hintergrund. Als Mitglied des PERRY RHODAN-Teams prägte er lange Jahre das Gesicht der größten Science-Fiction-Serie, inzwischen ist er auch vielen Lesern durch seine farbenprächtigen historischen Romane ein Begriff.

Der Umschlagillustrator

Der 1964 in Stuttgart geborene Oliver Scholl gestaltete bereits als Jugendlicher Risszeichnungen für die PERRY RHODAN-Serie. Seit Anfang der 90er Jahre arbeitet er als Production Designer in Hollywood, unter anderem für Science-Fiction-Filme wie *Independence Day*, *Godzilla* und *Time Machine*.

Perry Rhodan

LEMURIA

HANS KNEIFEL

DER SCHLÄFER DER ZEITEN

Roman

PERRY RHODAN
LEMURIA
BAND 2

Mit einem Anhang von
Hartmut Kasper

Originalausgabe

WILHELM HEYNE VERLAG
MÜNCHEN

Das Umschlagbild ist von Oliver Scholl
Die Zeichnung auf Seite 5 ist von Georg Joergens

Umwelthinweis
Dieses Buch wurde auf chlor- und
säurefreiem Papier gedruckt.

Redaktion: Klaus N. Frick/Frank Borsch/Sascha Mamczak
Copyright © 2004 by Pabel-Moewig Verlag KG, Rastatt
Copyright © 2004 des Anhangs by Hartmut Kasper
Copyright © 2004 dieser Ausgabe
by Wilhelm Heyne Verlag, München
in der Verlagsgruppe Random House GmbH
www.heyne.de
Printed in Germany 10/2004
Umschlaggestaltung: Nele Schütz Design, München
Satz: Schaber Datentechnik, Wels
Druck und Bindung: GGP Media GmbH, Pößneck

ISBN 3-453-53008-X

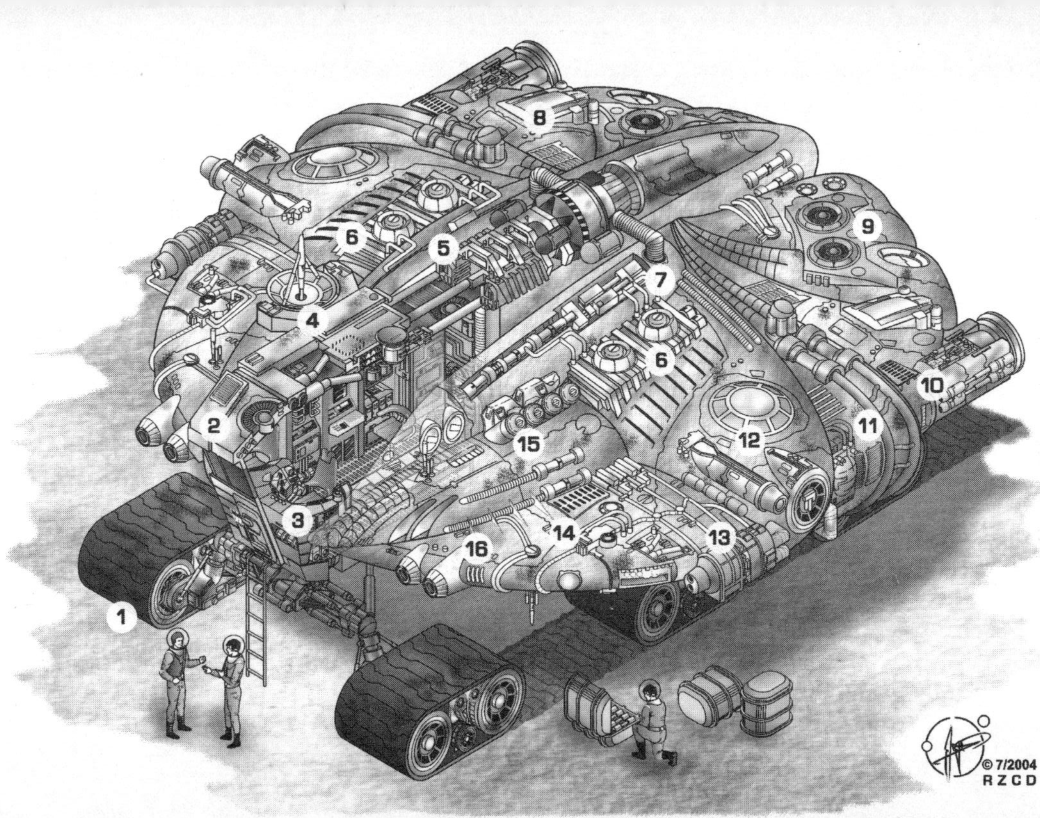
1
2
3
4
5
6
7
8
9
10
11
12
13
14
15
16
© 7/2004
RZCD

Prospektorenbeiboot der PALENQUE
Typ »Kriecher«

Die zwölf Kriecher der PALENQUE sind keine herkömmlichen Beiboote, sondern stellen vielmehr bewegliche Kompaktlaboratorien dar. Angebaut wurden ein Impulstriebwerk und ein rudimentärer Überlichtantrieb.
Da diese speziellen Laboreinheiten für gewöhnlich vollautomatisch arbeiten, musste für die Besatzung deshalb nachträglich eine Druckkammer angeflanscht werden. Sie fiel gerade groß genug aus für drei Personen.
Die Kriecher sind stark in Anspruch genommene, seit Jahren in extremer Umgebung eingesetzte Fahrzeuge, bei deren Konstruktion Zuverlässigkeit und Robustheit oberste Priorität genossen. Im Grunde sind sie hässlich, funktional zusammengebaute Alltagstechnik. Die Mannschaften entwickelten dennoch eine starke Hassliebe zu ihren Kriechern. Einerseits haben sich die Prospektoren dem Leben in der qualvollen Enge völlig verschrieben, andererseits macht ihnen gerade das zu schaffen.

Legende

1. Kettenlaufwerk
2. Druckkammer mit autarkem Lebenserhaltungssystem
3. Steuerkonsole
4. Hyperfunkantenne
5. angeflanschtes Impulstriebwerk in Kompaktbauweise
6. Verdichter für das Impulstriebwerk
7. Treibstoff-Druckstabilisator
8. Schubvektor-Kontrollsystem
9. Temperaturkontrolle
10. Projektorkopf des rudimentären Überlichttriebwerkes
11. Prallfeldprojektor
12. Drucktank für Flüssigtreibstoffe
13. Dämpfungsfeldgenerator
14. Sensoren- und Ortungsmodule
15. Schutzschirmprojektoren
16. Gegenschubtriebwerk

Prolog

Lautloser kosmischer Donner

Das erste Intelligenzwesen wurde viele Jahrmillionen nach dem Urknall geschaffen; ein winziges Körnchen beseelter, glühender Sternenstaub. Unzählbar viele Zeitabschnitte später hatten sich während der ersten Atemübungen der Evolution aus durchglühtem Chaos aus Staub und diffuser Materie Planetesimale und andere Kerne gebildet. Der Stern leuchtete auf und schleuderte Partikel in den Raum hinaus, in dessen Dunkelheit die Welten abkühlten. Auf ihren Oberflächen nahm das Leben immer kompliziertere Formen und Gestalten an. Winzige Teilchen aus Sonnenmaterie, im Sternenwind über die frühen Meere und die ersten Wälder der Planeten getrieben, fanden sich in ähnlicher Weise zusammen wie blindlings zuckende Einzeller. Sie bildeten erste größere Organismen, die frei beweglich blieben und sich während kosmischer Zeitabläufe zu komplexeren molekularen Strukturen und weniger verletzlichen Individuen gliederten. Während dieser ersten langen Phase ihrer Entstehungsgeschichte vermehrten sie sich ungehindert und entwickelten sich zu fühlenden, instinktiv denkenden Wesen, die sich aber schon ihrer Abstammung von der Sonne bewusst wurden, denn sie strebten danach, sich in Sonnenlicht und kosmischer Strahlung zu baden.

Auf dem Planeten ihrer Entstehung brachte die Evolution inzwischen in vielen äonenlangen Schüben reiche Fauna und Flora hervor, von denen einzelne Zweige ausstarben, andere die Meere, Flüsse und das Land eroberten, wieder andere sich im Lauf der Ge-

schichte veränderten. Doch außer den Sonnensprösslingen, deren Medium die Atmosphäre bis weit hinaus ins energiereiche All blieb, entstanden keine anderen Intelligenzen. Bewegung und Partnerwahl, Zeugung und Entstehung neuen Lebens gingen in fast völliger Lautlosigkeit vonstatten; nur die hoch sensiblen Wesen, die aus reiner Sonnenmaterie zu bestehen schienen, vermochten die winzigen akustischen Selbstäußerungen wahrzunehmen. Es war ein lispelndes, submolekulares Knistern, viel leiser als die silbernen Geräusche, mit denen sich Sandkörner im Gluthauch der Wüstenwinde aneinander rieben, und in der lautlosen Welt der Planetarier mochte es wie »menthththiiiath« klingen.

Einzelwesen fanden bald zu Gruppen zusammen. Hierin ähnelten sie jungen Fischen, die sich im Meer in schützenden Schwärmen zu bewegen lernten, oder Nektar saugenden Vögeln, deren dichte, summende Ballungen in blühende Bäume einfielen und binnen weniger Augenblicke Tausende Blüten bestäubten. Eine Gruppe der »Menttia«, die sich über der Brandung einer namenlosen Küste zusammenfand, entdeckte eine Gesetzmäßigkeit, die sämtliche Individuen faszinierte: Je größer der Schwarm aus Einzelwesen war, desto höher wurde die Erkenntnisfähigkeit der Gruppe. Binnen kurzer Zeit sammelten sich die Einzelwesen und kleinen Verbindungen zu großen Schwärmen, deren geballte geistige Leistung ihnen gestattete, die Umgebung wahrzunehmen und richtig zu deuten und Zahlen zu erkennen und zu verwenden. Der Prozess, der Hunderttausende Planetenumläufe andauerte, schuf unterschiedliche »Völker« zwischen den Polen, und über Meeren, Wäldern und Wüsten entstanden riesige Ballungen lautlos schwirrender Lichtwesen, die sich später vorzugsweise über bestimmten Teilen des Planeten aufhielten; sie beherrschten den Luftraum bis hinauf in jenen Bereich, in dem das gespiegelte Licht des Planeten schwand und die fernen Sonnen zu erkennen waren. Und aus dem instinkthaften Verhalten, das der Ernährung und der Bewegung diente, wuchs die Erkenntnis, dass jede Form der lebensnotwendigen Energie ihren eigenen Geschmack hatte und mit haarfeinen subatomaren Rezeptoren und untrüglicher Genauigkeit aufgespürt, aufgesogen und im Kreislauf verarbeitet werden konnte. Und dass sowohl Duftmoleküle als auch kosmische Wellen im Nanometerbereich, Blitzentladungen in der Atmosphäre oder schwache Ströme von planetarem Magnetismus ihre unverwechselbare Struktur hatten. So begann, als die kontinentalen Schollen ihres Heimatplaneten auseinander drifteten, ein Jahrmillionen langes Studium, ein Zeitalter der Erkenntnisse für viele tausend Millionen Menttia. Als schließlich Besucher landeten, wussten die Lichtwesen, dass sie nicht allein in einem scheinbar grenzenlosen Kosmos waren. Die Ereignisse, die mit dem Besuch der Fremden zusammenhingen, wurden vergessen und zu scheinbar belanglosen Erinnerungen im Kollektivgedächtnis, zu verheilten Narben in der Haut der Gegenwart. Aber sie gingen nicht verloren ...

Dann näherte sich aus dem Inneren einer Wolke aus Sternmaterie, die blaues Leuchten füllte, schnell wie interstellares Licht und lautlos wie ein Geist eine gewaltige Masse. Viele Millionen Tonnen, zusammengeballt zu einem kosmischen Geschoss, rasten auf den roten Stern der Menttia zu, dessen ferner Schein die gigantischen Umrisse aus der Dunkelheit des Alls vage zu modellieren begann. Im Vakuum des Weltraums begann ein tiefes, kosmisches Brummen und nahm während eines langen Zeitraums an Deutlichkeit und Lautstärke zu. Das All schien an dieser Stelle langsam zu vibrieren, wie der Herzschlag eines äonenhaften Wesens, das weit vor Anbeginn der Zeit geboren worden war.

Zeit. Der Begriff der verrinnenden Zeit war allen Menttia vertraut. Aber er war stets von geringer Bedeutung geblieben. Mit Geduld, die sie dem Kosmos abgeschaut und der zum Bestandteil ihres Lebens geworden war, warteten sie – etwa hundert Tageswechsel ihres Heimatplaneten lang. Dann spürten die Menttia der Sternfunken, dass sich ein Gigant dem Schwerefeld des Roten Sterns näherte; für ihr vages Empfinden nahm im luftleeren All ein tiefes kosmisches Brummen an Lautstärke und Deutlichkeit zu. Das Volumen der fremden Masse aus Energie und massivem Metall entsprach dem eines großen Asteroiden.

Aus den Verformungen und Veränderungen im Strom kosmischer Partikel erkannten die Menttia das Aussehen und die Wucht des Riesen. Ein Schwarm fügte Einzelheiten hinzu, die aus der Erinnerung stammten, und ein anderer erinnerte sich an Einzelheiten, die zwangsläufig aus dem Kanon solcher Objekte stammten; die Fantasiebegabten schmückten ihre Erkenntnisse mit erhellenden Einzelheiten. Binnen kurzer Zeit wussten alle Menttia des Planeten: Das schwarze Geschoss stellte sich als vierkantiger Ring dar, der lautlos malmend um die Achse im Zentrum des Innendurchmessers rotierte. Unzweifelhaft hatte er Kurs auf das System des Roten Sterns genommen.

Die Fläche des Ringes, die der Sonne zugewandt war, ließ später die lautlos im Weltraum treibenden Menttia-Feuerspindeln verschiedene Unregelmäßigkeiten erkennen, und was sie nicht erkannten, ergänzte ihre Kollektiverinnerung: Rahmen eckiger Schleusen, transparente flache Kuppeln, von denen stählerne Schutzsektoren hochgeklappt waren, niedrige, kastenförmige Elemente, in denen Maschinen, astronomische Geräte oder die Wohnstätten von Wesen verborgen sein mochten, die nicht schutzlos im Pseudovakuum des Weltalls leben konnten. Vielleicht beherbergten sie auch Waffensysteme, deren gnadenlose Kapazität ganze Planeten verwüsten konnte.

Die Flanken dieses Stahlrings schienen zwischen den gebrochenen Kanten aus zumeist glattem Ferrometall zu bestehen; wie ein titanischer stählerner Fisch, der seinen Schwanz verschlang und aus der schwärzesten Tiefe eines planetaren Ozeans langsam an die Oberfläche trieb, kam der tiefschwarze Stahlring aus den letzten Ausläufern der Wolke hervor, die nur noch aus einer höheren Vakuum-Konzentration interstellaren Staubes bestand. Der metallene Gigant, an dessen Außenflächen scheinbar völlig planlos verschiedenfarbige Lichter glühten und vereinzelte durchsichtige Kreise, Vierecke, Ovaloide und Rechtecke die trübe Helligkeit von Innenräumen freigaben, sammelte in einem unsichtbaren Netz kosmische Partikel, die sich auf seinem Weg befanden. Der kreisrunde Raum mit der unsichtbaren Nabe, vom mächtigen Ring umschlossen, war ein Auffangfeld für Anti-Neutrinos und Neutrinos, und die Energie, die sie bei der Selbstauflösung abgaben, schluckten Maschinen und Einrichtungen, von denen die Bewohner am Leben erhalten werden sollten. Mehr vermochten die Menttia nicht zu erken-

nen; riesige Schwärme vermengten sich und gaben in wachsamer Vorsicht rudimentäre Ereignisse aus den Erinnerungen preis.

Die Menttia der Mondnähe waren mit ihren Erkenntnissen allein. Noch hatte in diesem scheinbar unbewohnten Teil des Alls kein organisches Auge mit oder ohne die Hilfe von Instrumenten jenen nahezu lichtschnellen Riesen gesehen. Nur das subakustische Dröhnen wurde lauter, gefahrdrohender. Noch dachte kein organisches Hirn auch nur an die entfernte Möglichkeit, dass unbekannte galaktische Lebewesen die Rote Sonne ansteuerten.

Es schien den Menttia bisher ausgeschlossen, dass ein wahrscheinlich ausgestorbenes Sternenvolk, dessen klügste und entschlossenste Persönlichkeiten jene näher kommende, schwarze Metall-Asteroiden-Höhle erbaut hatten, zum zweiten Mal durch den Wall der Schatten und Schleier steuern würde. Jetzt erkannten sie erschrocken, dass sie einem Irrtum zum Opfer gefallen waren. Erinnerungen an diese Zeit waren über eine kaum vorstellbare Anzahl von Jahrhunderten weitergegeben und halb vergessen worden; von Wesen, die sich zum gegenwärtigen Zeitpunkt über mindestens einen der uralten Planeten ausgebreitet hatten.

Die Menttia, die in wolkengroßen, runden Schwärmen in den Grenzschichten zwischen Lufthülle und Weltraum dahinglitten, richteten ihre Aufmerksamkeit auf das ferne Geschehen, das sich durch winzige Änderungen in den kosmischen Konstanten zeigte. In der ruhigen Ereignislosigkeit, die den Großteil des Lebens der Planetarier kennzeichnete und ihnen kontemplatives Verharren inmitten der tausend Wunder und Geheimnisse der Schöpfung sicherte, gerieten kosmische Energiepartikel in Bewegung und versetzten Milliarden Menttia in Erregung; es war, als begänne strahlender Sternstaub mit einem langsamen, unheilvollen Tanz.

1

Schock und Depression

20. April 1327 Neuer Galaktischer Zeitrechnung

Als Denetree zögernd den Kopf hob und dem Blick ihres Spiegelbilds begegnete, erschrak sie. Die Fläche des deaktivierten Bildschirms zeigte die flackernde Unruhe ihrer hellblauen Augen. Sie waren unnatürlich weit geöffnet; seit rund siebzig Stunden sah sie im Bannkreis der PALENQUE unentwegt überraschende, seltsame und befremdliche Dinge. Geräusche und einzelne Vorgänge erschreckten sie und versetzten ihr kurze Schocks. Und wenn sie die Augen schloss, sah sie wieder das Sterben der verzweifelten *Sternensucher*, ihrer Freunde, im Vakuum des Raums um das Schiff so deutlich, als würden die Vorgänge in stechender Klarheit auf die Innenfläche der Lider projiziert.

Sternensucher ... was für ein hoffnungsvoller Name! Venron hatte ihn eines Tages vorgeschlagen, nach einem seiner heimlichen Vorstöße in die verbotenen Zonen der NETHACK ACHTON. Er stammte nicht von ihrem Bruder, das hatte er ihr gesagt, aber nicht, woher er den Begriff hatte.

All ihre Träume lagen verschmort und in blutigen Scherben da. Die Sekunde, in der sie zum ersten Mal das wunderbare Universum außerhalb der Schiffshülle zu sehen geglaubt hatte, dehnte sich in jedem Nacherleben zur schmerzlichen Katastrophe. Noch hatte sie nicht begriffen, dass sie an Bord der PALENQUE einen Kulturschock erlitt, der sie zwang, viele Jahrhunderte einer ihr unbekannten Entwicklung zu überspringen. Sie vergaß, dass sie nicht allein war, und flüsterte: »Alle sind tot. Meine Gefährten. Mika und die anderen ... Venron, mein Bruder, der mutigste *Metach*, haben sie gesagt, hat eigenhändig sein Leben weggeworfen.«

Kaum hörbar krochen die Worte über ihre Lippen, wie Tausendfüßler in den Feldern und hydroponischen Gärten der Sternenarche NETHACK ACHTON. Als wäre es gestern gewesen, erlebte sie die letzten Tage in der NETHACK ACHTON wieder, den Fluchtversuch Venrons, die Jagd auf ihre Kameraden und das Eindringen der fremden Raumfahrer, die zu ihrer Rettung geworden waren und vielleicht auch zu ihren Freunden werden würden. Solina Tormas, die akonische Historikerin, hatte Denetree gerettet. Als die akonische Flotte sich der NETHACK ACHTON bemächtigte, hatte Solina sie mit einer List auf die PALENQUE gebracht. Die Leichen ihrer toten Freunde, der Sternensucher, waren im Vakuum treibend zurückgeblieben.

Denetree, dachte sie. Sie nahm nicht bewusst wahr, dass sie sich um Fassung bemühte. *Danque war nur ein Zwischenspiel, eine falsche Identität, in deren Schutz ich überleben konnte, eine Frau ohne Perspektive. Und nun ... Solina nannte mich eine Terranerin, um mich zu retten ...*

Aber sie war Lemurerin, mit all ihren Erinnerungen und mit ungetrübtem Bewusstsein. Sie öffnete die Augen und sah im Spiegel der Glasfläche, dass Tränen über ihre *pseudoterranisch* hellbraune Haut liefen. Sie vergaß Harriett, die schweigend neben ihr saß, und starrte ins Leere, wischte die nassen Spuren der Erinnerung mit dem Ärmel ab und zwang sich, an anderes zu denken. An das Vermächtnis ihres Bruders, den schwarzen Datenchip, der vor ihren Fingerspitzen im Abspielgerät eingespannt war, an die Informationen, die sie bisher aus dem Chip hatte auslesen können, an die Aufregung ...

Ihr Schiff, die NETHACK ACHTON war nicht die einzige Sternenarche. Es gab ein weiteres, mindestens ein weiteres, die LEMCHA OVIR. Der Chip hatte bislang nur dieses eine Geheimnis preisgegeben – dieses und den Kursvektor der LEMCHA OVIR. Und der Kursvektor wiederum ... Rhodan hatte es ihr erklärt, auf seine geduldige Weise: »Der Kursvektor sagt uns, wo die Arche gestartet ist: auf Lemur, der alten Erde. Wenn sie wie deine Heimatarche mit nahezu Lichtgeschwindigkeit unterwegs und ungefähr zur selben Zeit gestartet ist, ergibt sich daraus ein Korridor von ungefähr hundert Lichtjahren, in dem sie sich befinden muss. Wir werden sie also finden, wir brauchen nur etwas Geduld. Und vielleicht erfahren wir dann, wer die Archen erbaut hat, und zu welchem Zweck ...«

Ein zweites Schiff! Denetree zwang sich zur Konzentration. *»Hoffnungsstern« in der Sprache der Terraner! Und viele schier unentzifferbare Daten, an denen sie arbeitete. Sie und der Syntron der PALENQUE.*

Und sie befanden sich bereits auf dem Weg dorthin, die PALENQUE der Terraner und die akonische LAS-TOÓR, der Kugelraumer mit den abgeplatteten Polen, den Denetree bislang nur von den Holos der Zentrale kannte. Die beiden Schiffe rasten den Kursvektor der LEMCHA OVIR entlang, einander ergänzend und insgeheim belauernd. Die Freundschaft zwischen den beiden Besatzungen war noch jung und zerbrechlich.

Denetree kontrollierte mit einer handgroßen Feldlupe und der Nadel eines Prüfgeräts abermals geduldig jeden Anschluss. Neben ihr sagte Harrietts Stimme, ruhig wie der gleichmäßige Strom der Luft durch die Belüftungsschächte der NETHACK ACHTON: »Fangen wir an, Mädchen. Zweiter, intensiver Durchgang.«

»Sag nicht ›Mädchen‹ zu mir«, bat sie mit dünner, aber fester Stimme. »Es hat da eine Zeit gegeben, in der man mich so nannte. Vorbei, Harriett. Ich bin Denetree, und will nicht anders genannt werden.«

»Das konnte ich nicht wissen«, antwortete Harriett mit geduldiger Selbstsicherheit. »Geht in Ordnung, Denetree. Machen wir also weiter.«

Harriett Hewes, dachte Denetree. *Chefin der Waffensysteme und zweite Pilotin dieses Raumschiffs, dessen Inneres an vielen Stellen so vertraut schien. Vertraut, seltsamerweise, wie der Klang von Harrietts Stimme.* Die Vertrautheit oft gebrauchter, abgenutzter Hebel, Schalter und Einrichtungen. Aufgeplatzte Nähte und abgewetztes Leder der Sitze, sorgfältig mit breitem Tape abgeklebt. Schmutzränder an Flächen, die oft angefasst wurden. Blitzblanke Instrumente und Hochleistungsgeräte, an den meist benutzten Stellen bis aufs blanke Metall geputzt.

Harriett wiederholte die Aufforderung. Denetree nickte. Initialenergie, fast unmessbar gering, floss wieder in den kostbaren Datenchip. Die ersten Datenketten verließen lautlos die Speicherzellen und wurden im Display als wirre Zahlen-, Buchstaben- und Zeichenreihen sichtbar. Denetree hörte, wie Harriett sagte: »Gut so, Denetree.«

Vor Denetrees Augen verschwammen die Tastfelder des Keyboards. *Der Chip, letztes Vermächtnis ihres Bruders.* Sie vermisste Venron, konnte sich nicht vorstellen, ihn jemals zu vergessen, auch wenn sie nun an den Ort gelangt war, von dem sie ihr Leben lang geträumt hatte: zu den Sternen.

Denetree lernte Terranisch und Interkosmo, der »Translator« übersetzte noch ungenügend ihre eigene Schiffs-Sprache, eine Art Dialekt des Lemurischen.

»Rhodan ist online«, sagte Harriett leise. »Er ist ebenso gespannt auf die weiteren Daten wie wir alle.«

»Es ist schwer, den Kode zu durchschauen. Obwohl ich den ... Stil meines Bruders kennen müsste.« Denetrees Unsicherheit war kaum geringer geworden, aber sie bewegte sich in der PALENQUE inzwischen recht geschickt. Sie verirrte sich nicht mehr in dem terranischen Raumer, der, wie sie längst wusste, einen Durchmesser von nur 200 Metern hatte – und auf fünfzehn Hauptdecks den entsprechend verwirrenden Inhalt. Seit dem Start von Maahkora, ihrer Zwischenstation nach dem unangenehmen Zusammenstoß mit der akonischen Flotte, hatte ihre Selbstsicherheit ein kleines Bisschen zugenommen. »Ich kann nichts lesen, nichts erkennen. Weißt du, was ich mir vorstelle? Ein Fremder, keiner von uns, also nicht Venron, hat die Daten gespeichert.«

»Wir werden sie früher oder später klar lesen können, Denetree. Wir haben einiges: den Beleg für die Existenz einer zweiten Arche, deren Namen und eine brauchbare Darstellung ihres Kursvektors.« Harrietts Stimme legte sich lindernd wie Balsam auf Denetrees wundes Bewusstsein. »Eile ist unnötig und verdirbt die Ergebnisse.«

Cheftechniker Kurd Brodbeck und ein anderer Besatzungsangehöriger hatten mit winzigen Kontakten und viel Mühe und technischem Aufwand den hauchdünnen Chip mit den Tasterelementen des Geräts verbunden. Form, Größe und Berührungs- und Verbindungsflächen des lemurischen Chips passten nicht zur verwendeten Schnittstellen-Norm des terranischen Schiffs.

Das Gerät, ins Pult neben der Funkzentrale integriert, war an den Subsyntron angeschlossen, den der große Hauptrechner des 200-Meter-Kugelraumschiffs kontrollierte. Mit dem Datenchip hatte sich Denetree unbeabsichtigt das Wohnrecht an Bord der PALENQUE und das uneingeschränkte Wohlwollen der Terraner erkauft.

Sie und Harriett Hewes, die Zweite Pilotin, betrachteten eine Minute lang, wie der Datenstrom stärker und daher hoffentlich aussagekräftiger wurde. Denetree hatte sich damit abgefunden, dass die Welt außerhalb der NETHACK ACHTON ihre zukünftige Welt sein würde. Es gab kein Zurück. Was sie erwartete, wusste sie nicht, aber jenseits ihrer Niedergeschlagenheit hoffte sie auf kosmische Weite, auf Ausblicke bis zum Horizont – die sie auf der seltsamen, kuppelüberspannten Welt Maahkora bestaunt und bewundert hatte – und auf die Stunden, in denen sie frei und unbelastet lachen konnte.

»Da ist etwas«, sagte sie leise. »Ein Hinweis auf eine andere Verschlüsselung.«

Die Informationen konkretisierten sich. Die ersten nachvollziehbaren Einzelheiten über die lemurische Arche erschienen eine Erkenntnisebene klarer gegliedert. Denetree blickte hinüber zum erhöhten Kommandostand Sharita Cohos und versuchte, die Bilder des Holodisplays schnell und richtig zu deuten.

SYNOPSIS (Logbuch der PALENQUE; Kurztext):
Der Prospektoren-Raumer hatte am 4. März 1327 NGZ mit Perry Rhodan an Bord im »unbewohnten« Ochent-Sternennebel, rund 56000 Lichtjahre vom Solsystem entfernt, auf der Suche nach Rohstoffen, seltenen Erden und wertvollen Metallen zufällig ein seltsames Objekt geortet, das die Neugierde der Terraner herausforderte. Dunkelwolken und Staubkonzentrationen, die im Licht großer Sonnen strahlten, und Hunderttausende dicht stehender Sterne kennzeichneten diesen Raumsektor im Niemandsland der Galaxis und schränkten durch ungewöhnlich starke Energieströme die Bewegungsfreiheit der PALENQUE ein.

Niemandsland; hier verlief die niemals wirklich festgelegte Grenze zwischen den Blues-Einflussgebieten und der Interessensphäre der Akonen. Perry Rhodan hatte die Absicht, mit Vertretern der Akonen zu reden; er suchte die Versöhnung mit dem alten Erzfeind. Rhodan wusste, dass der Milchstraße eine Katastrophe von nie gekanntem Ausmaß drohte: die Hyperimpedanz. Da er sich der Richtigkeit und Wichtigkeit seiner Erkenntnisse absolut sicher war, schien seine Botschaft an das Forum Raglund geeignet, Jahrhunderte alte Rivalitäten zu neutralisieren.

Durch einen Zufall, der die Besatzung eines »Kriechers« das Leben kostete, stieß die PALENQUE auf ein Generationenraumschiff lemurischer Herkunft, vor über 50000 Jahren von der Erde gestartet. Doch die Sternenarche, wie sie bald genannt wurde, erwies sich als heiß begehrt: Die LAS-TOÓR, ein akonischer Forschungsrau-

mer, war zeitgleich auf das Artefakt gestoßen. Die beiden Besatzungen überwanden ihr Misstrauen und erforschten gemeinsam die Sternenarche.

Eine wundersame Welt erwartete sie: Zehntausend Lemurer bevölkerten die Arche, existierten auf niedrigem technischem Niveau, auf einem von technischen Ausfällen geplagten Schiff. Wohin ihr Flug sie führte, wussten sie nicht. Sie hatten es vergessen oder niemals gewusst. Bestimmend für ihre Geisteshaltung war eine unbeschreibliche Furcht vor der Außenwelt, als sei ihr jahrzehntausendelanger Flug eine Flucht vor einem unbekannten Feind.

Die alten Lemurer hatten einen Erzfeind gehabt: die Bestien, die Vorfahren der Haluter, die heute die treuesten Freunde der Menschheit waren. Die Bestien hatten Lemur, die alte Erde, verheert und das Lemurische Sternenreich vernichtet – Jahrtausende, nachdem die Arche ihren Flug angetreten hatte.

Die Bewohner der Arche konnten von den Bestien nichts wissen. Hätten sie durch einen Zufall Kontakt mit ihnen gehabt, sie hätten ihn nicht überlebt. Die Bestien pflegten kurzen Prozess mit Lemurern zu machen.

Und doch ... Rhodan und seine Begleiter waren in der Arche auf einen Altar gestoßen – die Figur, die dort verehrt wurde, war die einer Bestie gewesen.

Eigentlich unmöglich.

Ebenso unmöglich wie das Gerät, das der Naahk der Arche um den Hals getragen hatte: ein Zellaktivator. Der Kommandant war unsterblich.

Rätsel über Rätsel. Noch bevor Rhodan eines von ihnen auch nur im Ansatz hatte lösen können, war ein akonischer Flottenverband eingetroffen und hatte sich der Arche bemächtigt. Die Terraner – und die akonischen Wissenschaftler – waren von diesem Moment an unerwünscht gewesen. Man hatte sie unverletzt ziehen lassen, mehr aber auch nicht.

Auf dem nahe gelegenen Planeten Maahkora hatten sich die PALENQUE und die LAS-TOÓR wiedergetroffen, vereint in dem Trotz, das Geheimnis der Archen – das nach Fug und Recht ihres war – zu lösen.

Und der Datenchip, den Venron seiner Schwester Denetree übergeben hatte, wies ihnen den Weg ...

»Du träumst, Denetree«, sagte Harriett. Denetree drehte den Kopf und sah, dass Harriett mit beiden Händen ihre dunkelblau-roten Haarsträhnen im Nacken zusammenschob. »Komm zu dir. Komm zu uns – du bist jetzt in einer ganz anderen Welt!«

Der Holoschirm füllte sich mit Formeln, Zeichen, Glyphen, Zeichnungen und Schriftblöcken, die der Rechner zu übersetzen versuchte. Denetree wandte ihr Gesicht ab. Der Gedanke an Venron und die übrigen Sternensucher war übermächtig. Sie mussten mehr über die LEMCHA OVIR erfahren. Vielleicht war das Schiff in Not; Denetree erinnerte sich noch gut an die Zustände in ihrem eigenen. Der Verfall hatte bedrohliche Maße angenommen.

Sie unterbrach sich und war Harriett dankbar für die Geduld, die sie ihr, der unwissenden Neuen inmitten einer verwirrenden Umgebung, entgegenbrachte. Ein persönlicher Kosmos verwirrender Mutmaßungen und Gefühle schränkte ihre Mitteilungsfähigkeit ein. »Ich kann dir nur einen Trost geben«, sagte Harriett nach einer Weile. »Die Zeit wird deine Wunden heilen. Du bist in einer ungewohnten Umgebung ...«

»Ich weiß, dass ich hier fremd bin. Für lange Zeit, und fremd bleiben werde.« Denetrees Finger hielten inne. Mathematische Figuren entstanden auf den Monitoren. »Alles hier ist neu und schön. Und bequem, scheinbar ohne Probleme und großzügig wie in meinen fernen Märchen. Ich brauche in der PALENQUE nicht meine Muskeln zu bemühen. Alles wird von Maschinen getan. Unsichtbare Felder tragen mich. Ihr habt keine mit Stacheln bewehrten Eiweißpflanzen, denen man seine Nahrung abringen muss. Trotzdem ...«

Während die Informationen des Datenchips, in terranische Terminologie umgewandelt, von den Syntrons ein zweites Mal geprüft und aufbereitet wurden, erfuhr Harriett Hewes, immer wieder von Tränen unterbrochen, die Geschichte Denetrees.

Seit drei Tagen hatte er seine Bartstoppeln nicht entfernt. Er trug eine gebrauchte Prospektorenhose aus dem PALENQUE-Magazin mit vielen Taschen und ein einfaches Hemd. Einst hatte man ihn wegen seiner Fähigkeit, sich erfolgreich den Umständen anzupassen, als »Sofortumschalter« bezeichnet – er war Gast an Bord und glich sich, keineswegs sofort, dem allgemeinen optischen Zustand an, den er vorsichtig als *charmant verwahrlost* bezeichnete.

Niemand außer ihm hörte die wohltuend mathematisch-logische Musik; herrliche Klänge aus einer Zeit, als die Welt angeblich noch überschaubar gewesen war. *Concert für 4 Klaviere und Streicher, a-moll*, von Johann Sebastian Bach, gespielt auf den Hardcore-Cembali mit Terkonitstahlsaiten. Perry Rhodan lag, die Kopfhörer auf den Ohren, entspannt im weichen Kontursessel seiner leidlich geräumigen Kabine und sichtete zum zweiten Mal die Daten von Denetrees Chip.

Es war schwierig, die lückenhaften Daten zu transformieren und mehr oder weniger klare Informationen zu erhalten, selbst wenn man – wie er – fließend Lemurisch sprach. Überdies lenkten ihn die LAS-TOÓR, deren akonische Wissenschaftler-Crew auf einen Erfolg lauerte, und die komplizierten Beziehungen der Prospektoren-Mannschaft, die mitunter in der Kommandozentrale zu Tage traten, bisweilen von fruchtbaren Überlegungen ab. Die Besatzung, anscheinend bunt zusammengewürfelt, bestand aus einer Rotte merkwürdiger, aber hoch motivierter Individuen; insgeheim bewunderte Perry ihre professionelle Zuverlässigkeit.

»Wenigstens haben wir den Kursvektor, das ist das Wichtigste«, murmelte Rhodan. Seine Worte gingen in den harten Klängen des *Allegro* unter. Zodiak Goradon jr., der

Mutant und Barde mit 12 Fingern, spielte den Solopart. Der Musikchip gehörte zu Rhodans ständigem Gepäck.

Auch bei der dritten Kontrolle wurde er nicht klüger. Inzwischen hatte er sich eine Theorie zurechtgelegt, für die einiges sprach: Es hatte den Anschein, als hätte ein Unkundiger oder ein Fremder während des Flugs der NETHACK ACHTON jene Daten eingespeichert.

Rhodan, Denetree und die Kommandantin hatten lange gerätselt und diskutiert. Alle Fragen waren offen geblieben: Schwer vorstellbar, dass Daten aus der ersten Arche auf den Flug der zweiten Arche hinweisen konnten! Die zweite Arche, LEMCHA OVIR, war erst einige Jahre nach der NETHACK ACHTON gestartet – behauptete der Chip. Wie konnte also das Wissen um die LEMCHA OVIR auf die NETHACK ACHTON gelangt sein?

Waren die Informationen von einem geheimnisvollen Besucher ins Bordnetz eingespeist worden? Wer hätte dies sein können? Und wenn diese Theorie stimmte ... was bezweckte er damit? Denn die Schiffe oder Archen sollten ja unentdeckbar durch das All rasen! In den Informationen waren nach vielen Mühen nur der Name einer zweiten Arche – aus dem Alt-Lemurischen übersetzt, »Hoffnungsstern« – sowie einige Konstruktionsmerkmale zu finden. Gab es eine dritte oder gar mehr jener Archen? Fragen über Fragen!

Er durfte also nicht damit rechnen, den Grund des Aufbruchs der Fähren zu ungewissen Zielen und den Grund für diesen Exodus bald zu erfahren. Und was seine vagen Mutmaßungen – die Verbindung eines Haluters oder einer Bestie mit den Lemurern – betraf, gingen seine Vermutungen ins Phantastische.

»Aber eine Tatsache bleibt bestehen«, murmelte er im Selbstgespräch. »Die zweite Arche ist erst einige Jahre nach der ersten gestartet. Trotzdem: Fragen über Fragen!«

Jedes Geheimnis, sagte sich Rhodan, war letzten Endes rational und wissenschaftlich fundiert zu erklären. Früher oder später; oft dauerte es Jahrhunderte, bis die gewünschte Klarheit herrschte. Die Auswertung des Chips würde noch viel Zeit und erhebliche Mühen kosten. Rhodan dachte einen Moment lang an die hübsche Denetree mit der lemurisch ausgebleichten Haut und dem todtraurigen Gesicht. Sie war aus ihrem mühsam und mit riesigem Arbeitsaufwand gestalteten Lebensgleichgewicht herausgerissen worden und musste sich in einer völlig anderen, vielleicht erschreckenden Umgebung zurechtfinden. Er erinnerte sich an ihr erstes Zusammentreffen und an ihre Blicke, die sich förmlich an ihn klammerten, als würde er ihre Depressionen mit einem Lächeln oder einem Machtwort beseitigen können.

»Vielleicht finden wir die Antworten auf der LEMCHA OVIR«, sagte sich Rhodan, aber irgendwie bezweifelte er es. Jahrtausendelange Erfahrung hatte ihn gelehrt, dass jede Antwort nur neue Fragen aufwarf ...

Während die Streicher des Mimas-Recreation-Orchestra zur Schlussphase einsetzten und Bachs Musik ausklang, versuchte Rhodan, sich angesichts der Chip-Informationen und dessen, was er in der NETHACK ACHTON gesehen und erlebt hatte, eine Vorstellung von dem anderen Raumschiff zu machen. Eine von mehreren Wahrscheinlichkeiten. Alles konnte ähnlich sein; oder ganz anders.

Früher, schon vor Bachs Zeiten und auch in den Jahrhunderten danach, hätten die Terraner beim Anblick einer Arche – und erst recht bei einem Raumschiff jeglicher Größe – an Wunder glauben müssen. An Wunderwesen wie ..., ihm fielen erst nach kurzer Überlegung die Synonyme ein: »Leviathan, Zaratan, Bahamoth und Fastitokalon«, murmelte er und grinste bei der Vorstellung; Wal»fische«, so groß wie Inseln, an denen Seeleute ankerten und auf deren bewaldetem Rücken sie Feuer machten. »Chaosdrachen, schwarze, krokodilhafte Ungeheuer. Riesen, die beim Untertauchen Schiffe und Männer in die ›Halle des Todes‹ mitreißen. Eine terranische Kollektiverinnerung – vielleicht stammen die Begriffe sogar aus dem lemurischen Erbe. Wer weiß?«

Er sagte sich, dass derlei Sprachforschung kaum in die gegenwärtigen kosmischen Rätsel passte. Er legte die Kopfhörer ab und zog die weichen Bordstiefel an. In der Zentrale war er jetzt besser aufgehoben. Blieb er zu lange in seiner Kabine, würde es die raue, zum Teil wenig sensible Crew als freiwillige Isolation oder Überlegenheitsgeste deuten. Er klemmte das Multifunktions-Armband ans linke Handgelenk, schwang sich in den zentralen Antigravschacht und verließ ihn in der Hauptzentrale.

Er grüßte Sharita Coho, die seinen legeren Aufzug missbilligend, aber schweigend musterte. Die Jagd nach der zweiten Arche schien die Kommandantin in ihrer hochgeschlossenen Phantasie-Borduniform in gute Laune zu versetzen. Sie nickte ihm trotzdem wohlwollend zu. Die Übrigen grüßten ohne erkennbare Begeisterung.

Rhodan setzte sich an seinen gewohnten Platz, in den Besuchersessel, und sah sich um. Die Besatzung der Hauptzentrale schien in ausgeglichener Stimmung zu sein. Denetree, die neben Harriett Hewes am Funkpult saß, warf ihm einen langen Blick zu; sie wirkte hilflos und niedergeschlagen. Er lächelte aufmunternd zurück. Denetree widmete sich wieder dem Auslesen der Informationen, die, zunächst optisch aufbereitet, dem Hauptsyntron zugeleitet wurden.

Einige Atemzüge lang vertiefte sich Perry Rhodan in den Anblick von Denetrees scharf konturiertem lemurischem Profil. Er sah ein junges Gesicht von zukünftiger exotischer Schönheit. Der lange Nackenzopf, dessen tief kastanienbraunes Haar sich an einigen Windungen zu lösen begann und der das Haar über den Ohren straff an den Schädel zwang, betonte die klare Linie. Auf dem Haar lag ein edler grauer Schimmer. Das Kinn zeugte von Willensstärke. Das Gesicht mit den großen, hellblauen Augen war von Verwirrung, Unsicherheit, Träumen, unkoordinierten

Gedanken, vagen Erinnerungen, Trotz und dem kraftvollen Willen gezeichnet, zu überleben und alle Aufregungen und Wunder der Galaxis mitzuerleben. Denetree, dachte Rhodan, würde ihre Erlebnisse binnen weniger Wochen verdrängt haben und ihre neue Welt von einem anderen Standpunkt aus betrachten.

Noch während Rhodan das Hologramm über den Köpfen Alemaheyu Kossas und Sharita Cohos studierte, betrat die Akonin Eniva die Zentrale. Die »Geisel« an Bord der PALENQUE, die mit ihrer Größe – nur acht Zentimeter fehlten zu zwei Metern – viele der 50-köpfigen Besatzung um einen Kopf überragte, bewegte sich in der sachlichen Atmosphäre des Schiffes bewusst mit der verwirrenden Extravaganz eines bunten Gesamtkunstwerks.

Eniva ta Drorar war eine schöne Frau. Wo immer sie auftauchte, schien es der Besatzung, als würde die betreffende Umgebung von Tiefstrahlern erhellt. Irritierte und bewundernde oder besser: erstaunte Blicke verfolgten sie. Dass sie, gelinde gesagt, die arrogante Allüre einer *Vakt'son* verbreitete, einer akonischen Adligen, war ihr zwar bewusst, aber sie spielte nicht; sie *war.*

Sie schien sich durchaus bewusst zu sein, dass es der Lässigkeit der Prospektoren zu verdanken war, dass sich das Verhältnis zwischen Akonen und Terranern entspannt hatte. Lässigkeit bedeutete in diesem Fall nicht Nachlässigkeit; die Erlaubnis, die Zentrale zu betreten, konnte augenblicklich aufgehoben werden. Sie warf Alemaheyu, dem kraushaarigen Funker, einen vielversprechenden Blick zu. In der engen Gemeinschaft des Schiffs war es kein Geheimnis geblieben: Eniva ta Drorar hatte es zugelassen, dass Alemaheyu sich gewisse Hoffnungen machte. *Zu Recht?*, dachte Rhodan und zuckte mit den Schultern. *Man wird sehen. Ein nahezu virtueller Kuss, mit Alemaheyu getauscht, war kein Liebesschwur!*

Sie näherte sich Denetree und Harriett, ließ einen Sessel heranfahren und setzte sich, drehte den Kopf: Alemaheyu zwinkerte zurück und rückte sein Stirnband zurecht. Enivas schulterlanges Haar legte sich, von winzigen Antigravfeldern geordnet, flach über die Ohren. Jetzt wirkte sie auf Rhodan trotz der gelben, von schwarzer Stickerei verzierten Jägerinnen-Bluse wie eine unglaublich tüchtige, konzentrierte Netzwerkspezialistin.

»Nun, Schwestern im Problemkomplex«, sagte sie in perfektem, überbetontem Interkosmo, »wie steht es im Wettlauf der Erkenntnisse?«

»Unentschieden. Eins zu Eins«, antwortete Harriett und zeigte auf die Bildschirme und Holoprojektoren. Zehntausende Zahlen und Engramme, die im Holo entstanden, verschwanden, sich neu gruppierten und wieder auflösten, ließen deutlich Lücken in den Daten erkennen. »Wir haben praktisch nur eine Gewissheit: Wir fliegen sozusagen in Winz-Etappen zu einem Punkt, der möglicherweise weniger langweilig als alles andere ist.«

»Schöne Gewissheit!«, brummte Ortungsspezialist Omer Driscol.

Minutenlang veränderte sich nichts Wichtiges; die PALENQUE hatte vor einiger Zeit den Hyperraum verlassen, Ortsbestimmungen vorgenommen und Stellaraufnahmen dieses Teils des Ochent-Nebels angefertigt. Noch hatten die Kommandanten der PALENQUE und LAS-TOÓR sich nicht auf die Länge der nächsten Etappe geeinigt. Natürlich wäre es effizienter gewesen, hätten die beiden Schiffe getrennt gesucht und ihre Ergebnisse per Funk abgeglichen, aber dazu war das Misstrauen zwischen Terranern und Akonen noch zu groß, auch wenn es niemand aussprechen wollte.

Etappe reihte sich an Etappe, eine merkwürdige Stimmung legte sich über die Zentrale PALENQUE, eine Mischung aus Anspannung und Langeweile. Nur eine Notbesatzung befand sich in dem Rund, die meisten Männer und Frauen hatten sich unter der Führung der Ersten Offizierin Pearl Laneaux daran gemacht, die Kriecher des

Raumers umzurüsten, aus den fliegenden Laboratorien autonom operierende Einheiten zu machen. Rhodan vermutete, dass dies nicht ganz freiwillig geschah. Sharita Coho und ihre Erste Offizierin verband eine komplizierte Beziehung, die in den letzten Tagen ins Rutschen gekommen war, als Pearl Laneaux einige Male zu oft Recht behalten hatte.

Alemaheyu Kossa nutzte die Zeit, mit Sharita Coho und Perry Rhodan den rätselhaften Funkimpuls zu diskutieren, auf den er bei der Durchsicht der Logfiles der PALENQUE gestoßen war.

»Hier.« Der Funker zeigte auf einen Graph, der in einem Holo vor den dreien schwebte. »Der Ausschlag ist eindeutig. Ein Hyperfunkimpuls. Sein Ausgangsort ist die NETHACK ACHTON.«

Sharita Coho warf ihm einen skeptischen Blick zu. »Kein Zweifel?«

»Kein Zweifel«, entgegnete Kossa. Er straffte sich unwillkürlich; die Kommandantin hatte ihn in seiner Standesehre verletzt. »Als Funker kenne ich mich da aus!«

»Aber dir ist klar, dass dieser Funkimpuls eigentlich ein Ding der Unmöglichkeit ist«, schaltete sich Perry Rhodan ein. »Die Arche ist ein Low-Tech-Produkt. Nirgends an Bord haben wir auch nur eine Spur von fünfdimensionaler Technik gefunden – und Hyperfunk basiert nun mal auf Fünf-D-Technik.«

»Ich weiß, ich weiß ... aber die Daten sprechen eine eindeutige Sprache. Von der NETHACK ACHTON ging ein starker, unmodulierter Hyperfunkimpuls aus.«

Sie schwiegen einige Augenblicke lang. Die PALENQUE beendete eine weitere Überlichtetappe. Driscol machte sich an die Arbeit, scannte den sie umgebenden Weltraum. Die NETHACK ACHTON hatte über einen Ortungsschutz verfügt, einen nahezu perfekten. Driscol hatte das verwaschene Ortungsecho »destilliert« und dem Syntron übergeben. Die Orter suchten deshalb in erster Linie nicht nach einem kilometergroßen Raumschiff, sondern nach einer verwaschenen Energiesignatur.

Driscol beugte sich über sein Pult. Als er die erwartungsvollen Blicke der Kommandantin und Rhodans bemerkte, schüttelte er den Kopf. »Nichts.« Sharita Coho gab Befehl, wieder in den Hyperraum zu gehen.

»Der Zeitpunkt dieses Impulses ...« Rhodan runzelte die Stirn. »Irre ich mich, oder wurde er in ungefähr demselben Augenblick ausgelöst, als wir und die Akonen die Arche betreten haben?«

Kossa rief einige Daten ab, dann nickte er. »Ja, du hast Recht!«

»Was könnte das bedeuten?«, dachte Sharita Coho laut nach. »Ein Zufall?«

»Unwahrscheinlich«, sagte Rhodan. »Fast schon unmöglich. Mir scheint eher, dass wir eine Automatik ausgelöst haben. Eine Alarmanlage.«

»Sobald Fremde die Arche betreten ... das passt zu dieser Furcht vor der Außenwelt, die die Archenbewohner plagt!«

»Das tut es. Aber das erklärt nicht die Fünf-D-Technik. Und außerdem bleibt die Frage: Für wen war der Impuls gedacht?«

»Ein Hilferuf?«

»An wen? Wer könnte einem Raumschiff zur Hilfe eilen, das in einen Ortungsschutz gehüllt mit nahezu Lichtgeschwindigkeit durch das All rast – und das seit über 50 000 Jahren?«

Kossa strich sich über seine Kraushaarmähne. »Der Impuls könnte ja einmal seinen Sinn gehabt haben, nach dem Start. Das ist lange her, aber die Automatik hat überdauert ...«

Die PALENQUE glitt wieder in den Normalraum. Driscol beugte sich über sein Pult. Dann richtete er sich auf. »Das hier solltet ihr euch ansehen!«

2

Die Arche LEMCHA OVIR

Das farbige, mit Informationsblöcken, Bahnelementen und den als Kugeln projizierten Planeten und Monden übersäte Mosaik aus Bildschirmen zeigte, was die Bewohner erwartete. *Sternensucher* Atubur Nutai wusste seit langem, dass sich das gewaltige Unternehmen unaufhaltsam dem Ende zuneigte. Das Einschwenken in die Umlaufbahn, gleichbedeutend mit einer Zwischenlandung, war unausweichlich. Wenn es möglich war, die OVIR in einen Orbit zu zwingen, durften er und seine 1000 Schutzbefohlenen sich glücklich fühlen und dem Hüter auf Knien danken.

Der Kommandobereich der LEMCHA OVIR und Nutais Wohnkabinen samt einem ringförmigen Versorgungs- und Überlebensblock befanden sich in einer großen, kardanisch-magnetisch gelagerten Röhre, deren vorderes Ende eine durchsichtige Halbkugel aus gerahmten Glaselementen von zehn Metern Durchmesser bildete. Der Blick durch die Kuppel, deren Außenblenden aufgeklappt waren, zeigte das gleiche Bild wie die Batterie der Schirme, aber in völlig anderen Farben und Strukturen. Von den Neutrino-Fangnetzen der Paarvernichtung wurde ein schwacher Schutzschirm über der Kuppel aufgebaut, der das Durchschlagen kosmischer Teilchen und Mikrometeoriten verhinderte; der einzige, über den das Schiff verfügte.

Rotation und Schwerkraftbedingungen ließen nur alle 49 Sekunden zu, den Bereich vom Schiff-Quadranten Nord-Weiß aus gefahrlos zu betreten oder zu verlassen. Der zylindrische Stahlkörper der Kommandoeinheit drehte sich gegenläufig binnen 49 Sekunden zur Rotation der Arche. »Unten« blieb stets »unten«. Alle Kommunikationskanäle arbeiteten auf der Basis von Funkwellen, Infrarot- und Positronentechnik; die Energie wurde über Schleifring-Anlagen transportiert. Sauerstoffreiche Luft, von Oasenpflanzen erzeugt, kam aus Tausenden kleiner Düsen in den Raum.

»Kann die Rotverschiebung schon neutralisiert werden?«

»Ich arbeite daran«, erklärte das *Gespinst* halbsprachlich. »In drei Stunden verfüge ich über ausreichende Informationen.«

Atubur Nutai hörte zu und deutete die Piktogramme. Er lag entspannt im Sphärensessel des Kommandanten und genoss die Stille und die Sarderflüssigkeit, mit der er sich intravenös ernährte; die Suspension, durch dünne Schläuche in seinen Kreislauf gepumpt, ließ auch heute alle Zellen prickeln, stimulierte sein Gehirn und erfüllte ihn, indem sein Herz kräftiger schlug, mit Hochstimmung. Er konnte sie brauchen. Seine letzte *Medrovir*-Behandlung lag zu viele Jahre weit zurück.

Noch gab es kein Entspannen, keine Zeit für Chibis-Nydele; Entscheidungen von überlebenswichtiger Notwendigkeit mussten getroffen werden. Minutenlang starrte Atubur Nutai das helle, blauviolett strahlende Gestirn an, das rund zwei Lichtmonate voraus lag. Die »Rotverschiebung« hatte alle Sterne in der Flugrichtung für die Augen der Lemurer blauviolett gefärbt und ihr Licht nach Ultraviolett verschoben. Das Sternenspektrum würde sich während des Bremsvorganges wieder zur entgegengesetzten Hälfte des Spektrums verschieben und schließlich die richtigen Farben und Werte wiedergeben; die Schiffsrechner versorgten die Bildschirme mit den tatsächlich ermittelten Werten.

Schließlich entschloss sich der hagere, uralte Lemurer, etwas zu tun. Es war, als erwache er mühsam aus einer Schwächestarre. Er legte die Hand auf die rot pulsierende Schmuckhülle des Zellaktivators, zog das Mundstück der Fluidversorgung aus dem Ventil der Schlagader, holte tief Luft und wartete, bis ein Mikrophon vor sein Kinn eingeschwenkt war. Seine braunen Spinnenfinger tippten auf einige glimmende Flächen in der Armlehne, dann kippte er mit methodischer Langsamkeit eine Reihe klobiger Schalter in die Gegenposition.

Er begann zu reden; in sämtlichen Kabinen, Korridoren, Gärten und jedem Raum, in dem Atemluft zirkulierte, war seine tiefe, heisere Stimme zu hören.

»Sternsucher Nutai spricht. Ich wende mich an die Besatzung des Schiffs. An alle, auch an die Kranken, die mich noch verstehen können. Vor einigen Stunden ist der Rat zusammengetreten. Wir sind uns einig geworden, dass ohne gemeinsames und entschlossenes Handeln unsere zusammengeschmolzene Gemeinschaft in wenigen Jahrzehnten ausgelöscht sein wird.«

Obwohl die schweren, von Einschlägen kosmischer Partikel zernarbten Schutzvorrichtungen quälend langsam von den Triebwerksöffnungen glitten, erschütterte ein lang anhaltendes Krachen und Nachdröhnen den rotierenden Stahlkörper. Jeder Schläfer wurde aus seinen Träumen gerissen, jeder Kranke vergaß seine Albträume. Atubur Nutai brauchte nicht auf das *Gebrest*, die Krankheit hinzuweisen, von der die Lemurer des Schiffs buchstäblich dezimiert worden waren. Die Besatzung, die damals an Bord gegangen war, hatte 10 000 Köpfe gezählt; jetzt lebten nur noch 1000 in der »Hoffnungsstern«. Viele von ihnen waren krank, und von den wenigen Kindern wurde die Hälfte verkrüppelt geboren; nach kurzem, qualvollem Leben starben sie lautlos und ausgezehrt.

»Seit zwei Generationen leben in der LEMCHA OVIR nur noch etwa fünfhundert Frauen und Männer, unsere Be'ketren, die über stabile Gesundheit und die Parafähigkeiten verfügen, die unser winziger Schutzschirm und die Neutrino-Anlagen brauchen.«

Auch aus diesem Grund hatten der Kommandant und die Räte, die gewählten Ältesten der letzten und gegenwärtigen Generation, einen weitreichenden Entschluss gefasst: Die vier Quadranten waren luftdicht voneinander abgeschottet und energetisch selbständig geschaltet worden; das Betreten der versiegelten Abteilungen war strengstens verboten. In jedem Viertel des Ringschiffs lebten und arbeiteten ungefähr 250 Lemcharoy-Lemurer.

Nutai richtete sich auf; ein Teil der Rücklehne kippte leise summend nach vorn. Nach einem tiefen Atemzug redete er weiter.

»Der Rat hat mich gebeten, alle Vorgänge einzuleiten, die zu einer Landung führen. Vor uns liegt ein Sonnensystem mit elf Planeten. Dort wird unser Schiff einen vorübergehenden Rastplatz finden, einen stabilen Orbit. Wir alle hoffen, dass es ein hilfreicher Aufenthalt in einer gesunden Umwelt werden wird. Ich habe soeben das Bremsmanöver eingeleitet.«

Mühsam stand er auf und strich, als müsse er wohlgekleidet vor die Besatzung treten, den weißen Bordanzug glatt. Der federleichte Stoff schlackerte und knitterte um seinen Körper. Das Mikrophon löste sich von der Halterung und schwebte vor seinem Kopf her, bis er die Huccarmaschine erreicht und sein Getränk ausgewählt hatte.

»Unsere Absorber ermöglichen ein Bremsmanöver, das etwa fünfundvierzig Bordtage dauern wird«, sagte der Sternensucher. Er hatte die Wahl zwischen dem Versuch – nutzloser – Hektik und gemessener Aktivität, die keine zusätzlichen Schäden anrichtete. Dies hatte er in seinem langen Leben gelernt. »Um jeden Bewohner so gründlich wie möglich zu schützen, bitte ich die Kommandanten und Besatzungen der Planetenfähren, die Beiboote startfertig zu machen und alle Sicherheitseinrichtungen zu aktivieren; wegen jeder Einzelheit haben wir jahrelang diskutiert. Jeder von uns weiß ganz genau, was zu tun ist.«

Überdies waren die entsprechenden Programme in den Webknoten des Gespinsts gespeichert und konnten dezentral abgerufen werden. Aus drei Mundstücken fauchte und sprudelte heiße Flüssigkeit, angereichert mit stärkenden, süßenden und mineralhaltigen Zusätzen, in den großen Becher. Atubur Nutai nahm einen tiefen Schluck, spannte seine Muskeln und lauschte in die Stille der Kommandoröhre hinein. Seine nächsten Worte wählte er mit noch größerer Vorsicht.

»Während des langen Flugs unseres Sternenschiffs und durch das rätselhafte Gebrest, ebenso durch die Mutationen, die uns verändert haben, ist unsere Fähigkeit der Paragabe überaus stark eingeschränkt. Wir werden also mit der Stabilisierung des Prallschirms einige Schwierigkeiten bekommen; den Ortungsschutz müssen wir daher für die Dauer des Zielanflugs vernachlässigen. Die Schutzplatten vor der Außenhaut unserer Stirnfläche werden uns weiterhin vor Partikeln jeder Größe schützen.«

Durch die zehn Decks des Schiffs, durch die großen Hallen und sämtliche Kabinen, durch luftgeflutete Hangars und Maschinenhallen mit verschiedenfarbigen Wänden, Trägern, Säulen und Decken dröhnte die Stimme des Naahks. Jeder Besatzungsangehörige würde den Worten eine Bedeutung beimessen, die mehr mit unbedingtem Glauben als mit erklärbaren Tatsachen zu tun hatte.

Nutai fühlte, wie die Moleküle des Aufbaugetränks sich in seinem Körper ausbreiteten; ein kurzer und flüchtiger Energiestrom, der sich bis in die kleinste Zelle verzweigte. Er schloss mit einem Satz, dessen Fragwürdigkeit ihm voll bewusst war.

»Nach der Landung mit den Planetenfähren, nach einer Phase der Erholung für uns alle, werden wir mit den technischen Möglichkeiten, die uns zweifellos bleiben, wieder starten. Vergesst eure geheimen und offenen Ängste! Erinnert euch an eure Planetenträume! Ich, Naahk Nutai, sorge für alles. Auch wenn im Lauf der Zeit ein Teil unseres Wissens verloren gegangen ist, unterstelle ich, dass wir unsichtbar bleiben werden und nicht gefunden werden können.«

Er bewegte zwei Finger in einer achtlosen Geste. Das Mikrophon schaltete sich ab und schwebte zur alten Position zurück. Nutai ließ sich schwer in den Sessel fallen und spürte Erschöpfung in allen Gelenken und Schwäche in allen Muskeln. Er war zu alt und fühlte tief in sich das Nagen einer Krankheit, die niemand behandeln konnte. Auch nicht *Medrovir*, das Wunderovaloid, das sich für ihn zuletzt vor 18 Jahren geöffnet hatte. Vielleicht überlebte er, wenn man ihn und Chibis-Nydele auf die Planetenoberfläche hinunterbrachte. Aber der Zellaktivator würde ihn nicht sterben lassen; nicht, bevor sein Schiff in einem sicheren Orbit um Mentack Nutai kreiste.

Der Unsterbliche schloss die Augen und atmete schwer. Alle Geheimnisse und Besonderheiten des Schiffs hatte er viele Generationen lang gehütet und geschützt. Er selbst war ein lebender Beweis für den Erfolg. Aber seit sich das Gebrest ausgebreitet und begonnen hatte, die Mannschaft dahinzuraffen, seit der Kommandant und die Räte die Hoffnungslosigkeit des Unternehmens eingesehen hatten, tauchte in der Bahn des Schiffs ein Hindernis auf, ein gedanklicher Wall, eine unüberwindliche Sperre: Der Punkt, an dem Weiterfliegen und versteckt bleiben sinnlos, ja tödlich wurden.

Atubur Nutai hatte so unendlich viel erlebt. Zu viel, um sich an alles erinnern zu können, aber genug, um zu wissen, wann es zu spät war. Sein Entschluss stand ebenso fest wie das Ziel, die Ereignisse waren nicht mehr aufzuhalten.

Die Zeit bis dahin würde entsetzlich sein. Am wenigsten für ihn. Er kannte fast jede Form des Entsetzens. Er öffnete die Augen und starrte in die Sterne, die in falschen Farben strahlten.

»... gefunden werden können!« Der Nachhall der Stimme verlor sich in der metallenen Weite der Viereckigen Oase, unter den abgeschalteten Sonnenlampen. Langsam drehten sich die Flügel der doppelt mannsgroßen Ventilatoren. Jedes einzelne Blatt an jedem Baum verwandelte Kohlendioxid in Sauerstoff, und nachtaktive Insekten, deren Nester an den wuchtigen grauen Deckenträgern klebten, bestäubten bleiche Blüten, die sich duftend im Licht der Kunstmonde geöffnet hatten.

»Der Unsterbliche hat also das Bremsmanöver eingeleitet. Naahk Nutai weiß, dass die OVIR nichts anderes als gutes Sonnenlicht, reine Luft und eine lange Pause braucht. So wie wir alle.« Kalymel misstraute seinen eigenen Worten. Seine Fingerspitzen strichen über Rasturis glänzende Wange. Die dünne Hornschicht lebte warm und glatt unter der Berührung, aber die aufkommende Lust konnte die Panik Kalymels nur für flüchtige Augenblicke mindern; tief in seinem Inneren hoffte er, die Leidenschaft würde die Furcht verdrängen. »Der Entschluss zur Landung war richtig.«

»Es herrscht schon lange darüber Einstimmigkeit«, antwortete Rasturi und lauschte dem summenden Flügelschlag der Hummings. »Du bist Pilot der Planetenfähre. Es gibt also Arbeit für dich.«

»Ich fange beim Tageswechsel damit an, jede größere Schraube der OVIR EDANA zu überprüfen.«

Sie lagen auf dem Moos zwischen den Wurzeln der niedrigen Bäume. Alle Pflanzen atmeten Sauerstoff aus; vor einer Stunde war in diesem Teil der Hydroponik der Sprühregen niedergegangen. Es roch nach feuchtem Wald und den Blüten, die im Halbdunkel leuchteten wie die Haut der Kebroids-Mutationen. Stählerne Wände und Deckenhimmel hüllten die Gewächse und die Lemurer ein.

»Glaubst du, dass alle Fähren einsatzbereit sind?«

»In zwei, drei Tagen weiß ich es ganz genau.«

Kalymels und Rasturis Kabinen lagen im südlich grünen Quadranten des Schiffs. Fast jede zweite Kabine war längst unbewohnt und diente als Abstellraum oder zusätzlicher Schlafraum. Viele waren seit langem, manche seit Jahrzehnten, von der Luft-, Wasser-, Abwasser- und Nachrichtenverbindung abgetrennt und versiegelt worden, sodass sich die Menge der ständig renaturierten Atemluft nur auf die rund tausend Bewohner verteilte.

Kalymel, Wartungstechnon, Pilot und *Tenoy* – seine Stellung als Wächter bot kaum Vorteile und wenig Anerkennung – und seine Gefährtin waren für das fein ausgewogene Gleichgewicht der Oase verantwortlich, ebenso für die Tröge, in denen Beeren, Pilze und Bodengemüse wuchsen, und den Rasen, der den Boden der Korridore und Kreuzungsplätze bedeckte. Kalymel versteckte sein Erschrecken ebenso wie seine Obsession – es gab ein Geheimnis, von dem nur er wusste – hinter seiner Tüchtigkeit, die niemand anzweifelte. Er liebte Rasturi, und daher hatte er sie weder an seiner tiefen, unausrottbaren Furcht noch an den Schwierigkeiten seiner Suche nach der Wahrheit teilhaben lassen. Er versenkte lächelnd seinen Blick in ihre großen, feuchten Augen.

»Du bist so schön«, flüsterte er. »Hier sind wir in sicherer Umgebung. Was wird der fremde Planet mit uns anstellen?«

»Sorge dich nicht, Liebster.« Ihre Stimme strahlte unbedingtes Vertrauen zu ihm und der Geborgenheit der Arche aus. »Alles wird schöner, freier und leichter sein.«

»Beim Hüter«, murmelte er. »Hoffentlich behältst du Recht.«

Bevor sie mit dem Liebesspiel angefangen hatten, waren sämtliche Uhren, Instrumente und Indikatoren abgelesen, miteinander verglichen und die Werte festgehalten worden – alles war, wie es sein musste. Wie seit vielen Generationen. Kalymel war stolz darauf, dass buchstäblich niemand an seiner unbedingten Zuverlässigkeit zweifelte.

Auf einem Tischchen, zwischen Glaskolben, einem Krug, Erdproben, Kunststoffbechern und verschiedenen Pilzkulturen flackerte ein Flämmchen. Aus einer Schale mit braunem Pflanzenfett ragte ein Docht aus ölgetränktem Jakulentenmark. Wenige offene Flammen, die Sauerstoff verbrannten, waren während dieses Zyklus erlaubt; die Anzeigen sämtlicher Sauerstofftanks standen auf »voll«. Fahlweiße Humuskäfer krochen im Bereich der Helligkeit umher. Rasturi griff nach einem Ast und zog sich in die Höhe, dann entledigte sie sich mit raschen Bewegungen ihrer Kleidung. Das dünne Gewebe ringelte sich um ihre nackten Füße.

Kalymel starrte ihren schlanken Körper an. Obwohl er und Rasturi vor drei Jahren wegen des Risikos, ein krankes oder absonderlich mutiertes Kind in die Welt aus Metall zu setzen, Langzeit-Verhütungsmittel implantiert hatten und er jede Handbreit ihrer Haut kannte, strahlten seine Blicke unverhohlene Bewunderung aus. Seine Gedanken setzten plötzlich aus, und danach kreisten sie nicht mehr um die Angst vor der Zukunft.

Die linke Hälfte des haarlosen Kopfes bis zum Kinn bestand aus goldbraunem Chitin. Daumengroße Schuppen bedeckten die Schulter und den linken Oberarm; Finger- und Fußnägel schimmerten weiß, auch sie bestanden aus dieser exotischen Substanz. Winzige Silberpartikel funkelten in der Haut der vollen Brüste. Rasturi und Kalymel waren gesunde Mutationen, und wie viele andere ihrer Art verstanden sie sich als *Positivmuties*. Ihre Gruppe umfasste etwa ein Drittel aller Überlebenden. Die Wahrscheinlichkeit, negative Mutanten zur Welt zu bringen, lag beängstigend hoch.

Kalymel streifte die Hose über die Knie und nahm die Hand seiner Gefährtin. In den Decks oberhalb und unterhalb der Oase breitete sich dumpfer Lärm aus; die Abdeckungen der Bremsabsorber schoben sich zur Seite und rasteten endlich ein.

»Komm, Schönste«, sagte er. Der zuckende Widerschein der Fettflamme ließ die Schlangenschuppenhaut seiner Ellbogen, der Knie und des Brustschildes in mehreren Farben schillern. Sie hätten sich in ihren Kabinen lieben können, schätzten bisweilen aber die romantische Variante. Strahlende Bilder aus dem Historiegespinst tauchen vor seinen geschlossenen Augen auf. »Wir stellen uns wieder vor, dass wir uns unter freiem Himmel lieben, an einem Strand aus gelbem Sand, im kühlen Schaum der Brandung.«

Sie streckte sich neben ihm aus und wartete auf seine Berührungen. Während sie in einen langen, tiefen Kuss versanken und einander zu streicheln begannen, träumten sie sich aus der gewohnten Umgebung hinaus in eine Welt, die sie nur aus Beschreibungen und Bildern kannten. Die Wirklichkeit würde fremder sein – und schöner? –, als ihre Phantasie es zuließ.

»Mach mich glücklich«, flüsterte Rasturi und hielt ihn an den Schultern fest. Ihre Fingernägel fuhren über die Schuppen seiner Schlangenhaut. »Wer weiß, wie viel Zeit uns noch bleibt.«

Kalymel bemühte sich, Rasturis Lust zu steigern. Er war froh, dass die Erregung ihn die Umwelt vergessen ließ. Ein Humming summte über ihn hinweg, eine leuchtende Blüte fiel lautlos ins Moos.

Die Körper Kalymels und Rasturis verschmolzen. Aus der braunen Haut, zwischen den Schuppen und unter dem Chitin sickerte der süße Schweiß der Lust. Das Keuchen und das leidenschaftliche Stöhnen und schließlich Rasturis leise, spitze Schreie vergingen im Zwielicht der Oase. Einige Blütenranken begannen zu schaukeln, als die Hummings zwitschernd aufflogen. Blütenstaub rieselte auf feuchte Blätter.

Als Kalymel sich zurücksinken ließ, glitt sein Blick vom Schimmer der Flamme auf Rasturis Hals und ihren Brüsten zum winzigen Licht. Für einen langen Moment glaubte er den Stern zu sehen, um den der Zielplanet Atubur Nutais kreiste.

Er lehnte sich müde gegen das Sauerstoffmoos am Stamm. »Viele Dutzende Generationen kannten und kennen nur die Schiffswelt«, sagte er leise, mehr zu sich selbst als zu Rasturi. »Jene Planeten und wir – wir haben nur atembare Luft und Schwerkraft gemeinsam. In der LEMCHA OVIR ist Sicherheit.«

Rasturi füllte schweigend die Becher mit schwarzem Beerenwein. Sie gab Kalymel ein Trinkgefäß und blickte in seine Augen. In ihrem Blick las er Zweifel und ungewisse Furcht, die gleiche, die er in der letzten Stunde vor ihr verborgen hatte.

»Du wirst deine Fähre nicht auf einem unsicheren Planeten landen, Kalymel.«

»Wenn wir zum ersten Mal unseren stählernen Kokon verlassen ... Keine noch so intensiven Schilderungen und Bilder ersetzen die Wirklichkeit. Die neue Heimat wird unsagbar fremd sein, Rasturi.«

»Wir werden uns an sie ebenso gewöhnen, wie es unsere Ahnen taten, als sie dem Ruf des Legendors ins Schiff folgten«, antwortete sie hoffnungsvoll. Er dachte schläfrig: *der Planet? Wahrscheinlich voller tödlicher Gefahren: Sporen in der Luft, Keime und Bakterien im Boden, giftige kleine Tiere und mörderische Tierriesen. Planetarier, die uns verwunden und töten.*

Kalymels Müdigkeit wuchs. Seine Gedanken zerfaserten. Das Gefühl der äußeren Sicherheit war für die Lemcharoys seit dem Start nicht geringer geworden; der Schutz einer metallenen Höhle voller Leben, das den Gefahren langer Jahre offensichtlich nicht gewachsen war, begann zu versagen.

Unsere Träume werden Albträume, dachte Kalymel. Im Metallkosmos des Schiffs, aus Gewohnheiten, Geheimnissen und beherrschter Technik zusammengesetzt, hatte sich ein bedenklicher Riss aufgetan. Er würde sich innerhalb der Frist bis zur Landung erweitern.

Nachdem die Leidenschaft abgeklungen war und er gähnend den Alkohol zu spüren begann, erkannte er: *Wir werden vor dem ersten Schritt auf einem Planeten erschrecken. Jene unbekannte Welt wird viele Schiffsbewohner umbringen.*

Die Bewohner des Schiffs lernten ihr theoretisches Wissen über zukünftige Siedlungswelten schon früh und ebenso gründlich wie das Beherrschen der Technik und das Hegen der Sauerstoffpflanzen. Gleichzeitig fragten sich, so wie Kalymel jetzt, die Bewohner: *Bisher hatte keine Zielvorstellung existiert. War der ausgewählte Planet so beschaffen, dass Lemurer auf ihm leben können? Oder war es eine Notlage, die der Naahk den Lemcharoys verschwiegen hatte? Vielleicht war es noch zu früh, und der Flug müsste eigentlich weitergehen? Wir haben mehr als genug Nahrung und Sauerstoff! Wir wissen aus den Gespinst-Daten, dass es Welten ohne Luft oder mit Oberflächen wie dem Inneren eines Vulkans gibt, andere mit giftigen, ätzenden oder verseuchten Atmosphären, eisklirrende Planeten und solche voller unsichtbarer Geister, die fremdes Leben aussaugen.*

Bevor Kalymel einschlief, spürte er, dass Rasturi den Arm um seine Schulter legte und trank. Was er wirklich dachte, wollte und durfte er nicht aussprechen. Auch die gelegentlichen Vorstöße schwerkraftabwärts zu seinem Geheimnis gingen Rasturi nichts an; die Kenntnis davon würde sie mitschuldig werden lassen.

Weiß ich, ob unser Naahk die OVIR wieder starten kann? Ich fürchte mich davor, dass die Leere des Planeten unsere Liebe beendet. Denn jeder Weg, den wir nicht gemeinsam gehen können, führt uns auseinander und – wohin? Viele haben ihre Parabegabung verloren ... werden wir auf dem Planeten unser eigenes Ich verlieren?

Kalymel riss die Augen auf und lächelte. Rasturi beugte sich über ihn, küsste seine Halsgrube und stand auf. Mit wenigen Handgriffen zog sie sich an. Als sie das Hemd über Kopf und Schultern gleiten ließ, gewann Kalymel wieder die Herrschaft über seine verwirrten Gedanken.

Die lange Bremsphase bot genug Zeit, alles genau zu überdenken und richtig zu reagieren. Kalymel, technischer Spezialist, verordnete sich eine Denkpause.

Als Kalymel etwa einen Tageszyklus später seine Überlegungen geordnet und mit hundert oder mehr Lemcharoys geredet und seine Aufregung gedämpft hatte, knisterten erneut die Lautsprecher. Die Stimme des Unsterblichen war zu hören. Aus jedem Wort sprachen gefestigte Gewissheit und die Absicht, die Lemcharoys zu beruhigen.

»Die Schwerkraft-Absorber sind eingeschaltet und hochgefahren. Signale und Ergebnisse der Fernortung sind mittlerweile so genau, dass jeder von uns das Planetensystem auf dem Bildschirm betrachten und alle Informationen abrufen kann, über die das Gespinst verfügt. Beim Hüter! Von Tag zu Tag wird die Menge der Daten zunehmen, und wir werden die Welt, auf der wir zwischenlanden, genau erkannt haben. Der Rat und ich haben den Planeten *Mentack Nutai* genannt. Es ist der fünfte Planet Ichests.«

Nutais Schicksal, dachte Kalymel. In jedem Quadranten erhellten sich die Bildschirme und zeigten nach kurzem Störungsblitzen einen rot leuchtenden Stern. Dann: nacheinander unterschiedlich große Planeten, Planetenbahnen, Projektionen der Ekliptik, einige Monde und einen ausdrucksvollen Asteroidengürtel. Kalymel nickte zufrieden: Also arbeitete die Fernortung trotz der Datenräude noch zuverlässig! Die Abstände, in denen die Körper ihre Farben wechselten, wurden länger; schließlich blieben die Bilder vor dem schwarzen Hintergrund stabil und aussagekräftig.

Um *Ichest*, »Zwischenhalt«, so hatte der Naahk die große Sonne genannt, kreisten elf Planeten. Die Bahnen der vierten, fünften und sechsten Welt verliefen innerhalb eines Abstands vom Zentralgestirn, der als »Ökosphäre« ermittelt worden war. Die Daten vermittelten, dass zwei Welten, nämlich der fünfte und der sechste Trabant, über sauerstoffreiche Atmosphären verfügten. Die Zusammensetzung entsprach bis auf zu vernachlässigbare Winzigkeiten der Atemluft, die innerhalb der Arche zirkulierte.

Zwischen dem siebenten und dem achten Planeten war ein dichter Asteroidengürtel zu erkennen, dessen Außenzonen weit über und unter die Ekliptik reichten. *Mentack Nutai* drehte sich auf eine Position zu, die auf dem neuen Kursvektor der OVIR lag. Größe und Dichte waren ermittelt worden: Die Schwerkraft betrug etwas mehr als eine alte lemurische Einheit. Drei atmosphärelose Monde unterschiedlicher Größe umkreisten Mentack.

Das Schiff würde sich also nicht mehr länger verstecken und wurde schutzlos.

Kalymel und Rasturi betrachteten das noch unvollständige Schaubild des Sonnensystems, dann verließen sie die Viereckige Oase, gingen an an den Kohlendioxid-Abscheidern und deren Drucktanks vorbei, ließen das Schott zugleiten und spürten unter ihren nackten Sohlen das vertraute Kitzeln des kühlen Grases, als sie zu ihren Kabinen zurückgingen.

Kalymel fürchtete seit etwa fünf Jahren, sich lächerlich zu machen und für seine Neugier bestraft zu werden. Deshalb hatte er mit niemandem darüber gesprochen und nur selten, gedankliche und positronische Umwege benutzend, zunächst im Gespinst nachgeforscht. Das Netzwerk der Arche war unergiebig, was das Geheimnis betraf. Ein weiteres Geheimnis der OVIR, ein Tabu, an das niemand zu rühren wagte. Weder die Alten der letzten Generation, noch das Gespinst oder die wenigen schriftlichen Aufzeichnungen – die schulische Ausbildung der wenigen Kinder war während des letzten Jahrhunderts straffer und gründlicher geworden; weniger Kinder, mehr Lehrer! –, konnten und wollten die Frage auch nur annähernd zufrieden stellend beantworten: Was befand sich im geöffneten Laderaum des äußersten Decks?

Seit fünf Jahren versuchte Kalymel als Einziger, zu diesem seltsamen Fremdkörper vorzustoßen. Er war überzeugt, dass jenes Gebilde im Hauptladeraum kein bautechnisch bedingter Teil der Arche war. Die Schwierigkeiten, in die Nähe des »Fremdlings« zu gelangen, waren beträchtlich gewesen. In wenigen Stunden bot sich ihm die nächste Gelegenheit.

Im Bildschirm von Kalymels Kabine baute sich eine flackernde Darstellung auf. Der Summer arbeitete durchdringend. Kalymel drückte die Antworttaste. Einige Atemzüge später zeichneten sich Kopf und Schulter Ascelins ab, eines Kebroiden und Fährenpiloten aus dem Quadranten West-Blau, etwa tausend Meter von Kalymel entfernt. Kalymel hob grüßend die Hand.

»Ascelin. Alles klar? Ist etwas mit deiner Fähre?«

Ascelin grüßte lachend zurück. »Ich bin's tatsächlich, alter Fährenpilot. Hast du lange und oft genug die Trockenstarts geübt?«

Kalymel zuckte mit den Schultern und blickte zunächst schweigend auf Ascelins phosphoreszierend rußschwarz gestreifte Haut; seine Antwort fiel knapp aus. Er kannte Ascelin aus gemeinsamen Übungen im Fährensimulator.

»Morgen fange ich mit den Checks an. Und du, Ascelin?«

»Genauso. Wir haben vier Planetenfähren. Mit den anderen Piloten hab ich schon gesprochen. Wenn alle den Atem anhalten und die Arme anlegen, können wir etwa fünfundsiebzig Lemcharoys zum Planeten hinunterbringen.«

»Weiß ich. Du hast dich also mit der Landung abgefunden. Also etwa dreihundert Lemcharoys beim ersten Flug. Und die übrigen?«

»Sie warten im Schiff auf den zweiten Flug und vertrauen dem Kommandanten.«

»Ja, gut. Uns bleiben noch mehr als fünfundvierzig Tageswechsel. Wir werden es schaffen.«

Kalymel nickte. Auch er vertraute dem Naahk, der Verzögerung, Kursänderungen, Landeanflug und alles Übrige in ruhigen Bahnen würde verlaufen lassen. Vor ihm hatten Generationen jenem Mann mit geheimnisvollen Eigenschaften vertraut, der nach der Überlieferung beim Start der LEMCHA OVIR im mittleren Alter gewesen war. Jeweils nach zwei Jahrzehnten, berichteten die Älteren des Rates, verschwand er für einige Tage und erschien tatsächlich verjüngt, dynamisch, voller Spannkraft und flirrenden Ideen wieder.

Sternensucher Atubur Nutai war sakrosankt; niemand an Bord zweifelte seine Kommandogewalt und seine Weisungsberechtigung an. Niemand! Allein seine sonore Stimme und die Gewissheit, dass er die LEMCHA OVIR seit dem Start sicher und unentdeckt auf dem Weg durch die Sterne gelenkt hatte, verbreiteten Vertrauen und Zuversicht.

»Morgen vor dem Lichtwechsel werden wir die Fähren zum ersten Mal überprüfen«, erklärte Ascelin. »Meldest du dich bei mir, Tenoy? Ich rede mit den anderen. Denk dran, Waffen und entsprechende Wildnisausrüstung zu laden.« Quer über Ascelins Gesicht zogen sich vier schwarze und weiße, irreguläre Streifen.

Kalymel hob die Hand. »Selbstverständlich«, antwortete er halb im Scherz und halb durchaus ernst. »Vertrauen wir dem Kommandanten mit dem unzweifelhaften Nimbus der begründeten Anbetung.«

»Und unseren Rechner-Gespinstknoten!«

»Aber nicht nur dem Gespinst. Gruß an deine Kopilotin. Melis, nicht wahr?«

»So heißt sie. Geht's deiner Rasturi gut?«

»So gut wie jedem von uns.«

Rasturi hatte Dienst in jenem Teil der Quartiere, in denen die Kranken untergebracht waren. Auch das *Gebrest* zählte zu den seltsamen Umständen, die das Bordleben erschwerten und zur schwer zu definierenden Unsicherheit beitrugen. Kalymel war alles andere als sicher, dass die

Lebensumstände außerhalb des Schiffs das Leiden beenden würden, aber er wünschte es sich inständig. Daher begann er, halb gegen seine Überzeugung, daran zu glauben.

Er nickte dem Kebroid-Mutie zu, trennte die Verbindung und rief den Bauplan »seines« Quadranten auf den Schirm. Er vergewisserte sich, dass er sich trotz der notwendigen Umwege perfekt an den Weg zum Fährenhangar und zur Grenze von Ost-Rot erinnerte. Der Naahk hatte Kabinen, leere Vorratsräume und Korridore schon vor zwölf Jahren sperren lassen – es gab keine Bewohner mehr, die diese Räume brauchten. Dieser Umstand half ihm, abermals in die Nähe des Laderaums mit dem geheimnisvollen Inhalt vorzudringen.

3

Vergebliche Flucht

Kalymel bemühte sich, die Vorgänge klug und logisch zu beurteilen. Er war seit langer Zeit voll widerstrebender Gedanken und Empfindungen. Seit er vor 30 Jahren als Zehnjähriger das erste Mal die Sterne seitlich der Kursachse an der Arche entlang wandern gesehen hatte, beschäftigten ihn drei Überlegungen: Wer hatte die Schiffe bauen lassen und auf den langen Flug geschickt? Erst später fragte er sich: Was bedeutete der Fremdkörper im Hauptladeraum des Quadranten Ost-Rot? Warum konnte seit Jahrzehnten niemand etwas gegen das Gebrest unternehmen? Jetzt kam die Angst um das eigene Überleben und die Unversehrtheit des Schiffes hinzu, dem stählernen Lebensraum.

Er lud die Daten der Pilotenroutine aus dem Gespinst auf einen Chip. Die Liste war frei von Datenräude. Kalymel steckte dicke Arbeitshandschuhe in den Gürtel und warf einen Blick auf das Chronometer und einen zweiten auf den Atemluft-Indikator: Alle Anzeichen standen auf *korrekt*.

Das Kabinenschott schloss sich. Kalymel zog die Schuhe an, trat auf die runde Verkehrsfläche hinaus und schwenkte in den hellbraunen Korridor ein, der in die Richtung der Außenwand führte. *Schwerkraftabwärts* hatte es in seiner Jugend geheißen. Das nächste Schott öffnete und schloss sich summend, denn Kalymel hatte in regelmäßigen Abständen alle beweglichen Teile geölt. Nach ungefähr 50 Schritten kam er in die Kammer, in der die Schutzanzüge hingen.

Die Luft war kälter geworden, aber einwandfrei geblieben. Wie jeder Bewohner der Arche wusste er, dass Gründlichkeit und Vorsicht lebenswichtig waren. Er legte den Anzug an, überzeugte sich vom ausreichenden Luftvorrat, schlüpfte wieder in die Schuhe und streifte die Handschuhe über.

Ein neues Druckschott, ein Stück Korridor, eine Treppe, vorbei an der nuklearen Zentrale, eine steile Rampe hinauf und schließlich die Luftschleuse zum Fährenhangar. Sämtliche Dichtungen waren dick eingefettet. Er betätigte den schweren Schalter und spähte durch den Sehschlitz; die Leuchtelemente sprangen nacheinander an und überschütteten die Fähre mit Helligkeit; die gelb-blau geäderten Wandflächen tauchten die Szenerie in einen geheimnisvollen Schimmer. Das Shuttle, das drei zum Oval zusammengedrückten Rohren mit unterschiedlichen Durchmessern glich, trug noch die mittlerweile stumpf gewordene Originallackierung und sah ungebraucht aus.

Tatsächlich war es wie die drei anderen noch nie eingesetzt worden. Als sich die Schleusenpforte öffnete, verschwanden Kalymels letzte Zweifel, ob die beabsichtigte Landung sinnvoll oder eine Notmaßnahme war – oder beides. Die Fähre musste starten; er musste sie steuern. Die Sorge um das Überleben der tausend Bewohner des Schiffs und um die riesige technische Konstruktion selbst war größer als alle Unwägbarkeiten.

Er schaltete die Anzugversorgung ein und wartete. Die innere Platte glitt zur Seite, im kalten Hangar löste sich die Luft in einem schneeigen Wirbel auf. Der Pilot ging schnell auf dem schwarzen, dicken Belag zur Kanzel, klappte die Leiter aus und grinste kurz. Seit der letzten Überprüfung bewegte sich jedes Scharnier so leichtgängig wie erwartet. Er kletterte fünf Meter hinauf, öffnete die Luke, stieg in die Kanzel und wurde sich plötzlich bewusst, dass dieser simulierte Start der letzte Versuch vor dem endgültigen Wagnis sein würde.

In etwa 40 Tagen würden die Hangartore sich wirklich öffnen und er, Kalymel, würde mit all seinen Kräften das Gefährt voller Schiffsbewohner und Ladung durch Weltraum und turbulente Luft steuern und sicher landen.

Er schaltete die Energiezufuhr und die Heizung der Luftumwälzung ein, schob den Datenträger in den Abspielschlitz und führte Schritt um Schritt am Touchscreen die Startvorbereitungen durch. Er brauchte nur dreimal nachzusehen. Als er fertig war, warteten nur noch drei Schaltungen auf ihn: Öffnen der Hangartore, Energie auf die Triebwerke und Zündung der Steuerdüsen. Er vergewisserte sich, dass alle Stellmotoren, die Zündungssequenzen und die Triebwerkssteuerung ebenso wie die Maschinen, die das Ausfahren der Stützflügel besorgten, auf Knopfdruck arbeiteten. Die Tanks waren gefüllt, der Treibstoffvorrat sollte für vier Flüge reichen, ehe im Schiff nachgetankt werden musste. Den Datenträger ließ er im Gerät zurück; er sicherte jede technische Einzelheit der Kabine und checkte selbst die breiten Gurte. Sie waren uralt, rissen aber nicht; die Schlösser klickten zuverlässig.

»Also ... meine Fähre ist in Ordnung«, sagte er leise, bevor er den Helm schloss und die Luke aufstieß. Ein letzter Check: Kalymel kontrollierte die schweren Klammern, von denen die Landekufen festgehalten wurden. Auch ihre Lager glänzten vor schwarzem Fett, das an den Handschuhen kleben blieb.

Zufrieden verließ Kalymel den Hangar, schleuste sich zwei Decks tiefer in den luftgefüllten Bereich ein und löste den Helm vom Halsring des Schutzanzugs. Er verstaute sorgfältig den Anzug, blickte auf den Chronometer und sagte sich, dass die Zeit reichte, einen weiteren Versuch zu riskieren und zum Hauptladeraum vorzudringen. Nie war die Gelegenheit günstiger. Er holte tief Luft, dann wechselte er in den breiten, lichtlosen Korridor, der zum nächsten Quadranten führte.

Es war Kalymels 27-ster Versuch, dieses Geheimnis aufzudecken. Bisher war er stets an massiven Metallwänden gescheitert: Zunächst hatte er versucht, auf herkömmlichen, »legalen« Wegen zum Hauptladeraum Ost-Rot vorzustoßen. Er hatte es aus allen Richtungen versucht, aber sämtliche Korridore, Liftschächte oder Wartungsgänge waren durch massive Stahlplatten verschlossen. Es hätte Spezialwerkzeug gebraucht, um durchzubrechen – und der riesige Energieverbrauch hätte die Räte, andere Tenoy, Kontrolleinrichtungen des Gespinsts und den Kommandanten alarmiert. Kalymel hatte auch nicht gewagt, eine Luftschleuse zum All zu öffnen; schon die erste Schaltung hätte Systemalarm ausgelöst.

Er passierte das letzte Schott vor der Absperrung, bog in einen schmalen Gang ein, erklomm eine steile Treppe und befand sich in einer Werkzeugkammer. Es war totenstill. Kalte Luft drang durch die Löcher und Schlitze der Umluftanlage. Hier endete die Stromversorgung. Weiterführende Leitungen waren abgeklemmt und versiegelt. In der Rückwand zeigte sich, als Kalymel den Handscheinwerfer einschaltete, der Eingang zu einer Inspektionsröhre. Sechs faustgroße, vor Öl triefende Schrauben hielten eine Metallplatte. Am anderen Ende der Röhre, die von einem Quadranten zum anderen führte, begann für Kalymel nach wenigen Schritten unbekanntes Gelände.

Ohne Mühe löste er fünf wuchtige eingeölte Muttern, die er bei seinem letzten Versuch gelockert und präpariert hatte, drehte die Platte hoch und klinkte den Sicherungshaken ein. Bis jetzt konnte er seinen Versuch als besonders gewissenhafte Inspektion erklären. Er spürte, wie sich sein Puls beschleunigte. Er befestigte den Scheinwerfer unter der rechten Schulter, befestigte ein Brecheisen mit Untersetzung und eine Energiesäge mit Klebeband an der Brust und robbte durch das Rohr. Eisige Kälte umgab Kalymel, aber er glaubte zu schwitzen, als er die Röhre vor dem Schott zu einem Materiallager verließ. Er kannte den Inhalt des Magazins: Metallplatten zur Reparatur der Außenhülle und entsprechendes Werkzeug.

Das Schott war vor einigen Jahren zugeschweißt und mit einem Streifen Ferrometall zusätzlich gesichert worden. Kalymel hatte die Klebeverbindung der länglichen Platte mit aggressiven Bakterien eingestrichen, die seit seinem vorletzten Eindringen die Adhäsion aufgelöst hatten. Mit einigem Kraftaufwand und darauf bedacht, keinen Lärm zu machen, hebelte Kalymel im Halbdunkel die Platte ab, schleppte sie zur Seite und lehnte sie vorsichtig an die Wand. Dann kontrollierte er die daumendicke Schweißnaht von der Decke bis zum Boden und löste die Ölflasche von der Hüfte.

Hinter dem Schott befand sich die Schleuse, durch die der Hauptladeraum zu betreten war. Kalymel kannte die Inspektionspläne. Er präparierte den oberen Teil der Naht mit dem Öl und trennte die wulstige Verbindung mit der langsam rotierenden und Gluthitze entwickelnden Sägescheibe. Es gab kaum Lärm, aber langsam bekam er ein ernsthaftes Zeitproblem. Hinter der aufgelösten Schweißnaht, deren Ränder ausglühten und rauchten, klaffte der Spalt der beiden Schotthälften.

»Hierher kommt niemand innerhalb der vierzig Tage«, murmelte er und schaltete die Säge ab. Der Lichtkegel des Scheinwerfers zeigte ihm, dass er die Hälfte der Schweißnaht aufgetrennt hatte; weiter zu machen wäre purer Leichtsinn gewesen. Er legte Ölflasche, Säge und Brechstange in den Winkel zwischen Boden und Wand und kroch durch die Röhre langsam zurück. So schnell und sorgfältig wie möglich verschraubte er die Metallplatte und spürte, als er die Stufen hinunterkletterte, wie ihn die Anspannung verließ. Die Finger und die Knie begannen zu zittern, und wilde Vermutungen suchten ihn heim.

Bei seinem nächsten Besuch würde er durch die Sichtflächen der Schleuse in den Laderaum hineinleuchten und zum ersten Mal sehen können, was sich darin verbarg. Als er weiterging, fiel ihm ein, dass er während der gesamten Zeit weder an sein eigenes Leben oder das Rasturis gedacht hatte, weder an den bevorstehenden Flug der Fähre noch an die Gefahr für das Schiff. Ihm schwindelte, er lehnte sich an die Wand und unterdrückte sein Zittern. Dann stieß er einen leisen Fluch aus und ging langsam weiter, als sei nichts geschehen.

Ein weiß-grün marmoriertes Schott öffnete sich vor ihm. Im gleichen Augenblick begannen die gelben Lichter zu blinken. Einen Herzschlag danach schnarrten und dröhnten die akustischen Signale des Alarms. Kalymel zuckte zusammen, riss sich den Anzug vom Körper und stemmte das Schott auf.

»Alarm? Beim Hüter! Was ist los?«

Während er in die Richtung der Wohnquartiere rannte, dachte er an Rasturi, an Risse in den Wänden des Ringschiffs oder an einen Irrtum des Kommandanten. Aber die Lautsprecher schwiegen. Als sich Kalymel den Quartieren näherte, hörte er Stimmengewirr, Schreie und metallisches Klirren.

»Loris ist verwundet! Überall Blut«, schrie jemand.

Eine andere Stimme dröhnte: »Wo sind die Tenoy? Nie da, wenn man sie braucht.«

»Hier bin ich!«, rief Kalymel und stob durch das Gras auf den rückwärtigen Teil der Wohnquartiere zu. »Was ist passiert?«

»Cada, Lumena und Amias sind weg!«

Kalymel blieb stehen, als sei er gegen eine Stahlplatte geprallt. Die Männer und die Frau waren Muties und litten seit zwei Monaten am Gebrest. Und sie waren in diesem Quadranten gegenwärtig die wichtigsten Neutrino-Para-Techniker; die Mutation und die Krankheit hatten ihre Paragabe um das Mehrfache verstärkt. Loris kam auf Kalymel zu, von Rasturi gestützt. Kopf, Schulter und Oberarm des Pflegers waren verwundet. Die Blutspritzer auf Rasturis Hemd trockneten bereits.

Das Gellen des Alarms riss ab, und ein Kommunikationsdisplay schaltete sich ein. Hinter Rasturi und Loris sammelten sich zwei Dutzend Lemcharoys; Kranke, Muties und Gesunde.

»Der Reihe nach«, sagte Kalymel laut. »Die drei sind also weg. Was ist vorgefallen?«

»Sie haben Loris niedergeschlagen, als er ihnen Essen brachte und ihre Verbände wechseln wollten. Es war ...«

»... es war, als wären sie plötzlich verrückt geworden. Sie sind gleichzeitig aufgesprungen, haben mich in die Hygienezelle gestoßen und sind durchs Schott davon. Die Verbände sind aufgegangen, und sie haben sie hinter sich hergeschleppt«, erklärte Loris aufgeregt.

»Hat es einen Schock gegeben, einen Auslöser?«, fragte Kalymel. Ein junger Schiffsbewohner drängte sich zwischen den Versammelten hindurch und winkte aufgeregt.

»Nein. Nichts.«

Loris und Rasturi schüttelten die Köpfe. Kalymel sah aus dem Augenwinkel das Zeichen des Gespinsts. Das Netz zitterte, die Spinne verließ das Zentrum, und der Naahk erschien auf dem Schirm. Eiskalt kroch die Furcht in Kalymels Innerem hoch und setzte sich im Nacken fest.

»Sie haben die Waffenschränke aufgebrochen und sind zu den Projektorhallen gerannt!«, rief der Junge.

Kalymel wandte sich zum Bildschirm, grüßte kurz in die Linsen und hob die Hand. Das Lärmen der Gespräche hörte auf.

»Tenoy und Fährenpilot Kalymel spricht, Naahk«, sagte Kalymel so laut, dass jeder in seiner Nähe mithören konnte. »Drei der wichtigsten Para-Stabilisierer sind offensichtlich durchgedreht. Sie haben sich Waffen verschafft und nähern sich wahrscheinlich der Wand des inneren Ringes. Dort sind die Aggregate für die Energiefelder untergebracht.«

Die vergleichsweise wenigen Lemurer, die über die Paragabe verfügten, bildeten an Bord eine Elite, deren Bedeutung niemand in Frage stellte. Cada, Lumena und Amias waren bis vor kurzem in ihren Krankenzimmern hervorragend versorgt worden.

»Ich werde veranlassen, dass sie keinen Schaden anrichten können«, sagte Atubur Nutai. »Verfolgt sie und bringt sie zurück. Der Gebrauch von Lähmwaffen ist euch selbstverständlich gestattet. Deinen Namen kenne ich, Kalymel; übernimm die Verantwortung über die Aktion. Wie steht es um ihre Krankheit?«

Kalymel schob Rasturi in den Aufnahmebereich der Linsen. »Das weißt du besser.«

»Das Gebrest ist im zweiten Stadium, Naahk.« Rasturi redete selbstsicher und kompetent. Sie versorgte seit knapp zwei Monaten jeden Morgen die drei Halbleukors mit Salben, Pflastern, Verbänden und einem Huccar-Aufbautrank, dessen Bestandteile ihr der Naahk regelmäßig schickte. »Sie haben gestern noch gesagt, dass sie schmerzfrei sind und sich gut fühlen.«

»Seltsam«, antwortete der Sternensucher. »Die Versiegelung der unbenutzten Bezirke ist massiv durchgeführt. Wenn sie versuchen, in einen anderen Quadranten überzuwechseln, erhalte ich in der Zentrale deutliche Signale. Ich werde euch davon verständigen.«

»Ich stelle ein Team zusammen und nehme die Verfolgung auf«, erklärte Kalymel. Er machte eine flüchtige Grußgeste und drehte sich um. »Macaire, Elsey, ihr seid Tenoy, und du, Hollun. Und Lieth. Wir treffen uns in der Waffenkammer. Los!«

Der Naahk trennte die Verbindung. Die fünf Männer rannten zum Zentralplatz und weiter in die dunkelgraue Waffenkammer. Das Schott stand weit offen, im Inneren strahlten die Lampen. Zwei Schränke waren geöffnet; die positronischen Schlösser trugen keinerlei Spuren einer Beschädigung.

»Sie haben drei EAs mitgenommen«, sagte Lieth einige Sekunden später. »Und hier, drei Einsatztaschen voller Munition. Und Scheinwerfer.«

Von außerhalb der Kammer rief eine Frau: »Als sie bei uns in der Kohlenhydrat-Station vorbeigerannt sind, haben sie gerufen: ›Tod den Räten! Nieder mit der Elite! Niemals werden wir landen!‹«

Kalymel nahm die Nachricht schweigend zur Kenntnis. Die Tenoy brauchten weder Uniformen noch Helme, ob mit oder ohne Visier; bei 250 Bewohnern eines Quadranten kannten sich alle gegenseitig gut genug. Die Uniformen stapelten sich unbenutzt in den Fächern. Die Flüchtigen hatten drei elektromagnetische Armbrüste mitgenommen. Während sich Kalymel mit zwei Schockstrahlern bewaffnete, einen Gürtel mit Ersatzmagazinen umschnallte und probeweise einen Handscheinwerfer einschaltete, schüttelte er den Kopf.

»Das klingt wirklich, als wären sie plötzlich verrückt geworden – sie sind ja selbst Elite!«

Die dominanten Gene der früheren Generationen hatten aus den drei Parabegabten *Halbleukors* gemacht. Ihre Körper waren kräftig und normal, sie waren auf den Schädeln und im Nacken mit wilden, kristallweißen Mähnen ausgestattet, und nur ihre Haut ließ die Mutation deutlich erkennen. Sie war ebenfalls blendend weiß, und alle Stellen, an denen sich die Haut straff über den Knochen spannte – Finger- und Fußknöchel, Wirbelsäule, Knie, Ellbogen, Nase und Jochbeine –, sahen aus wie in schwarzen Lack getaucht. Bei Lichteinfall aus einer bestimmten Richtung und innerhalb enger Spektralabschnitte leuchtete das Weiß der Haut im Dunkel wie reiner Phosphor. Die Köpfe schienen im Vergleich zu den Körpern vergrößert, aber die Leukors schrieben diesen Umstand der gesteigerten, hoch entwickelten Parabegabung zu.

Kalymel teilte Funkgeräte aus und half den Männern, sie an den Unterarmen festzuschnallen.

»Bereit?«

Sie nickten und drängten zum Ausgang.

Kalymel deutete nach rechts. »Ihr habt es gehört. Zu den Fleischfarmen!«

»Da sind sie vorbeigekommen.«

»Es ist sinnlos, ihnen hinterher zu hetzen«, sagte Kalymel nach einem Dutzend Schritten. »So schnell wie möglich, aber verausgabt euch nicht.«

»Verstanden, Tenoy.«

Kalymel murmelte einen Fluch und begann zu ahnen, dass der Entschluss zur Landung weitere Zwischenfälle dieser Art provozieren würde. Die seltsame Flucht der Halbleukors war nur der erste. Er wusste es ganz deutlich: Wenn schon einen Tag nach der Durchsage des Naahk Geschosse aus elektromagnetischen Armbrüsten durch das Innere der Korridore und Hallen heulten, würden die folgenden Probleme schwerlich bedeutungsloser sein.

Das Durchstreifen der verschiedenfarbigen Korridore, Kammern, Durchlässe, Rampen, Treppen und hydroponischen Anlagen half beim Sortieren von Gedanken. Auch Kalymel hatte die voraussichtlichen Folgen der Zäsur noch nicht vollständig durchdacht. Als er an einer Nische vorbeikam, aus der ihn ein Auge unter der Kapuze des Legendors anstarrte, holte er das nach.

Die Bewohner seines Quadranten waren von den Ankündigungen des Sternensuchers abgelenkt worden. Die meisten hatten die Bedeutung der Kursänderung noch nicht bis zur letzten Konsequenz durchdacht. Die unmittelbare Gefahr bestand darin, dass die Unsichtbarkeit des Kolosses aufgehoben wurde. Die LEMCHA OVIR war schutzlos, konnte zufällig entdeckt werden, denn die Energieentfaltung des 40-tägigen Bremsvorganges würde auch im pseudoleeren Raum ungeheuerliche Aufmerksamkeit erregen. Spielend leicht war das Schiff zu orten.

Wenn es demnächst im Orbit des Planeten kreiste, blieb es abermals deutlich sichtbar, leicht aufzufinden und ohne Schutz. Obwohl – und weil – Kalymels Vorstellungen vom Leben auf einem Planeten zwangsläufig theoretisch und daher einigermaßen phantastisch war, fühlte er sich nicht annähernd in der Lage, abzuschätzen, ob er und die rund Tausend seiner Schicksalsgefährten den Wechsel zwischen Stahlhülle und offenem Himmel, zwischen stürmisch bewegter Naturluft und dem sorgsam austarierten Kunstgleichgewicht an Bord körperlich und geistig überleben würden.

Er holte tief Luft und verschob die innere Auseinandersetzung mit diesem existentiellen Problem auf später.

Etwa hundert Meter weit trabten sie unter dem Licht von Solarlampen durch zwei Handbreit hohen, wispernden Sauerstoffrasen. Es roch intensiv nach den Nährflüssigkeiten, in denen die Zellverbände wuchsen, dann versperrte ein erstes, gelb und schwarz lackiertes Großschott das weitere Vordringen. Die Ziffern hinter dem sauberen Glas zeigten an, dass sich dieser Durchlass vor 16,5 Minuten geöffnet und geschlossen hatte.

Ungeduldig wartete Kalymel, dass sich die drei Teile des Schotts nach oben und zur Seite zurückzogen. Er war sicher: Die Leistung des Fangfeldes war durch den Ausfall der drei zwar nicht beeinträchtigt, aber die Stabilisierung der Neutrinos und die paramentale Aufladung des Schutzschirms erreichten nicht ihre volle Kapazität. Die konzentrierte Paarvernichtung der Antineutrinos und der Neutrinos fehlte der dringend benötigten Bremsenergie des Schiffs.

Die Notlage an Bord war seit zwei Jahrhunderten erkannt. Daher gab es zwischen dem Naahk, den Räten und den Lemcharoys keinen Streit. Die Gemeinschaft, auf ein Zehntel der ehemaligen Besatzung zusammengeschmolzen, arbeitete fast immer störungsfrei zusammen. Unantastbar waren die Reaktoren, Projektoren und alle Systeme, die im Kreisausschnitt für das Funktionieren des Fangfeldes sorgten.

Das Schott war offen. Macaire sprang vor und schaltete die Beleuchtung ein. Der Fluchtweg führte *schwerkraftaufwärts*. Rechts und links flammten Energiesparlampen auf, und die Luft roch abgestanden, nach Rost und kalter Feuchtigkeit, nach »Schiffschweiß«. Nur vier Schotte zweigten vom nächsten Stück Korridor ab, aber keines war von den Halbleukors geöffnet worden.

Hinter der nächsten Öffnung weitete sich ein hellgraugelber Verteilerschacht voller Treppen und Rampen, die zu offenen und geschlossenen Abzweigungen und, nach dem Passieren von drei Decks aufwärts, in die mit Fangfeldtechnik gefüllten Bezirke führten. Im Zentrum der Anlage verband das Gerüst des schweren Lastenaufzugs die Decks; der Tragekorb des abgeschalteten Geräts befand sich am tiefsten Punkt. Vor den untersten Stufen sammelte sich die Gruppe.

»Wenn sie tatsächlich zu den Fangfeldgeneratoren wollen, müssen sie in ihrem schlaffen Zustand bis ganz nach oben«, sagte Hollun und ließ den Kopf hängen.

»Ich fürchte, dorthin müssen wir auch«, antwortete Kalymel und dachte an den Tag, an dem die Aufzüge abgeschaltet worden waren. Er lag weit zurück, in seinen ersten Lebensjahren. »Weiter, Freunde.«

Als die negative Beschleunigung der LEMCHA OVIR einen Wert erreicht hatte, der eine klare Berechnung zuließ, schaltete sich der Rechner der Zentrale ein und griff auf die Daten auch jener Speicher zurück, die seit dem Start kontinuierlich angelegt und gefüllt worden waren. Nach kurzer Rechenzeit flammte ein mächtiger Bildschirm in der Kommandozentrale auf; sein grelles Leuchten weckte Atubur Nutai aus flachem, unruhigem Schlaf. Verständnislos betrachtete er die Worte und die Zeichen, die sich langsam aus vibrierenden Buchstaben bildeten, nur zögernd stellte sich Begreifen ein.

Er stand auf, leerte den Becher mit dem erkalteten Huccar-Kreislaufbeschleuniger und las schweigend die erste Botschaft des Rechners. Der Voraus-Bildschirm zeigte einen großen Ausschnitt des Sonnensystems und die Welt Mentack Nutai; das Gespinst hämmerte Buchstaben und Worte auf das Display:

»Sämtliche Parameter lassen erkennen, dass das Schiff abgebremst wird und einem definierbaren Sonnensystem entgegenfliegt. Die Analyse der Berechnungen zeigt, dass die Gefahren längst nicht überwunden sind. Die Knotenrechner haben mit höchster Wahrscheinlichkeit analysiert, dass es viel zu gefährlich ist, den Flug zu unterbrechen und die Planetenfähren einzusetzen.«

Der Naahk ignorierte die Warnung. Er hatte mit dem Rat diese Möglichkeit lange diskutiert. Die Rechner würden warnen und unaufhörlich Verbote zitieren, konnten aber nicht eingreifen. Es war sinnvoll, die Warnungen nicht ungefiltert an die Bewohner des Schiffs weiterzugeben, damit sie nicht verunsichert wurden. »Es ist nicht geplant«, sagte Nutai laut, »auf dem Planeten zu landen. Es erübrigt sich, die Warnungen zu wiederholen. Alle damit verbundenen Probleme sind geklärt und bedeutungslos geworden. Wir verlangsamen den Flug, um Informationen einzuholen. Sie dienen dazu, die Überlebenschancen auf einem möglichen Zielplaneten besser beurteilen zu können. Das Sonnensystem bietet eine reiche Ausbeute einschlägiger Daten. Jenseits der Bahn des elften, äußersten Planeten, der noch nicht einmal eine vorläufige Kodebezeichnung erhalten hat, werde ich die LEMCHA OVIR wieder beschleunigen.«

Das Gespinst antwortete nach einer langen Pause. Es antwortete seit 20 Jahren nicht mehr augenblicklich. Die Schrift und die Elemente des piktogrammatischen Ersatzes wechselten binnen einiger Sekunden. Atuburs Erleichterung nahm zu, als er las:

»Kein Zwischenhalt, keine Landung. Dennoch ist zu beachten, dass die Zahl der Bewohner drastisch geringer ist als beim Start und während der ersten Jahre. Es muss mit allen Mitteln versucht werden, die Population nicht nur stabil zu halten, sondern zu vergrößern. Die Warnung erfolgte auch nach logischen Sachpunkten; nur mit einer ausreichenden Anzahl handlungsfähiger Individuen ist das Überleben während einer Zwischenlandung möglich. Der Dialog zwischen dem Kommandanten und dem Gespinst wird dokumentiert und gespeichert.«

»Dokumentiert und gespeichert«, wiederholte der Naahk leise. »Eigentlich hasse ich diese Art von Lügen. Aber es ist nicht vorstellbar ...« Er schwieg. Es war *durchaus* vorstellbar, welche Menge Warnungen, Alarme und Schaltungen die Rechner auswerfen würden, wenn das Schiff erst einmal im Landeanflug war. Die Mitglieder des Rates und einige ausgesuchte alte Tenarchen hatten im Lauf der Jahre Hunderte Sensoren gekappt; der Rechner definierte die unterbrochenen Verbindungen als altersbedingte Funktionsstörungen oder Datenräude. Überdies waren Fakten geschaffen und Entschlüsse getroffen worden – ihr Schicksal würde sich auf Mentack Nutai erfüllen. Auf *Nutais Schicksal.*

»Es gibt kein Zurück«, murmelte Nutai und mischte sich ein frisches Huccargetränk. Der Zeitpunkt seiner Entscheidung, die OVIR zu landen, lag einige Zehntage zurück, aber erst jetzt fühlte er sich endgültig frei. Mit jedem Schluck strömte neue Energie in seinen Körper. Der Rechner schaltete den Dialogbildschirm ab. Der Raum sank wieder ins metallische Halbdunkel zurück.

Nutai setzte sich an seine Arbeitsplatte, schaltete Monitore ein und arbeitete einige Stunden lang an den hereinströmenden Ortungsdaten des Planetensystems. Er wartete vergeblich auf einen Notruf der Halbleukor-Verfolger.

Dann, mit einer Plötzlichkeit, die ihn fast erschreckte, dachte er an Chibis-Nydele und daran, dass es zwischen einigen Peripheriegeräten der Gespinst-Knotenrechner, den Steuerungen der Fangfelder und den Lemurern, denen die Parafähigkeit nicht hinwegmutiert worden war, klar definierte Verbindungen gab. Hatte es einen auslösenden Impuls gegeben, der die drei Muties verrückt werden ließ? Warum er bezweifelte, dieses Rätsel lösen zu können, wusste er selbst nicht.

Er verließ die Kommandobrücke mit ihrer von Instrumenten, Lichtanzeigen, Schaltern und Diagrammen übersäten Bogendecke, stieg in den Aufzug und fuhr fünf Sekunden lang zu seinen Privaträumen hinauf. Schon am Eingang empfingen ihn die Ausstrahlungen einer anderen Welt. Das Licht war amberfarben, in der Luft schmeckte er Blütenduft und Chibis-Nydeles unverkennbaren Hautbalsam, und alles war überlagert von leiser Musik und dem Geruch jenes mehrfach vergorenen und angereicherten Mineralpflanzensuds, den Chibis beschönigend *Lemuriawein* nannte.

Sie spürte ihn, ehe er sie sah. In einem halb durchscheinenden, bodenlangen Gewand kam sie aus dem Schlafbereich und legte die Hände auf seine Schultern.

»Du vertraust dem Schiff und dem Gespinst mehr als mir«, sagte sie und lächelte, »denn sonst würdest du deinen Sitz nicht verlassen, dein gewohntes Heim.«

»Nicht dem Gespinst. Es ist alles gesagt und getan«, antwortete er ruhig und warf einen langen Blick auf das Bildnis an der Wand des Verbindungskorridors. Es zeigte die Hand eines Malers und dessen Werkzeug, der einen Bildhauer portraitierte, der seinerseits mit Lasermeißeln eine schwarze Skulptur aus einem runden Block obsidianfarbenen Kunststeins herausfräste. Sie zeigte ein Wesen auf Säulenbeinen, mit vier muskelstarrenden Armen und einem halb kugeligen Kopf mit drei rot glühenden Augen und einem weit klaffenden Gebiss. Das Bild und dessen Aussage erinnerte Atubur Nutai an Dialoge seiner Halbträume, die er in ferner Vergangenheit geführt zu haben glaubte.

»Jetzt läuft es fast ohne mein Zutun ab. Nach zweiundvierzig Tagen landen die Fähren auf dem Planeten.«

»Auf Mentack Nutai, unser aller Schicksal.«

Chibis-Nydeles Finger spielten auffordernd mit dem rot blinkenden Schmuckstück, das seinen Aktivator umhüllte. Das schwache Energiefeld pulsierte in langsamem Takt. Nutai las in ihrer Miene, was sie dachte: Kein Grund zur Beunruhigung, denn erst in rund sieben Jahren würde sich die Frequenz erhöhen.

»Ich habe schon so lange gelebt«, sagte Nutai. »Mein Schicksal wird sich beim Flug zum fünften Planeten erfüllen oder auf dieser unbekannten Welt. Wie auch immer. So oder so.«

Er strich über die winzigen Schuppen der Sichelkämme, die von ihrem Stirnansatz zum Nacken führten und im bernsteinfarbenen Licht zu glimmen schienen.

»Ich habe nie einen deiner Entschlüsse in Frage gestellt.«

»Nein. Nicht während der letzten Generationenwechsel.«

»Ich kenne auch nicht das Geheimnis dieses seltsamen Geräts und deiner scheinbaren Unsterblichkeit.«

Nydele hatte nur einen seiner Persönlichkeitswechsel miterlebt. Nach 20 Jahren als Kommandant war er spurlos verschwunden. Kurze Zeit später erschien er wieder und fand Chibis-Nydele, die in seinen Kabinen gewartet hatte. Schön, hingebungsvoll und schweigend wurde sie wieder sein alleiniger Besitz; er wirkte wie ein jüngerer Bruder des alten Naahk. Es war Nutai mitunter, als gelte ihre Loyalität mehr dem Schiff als deren Kommandanten. Sie glaubte daran, dass allein der Weg des Ringschiffs das Ziel war, und reifte an der Seite des neuen, verjüngten oder vom Schiff im Geheimen gezüchteten Kommandanten abermals um 20 Jahre.

»Es wird irgendwann keine Geheimnisse mehr geben.« Nutai legte den Arm um Chibis-Nydeles Hüften und zog sie ins Dämmerlicht des Schlafraums. »Bevor ich den Landeanflug entwickle, haben wir noch ein wenig Zeit für uns selbst.«

Wenn sie überrascht war, zeigte sie es ihm nicht. Sie schmiegte sich an ihn und löste auf den letzten Schritten die Schulterverschlüsse. Ihr Kleid glitt fast lautlos über ihre Brüste und die Schenkel ihres vollkommenen Körpers; nur die Schmuckstickerei der Säume knisterte leise. Nutai dachte an nichts anderes mehr, nur an ihre bedingungslose, leidenschaftliche Hingabe und den Trost, den ihre Gegenwart ihm spendete.

Die Jagd zog sich. Minuten dehnten sich zu Stunden. Macaire, Kalymel und Hollun erreichten schweißgebadet den vorletzten Absatz des Verteilersystems. Lieth und Elsey waren noch 50 Stufen tiefer. Die Spuren der drei kranken Muties hatten sie bis hierher geführt. Sohlenabdrücke im Staub, Blutstropfen und kleine Teile der Verbände, ein leeres Bolzenmagazin.

Beim Entwurf und beim Bau des Schiffs hatte die Raumwerft bewusst unterschiedliche Stähle und Legierungen verwendet. Das Material entwickelte unter der Einwirkung unterschiedlicher Temperaturen und atmosphärischer Mischungen, verschieden hoher Luftfeuchtigkeit, im Vakuum und unter dem Einfluss wechselnder Atmosphären eine Schicht Sollrost. Jede Legierung erhielt so im Lauf vieler Jahre eine andere Oberflächenfärbung. Die Außenflächen des stählernen Rings hatten sich schon kurz nach dem Start schwarz gefärbt und machten so das Riesenschiff zu einem Körper, der sich mit dem Dunkel zwischen den Sternen tarnte. Kalymel und seine Männer standen zwischen orangefarben-hellgrauen Wänden unter grünlichen Deckenträgern.

Amias', Cadas und Lumenas Flucht war ziemlich planlos verlaufen; den einfachsten Weg zu den Maschinen und Umformern im obersten Deck kannten sie offensichtlich nicht.

Kalymel blinzelte Schweißtropfen aus den Augen. »Also ... eigentlich sind sie todkrank. Dafür sind sie ziemlich weit gekommen.«

»Und mitten durch die schwierigsten und größten Abteilungen!«

»Sie müssen sich vor etwas fürchten, das sie sich einbilden«, rief Lieth und klammerte sich schwer atmend am Geländer fest.

»Oder vor etwas, das wir noch nicht erkannt haben. Vor den Gefahren der Landung. Oder vor dem Planeten«, sagte Kalymel und ließ seine Blicke prüfend durch die Umgebung gleiten. Er hustete; die Luft war trocken und voller Staub. Hier, auf dem Weg zur inneren Bordwand, war das tiefe Brummen der Absorber lauter geworden. »Wahrscheinlich sind sie viel sensibler als unsereiner. Los, aufschließen, Elsey.«

Sie waren den Flüchtenden durch Korridore gefolgt, durch offen stehende Schotte in lichterfüllte Hallen hinein, in denen nichts anderes wuchs als großblättrige, hüfthohe Büsche, die Kohlendioxid zu Sauerstoff verwandelten. Die Muties hatten sich ihren Weg geradeaus durch die Pflanzen gebahnt und unübersehbare Spuren zurückgelassen. Mit schier unglaublicher Kraft hatten sie schmale Türen geöffnet, die durch schwere Riegel gesichert waren. Durch diese Not-Durchstiege waren sie, einem inneren Richtungsbefehl gehorchend, in stillgelegte Werkstätten und Fabrikationskammern eingedrungen und im Zickzack hindurchgerannt. Sitze und Geräte waren umgeworfen worden, an Ecken und Kanten hingen Fetzen der blutigen Binden.

Magazine voller Kisten und Truhen schlossen sich an. Lampen mit uralten, verschmutzten Abdeckungen verbreiteten schwachen Lichtschein. Die fünf Verfolger, aus deren Scheinwerfern weiße Strahlenbündel in alle Richtungen zuckten, waren hinterher gehastet, von einem Raum zum anderen und durch Zonen unterschiedlicher

Größe, in denen Beleuchtung, Gerüche, Luftfeuchtigkeit und Temperatur und daher die Grundfarben ständig wechselten. Schmale, erschreckend leere Rampen verbanden die Decks miteinander.

Kalymel hatte die Schotte und die Luken hinter sich schließen lassen, um den sorgfältig ausbalancierten Austausch wertvoller Luft und Energie nicht zu gefährden. Ihm war bewusst, dass sie trotz des Zeitverlusts diese Sicherheitsmaßnahmen durchführen mussten. Er rechnete damit, den Vorsprung der Halbleukors fast aufgeholt zu haben. »Wir müssen dicht hinter ihnen sein«, sagte er, als Elsey und Lieth verschwitzt und schmutzbedeckt neben ihm standen. »Versucht, sie schonend zu behandeln. Denkt daran: Sie sind krank und verwirrt!«

»Wahrscheinlich liegen sie erschöpft zwischen den Umformern«, meinte Macaire und betrat die Stufen. »Bringen wir es hinter uns.«

»Los. Weiter!«

Kalymel holte tief Luft. Er bildete sich ein, dass eisige Weltraumkälte zugleich mit kosmischer Strahlung durch die stählernen Wände drang, aber binnen weniger Minuten waren er und seine Männer wieder schweißgebadet. Die Luft war nicht nur trocken und kühl, sondern auch dünn; die Füllstandsanzeigen der Kohlendioxidtanks, dem Treibmittel für den Löschschaum, die dicht über dem Boden angeflanscht waren, standen auf Maximum. Auf dem Weg zum nächsten Deck schwerkraftaufwärts kamen sie an einem Tank vorbei, als sich im selben Augenblick knallend das Ventil öffnete und den Inhalt durch Rohre fauchend ins All entließ.

Als das schreiend gelbe Doppelschott gegenüber dem Liftgerüst aufglitt, winkte Kalymel seine Begleiter zur Seite. Der Spalt vergrößerte sich, die Warnlampen blinkten aufgeregt, und als Elsey sich als Letzter an die Wand presste, drangen zugleich mit wilden Schreien die metallisch klatschenden Abschüsse der magnetischen Waffen aus der Maschinenhalle. Das Brummen der Absorber wurde lauter.

Die Bolzen zuckten mit bösartigem Summen zwischen den Umformerblöcken hervor und detonierten an den Wänden der Treppenanlage und den Trägern des Lifts. Splitter prasselten in alle Richtungen. Die Portalteile beendeten ihre Bewegungen und schlugen gegen die Puffer. Macaire und Kalymel sprangen, die Lähmstrahler in den Händen, ins Dunkel und warfen sich rechts und links in Deckung.

Eine zweite Salve hämmerte dicht gebündelt in das Liftgestänge. Der Detonationsdruck der Geschossköpfe wirbelte Lieth und Hollun ins Innere der Halle. Die Schreie waren fast unverständlich, und die Echos in dem großen Raum verzerrten jedes Wort. Als Holluns Scheinwerfer seinen Lichtkegel über einen Teil der Maschinen warf, glaubte Kalymel den einen oder anderen Wortfetzen zu verstehen.

»... Furcht ... der Hüter ... die Muster des Versagens ... unerträgliche Schmerzen ... im Namen des Legendors ...!«

Kalymel und Macaire krochen zuerst an der Innenwand nach rechts und links, dann wagten sie sich zwischen den Sockeln, Rohrverbindungen und den Blöcken und Zylindern der Anlage in die Richtung, in der sie die Flüchtenden vermuteten. An der gegenüberliegenden Wand bildete schwaches Licht eine Art vielfarbigen Halo. Es mochte ein Schaltpult oder ein Display sein. In kurzen Abständen flammten die Scheinwerfer auf. Ihre Strahlen bildeten weiße Balken in dem dünnen Nebel aus Staub und Wasserdampf, der die Halle füllte.

Die Kranken feuerten blindlings auf wirkliche oder imaginäre Ziele. Aus den grell aufflammenden Explosionskernen schwirrten die Bruchstücke durch die Dunkelheit. Das Klirren und Krachen, mit denen Wände und Maschinenverkleidungen getroffen wurden, erfüllten die Halle mit ohrenbetäubendem Lärm.

Kalymel richtete sich auf und spähte in die Gassen zwischen den Aggregaten. »Hört auf zu schießen!«, rief er. »Wir wollen euch helfen!«

Flüchtig sah er eine Gestalt, die den Standort wechselte und deren Umrisse von einem umherirrenden Scheinwerferstrahl sichtbar gemacht wurde. Die Antwort auf seine Aufforderung war ein erneuter Hagel aus Geschossen, wirre Schreie und der Lärm der berstenden Schrapnellköpfe. Er duckte sich. Rings um ihn schlugen die Splitter ein. Er hörte hinter sich ein scharfes, lang anhaltendes Zischen, ein grelles Pfeifen, und wusste, dass ein K-Tank getroffen worden war. Hochverdichtetes Kohlendioxid trat aus, das Ventil rasselte, das Gas breitete sich entlang des Bodens aus, und der Vorgang löste einen Alarm aus. Radialventilatoren begannen sich summend zu drehen, die Tiefstrahler an der Decke und über verschiedenen Geräten schalteten sich ein. Es dauerte einen vorsichtigen Atemzug lang, bis sich Kalymels Augen an die Helligkeit gewöhnt hatten.

»Kohlendioxidalarm!«, brüllte Elsey. »Hoch vom Boden.«

Fast gleichzeitig sah Kalymel einen Halbleukor, hob seine Waffe und feuerte. Ein lang gezogenes Sirren ertönte, ein fahler Spurstrahl spannte sich von der Mündung bis zur Brust des Weißhäutigen. Es war Amias. Er riss die Arme in die Höhe, verlor seine Armbrust und sackte wie in Zeitlupe zusammen.

Die beiden anderen Halbleukors standen an den Seiten eines viertelrunden Steuerpults. Die Bildschirme oberhalb der Anzeigenbatterien waren in Tätigkeit, aber weder Macaire noch Kalymel konnten erkennen, was sie zeigten; Cada und Lumena feuerten ihre Bolzenmagazine leer. Die Schenkel der Armbrüste zuckten vor und zurück, und die Geräusche des Alarms mischten sich in den scheppernden Lärm in der Maschinenhalle.

Lieth sprang links im Blickfeld Kalymels in die Höhe und feuerte einen Schockstrahl auf Cada ab, die das Magazin wechselte. Sie sah erbarmungswürdig aus: Die blutgetränkten Binden hingen an ihr herunter, und sie blutete aus den Fingerspitzen und allen Körperöffnungen. Ihre Haut bot ein erschreckendes Muster aus Weiß, Schwarz und Rot. Sie kippte nach hinten, schlug gegen eine Maschinenabdeckung und rutschte langsam besinnungslos zu Boden.

Schreiend und mit einem irren Tanz auf der Stelle leerte Lumena sein Bolzenmagazin. Hollun hatte sich in der Deckung bis zu einem Versteck rechts von ihm vorgearbeitet, verließ den Sichtschutz und traf Lumena von der Seite. Klappernd fiel die Armbrust gegen ein Pult und feuerte weiter, bis der letzte Bolzen das Führungsrohr verlassen hatte und in einen Tiefstrahler einschlug, der knallend barst und einen Hagel scharfzackiger Kunststofftrümmer nach unten schickte.

»Aufhören!«, rief Kalymel und lief zu den Para-Muties. »Es ist vorbei. Armbrüste weg!«

Er senkte die Waffe, klinkte den Scheinwerfer im Gurt ein und rannte auf das Steuerpult zu. Bevor er den Blick auf die Bewusstlosen richtete, sah er auf den Schirm. Dort zeichnete sich im Licht der näher kommenden Sonne ein flirrender konvexer Kreis ab. Die Fangfelder, die sich zwischen den Projektoren spannten, waren nicht zu sehen, aber die Neutrinoeffekte bildeten wirbelnde Muster und schnell vergängliche Strukturen. Kalymel war sicher, in dem riesigen Kreis ein Gesicht aus Strudeln, Wirbeln und Farben zu erkennen, das zu Fraktalen zerfloss und sich langsam in den Lichtschauern auflöste. Der Alarm riss plötzlich ab, das Zischen und Pfeifen aus dem beschädigten Tank hatte aufgehört. Nur das Brummen der Absorber und das Geräusch der Ventilatoren blieb.

Macaire war vor Kalymel bei den Bewusstlosen, betrachtete sie einige Atemzüge lang schweigend und schüttelte dann bedauernd den Kopf.

»Ob sie es überleben werden?«, fragte er sich laut. »Bringen wir sie nach draußen. Wir sollten den Naahk verständigen.«

Eine halbe Stunde lang mühten sie sich schwitzend damit ab, die schlaffen Körper bis zur Plattform vor dem Lift zu schleppen und flüchtig zu versorgen. Dann rief Kalymel den nächsten Knoten des Gespinsts, der eine Schaltung zu Atubur Nutai herstellte.

Der Kopf des Kommandanten erschien auf dem Schirm, müde, mit Schweiß auf der Stirn und erschöpft blinzelnd. Sein Blick ging an Kalymels Schulter vorbei zu den bewegungslosen Körpern. Nach einigen schweren Atemzügen sagte er: »Ich sehe, dass ihr die Kranken von weiteren sinnlosen Aktionen abgehalten habt. Die K-Konzentration ist auf einen ungefährlichen Wert gesunken. Der Kommandant dankt euch im Namen des Rates und der Besatzung.« Er richtete einen langen, dunklen Blick auf Kalymel, der sich umsah und nach Tragen oder ähnlichen Gerätschaften suchte. »Wartet auf den Lift. Ich werde ihn aktivieren, damit ihr die drei in die Krankenstation zurückbringen könnt. Meine Geräte zeigen keine weiteren Schäden – du, Kalymel, sollst danach die Anlage auf mögliche Schäden untersuchen. Ich melde mich wieder.«

»Ich brauche die genauen Werte, Naahk«, sagte Kalymel. »In Ordnung. Später. Ich finde sie im Gespinst. Wir bringen sie hinaus.«

Er schaltete sein Funkgerät an und rief die Krankenabteilung von Süd-Grün. Sie sollten Tragen bereitstellen und alles vorbereiten, um die Kranken schnell versorgen zu können.

Nacheinander hoben sie die schweren Körper hoch, auf deren Haut das Blut trocknete. Das ehemals weiße Haar war schmutzig, voller Staub und Schweiß und verkrustetem Blut. Als sie Amias vor dem Lift wieder zu Boden gleiten ließen, sahen sie die Lichter und hörten den Lift, der aus scheinbar unergründlicher Tiefe aufwärts ratterte.

Zu den tragischen Rätseln des Lebens in der OVIR gehörten die Formen des Gebrests, die sich über Jahre hinzogen und sich auf unterschiedlich schmerzhafte und letztlich tödliche Weise zeigten. Die Haut der Para-Mutanten – bei diesen drei Halbleukors war die Krankheit am weitesten fortgeschritten – zeigte plötzlich dunkle Stellen, die schnell größer und blutrot wurden und wässriges Blut abzusondern begannen. Ungefähr nach zehn Tagen versiegte das Plasma, und die handtellergroßen Blutmale verschwanden langsam. Innere Organe schienen nicht betroffen zu sein; die Male schmerzten nicht mehr oder weniger als »normale« Wunden dieser Größe. Die Krankheit schien überwunden.

Aber dann, meist nach langer Zeit, sickerte unerwartet helles Blut aus Nase und Ohren, später aus den Fingerspitzen, und die Nägel oder Krallen verkümmerten und fielen aus.

Diese Änderung im Krankheitsverlauf ging mit Albträumen und seltsamerweise einer auffälligen, aber vorübergehenden Steigerung der Parafähigkeiten einher; weder die Heilkundigen wussten, was zu tun war, noch war in den Archiven oder Annalen des Gespinsts ein Hinweis auf Krankheit oder Heilungsmöglichkeiten zu finden. Bis zum nächsten Ausbruch ließ sich das Gebrest viel Zeit.

Unerwartet schlug es wieder zu. Die Kranken wurden festgebunden und mit allem versorgt, von dem die Helfer wussten, dass es nicht schadete. Aber es zog sich. Minuten dehnten sich zu Stunden, qualvollen Tagesperioden und Nächten. Die Kräftigen vegetierten länger als die Alten oder Geschwächten, dann begannen die Körper auszutrocknen, und der Tod kam lautlos und unabänderlich.

Kalymels Team trug die Bewusstlosen in den Lift, der schwerkraftabwärts rumpelte und auf der Ebene des Versammlungsplatzes anhielt, zum ersten Mal seit Jahren. Macaire stieß ein paar Pfiffe aus und winkte einige junge Frauen heran.

»Helft uns!«

Die Halbleukors, die einen entsetzlichen Anblick boten, wurden auf Tragen umgebettet und in die Krankenstation geschleppt. Nacheinander kamen die Heilkundigen herein und begannen die drei reglosen Gestalten zu versorgen; während eine Gruppe anfing, Blut und Schmutz abzuwaschen, legten andere in aller Eile Tropfinfusionen an. Kalymel setzte sich schwer auf einen Hocker, begann seine Ausrüstung abzulegen und betrachtete das Durcheinander aus blutigen Verbandsresten und medizinischer Ausrüstung.

»Die Seltsamkeiten mehren sich«, sagte er zu Hollun. »Wir können nur hoffen, dass nach der Landung andere Umstände eintreten.«

»Beim Hüter!«, antwortete Hollun leise. »In fünfzig Tagen sind wir alle klüger.«

Der Bildschirm im Vorraum der Station schaltete sich ein. Atubur Nutai starrte wortlos auf die Helfer herunter, die sich um drei Krankenbetten geschart hatten, dann nickte er Kalymel zu, der aufgestanden war und mit hängenden Schultern vor dem Aufnahmeblock stehen blieb.

»Auch der zweite Check hat gezeigt, dass die drei keine Schäden angerichtet haben. Um einen weiteren Zwischenfall dieser Art zu verhindern, müsst ihr die Kranken festbinden. In zehn Minuten setze ich den Lift wieder in Betrieb, Kalymel. Hol deine Testgeräte.« Er nickte langsam. Lichtreflexe huschten über seinen kahlen Schädel. Sein ausgezehrtes Gesicht drückte mehr als nur Besorgnis aus, aber seine Augen funkelten unternehmungslustig. »Sieh bitte im Umformerdeck nach. Nimm jemanden mit, der etwas von der Sache versteht und dir hilft.«

»Macaire arbeitet mit mir zusammen«, antwortete Kalymel. »Wie geht es voran mit der Geschwindigkeitsabnahme?«

»Wie geplant«, sagte der Naahk. »Ihr alle könnt beruhigt sein. Die Absorber arbeiten mit neunzig Prozent ihrer Leistung. Vierzig Stunden lang haben die Para-Kranken die

Neutrino-Energiezufuhr auf einem Spitzenwert gehalten. Fast zweifache Intensität.«

»Und ... jetzt?«, fragte Kalymel besorgt.

»Knapp unterhalb Normal. Wir werden in jedem Fall eine tadellose Zwischenlandung durchführen. Du gibst mir Bescheid, wenn deine Überprüfung beendet ist.«

»Selbstverständlich, Kommandant«, sagte Kalymel. Das Gespinst löschte das Bild auf dem gelb gerahmten Display.

Kalymel ging zu seiner Kabine, reinigte sich flüchtig und zog den Metallkoffer aus dem Schrankfach. Als er den abgewetzten Griff in die Finger bekam, lachte er kurz und beinahe wehmütig. Wissen und Kenntnisse, die Instrumente und Geräte in diesem Koffer richtig gebrauchen zu können, waren zusammen mit dem Behälter von Generation zu Generation weitergegeben worden. Er war der vorläufig Letzte, der diese Test- und Messinstrumente gebrauchte; eigentlich hätte er einen begabten Jugendlichen darin schulen wollen.

Er wartete auf Macaire und fuhr, nachdem er die Kommandozentrale gerufen hatte, mit der langsamen Aufzugskabine bis zum obersten Anschlagpunkt. Klirrend hielt die Trageplatte an, das Scherengitter öffnete sich.

Jeder Bauteil der Projektoren, der Umformer und aller Leitungen, Isolatoren oder Verkleidungen entsprach bester, unverwüstlicher Hochleistungstechnik und war Stand der Wissenschaft und Metallurgie gewesen, als die LEMCHA OVIR die Werft verließ. Manche Instrumente entstammten einer neuen Bauserie und hatten noch in der Werft Teile der ursprünglichen Ausstattung ersetzt.

Etwa ein Drittel aller Anzeigen war inzwischen außer Betrieb. Kalymels Vorgänger und er selbst hatten die Werte und die Abgreifpunkte beim entsprechenden Knoten ins Gespinst eingegeben und mit Fettstiften auf die Geräte geschrieben und gezeichnet. Zuerst schalteten Macaire und er die Abschnittsbeleuchtung des innersten, »obersten« Decks ein.

Vor fünf Jahren hatten die Tenoy und ihre Helfer mit einem Wandergerüst sämtliche Tiefstrahler und Scheinwerfer gereinigt und instand gesetzt. Nachdem Kalymel die Sperren vor den Sicherungen entfernt und die massigen Schalter umgelegt hatte, füllte ungewohnte Helligkeit das Umformerdeck. Kalymel wischte eine dünne Staubschicht von einem Tisch, klappte den Koffer auf und öffnete die Schutzklappe des Datengeräts. Das positronische »Inspektionsbuch« zeigte die letztermittelten Daten.

Nach einem festgelegten Schema wanderten Macaire und Kalymel mit Prüfgeräten und Sonden von Schaltpult zu Schaltpult, lasen Instrumente ab und verglichen Daten, und wenn die Displays und Anzeigen ausgefallen waren, maßen sie mit den Sonden an ausgesuchten Punkten der Maschinen und Leitungen.

Plötzlich richtete sich Macaire auf und rief zu Kalymel herüber: »Mir wird gerade bewusst, dass wir den letzten Check durchführen. Oder jedenfalls den wichtigsten.«

Kalymel notierte einen abweichenden Wert und tippte ihn in den tragbaren Rechner und ins Gespinst-Display ein.

»Ja. Du hast Recht, Macaire. Landung nach mehr als einem halben Jahrtausend. Wir dürfen keine Fehler machen.« Er schloss die Abdeckplatte eines Pults und dehnte seine verkrampften Muskeln. »All das Zeug hier wird noch Jahrhunderte halten. Wie handgeschmiedet. Aber es ist schon richtig, dass wir landen. Wenn wir noch Zehntausend wären ...«

»Dann wäre noch der Weg das Ziel, Kalymel.«

»Richtig.«

Sie setzten sich müde vor das Zentralpult des Quadranten und betrachteten die rasterförmig angeordneten Bildschirme. Ein Gerät war defekt. Auf den anderen zeichneten sich die fraktalen Erscheinungen ab, die auf den Feldern durch den Zerfall der Neutrinos im Auffangfeld des

Rades entstanden. Wahrscheinlich, sagte sich Kalymel, hatte sich seit dem ersten Aktivieren der Anlage das Bild nicht ein einziges Mal wiederholt. Nach wenigen Atemzügen stieß er seinen Gefährten an. »Da! Sieh dir das an!«, sagte er rau.

Die Wirbel, Schleier, Spiralen und jähen Farbwechsel bildeten in Abständen von ungefähr 15 Sekunden klar erkennbare Bilder, die nur halbe Sekunden stabil blieben. Köpfe und Gesichter entstanden, kristallisierten für kurze Momente und lösten sich wieder auf. Spindelförmige Gestalten schlängelten sich leuchtend durch die quellende, wabernde Fläche und tauchten ab. Macaire und Kalymel glaubten Gesichter zu erkennen, die Köpfe schauerlicher Fabelwesen oder Geschöpfe, die aus der Tiefe grauenhafter Albträume aufgestiegen waren.

»Unbegreiflich«, murmelte Macaire und schüttelte sich. »Als wollten uns die Neutrinos sagen, dass wir mitten ins Verderben fliegen!«

»Vielleicht sind es die Träume der sterbenden Halbleukors?«, fragte sich Kalymel laut. »Irgendeine gegenseitige Beeinflussung findet statt. Aber zwischen welchen Teilen? Die Arche und das All? Die Sonne dort draußen oder Amias und Cada?«

»Der Energiefluss hat sich nicht verändert«, stellte Macaire fest. »Machen wir weiter.«

Sie hatten noch drei Stunden lang zu tun. Aber immer wieder unterbrachen sie ihre Arbeit und warfen lange Blicke auf die Bildschirme. Minutenlang sahen sie nur die vertrauten Fraktalmuster, aber blitzartig, als pseudostroboskopische Effekte, drohten dazwischen aus dem Auffangfeld die albtraumhaften Fratzen und flammenden Spindeln. Der Schrecken, den sie ausstrahlten, verstärkte sich, als Kalymel die Scheinwerfer abschaltete und das Doppelschott zugleiten ließ.

Sie schwiegen während der Fahrt mit dem knackenden, klirrenden Lift hinunter in die vertraute Umgebung. Als

Kalymel auf dem Weg zu seiner Kabine an der Krankenstation vorbeikam, hob Loris den verbundenen Arm und rief unterdrückt: »Kalymel! Lumena ist vor wenigen Minuten gestorben!«

Er blieb stehen, senkte den Kopf und dachte nur noch: *Draußen haust ein Verhängnis, das uns umbringen wird!*

4

Die Landung der LEMCHA OVIR

Vor einer halben Minute hatte Harriett Hewes die Kabine verlassen. Denetree saß auf der Kante der Liege, starrte aus halb geschlossenen Augen auf die abgewetzte Platte. An einem Spezialhaken hing im oberen Fünftel ein ebenso gebraucht aussehender Raumhelm. Aus unsichtbaren Lautsprechern drang leise Musik; Harriett hatte Denetree erklärt, wie Musikstücke aus den Speichern abgerufen wurden. Nach einer kurzen Ewigkeit stand sie auf und nahm, als zöge sie einzelne Schichten von der Wirklichkeit ab, Stück um Stück ihrer Umgebung wahr. Ihr kam unvermittelt in den Sinn, dass sie schon einige Nächte hier geschlafen hatte.

Mit traumhaften Bewegungen ging sie in die würfelförmige Nasszelle, lockerte die Haarsträhnen des Zopfs, zog sich aus und tippte, ohne nachzudenken, auf die Symbole hinter der Glassitscheibe. Eine Stunde lang hatte sie gebraucht, um die Zelle gründlich zu putzen; ein Roboter – auch diese Maschine gehörte zu den Überraschungen ihres neuen Lebens – hatte den Boden der Kabine gesäubert. Alles roch verwirrend nach irgendwelchen fremdartigen Substanzen.

Der Subsyntron ließ sich nicht irritieren und spulte alle Teile des Programms ab, bis zum duftgetränkten Warmluftwirbel. Kalte, heiße Duschen, Massagen mit Öl, Hautpflege mit Balsam, Haarwäsche, Trocknen ... halb verständnislos starrte Denetree sich im Spiegel an, während sich dessen Oberfläche klärte. Noch immer verblüffte und deprimierte sie der völlig ungewohnte Luxus; die fremden Klänge legten wie ein warmes Tuch Harmonie über ihr Gemüt. Sie flocht in langsamem Takt das trocknende Haar, dem ein unbekannter Duft aus den Apparaten der Duschzelle anhaftete, zum lockeren Zopf.

»Stell dich nicht so an, Denetree«, hörte sie sich sagen, als sie in den dünnen, frischen Bordoverall schlüpfte. »Du hast das Elend nicht erfunden. Die Terraner nennen es *Melancholie*. Jeden Tag werden mehr von deinen Träumen wahr!«

Sie war wirklich in einer anderen Welt! Ihre Umgebung war schöner, heller, leichter. Indem sie versuchte, sich zu bewegen, ohne anzuecken, lernte sie. Die Erinnerung an die Arche blieb ebenso präsent wie die an ihren Bruder Venron, selbst an ihr Fahrrad dachte sie bisweilen. Aber in der Ruhe und Abgeschlossenheit ihrer winzigen Kabine fand sie zu sich selbst und glaubte zu erleben, wie sich eine hauchdünne Schicht ersten Vergessens über die Erlebnisse spannte – wieder wie eine milchige Folie.

»Alles ist so ... verwirrend. So ganz anders.« Denetree zog den Kopf zwischen die Schultern. Als sie an die Arche dachte, an den toten Bruder und daran, dass sie auch das feste Gefüge des Bordlebens der NETHACK ACHTON verloren hatte, fiel sie in die dunkle Welt ihrer Einsamkeit zurück. Obwohl die Prospektoren hilfreich und freundlich waren, war sie ganz allein in einer verwirrenden Welt – aber trotzdem: den Sternen, dem großartigen, grenzenlosen All mit seinen Wundern war sie so nahe wie nie zuvor. Sie stützte den Kopf in die Hände und empfand ihre Ratlosigkeit wie eine hartnäckige Krankheit.

Da gab es ein großes Holodisplay und einen Apparat mit der Oberfläche matten Stahls, der wahlweise zwei heiße und drei kalte Getränke in formschöne Kunststoffbecher ausschenkte. Sie wählte das süßere, weniger heiße Getränk. Seit einigen Tagen lernte sie die Sprachen, in denen man an Bord verkehrte. Sie wollte lernen; sie dachte an Sterne und Planeten, und plötzlich fühlte sie, dass sie hungrig war.

Bisher hatte Harriett ihr das Essen gebracht. Den Weg zur Schiffsmesse kannte Denetree mittlerweile. Sie schlüpfte in Bordstiefel, die ihr Harriett überlassen hatte, schloss sorgfältig das Kabinenschott und ging durch leere Korridore bis zu einer der Röhren, einem »Antigravlift«. Sie blieb, die Hände an den Griffen, unschlüssig stehen und schaukelte vor und zurück. Dann überwand sie ihre Angst, kniff fest die Augen zu und ließ sich fallen. Weich fing sie das Feld im Inneren des Schachtes auf und ließ sie, leicht wie ein Humming, abwärts schweben. Mutiger geworden, schwang sie sich hinaus, als sie den abgewetzten Bodenbelag erkannte. Sie atmete erleichtert aus.

Langsam öffnete sich das Schott der Messe. Licht, Essensgerüche und Stimmengewirr schlugen ihr entgegen, als sie eintrat. Einige neugierige und wohlwollende Blicke richteten sich auf sie. Sie erkannte die Bedeutung und zwang sich zu einem Lächeln. An einem Tisch saßen Harriett Hewes, Perry Rhodan und die aufregend schöne Akonin. Halb leeres Geschirr stand vor ihnen. Harriett winkte und deutete lächelnd auf einen leeren Sitz.

»Setz dich zu uns, Denetree«, sagte sie. Denetree kam näher und übersah geflissentlich ein grinsendes Kriecher-Team an den anderen Tischen. Sie setzte sich, nickte mit zögerlichem Lächeln der Akonin und Rhodan zu und sagte: »Bisher hast du mir Essen gebracht, Harriett. Jetzt versuche ich es selber. Dort drüben, ja?«

Sie deutete auf die halb robotische Essensausgabe, die Teller, Schalen und das Besteck.

Rhodan stand auf. »Komm. Ich zeig dir alles. Ist ganz einfach. Schmeckt sogar sehr gut.«

Im Hintergrund des Raums, wo einige Männer Rauch aus ihren Mündern ausstießen, sah Denetree drei Wesen an einem Tisch, deren Anblick sie verwirrte. Die Rauchschleier, die zu den Öffnungen der Luftumwälzanlage aufstiegen, verhinderten ein klares Bild.

Rhodan, der ihrem Blick gefolgt war, sagte beruhigend: »Das sind keine Terraner. Ein Kriecher-Team. Die mit den flachen, runden Köpfen sind Blues, wegen der Hautfarbe so genannt, der Mann mit der Mähne und dem Löwengesicht ist ein Gurrad. Nette Burschen, geübte Raumfahrer; du brauchst nicht zu erschrecken.«

»Ich verstehe«, antwortete sie, obwohl sie nichts verstand. Nein, eines verstand sie doch: Sie würde lange Zeit brauchen, bis sie das Leben zwischen den Sternen, von dem sie so lange geträumt hatte, verstehen würde.

Nach 21 Tagen hatte sich die Geschwindigkeit der LEMCHA OVIR bis auf weniger als halbe Lichtgeschwindigkeit reduziert. Die Absorber hatten 16-mal den Koloss mit Werten von sieben Einheiten der Fallbeschleunigung verzögert. 16-mal hatte der kantige Ring in jedem seiner 1200 Meter Gesamtdurchmesser ächzend und knarrend vibriert, in jedem Kubikmeter der fünf Decks. Statt der absoluten mathematischen Geraden der Flugbahn hatte sich der Kurs zu dem Ausschnitt einer Kurve verändert, mit weitem Radius, an deren Ende das System der roten Sonne stand. Die Voraus-Sterne begannen ihre Farben zu ändern. Der Wasservorrat des Schiffs, als Eis in 15 riesigen Tanks mitgeführt, war fast völlig geschmolzen. Aus statischen Gründen und solchen der Abschirmung befanden sich die Tanks, ausgeglichen verteilt, in den äußersten Decks nahe der nuklearen Meiler.

Atubur Nutai konnte zufrieden sein. Doch tief in seinem Inneren herrschte seit dem Raumbegräbnis Lumenas und Cadas aus Quadrant Süd-Grün Furcht. Noch war sie kontrollierbar. Aber sie würde stärker werden. Der Kommandant kannte diese Regung und fürchtete die Furcht, weil sie ihn in seiner Entscheidungskraft lähmen konnte. Er bewegte sich in einer Umgebung, die ihm seit einem halben Jahrtausend vertrauter war als sein eigenes Leben.

Langsam richtete er sich auf, erschöpft von der Leidenschaft der vergangenen Stunden. Chibis-Nydele lag ausgestreckt neben ihm. Schweiß, der nach Narde roch, schimmerte auf der Schuppenhaut entlang ihres Rückgrats.

»Ah! Nur Kontrolle schafft Sicherheit«, knurrte Atubur Nutai, erhob sich unterdrückt stöhnend, und tappte über den hochflorigen Bodenbelag zur Huccarmaschine. In seinem Körper schienen unzählige kleine Käfer mit glühenden Kiefern die Nerven zu verwüsten. Während er den heißen Nährtrank schlürfte, wanderten seine Blicke über die Darstellung des Sonnensystems. Das Gespinst hatte einen Großteil seiner geschwundenen Kapazität für eine Ausschnittvergrößerung verwendet.

Zwischen den Bahnen des siebenten und achten Planeten erstreckte sich ein gewaltiger Asteroidengürtel. In der Darstellung verschwanden beide Teile des Ringes im diffusen Hintergrund, aber die Hauptmasse erhob sich wie ein nach innen gekrümmtes Band hoch über die Ekliptik des achten, siebten, fünften und dritten Planeten; die Bahnebenen der übrigen Welten waren stark gekippt.

Bei den Welten neun, zehn und elf verfügte die Ortung nur über die Echos der Positionen; sie befanden sich auf der gegenüberliegenden Hälfte des Systems. In den Tagen und Stunden der Landung befanden sich außer Mentack Nutai auch der siebente und sechste Planet, Ovirs Leuchtturm und Lemchas Insel, in diesem Sektor ihrer Bahnen um Ichest.

Der Naahk bemerkte ein blinkendes Licht auf dem Bildschirm. Einige Atemzüge später erkannte er, dass es die Spiegelung des pulsierenden Schmuckstücks war, das seinen Zellaktivator umschloss. Die Frequenz hatte zugenommen. Und jetzt nahm auch die Furcht in Nutais Herz zu. Er schloss die Augen und senkte ergeben den Kopf, fing sich jedoch nach wenigen Atemzügen wieder.

Der Kurs, den das schwarze Ringschiff augenblicklich flog, führte »hoch« über den Irrläufern und Begleitern des dichten Planetoidengürtels auf jenen Punkt zu, den der fünfte Planet auf seiner Kreisbahn in 23 Tagen erreicht haben würde. Wenn nicht gerade die Gesamtleistung für die Berechnungen gebraucht wurde, übermittelte das Gespinst ständig Bilder in die vier Quadranten. Vor den großen Displays unterhalb der Legendor-Bildnisse versammelten sich die Bewohner und sahen die Planeten, den Gürtel und das Strahlen der Sonne größer und durchdringender werden.

»Hüter und Legendor«, murmelte Atubur, ohne daran zu denken, dass Chibis-Nydele zwölf Schritte von ihm entfernt schlief. »Jetzt solltet ihr bei mir sein. Ich brauche euch. Aber auch ihr seid in der Vergangenheit verschwunden.«

Chibis-Nydele regte sich, gähnte, murmelte etwas und stützte sich auf den Ellbogen. Atubur begegnete ihrem schläfrigen Blick. »Dein Amulett blinkt schneller, Naahk«, sagte sie leise.

»Kümmere dich nicht darum«, antwortete er mit einer beschwichtigenden Geste. »Es wird seinen alten Rhythmus bald wiederfinden.«

»Bist du sicher, Atubur?«

Er lachte kurz. »Es gibt keine Sicherheit bis nach der Landung.«

Der Naahk brachte seiner Geliebten einen Becher Huccartrunk. Langsam und schweigend zogen sie sich an. Atubur Nutai wurde allmählich klar, dass er seine Unruhe und Furcht nur für kurze Zeit mit den Wonnen leidenschaftlicher Paarung verdrängen konnte. Das Vorhaben des Einschwenkens in den Planetenorbit überstieg vielleicht seine Fähigkeiten; das verbliebene Können eines Uralten, der alle zwanzig Jahre etliche Zeilen und Absätze seiner eigenen Geschichte vergaß, reichte nicht.

»Aber ... wir werden doch eine gute Landung haben?«, fragte Nydele flüsternd.

»Ich sorge dafür, und – hundert und mehr Lemcharoys tun nichts anderes, als dafür zu planen und zu arbeiten.«

Der Naahk leerte den Becher, streichelte gedankenvoll Nydeles Schultern und fuhr hinunter in die Kommandozentrale. Er nahm seine Furcht mit sich und schloss hinter sich das Schott. Er konnte sich auf jeden einzelnen Handgriff, jede Schaltung konzentrieren, denn innerhalb des Schiffsgefüges, in den Resten eines ehemals hierarchischen Aufbaus, herrschte wirklicher Zusammenhalt. Widerstand gegen ein System aus gerade 1000 Individuen, das sich in Auflösung befand, wäre grotesk gewesen; der Druck der sozialen Kontrolle sorgte für eine ausgeglichene Lebensführung und für die Einsicht, bestimmte Arbeiten nicht zu vernachlässigen.

In einer Stunde würden die Schwerkraft-Absorber abermals eingeschaltet und hochgefahren werden. Das Gespinst blendete unaufhörlich den Zeitpunkt in die Darstellung des Zielgebiets ein.

Nachdem die nächste Bremsphase der LEMCHA OVIR abgeschlossen war und Atubur Nutai mühsam mit dem Knotenrechner festgestellt hatte, dass der Kurs weiterhin in den Anziehungsbereich des Planeten führte, fuhr er in seine Gemächer hinauf. Er hasste Treppensteigen, besonders auf den harten Metallsektoren der Wendeltreppe, auf denen jeder Schritt in den Gelenken schmerzte. Er setzte sich an seinen Schreibtisch, der in das Metallgefüge der Wand integriert war; ein edles, uraltes Stück Handwerkskunst, Erbstück seiner Großeltern, aus Blutlormenholz mit Intarsien aus Edelmetall und den Schalen von Tiefseemuscheln. Er betätigte einige Knöpfe innerhalb des Geheimfachs, dann klappte er die Schreibplatte hoch.

Kaum hatte er sich auf dem Lager ausgestreckt, brachte ihm Chibis-Nydele einen Becher Huccar. Er leerte ihn mit kleinen, vorsichtigen Schlucken.

Er hatte zu viel und zu lange gearbeitet. Übergangslos senkten sich Erschöpfung und Müdigkeit wie ein schweres, nasses Tuch über ihn. Den letzten Blick in Nydeles große Augen und ihr besorgtes, liebenswertes Gesicht nahm er mit in einen Halbschlaf, in dem er glaubte, seinen Traum steuern zu können: Aber auch dieser Traum, in dessen Verlauf er in der Asche der Vergangenheit wühlte, würde im albtraumhaften Schrecken enden.

Ihm war, als liege er in der warmen Flüssigkeit, die *Medrovir* ausfüllte, an Schläuche und Membranen angeschlossen, die binnen Tagen den Inhalt fast aller seiner Körperzellen austauschen würde. Wie im Mutterleib schwebte er, allein mit sich selbst und den verdämmernden Erfahrungen seines langen Lebens, schwerelos in dem Fluid, dessen Zusammensetzung nur der Legendor gekannt hatte. Allein mit seinen Jahrhunderten als »Unsterblicher«. Die Wirkung des Zellaktivators und des Nähr-und Erneuerungsbades ergänzten einander. Atubur Nutai erinnerte sich genau an die würdevolle Zeremonie, in der er als einer von wenigen Auserwählten den Aktivator überreicht bekommen hatte, mitsamt dem tarnenden Kontroll-Schmuckstück, dessen langsames Blinken die einzige Helligkeit im lebenswarmen Inneren des eiförmigen Metalluterus war.

Die Erinnerung an den Hüter war ungenau. Nutai entsann sich vage, einen halb philosophischen Dialog mit einem machtvollen, vielgliedrigen Wesen geführt zu haben, irgendwann in ferner Vergangenheit, ein Gespräch über Zukunft, Vergangenheit und die Last der Gegenwart, über Rätsel, Geheimnisse und Verbote. Aus der Finsternis der Erinnerung glühten drei rote Augenlichter. Wie auf dem rätselhaften Bild in seinen Gemächern. Der Hüter, so nannte sich das Wesen, würde das Schiff mit allen seinen Möglichkeiten schützen.

Der Hüter und der Legendor, die Schutzherren des LEMCHA OVIR, schienen inzwischen ebenso immateriell wie Atuburs Träume. Er dämmerte dahin zwischen Wachen und Erinnerungen, während sein Körper alle verbrauchten Zellreste ausschwemmte, und mit ihnen manche Fakten, Daten und Gewissheiten. Acht mal zwölf Stunden dauerte der Aufenthalt in *Medrovir*. In kleinen Schritten kam Atubur Nutai wieder zu sich, jünger, mit straffer Haut, vollem schwarzem Haar, prallem Muskelgewebe, neu gewachsenen Zähnen und neuer Kraft, schnelleren Reaktionen und neu erwachter Sexualität. Chibis-Nydele erkannte ihn als jüngeres Ich, als Version einer wunderbaren Erneuerung, und sie gab sich ihm mit größerer Lust als zuvor hin.

Sie war die Einzige, die sein Defizit erkannte. Jedes Mal, wenn er verjüngt wiederkam, bewunderten ihn die älteren Lemcharoys, aber nur Nydele erlebte mit, wie er lernen musste, das riesige Schiff erneut unter seine Kontrolle zu bringen und zu beherrschen. Und es fiel ihm jedes Mal schwerer und dauerte länger, wieder der wissende, überlegene Sternensucher und Kommandant mit gebührender Autorität zu sein.

Trotz der fragwürdigen »Unsterblichkeit« kam der Tag, kam die Stunde, fern im unbekannten Weltraum, unergründlich fern von Lemuria, in der die OVIR einen gut aussehenden, kräftigen Idioten als Kommandanten haben würde, und diese Stunde stand jetzt bevor. Jetzt? Er musste augenblicklich aus *Medrovir* hinaus, sofort, den Vorgang des Kleinen Vergessens unterbrechen ... schreiend erwachte er aus dem Halbtraum, spürte Nydeles Hände in seinem Nacken und den Rand eines Bechers an seinen trockenen Lippen.

»Du hast wieder geträumt, Atubur«, flüsterte sie. »Wach auf. Ich bin bei dir.«

Er schmeckte die strenge Säuerlichkeit des eiskalten Huccar auf seiner Zunge und riss die Augen auf.

»Ja. Geträumt«, lallte er. »Nur ein übler Traum. Es wird wohl einer der letzten sein.«

Er richtete sich auf und kehrte in die Gegenwart zurück, in die Zeit ohne Hüter, Legendor und mit einer 1000 Köpfe zählenden Besatzung.

Fünf Tage vor dem errechneten Zeitpunkt des letzten Bremsmanövers schien das Maximum der Aktivitäten erreicht worden zu sein. Alle Neutrino-Parasteuerer hatten ihr Bestes gegeben, denn der Partikelstrom der roten Sonne schlug der LEMCHA OVIR mächtig entgegen, ebenso wie die Wirkung ihres Schwerefeldes. Die Absorber waren, ausgehend von einer Dauerleistung von einem Gravo, fünfmal bis zum Maximum von 8 Gravo hochgefahren worden. Fünfmal änderte sich die Schwerkraft: Aus Wänden wurde plötzlich der Boden, und trotz aller Vorkehrungen rissen sich in den Hydroponiken Bäume los, und Tröge kippten um. In den Tanks gab es kein Eis mehr. Die Piloten, Kopiloten und die ausgelosten Insassen der vier Planetenfähren waren vorbereitet. Sämtliche Kohlendioxidtanks waren ausgeblasen, alle wichtigen Sauerstoff- und Atemlufttanks bis zum Höchstdruck gefüllt.

Die Echos der Nahortung und der optischen Beobachtungen erschienen in Echtzeit. Angeführt von den Tenoy, die hundert Fragen beantworten mussten, hatten sich alle Bewohner der LEMCHA OVIR auf den Landeanflug und das Betreten einer Umwelt vorbereitet, von der sie nur theoretische Vorstellungen und keinerlei wirkliche Erfahrungen hatten.

Erst als die Lemcharoys anfingen, ihr Gepäck und die ausgesuchten Werkzeuge und Ausrüstungsgegenstände in den Laderaum der OVIR EDANA zu bringen, bot sich Kalymel wieder eine unverdächtige Gelegenheit, in das leere, eisige Labyrinth einzudringen. Er hatte drei, vielleicht vier Stunden Zeit, bevor seine Abwesenheit bemerkt werden würde. Trotzdem bewegte er sich ohne Eile dem versiegelten Schott entgegen und schaffte es, den unteren Teil der Schweißnaht mechanisch und mit Hochtemperatur aufzutrennen.

Grundsätzlich war es verboten, an anderen Stellen als den markierten von einem Quadranten in den anderen überzuwechseln. Selbstverständlich gab es kein Verbot, das eigene Quartier zu verlassen, aber die abgesperrten und verschweißten Bezirke waren tabu. Die Gefahren, dem Schiff zu schaden, waren zu groß – so lernten es die Lemcharoys schon während der ersten Unterrichtsstunden. Dennoch wanderten Gerüchte durch scheinbar undurchdringliche Stahlwände: Da ist etwas, das wir nicht kennen. Kalymel hatte sich langsam und bisher unentdeckt in die Nähe des Laderaums in dem metallenen Irrgarten hineingewagt; er war vielleicht 70-mal an undurchdringlichen Hindernissen gescheitert.

Jetzt schien er dicht vor seinem Ziel zu sein. Und niemand hatte ihn entdeckt.

Er setzte die Säge ab. Die Reste der Naht vor ihm rauchten und sonderten Gestank ab. Der Scheinwerferstrahl bewegte sich zittrig auf das Schaltelement zu und beleuchtete das offene Innere. Die Verbindungen und die wenigen beweglichen Teile waren sorgfältig abgeklemmt worden – schon vor Jahren.

Kalymel legte den Scheinwerfer so auf den Boden, dass dessen Licht sein Arbeitsgebiet beleuchtete. Mit der niedrigsten Untersetzung der Brechstange wuchtete er die Hälften des Schotts auseinander. Erwärmte Luft strömte ins Innere der geräumigen, für kleinere Container und Lasten geeigneten Schleuse.

»Geschafft!« Kalymel sah zufrieden, dass die Pläne zutreffend gewesen waren: Die obere Hälfte der äußeren Schleusentür bestand aus einer Glasscheibe. Das Spezialglas war überdies verblüffend sauber geblieben. Er hob den Scheinwerfer auf, betrat die leere Schleuse und drückte die Lichtöffnung des Geräts dicht an die Scheibe. Der Strahl verlor sich in der Finsternis und dem Vakuum des geöffneten Laderaums.

Nach einigen Atemzügen hatten sich seine Augen den veränderten Umständen angepasst. Er sah eine tiefschwarze, lichtlose Metallfläche. Sie krümmte sich nach allen Seiten, wie er herausfand, indem er den Scheinwerfer abschirmte und langsam bewegte; also lag der Schluss nahe, dass ...

»Eine Kugel!« murmelte er. »Eine Kugel in einem Würfel.«

Der Würfel war der geöffnete, kubische Laderaum. Kalymel erinnerte sich an die Maße: etwas mehr als 108 Meter, das Neunfache von zwölf lang und ebenso breit und »tief«, unmittelbar neben den Tanks im Deck der äußersten Schale der OVIR. *Also hatte die riesige Kugel einen Durchmesser von mehr als acht mal zwölf Metern,* dachte er. Zwischen den Laderaumwänden und der Kugelrundung glaubte er, farbige Lichtpunkte erkennen zu können. *Sterne?* Durchaus möglich.

Er sah nicht, ob und auf welche Weise die Kugel im Laderaum befestigt und gesichert war. Aber ihre Oberfläche war alles andere als glatt. Er erkannte Linien und Vertiefungen und etwas, das wie Reihen großer Nieten aussah. Kleine Glasflächen zeigten sich im wandernden Scheinwerferlicht. *Fenster? Oder auch Scheinwerfer?* Sein Atem gefror an der Glasplatte vor seinem Gesicht, während er mit Schwäche in den Knien dastand und sich von der Größe seiner Entdeckung überwältigen ließ.

»Was ist das? Was kann das sein?«, ächzte er. Er zuckte die Schultern. *Eine Planetenfähre, von der niemand wissen durfte?* Plötzlich fiel ihm siedend heiß sein Zeitlimit ein. Er suchte mit dem Scheinwerfer die Kugeloberfläche ab, so gut es ging, und wurde nicht klüger.

Ratlos verließ er die Schleuse und wuchtete den Spalt, den er geschaffen hatte, wieder zu. Er klebte das Werkzeug an seinen Körper und robbte durch die Inspektionsröhre zurück in den warmen Bereich, in dem die Luft nicht nach gefrorenen, uralten Geheimnissen roch. Die großen Muttern der Deckplatte zog er fester als sonst an.

Er war der Einzige an Bord, der sich der geheimnisvollen Kugel genähert hatte. Möglich, dass nicht einmal Atubur Nutai den wahren Inhalt des Laderaums kannte. *Möglich*, dachte er, *aber eher unwahrscheinlich*. Als Kalymel den Randbezirk des bewohnten Teils seines Quadranten erreicht hatte, sah er in Gedanken plötzlich eine bessere Möglichkeit, sich der schwarzen Kugel zu nähern – er würde den seltsamen Gegenstand mit seiner Fähre ansteuern, schon in kurzer Zeit. Bis dahin verordnete er sich absolutes Schweigen.

Vier Tage später erschienen ohne jede Ankündigung Buchstaben und Piktogramme auf den großen Bildschirmen der Versammlungsplätze. Zufällig befanden sich Kalymel und Rasturi außerhalb ihrer Wohneinheiten; Kalymel war dabei, das wenige persönliche Gepäck und die letzten Teile der Ausrüstung der ersten Gruppe seiner Fähre zu sichten. Als der Bildschirm aufflammte, richteten sich die Blicke von vielleicht 50 Lemcharoys auf die blinkenden Textzeilen.

Simulation aus Originalaufnahmen. Geschwindigkeit um Faktor zehn vergrößert; keine Farbkorrektur. Wegen Kapazitätsproblemen Stereo-Wiedergabe pro Quadrant nur 15 Minuten möglich. Dringende Warnung: Größte Gefahr bei Versuch, Flug zu unterbrechen und zwischenzulanden!

Rasturi und Kalymel lasen die Erklärung. Einige Atemzüge später baute sich ein unwirklich wirkendes, fast übergenaues und stark farbiges Bild auf. Hingerissen starrten sie darauf.

»Ich hab es mir nicht so schön, so ... gewaltig und so wirklich vorgestellt. Schöner als alle Träume!«, flüsterte Rasturi. Ihre Stimme war rau vor Ergriffenheit. Sie stand im Gras des Versammlungsplatzes und betrachtete Mentack

Nutai, den fünften Planeten, dessen Kugel *dreidimensional* langsam auf dem Bildschirm rotierte. Rötliche Sonnenreflexe auf den Eiskappen, herrlich blaue Meere, gelbe, braune und grüne Kontinente und darüber eine endlose Flut von Wolken in Wirbeln, Ketten und einzelnen Ballungen. Der Terminator nächtlicher Dunkelheit, aus dem sich die Oberfläche hervorschob. Ein Mond driftete vorbei. Das Gespinst projizierte Erklärungen in den unteren Bildrand.

»Datenräude! Zu spät, Gespinst!«, murmelte Kalymel. Die Ziffern des Chronometers liefen plötzlich viel zu schnell rückwärts; gerade suchte er halb verzweifelt nach einem Gebiet, in dem er gern landen würde, und wusste gleichzeitig, dass es ein sinnloser Versuch war. »Du hast viel zu wenig Informationen. Wenn wir wieder Zehntausend oder mehr sind, denken wir an den Neustart.«

Das strahlende Bild verblasste und verschwand. An die Stelle des Planeten traten wieder die flackernden, zweidimensionalen Echtzeitabbildungen. Quer durch den untersten Teil der Projektion zog sich der Trümmerwall des Asteroidengürtels. Die Bewohner seines Quadranten, die sich versammelt hatten – Kebroids, Normale, Positivmuties, Halbleukors –, warfen einen letzten Blick auf die kapuzenbedeckte Kugel des Legendors und zerstreuten sich. Das rote Auge erlosch.

»Hast du Angst, Kalymel?«, fragte Rasturi und hängte sich bei ihm ein. Langsam gingen sie zu ihrem Quartier.

»Nicht vor dem Start. Aber vor dem Flug durch die Lufthülle. Alles hängt von der Stärke der Triebwerke ab.«

»Wir werden doch rechtzeitig aufgerufen, nicht wahr?«

Rasturi würde den dritten Sitz in der Steuerkanzel einnehmen. Macaire hatte bei drei Tests bewiesen, dass er als Kopilot einzusetzen war. Den größten Teil ihres wenig umfangreichen Gepäcks, Ausrüstung und eine ausreichende Auswahl an Waffen und Verteidigungsgeräten – niemand wusste, was die Lemcharoys auf dem Zielplaneten erwartete! – hatten sie bereits in der Fähre verstaut, als

Kalymel den Weg in den Warteraum und den Hangar mit Pfeilen beklebt und mit Leuchtfarbe markiert hatte.

»Selbstverständlich, Liebes«, sagte er. »Und vor dem Start gibt es so viel Lärm und Aufregung, dass garantiert niemand verschläft.«

»Wann?«

»In weniger als vier Tagen.«

Stunde um Stunde rechnete Atubur Nutai, verglich, schätzte, beobachtete und testete. Chibis-Nydele versorgte ihn mit Huccar und kleinen Leckerbissen. Ihre liebevolle Fürsorge lenkte ihn von Selbstzweifeln und der Furcht vor Misserfolg ab. Die Knotenrechner des Gespinsts arbeiteten ständig an den Grenzen der Belastbarkeit. Immer wieder endeten Datenströme blind an einem unzuverlässig arbeitenden Knoten. Die Nuklearmeiler lieferten Energie an die Absorber, die den Anflug abbremsten. Im Innenring, dessen Durchmesser fast einen Kilometer betrug, erzeugten die kollidierenden Neutrinos gleißende Energiestrukturen. In langen Abständen prallten winzige Gesteinstrümmer gegen die dicken Schutzflächen vor der Frontfläche der »Hoffnungsstern«; durch die Metallkonstruktion hallten mächtige Gongschläge, und der Schutzschirm vor der kreisförmigen Kanzel des Kommandomoduls flammte in ebensolchen Abständen auf.

Die LEMCHA OVIR überflog die Bahn des namenlosen achten Planeten. Die Ortungsschirme zeigten schräg unterhalb der abfallenden Kurve die gewaltige Ausdehnung des Gürtels mit seinen Millionen Felsbrocken und Minimonden aus Gestein, Eis und Erz. Die Geschwindigkeit des Schiffs nahm weiter ab, und die Lautsprecher übertrugen, vielleicht zum letzten Mal, knisternd die Stimme des Unsterblichen.

»Wir haben die Bahn des achten Planeten überflogen und werden in drei Stunden den Asteroidengürtel hinter uns gelassen und den siebenten Planeten, Ovirs Nexas, links von unserem Kurs sehen.« Erwartungsvolle, ängstliche Stille breitete sich aus. Nach einiger Zeit sprach Atubur Nutai weiter.

»Auch der sechste Planet, Lemchas Reabion, würde unser Überleben möglich machen. Er wird in dreißig Tagen den Punkt erreichen, an dem wir seine Bahn überfliegen. Ichest leuchtet voraus. Mentack Nutai mit seinen drei Monden liegt vor uns und wird von Stunde zu Stunde größer.« Die Schutzschirme waren teilweise außer Funktion. Wieder hallten und dröhnten die Echos eines Meteoriteneinschlags durch die Decks. »Wir sind genau auf dem errechneten Kurs, den ich ständig kontrolliere. In siebzehn Stunden beginnt die ›Hoffnungsstern‹ mit dem Abstieg zum fünften Planeten. Der Hüter stehe uns bei. Und der Legendor würde meinem Vorhaben zustimmen.«

Rasturis Finger krampften sich in Kalymels Hand zusammen. »Siebzehn Stunden!«, flüsterte sie.

Das Angst einflößende Geräusch der hochgefahrenen Absorber und die Vibrationen waren vergangen. Siebzig Passagiere in Schutzanzügen drängten sich in der LEMCHA EDANA; die drei Insassen der Steuerkanzel trugen Raumanzüge. Etwa 200 Passagiere warteten in den drei Fähren der anderen Quadranten, ungefähr 900 Lemcharoys blieben zurück und bereiteten sich auf die Planeten-Umkreisung des schwarzen Ringes oder auf die zurückkehrenden Planetenfähren vor. Kalymel kannte die Startroutine auswendig und machte die Fähre ruhig und systematisch abflugbereit.

Sie warteten mit offenen Luken im hell erleuchteten Hangar, der noch an das Atemluftsystem angeschlossen war. Auf einem winzigen Monitor in der Kanzel und einem zweiten, größeren im Passagierraum konnten sie die Vorgänge außerhalb der Arche verfolgen. Viele Lemcharoys waren halb krank vor Anspannung und Furcht vor dem Unerwarteten, vor dem ersten Verlassen der OVIR.

Wieder brüllten die Absorber auf, wieder schüttelte sich der kantige Ring. Mehrmals wechselte die Schwerkraft, und die Insassen der Fähren hingen lange Sekunden in den Gurten, während die Wand plötzlich zum Boden wurde. Die Bahn des sechsten Planeten lag bereits jenseits der Arche, die scheinbar hoch über dem Pol über Mentack Nutai hinwegzurasen schien. Quälend langsam verging die Zeit.

Kalymel wechselte einen Datenchip aus und begann zum neunten Mal auf dem Monitor die bebilderte Beschreibung der Welt Mentack Nutai zu studieren. Er kannte sie halb auswendig.

Die Eiskappen an den Polen haben eine Ausdehnung, deren Größe vergleichbar ist mit bekannten Lemurerwelten (Daten aus Archiv). Die Zusammensetzung der Atmosphäre entspricht zu 98% den Anforderungen des lemurischen Metabolismus. Landmassen und Meeresoberflächen sind jeweils mit 50% gemessen worden (Messung nicht verbindlich). Die Schwerkraft beträgt ein Zehntel über Norm. Das Klima wurde als gemäßigt erkannt, der siderische Tag dauert 17,7 Stunden, die durchschnittliche Temperatur ist 14 Grad C. Die planetare Achse steht in einem Winkel von 12,8 Grad zur Sonnen-Umlaufebene, also sind die Jahreszeiten schwach ausgeprägt. Mentack Nutai, eine planetengeschichtlich alte Welt, ist ohne schroffe Hochgebirge. Großflächige Wälder, flache Meere, Wüsten und aride Zonen sowie Sümpfe in den Übergangsgebieten kennzeichnen den Planeten unserer Zwischenlandung.

Die Bilder der Fernortung waren erwartungsgemäß unscharf und oft unter Wolken verborgen. Kalymel zuckte mit den Schultern und wechselte den Chip aus.

Sie warteten weiter; eine Stunde und länger ...

»Wir fliegen am Planeten vorbei, Kalymel!«, rief Rasturi und hantierte aufgeregt an den Griffen und Säumen des Raumanzugs.

»Das ist beabsichtigt«, sagte Macaire kopfschüttelnd. »In die Umlaufbahn. Warte, denk an die Anziehungskraft dieser riesigen Masse!«

Die Pausen zwischen den Meteoritentreffern wurden kürzer. Die dröhnenden Schläge, deren Nachhall das gesamte Schiff erschütterte, ließen erkennen, dass die kosmischen Körper nicht nur zahlreicher, sondern auch massereicher waren. Wieder setzten die Absorber ein. Die Scheingerade der Flugbahn knickte, die Rundung der fremden Welt schob sich von unten wieder ins Bild.

Kalymel sah auf das Chronometer und sagte: »Schließt die Helme. Sprechverbindung ein. Es geht los.«

Er wartete, bis die Lichtsignale auf seinem Pult erloschen. Sämtliche Luken der Fähre waren geschlossen und verriegelt. Der nächste Impuls kam aus der Kommandozentrale. In der Decke des Hangars öffnete sich ein Spalt. Das Quietschen und Rumpeln der Führungsschienen und Lager und das Heulen der Motoren ging im allgemeinen Lärm unter. Die Scheinwerfer flackerten.

»Alle Haltenetze und Gurte schließen!«

Die Wirkung des Vakuums presste die Metallplatten der Einstiege in die Dichtungen. Das letzte Kontrolllicht auf Kalymels Pult erlosch. Krachend schlossen sich die Ventile der Luftversorgung. Die Atemluft, die ins Weltall entwich, verwandelte sich für kurze Augenblicke in wirbelnde Kristalle. Durch den Spalt der auseinander gleitenden Hangartore flutete grelles Sonnenlicht und beschrieb wandernd einen seltsam geformten Reflex an der Wand und auf dem Boden.

»Festhalten!«, brüllte Kalymel über die Sprechanlage. »Alle Gurtschlösser überprüfen!«

Der Kommandant zündete die Landungstriebwerke. Es hatte keinen Test gegeben, aber das Risiko schien sich zu lohnen: In die von der Prozesshitze der Nuklearmeiler glühend gemachten Triebwerke stießen mächtige Pumpen Teile des Wasservorrats. Hochgespannter Dampf trat an

15 Stellen der 126 Meter breiten Vorderfläche des Ringes entgegen der Flugrichtung aus. Die Partikelgeschwindigkeit war geringer als die Wirkung der Absorber, aber das Bremsmanöver dauerte länger.

Mitten in dieser Verzögerung hatten sich die Hangartore völlig geöffnet. Kalymel zog einen grellgelben Hebel. Die Klammern der Bodenhalterung wurden auseinander gesprengt, und die Zentrifugalkraft schleuderte die Fähre waagrecht aus dem Hangar.

Als die gedrungene Konstruktion die Schnittlinie zur Hälfte passiert hatte, schien das gesamte Ringschiff zu kippen, sich aufzubäumen und seitlich aus dem Kurs auszuweichen. Ein urzeitliches Donnern erschütterte die stählerne Konstruktion der OVIR und pflanzte sich durch jeden Raum fort, der noch Luft enthielt. Das Rechteck der Öffnung verwandelte sich scheinbar in eine Raute, und die Fähre schlug mit irgendeinem Teil der Landestütze an die Kante der Öffnung. Dann war die OVIR EDANA draußen und begann sich langsam zu drehen und ins Trudeln zu geraten. Unter den Fenstern der Kanzel breitete sich die riesenhafte Oberfläche des Planeten aus. Einen Moment lang sah Kalymel die Krümmung des Horizonts – oder war es die Lufthülle, die sich vor dem Schwarz des Alls diffus abzeichnete?

Die vier Stützflügel klappten nach vorn und rasteten ein. Der nächste Blick überwältigte ihn. Zum ersten Mal in seinem Leben versank er im Anblick des wahren Sternenhimmels mit seiner Pracht aus unzählbaren fernen Sonnen, leuchtenden Nebeln und Dunkelwolken. Glücklicherweise musste er sich diesem überwältigenden Bild nicht hingeben, denn die Fähre wurde herumgedreht. Kalymel erkannte die zwei Teile des Schiffs. Zwei Teile? Die Fähre sackte schwer durch. Schreie und Flüche gellten durch die Lautsprecher. Kalymel schaltete sie ab und gab vollen Schub auf sämtliche Triebwerke.

Er starrte durch die Scheibe und sah Staub und Felstrümmer nach allen Seiten davonwirbeln, sich mit den riesigen Dampffontänen aus den Bremstriebwerken der »Hoffnungsstern« mischen. Die OVIR war von einem riesigen Steinbrocken getroffen worden, und im Ring fehlte ungefähr ein Fünftel. Kastenförmige Elemente und unglaublich verformtes schwarzes Metall wirbelten umher. Aus dem Wirrwarr schoss eine zweite Fähre wie ein Schemen hervor und jagte auf den Planeten zu.

Das herausgebrochene Stück des Schiffs war im rechten Winkel aus dem Kurs davongeschleudert worden und wurde rasch kleiner. Noch immer rotierte schlingernd der Ring, in dem ein Abschnitt fehlte, und unverändert wurde das Wasser der Tanks in weißen Dampf verwandelt.

Kalymel fing die Fähre ab und schlug, als sich die Fluglage stabilisiert hatte, einen Kurs zur Mitte der riesenhaften, unüberschaubaren Planetenfläche ein. Trümmer umschwirrten ihn, und er glaubte, den im Sonnenlicht strahlenden Gesteinsboliden zu erkennen, der sich, ebenfalls von Trümmern und Fetzen umschwirrt und verfolgt, schnell entfernte, auf den dunklen Teil des Alls zu.

Die Dampffontänen rissen ab, alle fast gleichzeitig. Die Vorderseite der Arche lag jetzt waagerecht zur Planetenoberfläche und schien nicht nur schneller zu rotieren, sondern sich innerhalb ihrer unvollständigen Ringform zu biegen, zu verdrehen. Alles geschah fast lautlos und mit geisterhafter Langsamkeit. Kalymel betrachtete die Vorgänge mit kaltem Entsetzen. Er hielt, was er sah, nicht für wirklich, für einen weiteren Albtraum. Die Fähre fiel mit schwer erkennbarer Geschwindigkeit dem Planeten entgegen.

Ein weiterer Teil, vielleicht ein Viertel, brach von der Ringkonstruktion weg und wurde seitlich zur Richtung des Sturzes weggeschleudert. Es folgte, sich langsam über alle Achsen überschlagend, dem Boliden, der inzwischen weit außer Sicht war. Und in dem Augenblick, als über Kalymel die reale Welt mit Schreien, blinkenden Anzeigen und Arbeitsgeräuschen der Triebwerke wieder zusammenschlug, sah er aus dem Augenwinkel einen mächtigen, kantigen Felsbrocken aus Helligkeit und Schatten heranrasen.

Er traf innerhalb einer einzigen Sekunde den Rest der LEMCHA OVIR, schlug eine 50 Meter tiefe, dreieckige Kerbe und wurde umgelenkt. In einer Explosionswolke aus Trümmerstücken änderte er seine Bahn und jagte durch das All davon, war fast augenblicklich verschwunden.

Neben der Einschlagstelle wurde ein gewaltiger Block aus dem Gefüge des Schiffs herausgerissen. Kalymel erkannte, was dort vorging. Er brüllte: »Nicht hinsehen! Die Arme vor die Augen!«

Er beugte sich vor und bedeckte das Visier des Helms mit den Unterarmen. Eine Sekunde später detonierte der davonwirbelnde Nuklearmeiler und überschüttete das All mit einem sternenhellen, lang anhaltenden Lichtblitz, einer titanischen roten und weiß geflammten Feuerkugel, mit Rauch und Dampf, die sich mit zuckender Helligkeit über dem erneut losgerissenen Bruchstück und dem halbierten Kreisring ausbreiteten. Selbst in der Steuerkanzel der Fähre schienen Metall und Kunststoff für lange Augenblicke durchsichtig zu werden.

Kalymel hatte nicht in den Kern der Explosion geblickt, aber es dauerte einige Sekunden, bis seine Augen wieder zuverlässig arbeiteten und er begriff, was er wahrnahm.

Er zog die Nase der Fähre bis über den gekrümmten Ausschnitt des Planeten vor dem Fenster herauf, jagte die Bremstriebwerke hoch und verlangsamte merklich den Fall der EDANA. Endlich schienen alle Instrumente seines Pults zuverlässig zu arbeiten. Das kugelförmige, schwarze Ding mit einem Durchmesser kaum unter 100 Metern hatte sich aus den Arche-Fragmenten gelöst und fiel ungebremst auf die Wolkenwirbel zu, von denen die Planetenoberfläche verdeckt wurde. *Die schwarze Kugel! Etwa ein Raumschiff?* Er verdrängte den Gedanken. *Vergiss es! Völlig unwichtig jetzt! Es geht ums Überleben.*

Die Kugel verschwand glimmend, lodernd, flammend und rätselhaft in der Tiefe. Sonnenlicht flutete in die Kabine der Planetenfähre. Die Insassen klappten die dunklen Visiere herunter. Als die Fähre zur Seite kippte, ertönte ein vielstimmiger Schrei.

»Ruhe! Lasst mich arbeiten!«, brüllte er und spürte, dass er mit dem Schrei Spannung abbaute. Ihm war, als sähe er in den lufterfüllten Resten des Schiffs Körper umherwirbeln, von Teilen der Einrichtung erschlagen und zermalmt, und er empfand es selbst als völlig irreal, dass er an die Bäume dachte, die in der Weltraumkälte und im Vakuum innerhalb weniger Sekunden Herbst, Winter und Baumsterben über sich ergehen lassen mussten. Generationen hatten sie sorgsam gehegt und gepflegt, hatten die Früchte verwertet und waren mit Sauerstoff, buntem Laub und Schnitzholz belohnt worden. Aus. Im Vakuum zu krümeligem Staub gefrier-dehydriert!

Drei Bruchstücke der OVIR, dachte er. *Sie werden ewig durchs All treiben und niemals landen.* »Auch nicht als ausgeglühter Schrott«, murmelte er und merkte plötzlich, dass Tränen aus seinen Augen liefen und er den Helm des Raumanzugs noch immer nicht geschlossen hatte. In den Bruchstücken starben die Insassen. Wahrscheinlich waren die Quartiere voller Verwundeter und Toter.

Zwei weitere Planetenfähren, startbereit, voller Passagiere – was war mit ihnen geschehen? Hatten sie ausschleusen können? Die Lichter auf der Front des Funkgeräts blinkten aufgeregt, aber es kamen weder Geräusche noch Worte aus den Lautsprechern.

Eine Fähre, eingehüllt in Düsenflammen, Rauch und Dampf der Triebwerke sah er weit vor sich und unter sich. Der tigroiden Farbgebung nach musste es die LEMCHA PYXAL sein, von Ascelin aus West-Blau gesteuert. Er folgte ihr auf Parallelkurs und hoffte, sie nicht aus den Augen zu verlieren. Er beugte sich vor, um zu sehen, was mit dem Hauptteil der Arche passierte.

Die Anzeigen ließen erkennen, dass die Fähren und das Schiff in den Bereich der obersten Luftschicht eintraten. Kleine Bruchstücke und Fetzen, der Anziehungskraft und der eigenen hohen Eintrittsgeschwindigkeit unterworfen, begannen sich zu erhitzen, an den Spitzen zu glühen, und zogen dünne Rauchfäden hinter sich her. Der Ringrest der OVIR, es war nur noch kaum mehr als ein Drittel, drehte sich langsam, ebenfalls mit ersten Abbrenneffekten, in eine aerodynamisch beeinflusste stabile Absturz-Fluglage. In einem der systemauswärts treibenden Teile fand eine zweite Nukleardetonation statt, Hunderte von Kilometern entfernt.

Eine wirre Überlegung flackerte durch Kalymels Kopf: *Wir hätten Lumena und Cada kein Raumbegräbnis geben müssen. Amias und Loris sind soeben in versiegelten Kunststoffröhren eingeäschert worden. Verdammt! Sternenstaub ...*

»Beim Hüter!«, rief Rasturi. Sie weinte und schluchzte ungehemmt. Macaire blieb mit geschlossenem Raumhelm scheinbar ruhig und prüfte durch Probeschaltungen den Zustand der Fähre. Kalymel klappte den Helm nach vorn, ließ den Dichtungsring einrasten und regelte die Versorgung mit zwei, drei schnellen Bewegungen. Die Sicht verschlechterte sich, da der transparente Kunststoff vergilbt war. »O Legendor! Wir werden alle sterben. Wären wir doch ...«

»Wir leben!«, rief Kalymel trotzig. Der Schrei löste seine innere Verspannung. »Und wir landen weich. Das gilt auch für euch im Passagierraum.«

Er erwartete keine Antwort.

Die Planetenfähre flog irgendwie parallel zu dem Hauptteil der Arche, aber tiefer und einige Kilometer voraus. Kalymel verrenkte sich fast, als er den Halbring mit Blicken suchte. Die tiefer vorausfliegende Fähre war jetzt erwartungsgemäß in einen lang gezogenen Feuerkokon gehüllt, schien aber keine darüber hinausgehenden Schwierigkeiten zu haben.

Der Halbring glühte an jedem Vorsprung, an jedem Stück Metall, das durch Zerstörung aufgekrümmt war und jetzt, phantastische Funkenketten verstreuend, abzuschmelzen begann. Rauch, Flammen, Dampf und brennende Gegenstände, vielleicht Erde der Hydroponiken, Reste von Wasser, alles Brennbare, das aus den stählernen Wunden der Arche herausgeschüttelt wurde, begleiteten glimmend und glühend den Absturz. Langsam bildete sich vor dem hervortretenden Teil der Rundung ein Feld ionisierter Gase. *Funkverkehr?*, fragte sich Kalymel. *Unmöglich. Jeder, der noch lebt, hat Sinnvolleres zu tun. Auch ich.*

Die Bilder der entsetzlichen Vorgänge würden ihn später durch stundenlange qualvolle Träume verfolgen. Er bremste wieder und sah in seiner Sturzrichtung die weiße, schäumende Fläche eines kreisförmigen Wolkenwirbels. Das letzte Bild, das er wahrnahm, ehe der annähernd stromlinienförmige Metallkörper für lange Minuten in der brennenden, blitzenden, sonnenheißen Hülle verschwand und jeglicher Kontakt zur Außenwelt verloren ging, ließ ihn hoffen.

Zu den nie geklärten Geheimnissen der Schiffs-Konstrukteure gehörte die Überlegung, ob der Kommandant über eine zusätzliche Rettungs- und Sicherheitszelle verfügte. Jetzt sah Kalymel – als ob das noch wichtig gewesen wäre! –, wie sich ein stumpfer Zylinder aus der Vorderseite des Ringes löste, vermutlich durch eine diskrete Detonation aus dem Schacht hinausgeschossen wurde und sich blitzartig in ein System aus Ballons und hervorschnellenden Stabilisierungsflügeln hüllte.

»Guten Flug, Atubur Nutai!«, murmelte Kalymel.

Ungefähr eine Stunde lang kämpfte Kalymel mit der Atmosphäre, der Technik der bockenden Planetenfähre, mit den Triebwerken und seinem Unvermögen. Er wechselte zwischen Schwebeflug und Bremsphasen ab und hatte nicht einen Wimpernschlag lang das Gefühl, über sich hinauszuwachsen, aber – ohne es zu wissen oder gar zu sehen – er umrundete eineinhalbmal den Planeten, hatte noch immer viel Treibstoff übrig und schaffte es, die Landestützen einzuziehen und in einem überaus flachen Winkel aufzusetzen, offensichtlich an einem Meeresstrand oder am Rand eines riesigen Binnensees.

Die krachend aufschlagende Fähre verschwand in einer riesigen Gischtfontäne, wurde dreimal vom Wasser hochgeprellt, die Triebwerke spieen Flammen und Rauch, gewaltige Wasserfontänen und prasselnder Tropfenschwall hüllten die EDANA ein, und schließlich rutschte sie bockend, kippend und mit grauenvollem Knirschen und Kreischen mehrere hundert Meter über einen Sandstrand bis zum Rand eines Waldes.

Ruhe.

Stille.

Schweigen.

Kalymel zwang sich, den Indikator einzuschalten und zusammen mit Macaire die Luftzusammensetzung analog zu dem Medium zu vergleichen, das sie seit der Geburt atmeten. Dann erst öffnete er seinen Helm, den Anzug Rasturis und die Schotte der Fähre.

»Wir leben«, sagte er, stieß die Luke auf und kletterte die Leiter hinunter. Er stand bis zu den Knien im eigenen Schweiß. Er zitterte am ganzen Körper, bis zu den Fingerspitzen. Er sah sich halb blind, begriffsstutzig, unfähig, einen klaren Gedanken zu fassen, in der neuen Umgebung um und half dann, ebenso gedankenlos, Rasturi die Leiter hinunter. Als sie neben ihm stand und zum Sprechen ansetzte, erschütterte ein dumpfes Krachen die Luft, und der Boden unter den Füßen bebte schwach.

Kalymel sah hinüber zum Wald, der wie eine grüne Mauer stand. Die Insassen des Passagierraums kamen schwankend, mit aschgrauen Gesichtern, vom Erbrochenen beschmutzt und verwirrt die Leitern herunter und starrten die zerbeulte und versengte Haut der Fähre an.

»Wir sind gelandet«, würgte Kalymel taumelnd hervor. »Und wir werden nie, niemals wieder von Mentack Nutai starten. Aus. Ende. Seht euch um und tut irgendwas Sinnvolles.«

Eisige Schwäche erfasste seine Knie. Er griff nach einer Strebe, rutschte langsam zu Boden und saß, dem Tode näher als einem neuen Leben, auf dürrem Gras, das auf magerem Sand wuchs. Der erste bewusste Atemzug machte ihn fast besinnungslos. Er gähnte, kippte zur Seite und fühlte nicht einmal mehr Rasturis Hände an seinem Gesicht.

Verzweifelte Schreie rissen ihn hoch.

Die Fähre hatte sich inzwischen geleert. Die Insassen standen taumelnd im verbrannten Gras und starrten in den Himmel. Kalymel und Rasturi hoben die Köpfe und sahen lange, weiß glühende Rauchbahnen, die aus dem blauen Himmel und aus den Wolken herunterzuckten. Fadendünne, leicht gekrümmte und einige dicke Spuren, vor denen Kalymel dunkle Punkte zu erkennen glaubte. Sie furchten das helle, weit gesprenkelte Blau mit den rauchenden Zeichen von endgültiger Vernichtung. Kalymel murmelte verzweifelt: »Das sind die Trümmer unseres Schiffs ...«

Er lehnte sich gegen die rußbedeckte Flanke der Fähre, deren Metall knackend abkühlte. Jedes Gesicht, das ihn anstarrte, war voller Furcht, Entsetzen und Ratlosigkeit. Kalymel nahm seine gesamte Beherrschung zusammen und versuchte einige vernünftige Gedanken zu äußern.

Alle Insassen hatten die Planetenfähre verlassen. Sie standen im Gras und zwischen niedrigen Büschen, starrten hohläugig in das Blau des Himmels und verfolgten mit verständnislosen Blicken, wie sich Wolken bildeten und dahintrieben. Leise, knisternde Laute kamen aus dem Pflanzengewirr, aus dem Wald drang Zwitschern und Knacken. Niemand sprach, einige weinten, andere betrachteten die ferne Brandung, den nahen Wald, atmeten verstört und gedankenlos die fremde Luft oder sahen sich ratlos um, als erwarteten sie ein neues Verhängnis. Einige Frauen hatten sich zu Boden geworfen und den Kopf in den Armen vergraben. Ihre Körper wurden von lautlosem Schluchzen geschüttelt. Eine Gruppe Männer mit fahlen Gesichtern stand wie paralysiert da. Die scheinbare Endlosigkeit der Landschaft und des Himmels verwirrte sie, zertrümmerte ihr unersetzliches Weltbild und verdrängte, wenigstens für kurze Zeit, die Schrecken der abgestürzten OVIR.

Kalymel nahm den Rest seiner klaren Überlegung zusammen, stand auf und ging zu Rasturi. Sie stand reglos im zertrampelten Gras und sah ihn an, als sei er ein Fremder. Er nahm ihre Hand, umarmte sie und spürte, wie sie zitterte. Plötzlich schlang sie die Arme um ihn, drückte sich an ihn und begann zu schluchzen.

Er strich hilflos über ihr Haar. »Wir leben, Liebes«, murmelte er. »Wir schaffen es. Ich weiß ... alles ist erschreckend fremd. Hab keine Angst; ich bin bei dir.«

Wieder einmal vermochte er seinen eigenen Worten nicht zu glauben. Langsam zog er Rasturi in den Schatten der Fähre, deren Metall knackend abkühlte.

Die Sonne wanderte zwischen kristallweißen Wolken. Ein Schwarm seltsamer Geschöpfe mit langen Schwingen flog auf das Meer zu. *Waren dies jene so genannten »Vögel?« Riesengroße Hummings?* Die Zeit schien sich ins Endlose zu dehnen, während ein warmer Wind, der unbekannte Gerüche mit sich trug, aus dem Wald wehte und die Enden der Gräser bewegte, als streiche eine unsichtbare Riesenhand sanft darüber.

»Es werden nicht alle in der ›Hoffnungsstern‹ tot sein«, sagte Kalymel schließlich, nach einer kleinen Ewigkeit aus Betäubung und Erstaunen darüber, dass er lebte und die Umgebung ihn nicht umzubringen begann. »Versuchen wir, erst einmal die nächsten Tage zu überleben. Ich schlage vor, wir holen alles Brauchbare aus der EDANA. Vielleicht wird sie wieder starten können. Steht nicht herum, fangt an!«

»Was sollen wir tun?«, fragte ein Kebroid.

»Wo sollen wir anfangen?« Macaire entledigte sich seines Raumanzugs und sah sich um. »Womit? Feuer? Wasser holen? Irgendetwas zum Essen ...?«

»Ich bin nicht der Kommandant«, sagte Kalymel mit letzter Kraft. »Macaire hat Recht. Später suchen wir nach anderen Überlebenden.«

Er ließ sich von Rasturi aus dem Raumanzug helfen und fragte sich, welche Früchte sie finden würden und wie sie es anstellen sollten, auf die Jagd nach Tieren, nach lebendigem, flüchtendem oder angreifendem Fleisch zu gehen. Sie hatten nicht einmal einen großen Topf, um Wasser zu kochen.

Ein zweiter gewaltiger Schwarm Vögel kreiste mit halb sichelförmigen Schwingen niedrig über der Absturzstelle. Majestätisch langsam bewegten sich Hunderte der weißen Körper mit schwarz-roten Flügeln über dem Landstrich zwischen der niedrigen Meeresbrandung, dem Sumpfstreifen und dem nahen Wald. Der Anblick beruhigte Kalymel nur wenig; noch hatte er keine Augen für die Schönheit der Welt, auf der er und Rasturi gestrandet waren. Später erinnerte er sich an das Funkgerät und kletterte in die Kanzel, um Ascelin, den Piloten der PYXAL, zu rufen.

Tausende Menttia, die sich in Schwärmen in den höchsten Schichten der von Sonnenlicht erfüllten Gashülle getummelt hatten, hörten das subakustische Dröhnen, mit dem das Verhängnis sein Herannahen bewies. Fremde, nie gekannte, bisher nie absorbierte Energie kam von der Grenze des Sonnensystems auf den Planeten zu; ein Koloss aus der Ferne des Alls, der den Planeten verwunden konnte, griff nach der Heimatwelt. Aufregung bemächtigte sich der Energiewesen.

Sie glitten und schwirrten, lang gezogene leuchtende Spindeln, wie Luftfische durch die Gashülle und strebten der Hemisphäre des

Planeten zu, in der die Masse des Leviathans in die Ekliptik der elf Welten eindrang. Auf ihrem Weg abwärts durch ruhige und turbulente Luftschichten drängten sie sich enger aneinander; eine Art energetische Osmose fand statt, in der die Wesen zu einer kollektiven Intelligenz verschmolzen.

Ihr Denken, Spüren und Handeln verlief wie das eines einzigen, unabhängigen Wesens; gesteigert durch die Kompetenz tausender Verstandeszellen. Ihr Fühlen und die Erkenntnisfähigkeit waren durch die Erfahrungen von Jahrhunderten geschärft.

– Der riesige Metallkörper ist voller lebender Wesen. Sie wollten auf unserer Welt landen, aber die Asteroiden haben das Raumvehikel zerrissen. Und viele Wesen getötet. –

Die Kollektivexistenz folgte der Absturzbahn der drei größten Bruchstücke, aus denen sich während des glühenden Niedergangs weitere Trümmer lösten. Die Menttia erinnerten sich an die ersten Besucher ihrer Welt. Aus dieser furchtbaren Zeit lebten noch viele Einzelwesen, einige verströmten ihre Erinnerungen an grausame, lang anhaltende Kämpfe. Als sich der riesige Schwarm, so gut wie unsichtbar im grellen Sonnenlicht, dem Planetenboden entgegensenkte, durchdrangen weitere physikalische Informationen die Massenintelligenz blitzartig und verwandelten sich in abstrakte Denkmuster.

– Die Gegner aus der Vergangenheit haben sich unserer Welt und ihrer Hinterlassenschaften erinnert. Zuerst werden wir sie beobachten. Dann fühlen wir uns vielleicht gezwungen, entsprechend zu handeln. –

Die Sonne war ihre Nährmutter und die strahlende Quelle ihrer Kraft. Große Teile des Strahlenspektrums, das den Planeten erreichte, konnten sie assimilieren und davon zehren, ebenso wie von Teilen der kosmischen Strahlung. Unsichtbar, mit der Sonne im Rücken folgten sie den langen Bahnen aus Rauch, Dampf und Trümmerstaub, die den Absturz begleiteten, und begannen über dem Krater der Einschlagstelle zu kreisen. Die Zerstörung des Metallrings minderte ihre Furcht, die sie angesichts der Erinnerungen empfanden – es waren keine bewaffneten Besucher, die auf ihre Welt gefallen waren, sondern anscheinend bedauernswerte Unfallopfer.

– Wir sehen zu, was die Fremden tun. Sie kommen aus den Weiten des Weltraums und bringen möglicherweise, ohne es zu wissen und zu wollen, verderbliche Keime auf unsere Welt –

Die Menttia der Sandbrandung, einige Millionen flammenförmige Einzelwesen, schwebten in der Luft, in der sie geboren worden waren und sich fortpflanzten, und sie wussten, dass sie über der Planetenoberfläche sichtbar wurden, aber fast nie an einem sonnenhellen Tag wie heute. Die verstörten Ankömmlinge würden vielleicht geisterhafte, transparente Wesen in blitzschnellen Bewegungen erkennen, mehr nicht.

– Warten. Abwarten. Beobachten. Und behutsam reagieren. –

Über den aufgescheuchten Vogelschwärmen, die über der größten Stelle der Verwüstung schwebten, drehte sich wie ein langsamer, lautloser und unsichtbarer Tornado ein riesenhafter Schwarm durchscheinender Energiewesen.

5

Die Verschollenen

Das gedämpfte Dröhnen der Überlichttriebwerke hörte auf. Die Schwärze des Normalraums ersetzte das Hyperraumwabern. Die PALENQUE und kurz darauf die LASTOÓR beendeten die Hyperetappe nahe der roten Sonne, hoch über der Ekliptik des Systems. Omer Driscol, der Orter, und Sharita arbeiteten, bis sie schwitzten. Die Bremstriebwerke begannen zu toben, als sich die PALENQUE im direkten Unterlichtflug langsam dem fünften Planeten näherte.

Die Ortungsroutine beim Anflug auf ein Sonnensystem lief an. Im Orterholo bildeten sich nacheinander elf Planeten ab, und je genauer und zahlreicher die Ortungsergebnisse hereinkamen, desto mehr konzentrierte sich die Aufmerksamkeit auf den fünften Planeten und den auffallend dichten und ausgedehnten Asteroidengürtel zwischen dem achten und siebenten Planeten.

»Distanz fünfundzwanzig Millionen Kilometer«, meldete Driscol. Riesengroß hing der Planet im Hauptholo; drei atmosphärelose Monde umkreisten ihn im Licht der großen roten Sonne. Zwischen den Bahnen des siebenten und achten Planeten erstreckte sich ein ungewöhnlich ausgedehnter Asteroidengürtel. Die Dichte, Häufigkeit und die Charakterisierung der Partikelspuren in einem engen Schwerkraftkorridor erzählten eine andere Geschichte.

Perry Rhodan glaubte binnen weniger Sekunden erkannt zu haben, was geschehen sein musste.

Als sich die Zentrale mit Besatzungsmitgliedern gefüllt und die Ortung des Akonen-Kreuzers die Beobachtungen bestätigt hatte, wandte sich Rhodan an die Kommandantin. Driscol beschäftigte sich mit der Nahortung; seine Aufregung wuchs.

»Diese Position entspricht dem Ausgangspunkt des Ortungsimpulses«, sagte Rhodan. »Aber weit und breit nur Spuren, aber kein Echo einer Arche.«

Im gleichen Augenblick ertönte ein Signal. »Paratron-Schutzschirm Totalausfall!«, rief Huang Lee.

»Was soll das heißen?«, fragte Sharita Coho. Lee gab keine Antwort, beugte sich über seine Konsole. Seine Finger tanzten hektisch über die Schaltflächen, als könne er sie mit bloßer Willenskraft wieder zum Leben erwecken.

Die PALENQUE befand sich im Einflug in einen weiten Orbit. Einen Atemzug später bestätigte die LAS-TOÓR die gleiche Störung. Die Meldung war noch nicht zu Ende, als die Bremstriebwerke stotterten und ebenfalls ausfielen.

»Protonenstrahl-Impulstriebwerke ohne Leistung!«

Sharita Coho gab Alarm. Kurd Brodbeck, der Cheftechniker, sah von seinem Pult auf. »Die Energie wird zu fünfzig Prozent aus dem Metagrav-Triebwerk abgezogen. Ein diffuser Vorgang; Fremdeinwirkung! Ich kann keinerlei Bündelung oder Zapfstrahl erkennen. Als würde die Energie spurlos in einer übergeordneten Dimension verschwinden!«

»Seltsam! Verstanden.« Einen Sekundenbruchteil lang flackerten einige Batterien von Displayelementen auf fast sämtlichen Pulten. Der Syntron versuchte, die Störung zu analysieren.

»Also ist eine Landung unseres Schiffs auf dem Planeten vorläufig unmöglich«, stellte die Kommandantin fest. »Die Lage ist bedenklich. Eine unbekannte Kraft hat unser Schiff gelähmt. Versucht herauszufinden, was die Ursache für den Ausfall ist – in diesem Nebel herrschen offensichtlich außergewöhnliche Bedingungen.«

»Jemand oder etwas will uns fern halten«, sagte Rhodan. »Solange wir nicht wissen, was uns lähmt, sind wir gezwungen, uns passiv zu verhalten. Wir sind mitten im Rätselhaften materialisiert.«

»Ich habe etwas!«, rief Driscol eine halbe Minute später. »Oberflächenortung, auf der Tagseite. Auffällige Metallkonzentrationen, die sich deutlich von der Umgebung abheben. Könnten künstlichen Ursprungs sein – oder Erzkonzentrationen.«

»Metall? Eine Welt für die Kriecher? Zwei Teams könnten starten?«, schlug Sharita vor. »In einigen Stunden haben wir die Daten über die Größe des Systems und über einige Planeten zusammen. Haben die Metallkonzentrationen etwas mit unserem Energieverlust zu tun?«

Die Notsysteme waren angesprungen. Die Mikrokameras übertrugen sämtliche Vorgänge in alle Teile des Schiffes. Es gab keinerlei Funksignale, keine messbaren Auffälligkeiten und nichts, was die geheimnisvolle Energieabfuhr erklären konnte. Unverändert drehte sich fast unmerklich langsam der Planet im Hauptholo, zur Hälfte von Sonnenlicht erhellt.

»Bei den Metallkonzentrationen handelt es sich um keine Anlagen, die uns Energie rauben könnten«, erklärte Driscol nach einigen Minuten. »Sie sind unstrukturiert. Energetisch zwar nicht tot, aber unsere Energie fließt woanders hin.«

Rhodan schüttelte den Kopf. »Oder sind wir wieder in eine Störungszone des Ochent-Nebels eingeflogen? Warten wir noch einige Zeit – wir sollten trotzdem mit der Space-Jet auf dem Planeten nachsehen. Ohne ein Risiko einzugehen. Kleine Crew. Hast du von diesen Metallmassen bessere Messungen, Omer? Stationen, die uns die Energie rauben?«

»Kaum. Nichts Außergewöhnliches. Aber kein Echo entspricht der Größe einer gelandeten Arche.«

»Kannst du feststellen, wie lange das Ereignis zurückliegt?«

»Ungenau. Zehn Tage? Einen Monat? Kaum länger als fünfzig Tage.« Der Ortungsspezialist zuckte zögernd mit den Schultern.

»Beweise?«

»Syntron-Hochrechnungen anhand der ersten Daten. Es haben bestimmte Bewegungen und Umgruppierungen stattgefunden.«

Rhodan sah sich um. Die Gedanken und Überlegungen der Zentralebesatzung beschäftigten sich intensiv mit den Darstellungen auf den Holos und deren wahrscheinlicher Bedeutung. Die Syntrons verarbeiteten riesige Datenmengen und machten einen Teil davon evident. Die Energie der gedrosselten Triebwerke floss unverändert ab; es gab nicht den geringsten Hinweis darauf, wohin. Einwandfrei arbeitete die übrige Bordversorgung. Zwei Kriecherteams, V – das Dumas-Trio – und VIII, meldeten sich für den Einsatz.

Die Kommandantin überlegte drei Sekunden lang. »Die Arche und möglicherweise andere Archen ... das sind wichtige Ziele für uns«, sagte sie dann mit unbewegtem Gesicht, aber mit funkelnden Augen. »Aber wenn uns ein Planet so offensichtlich einlädt, sollten wir die Möglichkeit wahrnehmen. Doppelter Einsatz, vielleicht dreifacher Erfolg. Also, Kriecher – seht euch um, ohne viel Aufsehen zu erregen.«

»Machen wir, bei der Schatztruhe der Galaxis!«, kam es aus den Lautsprechern.

Kossa aktivierte die Echos der Kriecher und ging in Standby-Status. Zwei, drei Minuten tiefes Schweigen.

Dann schaltete sich Kurd Brodbeck, der hagere Olympier, in die Echtzeitübertragung ein. »Es wird niemanden überraschen, wenn ich sage, dass wir auf der Planetenoberfläche keine normal gelandete Arche, sondern wahrscheinlich deren entkoppelte Landesysteme finden werden – oder Ähnliches. Die Konstruktion wurde geteilt und hat an mindestens vier verschiedenen Stellen aufgesetzt.

Bemerkenswerte Hitzeentwicklung; da unten, nördlich der Küste, brennt ein Feuer, das einzige der Hemisphäre. Denkt an die Planetenfähren der NETHACK ACHTON.«

»Klar. Vermute ich auch.« Rhodan nickte Harriett Hewes und Denetree zu, die eben aus dem Antigravschacht kamen. »Und durch irgendeinen rätselhaften Vorgang wurde der Impuls gefunkt. Der Sender wurde vielleicht unkontrolliert ausgelöst. Meine Ansicht. Also – ich sehe nach. Willst du mitkommen, Denetree? Deine Hilfe wäre unverzichtbar.«

»Nichts tue ich lieber. Danke, Perry Rhodan.« Die Lemurerin wurde augenblicklich verlegen und aufgeregt. »Sofort.«

»Im Space-Jet-Hangar«, sagte Rhodan. »In zwanzig Minuten.«

Denetree wartete den Blick und das zustimmende Nicken der Kommandantin ab, bevor sie zum Antigravschacht lief.

»Eine Sache, bei der ihr mich brauchen werdet«, erklärte der Exobiologe Isaias Shimon. Der hoch gewachsene, blauäugige Mann, der in der Großen Magellan'schen Wolke geboren war und eine phantastisch klingende Lebensgeschichte aufzuweisen hatte, grinste selbstbewusst. »Wir aus der Magellanwolke sind die besten Profis für einen solchen Job.«

»Vielleicht brauchen die Arche-Gelandeten meine medizinische Hilfe«, meinte Hyman Mahal. »Ich käme gern mit. Sharita?«

»Erlaubnis erteilt, Doktor Mahal«, antwortete sie dem Bordmediker.

Rhodan stand auf und nickte Mahal und Shimon zu. Er registrierte um sich herum die gleiche kontrollierte Erregung, die auch ihn erfasst hatte.

»Wir sollten nichts riskieren. Vier Mann reichen fürs Erste aus. Sorry. Eine Frau und drei Mann. Wir haben ja zusätzlich die Unterstützung von zwei Kriecherteams.«

»Ich übergebe die Daten an den Jet-Syntron«, meldete Driscol. »Damit ihr da unten nicht im Blindflug umherirrt und euch zu Tode sucht.«

»Danke, Omer.« Rhodan deutete einen antiken militärischen Gruß an. »Und was tragen unsere akonischen Freunde zur Erhellung der gemeinsamen Rätsel der Vergangenheit bei? Oder der wahrscheinlichen Rätsel der gemeinsamen Vorfahren?«

Omer zeigte grinsend auf das breite Holo-Display über dem Funkpult. Dort waren Kommandant Jere von Baloy, Echkal cer Lethir, der Erste Offizier, und Solina Tormas im Hintergrund des Bildausschnitts der Zentrale der LAS-TOÓR zu sehen. Sie erweckten den Eindruck, als hätte der Anflug und der Energie-Alarm sie aus tiefstem Schlaf gerissen. Der kleinwüchsige Ma-Techten cer Lethir schien mit der Entwicklung extrem unzufrieden zu sein; sein Gesichtsausdruck verriet möglichen zukünftigen Ärger und erheblichen Missmut. Wahrscheinlich, dachte Rhodan, war er nicht allein mit der Ansicht, dass von cer Lethir jede Menge Störungen zu erwarten waren. Vielleicht mehr als nur das.

Als der akustische Alarm scharf durch die Zentrale der LAS-TOÓR schnarrte, riss es den Ersten Offizier cer Lethir senkrecht aus dem Kontursitz. Sein erster Gedanke galt den Terranern. Sie hatten von Anfang an versucht, sie zu übervorteilen – hatten sie schon wieder eine neue Teufelei ausgeheckt? Er hob den Kopf und blickte hinauf zum Kommandanten, der zwar den Schock der abfließenden Energie registrierte, aber keineswegs beunruhigt schien.

»Wir durchfliegen einen Bezirk der Galaxis, in dem mit solchen Vorfällen zu rechnen ist«, hörte Echkal cer Lethir sagen. Mit beinahe unnatürlicher Ruhe.

Therso Oe ta Acenusk checkte die Einsatzbereitschaft der Bordgeschütze und hob die Hand. »Ebenfalls Totalausfall, Maphan.«

Dann meldete sich die PALENQUE und berichtete, dass sie von ähnlichen Störungen betroffen war. Kopfschüttelnd hörte der Erste Techten, wie Jere von Baloy in lässigem Tonfall mit der terranischen Kommandantin redete. Er glaubte der Terranerin, ohne ihre Angaben zu überprüfen. Was für ein naiver Leichtsinn – Echkal cer Lethir konnte es nicht glauben. Der Maphan drehte sich auf seinem Podium um und deutete auf die Historikerin im unteren Ring der Zentrale. »Wir steuern einen Shift mit ausgesuchter Mannschaft bei, Sharita Coho. Natürlich dürft ihr euch des umfassenden Wissens von Solina Tormas bedienen, Terraner. Ameda Fayard, unsere Bordarchäologin, will unbedingt faszinierende Ruinen entdecken, die es höchstwahrscheinlich nicht gibt. Und unsere besten Shift-Piloten, Arsis Tachim und Kealil Ron. Ausschleusung in fünfzehn Minuten. Ich werde das Team auf alle Eventualitäten vorbereiten.«

»Danke, Maphan«, antwortete Rhodan.

Echkal cer Lethir winkelte den rechten Arm an und rieb geistesabwesend den Ärmel am Stoff seiner Hose. Was sollte dieser vorauseilende Gehorsam? Es war klug, wenn sie ihre besten Leute schickten, aber äußerst unklug, sie den Terranern einfach so anzubieten, als wäre es das Selbstverständlichste der Welt. Der Kommandant hätte die Terraner zumindest ein wenig hinhalten sollen, um ihnen klar zu machen, welchen Wert das Angebot hatte!

Und es war riskant, fast leichtsinnig, ausgerechnet Sharita Coho zu trauen. Sie hätte sie längst vertrieben, hätte ihr Schiff nur genügend Feuerkraft besessen.

Echkal starrte schweigend das Hologramm an, das die gegnerische Kommandantin und Perry Rhodan zeigte. Er konnte es noch immer nicht fassen, aber es gelang ihm, sich zu beherrschen. Alle Tugenden, die er vertrat, schienen nichts mehr wert zu sein.

Die historische Skala der Werte und der Bedeutung gab es nicht mehr. Das hatte er schon während seiner Ausbildung akzeptiert. Aber es existierte, besonders auf Kolonialwelten und innerhalb der Familien des alten, niedrigen Adels, Stolz auf die Überzeugung, dass ehemalige Feinde noch lange keine neuen Freunde waren, nur weil der Zeitgeist es angeblich so wollte. Echkals Unsicherheit wuchs, als er erleben musste, wie es Personen des hohen Adels ohne Schwierigkeiten leichter fiel, sich richtig zu verhalten und trotzdem die Hürden zwischen Akon und Terra zu überspringen – und trotzdem erfolgreicher zu sein. Er traute auch einigen anderen der Crew der PALENQUE nicht, obwohl sie wahrscheinlich untadeligen Charakters waren. Aber was, wenn dieser Energieabfall das Werk der Terraner war? Es war eine Möglichkeit, die sie zumindest nicht ausschließen durften – und sollte sie zur Gewissheit werden, mussten sie – oder er, Echkal cer Lethir – handeln.

Jere von Baloy maß dem plötzlichen Energieabfall offensichtlich ebenso viel Bedeutung zu wie Rhodan und Sharita Coho – oder ebenso wenig. »Wir werden den Ausgangspunkt der Fremdeinwirkung herausfinden, Kommandantin Coho«, sagte er scheinbar lässig. »Gemeinsam sind wir unschlagbar. Die Arche, der Planet und die Ereignisse versprechen aufregende Einsichten und epochale Erkenntnisse. Die wir gegenseitig austauschen.«

»Selbstverständlich«, antwortete Perry verbindlich. »Dort, am Notlandepunkt der Arche, lauert immerhin etwas, das einen stolzen akonischen Kreuzer und ein Schiff ausgebuffter Profis in einen Zwangsorbit gezwungen hat. Was auch immer es ist: Ich rechne mit Überraschungen der einfachen und der anstrengenden Art.«

Der Akone grüßte. »Guten Flug und problemfreie Landung.«

»Uns allen!«

Etwa zehn Minuten später schleusten die Jet, zwei Kriecher und der akonische Shift aus und schwebten völlig ungehindert über die Distanz von 20 Millionen Kilometern auf die anvisierten Ziele zu. Es waren mindestens fünf; möglicherweise würde man während des Anflugs einige zusätzliche Punkte von Interesse entdecken.

Die Wolken, Meeresflächen, Inseln und Kontinente des Sauerstoffplaneten lagen halb im Sonnenlicht, halb in nächtlicher Schwärze. Es gab keine Lichtcluster, keine Funkimpulse, weder tätig-rauchende Vulkane noch Geschosse, deren Wirkungsköpfe auf die vier Raumfahrzeuge zielten. In gebührendem Abstand und mit ungefähr gleicher Geschwindigkeit näherten sie sich den Punkten, an denen Metallkonzentrationen geortet worden waren.

Der »Erste« der LAS-TOÓR, Ma-Techten Echkal cer Lethir, beugte sich vor und rief systematisch die Holos vor sein Pult, die den Zustand seines Schiffes beschrieben. Er studierte sie ebenso systematisch, auf der Suche nach Hinweisen darauf, was den Energieabfall hervorgerufen hatte.

Was war nur los? Bis vor kurzem hatten alle Maschinen zuverlässig gearbeitet. Jetzt war die LAS-TOÓR praktisch ohne Antrieb und driftete auf den Planeten zu. Die gesamte Energie verschwand spurlos, bevor sie die Triebwerke erreichte.

»Aber wieso sind nicht *alle* Systeme ausgefallen?«, machte er seiner Hilflosigkeit Luft.

Er sah sich in der Zentrale um. Kommandant Jere von Baloy saß scheinbar unaufgeregt auf der obersten Ebene, neben ihm, unter der Kuppel, der Pilot, der ebenfalls die eingespiegelten Werte studierte. Beide Männer unterhielten sich leise. Wieso blieben sie so ruhig? Hatten sie etwa mit diesem Zwischenfall gerechnet? Echkal hatte schon lange den Verdacht, dass der Maphan ihm wichtige Informationen vorenthielt.

Er unterbrach seine nutzlose Tätigkeit und zwang sich dazu, kühl und klar zu überlegen. Ob er Terraner sympathisch fand oder nicht, war bei der Beurteilung der Lage völlig nebensächlich, ebenso seine Position an Bord. Der gezielte Energieschwund aber war Tatsache. Wer konnte es schaffen, ein Raumschiff teilweise zu paralysieren, wenn nicht die Terraner? Sonst gab es niemanden in weitem Umkreis, der über das nötige Wissen verfügte. Daher gelang es ihm nicht, die Ereignisse so ruhig hinzunehmen wie der Maphan.

»Abwarten«, murmelte er im Selbstgespräch. »Es hat eben erst angefangen. Aber bei Mirkandols Sternen, alles kann sich binnen Sekunden ändern.«

Seine Gedanken überschlugen sich. Die Terraner ... konnten sie wirklich die Ursache sein? Sie mussten über weit größere Ressourcen verfügen als bisher angenommen. Ihre Wissenschaft ... Echkals Gedankengang kam zu einem abrupten Halt. Sie hatten einen Terraner an Bord. Einen Wissenschaftler, Hartich van Küspert, der seine, cer Lethirs, stilvoll eingerichtete Offizierskabine bewohnen durfte.

Der Hyperphysiker saß ebenso ruhig vor seiner Konsole und studierte die Anzeigen der Sekundär- und Lebenserhaltungssysteme. Die »Geisel« aus der PALENQUE, immerhin zwei Fingerbreit größer als cer Lethir, schien ebenfalls keine Gefahr für das Schiff zu wittern. Echkals Gedanken waren voller Misstrauen; er konnte mit der unaufgeregten Arroganz des Terraners ebenso wenig anfangen wie mit dessen kumpelhaftem Benehmen. Aber vielleicht war auch in diesem Fall seine Beurteilung falsch.

Ich werde den Hyperphysiker im Auge behalten. Vielleicht verrät er sich. Vielleicht erfahre ich, wohin unsere kostbare Energie abfließt!

Einschließlich der terranischen Geisel sollten 42 Frauen und Männer eigentlich in heller Aufregung begriffen sein. Die Ausweglosigkeit der Situation griff cer Lethirs Nerven an, denn er befürchtete Schlimmeres in der Energieversorgung des Schiffes und eine sich anbahnende Katastrophe.

»Unser Kurs?«, rätselte er, holte das Holo des Piloten zu seiner Konsole herunter und kontrollierte die Angaben.

Erleichtert atmete er auf: Die LAS-TOÓR würde einen einwandfreien weiten Orbit etwa in Äquatorhöhe um den fünften Planeten einschlagen.

Er ließ sich zurücksinken und starrte ins Leere. Niemand handelte aufgeregt, jeder der Zentrale-Besatzung nahm den Vorgang als kosmosgegeben hin. In Echkal cer Lethir wuchs die Bereitschaft, aufzuspringen und sinnvolle Befehle zu geben, die das stille Chaos beseitigten.

Im großen Hologramm der Nahortung verfolgte er, innerlich kochend, wie der akonische Shift, die Space-Jet der Terraner und die beiden so genannten ›Kriecher‹ aus der Umlaufbahn zur Oberfläche des Planeten steuerten, auf die Schnittlinie zwischen einem Meer und dem nördlichen Kontinent zu. Zwei der drei Monde beschrieben ihre Bahnen über der Krümmung des Horizonts.

– Sie sehen aus wie die Feinde aus der Vergangenheit! –

Das Getümmel der Menttia der Mondnähe hatte zuerst zwei, dann fünf stählerne Körper entdeckt, die sich, mondgleich oder wie Meteore, dem Planeten näherten. Im Kontakt mit den Menttia der Sandbrandung verinnerlichten sie Bilder, Klänge und Gerüche, die von den Fremden stammten, die den Boden des Planeten erreicht hatten.

– Sind sie es? Oder ihre Nachkommen? Oder simile Wesen? –

– Abwarten und beobachten. Die Zeit und die Beweglichkeit ihrer stählernen Schiffe anhalten! –

Die Menttia der Mondnähe sammelten sich, verarbeiteten die Informationen und stiegen behäbig, aber zielgerichtet in die Schichten der Gashülle, in der reines Sonnenlicht auf sie einströmte und die Partikel der Lufthülle, vielfach chemisch verändert und wenig zahlreich, die Sicht auf die Fremdkörper nicht behinderten. Energetische Tastfäden, dünner als Monofiles, erstreckten sich über weite Distanzen ins Innere der großen Kugeln, tasteten nach Energieknoten und Leitungsweichen, definierten erstaunt die kompakte Art der Energie und packten zu. Aus den technischen Kavernen, Hohlräumen und dem einen oder anderen Torus glitt die Energie aus den Schiffen, mündete in den riesigen Schwarm und tilgte den Hunger von Hunderttausenden. Mit der Präzision unendlich vieler Jahre Erfahrung sezierten die Menttia nur einen, den wichtigsten Teil der erzeugten Energie und sahen mit ihren atomaren Augen, dass die Wesen auf den zwei Schiffen nicht gefährdet, aber handlungsunfähig waren.

– Die kleinen Raumschiffe? –

– Nicht behindern. Abwarten und beobachten. Noch fehlt jede Gewissheit –

Die Menttia der Mondnähe schwebten in geringem Abstand zu den Raumschiffen der Fremden in der Zone zwischen atmosphärischen Resten und Weltraum langsam in einer Kreisbahn um den Planeten. Sie beobachteten und warteten, denn die Fremden konnten, auch wenn sie es wagen würden, ihre Waffen nicht einsetzen. Im Austausch mit den Erinnerungen anderer Schwärme vergegenwärtigten sich die Menttia das Aussehen der Fremden und bedauerten, nicht in deren Gedanken lesen zu können.

Perry Rhodan saß im Pilotensessel der Space-Jet und genoss in schweigender Konzentration jede Minute des Flugs in der absolut perfekt gewarteten, kaum von Gebrauchsspuren gezeichneten, diskusförmigen Maschine, die jedem seiner Lenkimpulse gehorchte. Die Jet, die sich erst seit der Zwischenlandung auf Maahkora im Hangar der PALENQUE befand, entsprach dem letzten Flotten-Baumuster; ein tüchtiges, robustes Modell ohne jeden Luxus, aber fachmännisch ausgerüstet und – deutlich sichtbar – mit nur wenigen Lichtjahren auf den Landestützen. Sämtliche Ortungsanlagen waren aktiviert, die Insassen trugen Kombistrahler, die Schutzschirme und die leichten Geschütze der Jet waren eingeschaltet und durchgetestet worden.

Er und seine drei Begleiter trugen leichte, syntrongestützte Standard-Raumanzüge ohne Antigravtornister; die modernsten und daher teuersten Anzüge hatten die angeblich vier Gesellschafter der GEAMC/Eignergemeinschaft sich nicht leisten wollen. Die Tornister-Triebwerkseinheiten waren im Magazin neben der Luftschleuse verstaut.

Die kleine Crew konzentrierte sich auf ihre Tätigkeit und die Bilder der Planetenoberfläche unter den Wolken, über die Schatten glitten.

»Hier liegt etwas in der Luft«, murmelte Rhodan. »Ich wittere es förmlich. Und es ist mehr als eine gelandete Arche.«

Die Jet ging in einen langsamen Sinkflug über. Minute um Minute wurden – wie viel tausend Mal hatte er schon Planeten auf diese Weise angeflogen? – die Strukturen von Land und Wasser unter den treibenden Wolkenfeldern deutlicher.

Rhodan blickte nach links, dann nach rechts. Die Kriecher V und VIII eskortierten in zunehmender Entfernung die Space-Jet, und ganz rechts steuerte der wuchtige, schildkrötenähnliche akonische Shift dem Planetenboden entgegen. Mond III hob sich, voll im Sonnenlicht, hinter dem Planeten in den Sichtbereich. Sämtliche Funkkanäle waren auf Empfang innerhalb des gesamten Spektrums geschaltet ... nichts.

Rhodan deaktivierte vorübergehend die stehende Funkverbindung zur PALENQUE, die schätzungsweise gerade in die Nachtseite des Planeten eintauchte. »Ich weiß nicht, was uns dort unten erwartet, aber wir bleiben in ständiger Verbindung mit den Schiffen und den übrigen Teams«, sagte er zu seinen Gefährten. Sein Zeigefinger näherte sich den Einzelheiten der Vorausortung im Hologramm. Die Vergrößerung zeigte eine Meeresküste, einige Inseln, einen breiten Landstreifen und, in nördliche Richtung, ausgedehnte, hügelige Wälder von sattem Grün. Lange Ketten und Triangel aus Vögeln mit gelb-blauen Riesenschwingen strichen entlang der Küste und schienen über dem Meer nach Beute zu spähen.

»Zwei Ziele voraus«, sagte Shimon leise.

»Erkannt«, gab der Mediker ruhig zurück.

Die Raumanzüge waren mit Expeditionsgerät, Multi-Use-Werkzeugen, Scheinwerfern, Syntronkameras, Notvorrat und Kombistrahlern ausgestattet. Rhodan rechnete nicht mit direkten Angriffen und Feuergefechten, aber immerhin mit ernsthaften Zwischenfällen. In einer weiten Kurve steuerte er die Jet auf die beiden Echos am Horizont zu, flog in die Dunkelzone ein und näherte sich langsam aus östlicher Richtung, das Meer auf der linken Seite, in abnehmendem Bodenabstand den beiden Metallkonstruktionen. Die Jet hatte die Morgensonne im Rücken.

»Landegeräte«, sagte Sekunden später der Exobiologe. »Shuttles oder Planetenfähren. Und dazwischen Hütten!«

»Also haben viele aus der Arche überlebt!« Denetree versenkte ihre Blicke in die Vergrößerung und hob dann erst wieder den Kopf, als die Sinkgeschwindigkeit weiter abgenommen hatte und Direktsicht möglich war. Schweigend und konzentriert nahmen die Insassen der Jet das Bild auf, das sich ihnen schräg unter der fast bewegungslosen Jet bot.

Ein großes Landegerät, metallfarben mit auffallenden grünen Streifenverzierungen, hatte von links, über dem Meer hereinkommend, eine breite Rinne in den sandigen und kiesigen Boden gefräst und war an deren Ende in einer Fläche verbrannter Vegetation zum Stillstand gekommen. Das Meeresufer war etwa 500 Meter entfernt; eine ruhige Brandung rollte auf den hellen Strand zu. Die zweite Fähre, augenscheinlich so gut wie baugleich, aber schwarz und weiß gestreift wie Zebrafell, war vermutlich nicht gleichzeitig und auf herkömmliche Art gelandet, denn es gab keine Rutschspuren im Boden. Auch ihre Triebwerke hatten Gras und Büsche entzündet; die Fähren standen mit offenen Luken und den deutlichen Spuren von Hitzeeinwirkung im Abstand von ungefähr 150 Metern nebeneinander.

Schätzungsweise drei Dutzend Hütten von hilfloser Einfachheit waren zwischen dem Landeplatz und dem Waldrand errichtet worden. Sie warfen lange, bizarre Schatten.

Pflanzenwedel, dünne Stämme und Äste, Kunststoffplanen und dünne Taue hielten die wackeligen Bauten zusammen und boten Schatten, aber wenig Schutz, sollten Wind und Regen einsetzen.

»Außentemperatur 22 Grad Celsius am frühen Morgen«, murmelte Rhodan. »Wir landen. Dort, am Rand der Brandfläche.«

Summend sank die Jet auf die Landestützen. Aschewolken stoben auf. Einige Lemurernachkömmlinge stürzten aus den Unterkünften, schirmten ihre Augen gegen die Sonne ab und starrten die Jet an. Einige Dutzend Überlebende rannten in wilder Flucht davon und versteckten sich in den Büschen. Andere warteten, unschlüssig und furchtsam. Dann winkten einige Lemurer und kamen zögernd näher. Binnen weniger Minuten versammelten sich schließlich ungefähr 75 Individuen. Viele andere wagten es nicht, näher zu kommen.

Hyman Mahal kontrollierte die Anzeige des Atemluft-Indikators. »Richtig fernanalysiert. Hervorragend kompatible Zusammensetzung. Wir können unbesorgt durchatmen.«

Rhodan hob den Arm, winkte zurück und schaltete die Funkanlage ein. Alle Kontrollen signalisierten volle Funktionsbereitschaft. »Sharita! Maphan von Baloy!«, sagte er ins Mikro des Serun-Headsets. »Wir haben zwei Fähren und deren Insassen gefunden. Sieht verdächtig nach Notlandung aus. Ist die Übertragung in Ordnung?«

»Wir sehen und hören euch einwandfrei«, antwortete Driscol. »Kümmert euch nicht darum. War das zweite Echo tatsächlich eine zweite Fähre?«

»Das erfahren wir in ein paar Minuten«, sagte Rhodan und schaltete das Fesselfeld seines Sitzes ab. »Wir steigen aus.«

Die Menttia der Sandbrandung beobachteten, wie sich zu den zwei kantigen, wuchtigen Metallkörpern ein dritter gesellte und auf spinnenbeinigen Stützen stehen blieb. Die Fremden, die sich seit dreimal zwölf Tag- und Nachtwechseln hilflos und unaggressiv verhielten, rannten durcheinander, als zwei Gestalten – bis auf die Färbung der Haut fast identischen Aussehens mit den Ankömmlingen – aus dem grausilbern im Morgenlicht schimmernden Raumschiffchen kletterten und in der taufeuchten Asche deutliche Spuren hinterließen.

– Sind sie so harmlos wie die anderen? –

– Es sind andere Fremde. Sie verhalten sich abwartend ... –

– Abwartend, wie wir! –

– Beobachten wir weiterhin, was die Besucher tun. Wir haben eine kleine Gruppe separiert. Sie können uns nichts antun! –

Im Sonnenlicht, wussten die Menttia seit Hunderten von Generationen, waren sie für alle Wesen ihres Heimatplaneten so gut wie unsichtbar. Sie gliederten sich zu einer linsenförmigen Scheibe und begannen über dem Treffen der Fremden zu kreisen, einige tausend Schritte über dem Landstreifen zwischen Meer und Wald. Sie beobachteten die Notgelandeten seit langer Zeit – und Zeit war, ebenso wie Energie, ein Besitz, über den die Menttia in gewaltigem Ausmaß verfügten.

In der Mitte der schmalen Ausstiegsrampe der Jet erreichte Rhodan der Anruf. Er blieb stehen und drückte den winzigen Lautsprecher tiefer in seine Ohrmuschel.

»Rhodan hier. Ich höre?«

»Kealil Ron«, sagte eine Stimme in Akonisch aus den Lautsprechern. »Ich rufe die terranische Jet unter Perry Rhodan.«

»Ich höre!«, wiederholte Perry. Der Pilot des Shifts wechselte ins Interkosmo.

»Wir haben zwei Teile oder Bruchstücke der Arche gefunden. Eine Menge Überlebende, viele Verletzte. Wir fliegen zunächst dorthin und hoffen, dass wir helfen können. Etwa 300 Kilometer von euch entfernt. In nordöstlicher Richtung von eurer Position.«

»Verstanden.« Rhodan war mit wenigen Schritten wieder in der Steuerkanzel der Jet. Shimon sah zu, wie Ron die Koordinaten der Fundstelle und die Makroholos der Landschaft überspielte. Fast gleichzeitig blickten die beiden Jet-Insassen auf die Holo-Displays ihrer Pulte und versuchten, auf der kleinformatigen Darstellung Einzelheiten zu erkennen. Rhodan nahm die Einzelheiten des beschädigten, fragmentartigen Archekörpers in sich auf. »Also ist die Arche bei der Landung verunglückt.«

Nacheinander verließen Rhodan und Shimon mit offenen Raumanzügen die Jet und gingen auf die Lemurer zu. Die Luft war morgendlich kühl und roch schwach nach Meerwasser und ausgeglühtem Metall. Nach wenigen Schritten sah Perry, dass er mit seiner Annahme Recht gehabt hatte. Wenigstens mit der Überlegung, dass in jeder Arche andere Verhältnisse herrschten. Je mehr sich die beiden Gruppen einander näherten, desto deutlicher wurde, dass in vielen Lemurer-Generationen Mutationen stattgefunden hatten. Er blickte in schwarz-weiß gestreifte Gesichter, erkannte hornartige Flächen auf der dunklen Haut, sah albinohafte Überlebende mit weißen Mähnen und schwarzen Fingerknochen und, zwischen vielen dunkelhäutigen Frauen und Männern, einzelne Individuen mit Reptilienhaut anstelle von Kopfbehaarung. Er nahm sacht Denetrees Arm und schob sie einen Schritt vorwärts. »Sag du ihnen, wer wir sind, und frage, was passiert ist. Wenn sie es von einer ehemaligen Archenbewohnerin hören, hilft es dem gegenseitigen Vertrauen.«

»Ich verstehe, Perry. Selbstverständlich.«

Er hörte, wie Denetree in ihrer Sprache die Überlebenden begrüßte. Sofort bildete sich ein dichter Kreis um sie. Schweigend hörten Rhodan, Shimon und Dr. Mahal zu; nur noch selten brauchten sie die Hilfe der Translatoren. Der Picosyn von Rhodans Armband und die Zentraleinheit kommunizierten per Hyperfunk mit dem Syntron der PALENQUE; jedes Wort wurde in der Translator-Unit gespeichert. Zunächst riefen die Lemurer wild durcheinander, dann trat ein etwa 40-jähriger, schlanker Mann vor, nahm seinen Mut zusammen und begann zu sprechen.

»Ich bin Kalymel, der Pilot der Planetenfähre OVIR EDANA. Seit der Notlandung wissen wir nicht, was wir tun sollen. Bleiben, Häuser bauen, auf die Jagd gehen – wir haben keine Erfahrung darin! –, oder uns in Resignation ergeben und aufgeben? Ihr seht aus wie wir – wo kommt ihr her?«

»Von weit her. Von Terra. Wir sehen euch ähnlich«, sagte Rhodan ausweichend. »Ihr und wir – wir müssen gegenseitig tausend Fragen beantworten. Ihr braucht keine Furcht vor uns zu haben.«

»Wir ... mit Fremden haben wir keine Erfahrung. Wir waren immer im Schiff. Die LEMCHA OVIR. Hast du gesehen, wie sie davonlaufen? Viele von uns fürchten sich vor euch.«

»Zu Unrecht. Sie sollten«, sagte Rhodan laut, »ebenso neugierig sein wie wir.« Er zeigte auf die Fähren. »Sie scheinen noch brauchbar zu sein. Wir haben ein Wrack gefunden, das wohl euer Schiff war. Wir nennen es ›Arche‹; bleiben wir bei diesem Begriff. Wir glauben nicht an einen denkbaren Neustart der Arche.«

Der Gesichtsausdruck des mutierten Lemurers zeigte Rhodan, dass Kalymel die Situation höchstmöglich realistisch einschätzte und trotz seiner Verwirrung ruhige Entschlossenheit zu verbreiten versuchte.

Er schüttelte langsam den Kopf. »Ich auch nicht. Wie? Womit? Ich hab zusehen müssen, wie die Steinbrocken die Arche auseinander gerissen haben.«

»Wir werden euch helfen, so gut es geht«, sagte Rhodan. »Wir haben viele Fragen an euch. Immerhin haben wir euch gefunden, und auch andere Teile der LEMCHA OVIR sind entdeckt worden.«

»Woher weißt du den Namen der ›Hoffnungsstern‹?«

»Aus den Daten einer anderen Arche, eines anderen Schiffs. Das sind lange, schwierige Fragen und Erklärungsversuche – bleiben wir bei den wichtigen Problemen. Ihr könnt mit euren Vorräten überleben?«

»Einige Tage lang. Wir suchen das Schiff, ein Wrack, seine Trümmer.«

»Wir haben sie für euch gefunden. Ihr solltet zu den anderen Überlebenden fliegen. Auch das hat noch etwas Zeit.«

Erkennbare, vorsichtige Freude herrschte über Rhodans Versprechen. Dann schilderte der lemurische Mutant, *Technon* und Fährenpilot Kalymel, zusammen mit seinen Kameraden Ascelin und Macaire die letzten Stunden der Arche. Sie zeigten auf die ramponierten Fähren und schlossen: »Mit dem Schiff haben wir keine Funkverbindung. Ascelin, der Fährenpilot vom Quadranten West-Blau, konnte ein zweites Mal starten und mit einundachtzig Leuten bei uns landen. Von anderen, die auf Mentack Nutai gestrandet sind und überlebt haben, wissen wir nichts.«

Langsam verloren auch die anderen Lemurer ihre Angst vor den Fremden. Die Neugierde ließ sie langsam herankommen; tausend Fragen hingen unausgesprochen in der Luft.

Das Lemurisch, das Rhodan sprach, unterschied sich nur wenig von der Sprache der Archenbewohner. Shimon zwirbelte, während er zuhörte, geistesabwesend die Enden seines braunen Schnauzbarts und betrachtete fasziniert die Farben und Formen der augenfälligen Mutationen; bei fast allen Lemurern herrschte die dunkle Farbe ihrer Haut vor. Rhodan wurde sich bewusst, dass er Angehörigen eines Volkes gegenüberstand, das in der galaktischen Evolution aufgegangen war. Die Leute in den beiden Archen waren wie Denetree die letzten lebenden Lemurer. Irgendwann würde sich auch Denetree dieser Einsicht gegenübersehen; sicherlich zum falschest möglichen Zeitpunkt, und die Einsicht würde sie abermals in tiefe Verzweiflung stürzen. *Ich werde sie mit dieser Wahrheit nicht konfrontieren,* dachte Rhodan. »Wir sind erschüttert und entsetzt, dass wir von eurem Schiff nur Trümmer finden konnten«, sagte er. »Es gibt an mindestens einer anderen Stelle auf ... wie nennt ihr den Planeten?«

»Nutais Schicksal. Die rote Sonne hat unser Kommandant Ichest getauft.«

Zwischenhalt, dachte Rhodan.

Der Fährenpilot deutete zum Himmel. »Der siebente Planet, Ovirs Nexas, der sechste Lemchas Reabion. Für die Monde, vor denen sich die meisten von uns fürchten, haben wir noch keine Namen.«

»*Ovirs Leuchtturm und Lemchas Insel* ... unsere anderen Gruppen haben Überlebende und mindestens ein großes Bruchstück der OVIR gefunden. In Kürze wissen wir mehr. Die Arche ist also auseinander gebrochen?«

»Ich bin mit der Fähre gestartet, als ein Asteroid die OVIR traf.« Die Strahlen der niedrig stehenden Sonne riefen schillernde Reflexe auf den Schuppen von Kalymels Schlangenhautpartien hervor. »Wahrscheinlich waren es zwei Asteroiden. Aber alles ging viel zu schnell. Ich habe gesehen, dass einige Trümmer des Schiffs zwischen den Asteroiden davongetrieben sind.«

»Wir werden es herausfinden«, antwortete Rhodan.

Über einem fast rauchlosen Feuer standen auf einem Metallgitter Dutzende verschiedener Gefäße voller Wasser. Rhodan begriff, dass die Überlebenden ungenügend ausgerüstet waren; es gab augenscheinlich nicht einmal einen genügend großen Wasserkessel. *Planetenfähren sind keine Expeditionsfahrzeuge,* sagte er sich und sprach eine Nachricht in das Armbandgerät. Nach einer leisen Bemerkung Hyman Mahals, auf dessen Halbglatze dicke Schweißperlen glänzten, erkundigte sich Denetree, ob die Überlebenden medizinische Hilfe brauchten. Sie wandte sich an Rhodan und den Mediker. »Sie haben sich mit der Notausrüstung der Planetenfähre selbst geholfen. Keine ernsthaften Verletzungen.«

»Seid ihr bewaffnet? Gibt es gefährliche Tiere? Oder andere Gefahren, die ihr schon kennen gelernt habt?«

»Aus dem Wald hören wir laute Schreie, meistens nachts. Wir haben uns noch nicht weit hineingetraut. Zwei Arten Beeren und eine Art Baumfrucht sind essbar, und bisher ist keiner krank geworden. Wir sind ausreichend bewaffnet.«

Macaire stieß Kalymel. »Wenn wir wissen, wo wir das Schiffswrack finden, finden wir auch unseren Naahk. Den Kommandanten, den ›Sternsucher‹ Atubur Nutai. Er wird uns sagen, was wir tun müssen.«

»Wir helfen euch bei der Suche, wie wir versprochen haben. Wir helfen auch gern mit den Notrationen in unserem Raumvehikel aus«, sagte Rhodan. In einem Winkel seiner Überlegungen war er noch immer darüber verblüfft, dass die beiden Kriecher, der Shift und die Jet sich ohne Einschränkungen bewegen konnten. Da weder Sharita Coho noch der Maphan irgendwelche Warnungen gefunkt hatten, blieb der Zustand wahrscheinlich stabil.

Rhodan legte dem Fährenpiloten Kalymel die Hand auf die Schulter. »Ein paar deiner Leute sollen uns beim Proviantausladen helfen. Wir kommen zurück. Zuerst fliegen wir zu den anderen Bruchstücken der LEMCHA OVIR.«

»Wie kommt es, dass die junge Frau, du und eure kleinen Armbandgeräte unsere Sprache sprechen?«

Rhodan lächelte. Er hatte den Eindruck, dass immerhin einige der ehemaligen Archenbewohner den erzwungenen Aufenthalt auf Mentack Nutai als neu gewonnene Freiheit betrachteten und wenig Niedergeschlagenheit zeigten. Dennoch war die Ratlosigkeit groß. Die Notunterkünfte zeigten die mangelnde Fähigkeit ihrer Erbauer, schnell auf die Notwendigkeiten zu reagieren. Aber sie arbeiteten, bemühten sich, zeigten sich der Herausforderung gewachsen. Vermutlich gab es im Wrack noch viele genügend intakte Wohnmöglichkeiten.

Er zuckte mit den Achseln. »Das ist eine lange, ziemlich verworrene Geschichte. Wir reden darüber, wenn wir die anderen Absturzstellen kennen. Wie viele Tage und Nächte sind seit der Notlandung vergangen?«

»Fündunddreißig, sechsunddreißig Tage.«

An Bord der PALENQUE hatten sie mit einem längeren Zeitraum gerechnet. Rhodan dachte an den Ortungsimpuls. »Hilf bitte den Leuten aus der Arche«, sagte er zu Denetree. »Isaias und Hyman zeigen dir, wo die Notvorräte sind. Inzwischen frage ich nach, was die anderen und vor allem die Schiffe herausgefunden haben.«

»Sofort, Perry. Ich habe noch nicht ganz verstanden, was mit der zweiten Arche geschehen ist. Ich weiß nur, dass sie halbwegs entschlossen sind, hier zu überleben.«

»Es ist viel zu früh, darüber irgendwelche Pläne zu machen«, antwortete Rhodan, während die Gruppe über die verbrannte Fläche zur Jet ging. Bei jedem Schritt stoben Aschewölkchen auf; die Sonne stand vier Handbreit über dem Horizont. Ein heißer Tag kündigte sich an. »Wenn wir beim großen Bruchstück sind, werden wir mehr Informationen bekommen.«

Sie luden bis auf genügend Reserven etwa zwei Drittel des Notvorrats aus: Konzentrat-Nahrungsmittel, Antibiotika, die größten Töpfe aus der winzigen Kombüse und Liquitainer voller Spezialgetränke, die mit Mineralien und Vitaminen angereichert waren. Rhodan öffnete seinen Einfach-Serun und rief nacheinander den Shift und die beiden Kriecher. Dann gab er die Daten in die beiden Autopilot-Syntrons ein und spielte, als seine Gefährten wieder vollzählig in der Steuerkanzel saßen, die übermittelten Bilder und Erklärungen ab.

»Wir werden also ein knappes Drittel eines zerfetzten Kreisringes von etwa 400 zu 125 Metern vorfinden.« Perry Rhodan fiel plötzlich ein, dass die Lemurer im Duodezimalsystem rechneten. »Und in zwanzig Kilometern Entfernung davon eine Art zylindrisches Modul, ziemlich unversehrt, das wahrscheinlich die Zentraleinheit der Arche war.« Er schaltete die Triebwerke an und war verwundert, als sie langsam, aber zuverlässig hochfuhren. »Sehen wir nach.« Einen Atemzug später blickte er in Shimons und Mahals Gesichter. »Lasst euch nicht von dem scheinbaren Idyll des Planeten beeinflussen«, sagte er leise, aber mit unüberhörbarer Schärfe. »Wir haben gerade den äußersten Rand von Geheimnissen angetastet, die sich als gefährlich und weit reichend erweisen können.«

»Wie meinst du das, Perry Rhodan?«, erkundigte sich Shimon, während Rhodan die Jet schräg hochzog.

»Halt die Augen offen und, ein uralter Trick: Hinter jeder Harmlosigkeit kann sich eine Überraschung verbergen.«

Die Jet überflog das Land in geringer Höhe und kreiste einmal um die Notlandezone. Die Außenkameras übermittelten ein umfassendes Bild der unordentlichen Siedlung aus handwerklich fragwürdigen Hütten. Aber sie zeigten auch, dass diese Lemurernachkommen ein relativ hohes Überlebenspotential hatten und sich, zumindest für die erste, kurze Zeit, zu helfen wussten. Wahrscheinlich hatten sie das Zeug, als lemurische Gemeinschaft trotz aller Widrigkeiten weiter zu bestehen.

6

Athos, Porthos und Aramis

Ihr letzter Einsatz war ziemlich erfolglos gewesen. Im Ochent-Nebel, in dem sich seit einigen Jahren zahlreiche Prospektoren tummelten, suchten sie alle nach aufregenden Funden, die schnellen und großen Reichtum versprachen: fünfdimensional strahlende Quarze etwa oder seltene Erze in leicht zu erschließenden Vorkommen. Die Arche war zwar das größte, Erfolg versprechende Objekt, aber jetzt lag unter dem Kriecher V ein großer, unbewohnter Planet, und die drei Männer in der winzigen Kabine dachten an wenig anderes als an Exploration und Erfolg. Der Tod ihrer Kameraden und der Verlust des Kriechers war zwar unvergessen, aber trotz der Trauer blieb der erklärte Vorsatz, nach Wertvollem zu suchen. Wenigstens während dieses Einsatzes mussten sie den Schmerz verdrängen.

Selbstverständlich waren die Namen des Teams an Bord bekannt. Aber die drei wurden von der Besatzung der PALENQUE nur »das Dumas-Trio« Athos, Porthos und Aramis genannt – irgendwie glichen sie auch dem Bild, das sich literarisch mäßig Gebildete von den »Drei Musketieren« gemacht hatten.

»Hinunter«, sagte Aramis und befeuchtete zwirbelnd die hochgebogenen Enden seines Schnurrbarts mit Speichel. »Rhodan wittert Archen-Geheimnisse. Ich wittere Saurierskelette aus reinem Edelgestein.«

In Unterlicht-Schleichfahrt scherte der Kriecher aus und ließ das andere Prospektoren-Fluggerät, die Space-Jet und den akonischen Shift hinter sich. Als zwischen einer Wolkenspirale eine lange, sanft gebuchtete Meeresküste und die ehemalige Mündung eines Flusses auftauchten, schwenkte der Kriecher, von Aramis gesteuert, nach links ab.

»Sämtliche Spürgeräte aktiviert«, meldete Athos und lehnte sich zurück. Aus dem Bullauge der winzigen Kabine betrachtete er die Landschaft, die rasend schnell auf den Kriecher zuzuspringen schien. Lange Brandungswellen rollten von rechts auf eine sandige Küste zu, die von einzelnen abgetragenen Trachytaufschüssen unterbrochen war. Eine ruhige Landschaft eines alten Planeten. Weit voraus tauchten dunkle Waldstreifen auf.

»Ein alter Planet«, gab Athos seine Gedanken preis. »Mit niedrigen Gezeiten und ohne Vulkanismus. Könnte bedeuten, dass viele Erze, viel reiner Kohlenstoff und alles Übrige inzwischen aus dem Tiefengestein ausgeschwemmt worden sind.«

»Dann wären sie im Schwemmgebiet von Flussdelten zu finden«, sagte Porthos. »Dort am Horizont ist eines zu sehen, glaube ich.«

»Wir sind auf direktem Kurs zum Delta«, antwortete Aramis.

Die Konstruktion der Kriecher glich einem technischen Albtraum, den die Modifikationen der vergangenen Tage nur wenig abgemildert hatten. Eine verwegene Mischung zwischen exotischen Insekten, auseinander genommenen Robotern, Würfeln, Kugeln und Verstrebungen, Projektoren und einklappbaren Spinnen- oder Libellenbeinen, in unterschiedlichen Farben und Größen, und inmitten dieses hochtechnischen Wirrwarrs hatten die Konstrukteure viele Hohlräume mit einer ungewöhnlich geformten Kabine gefüllt. Immerhin konnten die Insassen zwischen den Sitzen darin stehen, und in einer nur Kubikmeter kleinen so genannten Kombüse befanden sich Überlebensmittel, ein Getränkeservo, eine Hand voll Vorräte und ein Werkzeugset. Eine sinnreiche Klappautomatik in der Einmann-Luftschleuse diente als Toilette. Im ersten Morgenlicht sank der Kriecher antigravgestützt der dunklen Horizontlinie entgegen.

»Was zeigen die Detektoren, Athos?«, wollte Aramis wissen. Holodisplays und archaisch anmutende Instrumente leuchteten auf der verschlungenen Pultoberfläche des Planetologen.

»Nichts Findenswertes.«

»Ich wittere Platinadern, dick wie Seeschlangen«, brummte Aramis.

»Oder ein großes Loch, in dem die Blues oder sonst wer schon alles abgebaut haben«, scherzte Porthos.

Aramis stabilisierte die Flughöhe und nahm die Geschwindigkeit weiter zurück. Die Erfahrung aus Hunderten Einsätzen und zahllosen Versuchen und Irrtümern schilderte den Prospektoren genauer als jede Beschreibung, was die Landschaft unter ihnen auszeichnete.

Aus dem tiefen Inneren eines Kontinents, dessen Gebirge die Zeit und die Verwitterung seit Millionen Jahren abgetragen hatte, mäanderten Bäche in einen Fluss, der seinerseits in weiten Windungen dem Meer zustrebte. Das riesige Mündungsdelta war an den Rändern und im Bereich großer, flacher Schwemmlandinseln mit altem Wald bedeckt. Früher hatte sich der Fluss durch das Land gefräst und tiefe Cañons zurückgelassen, die sich seit Urzeiten mit Geröll, Sand und Erdreich gefüllt hatten. Am geringfügigsten hatte sich das Delta verändert, das geschätzte 100 Kilometer weit ins Land hineinreichte. Der Kriecher überflog den breiten Uferwald und schien in der Luft stillzustehen.

»Los!«, sagte Aramis. »Wir suchen mit allem, was wir haben.«

Tiefenradar, syntrongestützte Geräte, die Erdmagnetismus maßen, eine Serie optischer Detektoren, Massebolometer und ein Dutzend anderer Sender und Antennen richteten sich auf den Boden und sandten ihre Strahlen aus. In der Kabine waren nur die schweren Atemzüge des »Dumas-Trios« und das fauchende Wispern der Luftumwälzanlage zu hören. Hologramme bauten sich auf, Bildschirme leuchteten und zeigten vielfarbige Zackenmuster, Dateien füllten sich. Unter dicken Schichten aus Geröll, Lehm, Sand und Bewuchs zogen sich durch den Mittelteil des Deltas Linien und verzweigte Adern. Jede von ihnen kennzeichnete einen Streifen, in dem sich Metall in Form von Körnern und größeren Zusammenschlüssen konzentriert hatte; solche Vorkommen wurden als »Seifen« bezeichnet und enthielten ein kolossales Versprechen: viel, mehr, am meisten!

»Das habe ich gewittert«, rief Aramis und lachte dröhnend. »Und das soll Mama als Erster erfahren!« Er klappte sein Headset nach vorn, vergewisserte sich, dass er auf der Schiffsfrequenz sendete, und redete etwas leiser weiter: »Kriecher V ruft Mama. Wir haben ein segensreiches Delta unter uns und stehen kurz vor der Landung und der Bodenuntersuchung. Ich sende die Infos, Alemaheyu!«

»Verstanden, Aramis«, antwortete Kossa augenblicklich. »Bin auf Empfang. Gratulation!«

Während Aramis den Kriecher auf einen jener Punkte zusteuerte, an dem sich ungefähr ein Dutzend Adern verzweigten – auf der Oberfläche des Schwemmlands war nichts davon auch nur zu ahnen –, funkte der Syntron den Inhalt seiner Datenspeicher an den Bordrechner der PALENQUE. Fünf Minuten später schwebte der Kriecher im Zickzack über einen Teil des Deltas. Eine Spezialapparatur feuerte in präzisen Abständen pfeildünne Messsonden in den Untergrund. Sie drangen fünfzehn Meter tief ein, begannen zu analysieren und die Ergebnisse zu funken.

»Beim Reichtum der Galaxis!«, sagte Porthos nach einiger Zeit. »Deine Witterung ist zu loben! Deine große Nase sei gepriesen, Aramis!«

Gold. Gold gemischt mit hohem Silberanteil. Platin. Einige seltene Transurane. Reiner Kohlenstoff, also Diamanten. Und Coltan, auch in unterschiedlicher, meist hoher Konzentration.

»Coltan! Ausgezeichnet! Endlich eine solide Fundgrube«, sagte Athos voller Begeisterung. Er zog einen imaginären Degen und schlug eine virtuelle Quart. »Sollen wir die anderen alarmieren und schön neidisch machen?«

Aramis schüttelte heftig den Kopf. Seine Bartenden flogen hin und her wie die Antennen eines haarigen Käfers. »Auf keinen Fall! Sie werden ihren eigenen Claim finden.«

»Auch wieder richtig. Also – weiter.«

Driscol, der Orter der PALENQUE, hatte den Planeten längst mit einem virtuellen Gradnetz überzogen. Einen Fundort wiederzufinden beschäftigte die Syntrons einen Sekundenbruchteil. Der Kriecher zog einen zweiten, weiten Kreis und feuerte den nächsten Satz Bodensonden ab. Wo sich Gold und Diamanten finden ließen, hielt die Natur weitere Funde und Wertstoffe versteckt; Tantal etwa oder Rhenium. Oder, an einem anderen Fundort, Howalgonium oder andere faszinierendere Rohstoffe.

Nachdem sämtliche Sonden eingesetzt waren, landete Aramis den Kriecher V. Da die Luftanalyse wie erwartet positiv ausgefallen war, öffnete er beide Schleusentüren, und sie kletterten über die dreimal abgewinkelte Leiter hinunter auf den Boden von Mentack Nutai.

Sie standen auf weißem Kies, der über einer dicken Sand- und Lehmschicht lag. Die lang gezogene Insel war von einer grünen Mauer schilfartiger Pflanzen und Bäumen mit Korkenzieherstämmen und riesigen, flachen Kronen umsäumt. In der Luft sirrten und summten Fliegen oder Mücken, libellenartige Insekten, vierflüglige Vögel und weiße Segler, die schnabelbewehrten Flughunden glichen.

»Wir Terraner werden hier wohl keine Kolonie gründen«, meinte Aramis. »Aber ...«

»Die Lemurer, die zum Hierbleiben gezwungen sind, brauchen sich über eine langweilige Umgebung nicht zu beklagen.« Porthos stapfte durch den knirschenden Kies und erleichterte sich hinter den Pseudoschilfhalmen.

Athos hatte das Feldokular eines Fernglases vor den Augen und suchte nach größeren Vertretern der Fauna. Der Fluss wies so gut wie keine Strömung auf; es gab weder Plätschern noch andere Wellengeräusche.

»Tatsächlich! Die ersten Eindrücke stimmen wohl«, brummte Aramis. »Eine alte, anscheinend friedliche Welt.«

»Das kann sich sehr bald ändern. Gehen wir an die Arbeit«, meinte Porthos und öffnete ein außen angeflanschtes Instrumentenfach.

»Was steht an?«

»Wasserproben und eine Tiefenbohrung.«

Das Dumas-Trio verständigte sich mit Blicken, Handbewegungen und kurzen Zurufen. Die kleinen Tiere, die sie aufstöberten, kannten keinerlei Fluchtdistanz. Die Schatten der Baumkronen wurden kürzer, als das halb robotische Bohrgestänge surrend und schnell im Boden verschwand. Fische mit großen Facettenaugen starrten Aramis an, als er Wasserproben nahm; sie schnappten nach den Behältern und ließen sich nur schwer vertreiben. Hin und wieder, wenn Wolkenschatten über die Kiesinsel glitten, richteten die Prospektoren ihre Blicke nach oben, aber sie sahen nichts anderes als blauen Himmel, weiße Wolken und fliegendes Getier mit schillerndem Gefieder.

Der militärisch wirkende stahlgrau-chromfarbene akonische Shift war auf einem kahlen, unbedeutenden Hügel gelandet; die Luken über den breiten Raupenketten standen offen, und niemand von der vierköpfigen Besatzung war zu sehen. Die stumpfnasigen Projektorgeschütze deuteten auf den aufragenden Metallkörper zwischen den Dünen. Die Erhebung war immerhin so hoch und so weit von der Absturzstelle entfernt, dass das Bruchstück der

Arche wie eine schwarze Mondsichel in seiner gesamten Größe zu sehen war, wie ein irreales Stück aus einer klassischen Ringform, schräg und hochkant und an den Bruchstellen unglaublich verformt, in ausgeglühten Fetzen endend, vielleicht dreißig Meter tief im sandigen Boden steckend.

»Ein Riesending aus Stahl!«, murmelte Rhodan, der die Jet im Langsamflug in einem engen Kreis um die Konstruktion steuerte. »Das war alles andere als eine weiche Landung.«

»Dieses Schiff hat einmal ganz anders ausgesehen als die NETHACK ACHTON, nicht wahr, Perry?« Denetree hatte die Hand um ihr Kinn gelegt und betrachtete fassungslos den ovalen Krater, das Fragment und die Lemurer, die winzig klein um das von Brandspuren und Meteoriteneinschlägen gezeichnete Fragment herumliefen und Gegenstände aus einer der zahlreichen bodennahen Öffnungen schleppten.

»Ja. Ganz anders. Wir landen neben dem Shift«, entschied Rhodan. »Wir wissen, dass jemand oder etwas auf diesem Planeten mit der Energie unserer Schiffe spielt. Was für die Schiffe gilt, scheint für die Beiboote nicht zuzutreffen. Bis zum Bruchstück hinunter schaffen wir es noch.«

Eine letzte halbe Umkreisung der Jet. Einige der Lemurer am Boden winkten; wie es schien, kraftlos und ohne Begeisterung. Die Stellen, an denen die Arche auseinander gebrochen war, gliederten sich in fünf deutlich erkennbare Decks mit vielen Zwischenwänden und offenen Kammern unterschiedlicher Größe und Farbe. Die Bruchstelle sah aus wie der übrig gebliebene Rest eines Hauses, dessen eine Hälfte in Explosionen und Bränden verschwunden war.

»Wo werden wir die anderen zwei Drittel der Arche finden?«, fragte Dr. Mahal hypothetisch.

»Vielleicht nicht auf Mentack Nutai.« Rhodan zuckte mit den Schultern und dachte daran, dass die Fragmente vielleicht im Meer eingeschlagen und spurenlos versunken waren. Er setzte die Jet fünfzig Meter neben dem schildkrötenähnlich wirkenden Shift auf; mehr Platz gab es nicht auf der Hügelkuppe.

»Wir alle sind auf dem Damm, den das Bruchstück aufgeworfen hat, Terraner Rhodan«, meldete sich Arsis Tachim, die die Landung beobachtet hatte. »Das helle Viereck ... die Teile stammen aus der Arche.«

»Verstanden«, sagte Denetree und, nach einem Hilfe suchenden Blick zu Rhodan, der ihr zunickte: »Wir kommen.«

Sie blieben in ihren Sitzen und betrachteten das seltsam monströse und zugleich lebendige Bild mit dem abgestürzten Fragment im Zentrum. Abseits, auf einem ebenen Stück vor einer dürftig bewachsenen Düne, sahen sie etwa zwei Dutzend Gräber; längliche Hügel, aus denen jeweils ein rindenloses, weißes Stück Holz ragte.

»Es hat viele Tote gegeben«, flüsterte Denetree, fassungslos angesichts des lädierten schwarzen Metallfragments, das von Rußstreifen, Schmelzspuren und den Folgen der Explosionen gezeichnet war. »Und die Überlebenden ...?«

Es schien unter den etwa 250 Überlebenden, die sich außerhalb des Fragments befanden, zwei Gruppen zu geben. Etwa die Hälfte schien sich in der Nähe des Wracks einrichten zu wollen und schleppte Einrichtungsgegenstände aller Art aus dem zerstörten Koloss. Aus Geröll, Erdreich, Holzbalken und metallenen Trägern und Winkeln war eine lange Rampe gebaut worden, deren Oberfläche aus geriffelten Eisenplatten bestand. Einige Lemurer arbeiteten mit Schweißgeräten, andere mit mechanisch betriebenen Trennschleifern. Auf der Rampe wurden Gegenstände und ausgeschlachtete Kabinen aus dem Wrack bugsiert.

Einige Gruppen Lemurer, meist alte Personen, standen teilnahmslos herum, sahen den Schuftenden zu und schienen auf Befehle oder Kommandos ihres Kommandanten zu warten. Anscheinend wagten sie nicht, irgendwo anzupacken, weil sie innerlich überzeugt waren, zu versagen. *Ein bekannter Effekt*, dachte Rhodan.

Aus einigen dunklen Luken in der schrägen Wand griffen Traktorstrahl-Kräne in die Luft und bugsierten containerartige Dinge zu Boden und auf die Rampe hinunter. Eine Art Haus, dessen Fenster offene Kabinenluken waren, stand halb eingegraben neben einer Plattform. Die Kanten des Gebäudes ließen erkennen, dass es aus der Arche herausgeschnitten worden war. Also liefen in dem Bruchstück noch energieerzeugende Kraftwerke, dachte Rhodan. Aber wie lange noch?

»Gehen wir hinunter«, meinte Hyman Mahal. »Es sind anscheinend einige tüchtige Leute dabei, die sich schnell organisiert haben. Trotz des Schocks.«

»In meinem Schiff wurde viel gearbeitet. Sogar geschuftet. Alles war geregelt.« Denetree beschleunigte ihre Schritte und konnte die Augen nicht von dem Geschehen rund um das Fragment losreißen. »Einige Anführer haben den Überblick, und die meisten anderen gehorchen – aus Notwendigkeit, aber auch aus Begeisterung.«

Rhodan staunte über die archaische Technik, die zu großen Teilen unzerstört geblieben war. Auf der Schmalseite des Ringteils sah er mächtige Düsen und die Öffnungen von Absorbern; die wuchtigen, von zahllosen Einschlägen zernarbten und kraterübersäten Schutzplatten liefen in schweren Schienen. Beim Anflug hatten sie in fünf Decks und deren Lage hineinsehen können, also hatte der Ring quer zur Flugrichtung rotiert, um künstliche Schwerkraft zu erzeugen. Etwa in der Mitte des Bruchstücks klaffte ein exakt rundes Loch von knapp zwanzig Metern Durchmesser, das am Rand kaum beschädigt war.

Rhodan hob das linke Handgelenk vors Gesicht. »Picosyn, Rundumortung, Dokumentation und konventionelle Messung.«

Der Minikom gab eine kaum hörbare Bestätigung. Offensichtlich lieferten Kraftwerke im Wrack ausreichend

Energie, denn die Lemurer hatten begonnen, Öffnungen in die Hülle zu schneiden und Rampen aus Metall zu bauen, auf denen sie alles Bewegliche hinausschleppten. Auch dieser Teil der Besatzung bestand aus »gewöhnlichen« Lemurern und einer großen Anzahl Mutationen. Die vier sahen in etwa 200 Metern Entfernung, auf einer felsigen Fläche, Markierungsstäbe und gespannte Schnüre, offensichtlich die ersten, ziemlich hilflosen Entwürfe einer dauerhaften Siedlung.

Die akonische Historikerin Solina lief Perry Rhodan entgegen. Der Haarknoten auf ihrem Hinterkopf hatte sich halb aufgelöst. Sie rief aufgeregt: »Ihr kommt gerade zur rechten Zeit. Wahrscheinlich bricht hier bald das Chaos aus. Die Lemurer sind noch immer völlig desorientiert. Sie haben die Autorität, ihren Kommandanten, verloren. Zuerst wollten sie eine Siedlung bauen, aber jetzt ... dort hat sich der Landeteil oder das Überlebensmodul des Kommandanten befunden.«

Sie zeigte auf die runde Öffnung. Im dunklen Inneren waren undeutlich Klammern und Gleitschienen zu erkennen. Viele Überlebende stellten ihre Tätigkeit ein und liefen zusammen. Arsis Tachim, die schmalgesichtige Kopilotin des Shifts, hob die Hand und nickte dem Team der Jet zu.

»Die eine Gruppe will sich in der Nähe der Arche ansiedeln, wegen der Einrichtung. Die anderen wollen möglichst weit weg. Aber sie wissen nicht, wie sie die schweren Dinge abtransportieren können. Sie wissen auch nicht, wohin sie wandern sollen. Wir alle sind völlig verwirrt, und viele haben sich zuerst gefürchtet.«

»Wir haben ihnen von unseren Schiffen berichtet«, sagte Solina und umarmte flüchtig Denetree. »Aber das hat sie nicht beeindruckt. Sie kämpfen um Fassung, sind desorientiert, brauchen einfach dringend eine neue Autorität. Sogar die Mücken und Vögel sind psychologische Probleme. Aus einem geschlossenen System mit all seiner

Sicherheit sind sie in die Weite eines offenen Planeten geschleudert worden. Diese Weite ist für sie unendlich. Ihr Kommandant – sie glauben, er hat sie im Stich gelassen.«

Denetree und Solina warfen Rhodan bezeichnende Blicke zu

Langsam schüttelte er den Kopf. »Ich eigne mich möglicherweise dafür, aber ich stehe nicht für die administrative Rettung der Lemurer zur Verfügung. Der Kommandant ... wahrscheinlich hat er sich mit seinem Überlebenszylinder aus dem Fragment gesprengt. Bald werden wir mit ihm reden können.«

»Das ist dieser Fund im Norden, ungefähr zwanzig Kilometer entfernt«, warf der Shiftpilot ein. »Also ist auch das Funksystem der Arche ausgefallen.«

»Kein Wunder«, meinte Shimon trocken. »Wird beileibe nicht der einzige Schaden sein.«

Denetree stand bei einer Gruppe Überlebender und redete auf sie ein. Solina Tormas ging zu ihr und hörte der Unterhaltung einige Minuten lang zu. »Es gibt wirklich ein hoffnungsloses Durcheinander«, sagte sie schließlich. »Die Wirklichkeit hat sie alle überwältigt. Sag deinen Leuten, Denetree, dass wir den Notlandepunkt anfliegen, an dem der Kommandanten-Zylinder aufgeschlagen ist. Wenn er lebt, bringen wir ihn hierher. Dann haben sie ihren Anführer wieder.«

Die Translatoren arbeiteten mit voller Leistung. Rhodan wurde klar, dass die Lemurer nur zum Teil von diesem Vorschlag begeistert waren. Der Schock der Notlandung saß noch zu tief. Und wenn er jetzt damit anfing, nach einem Datenträger suchen zu wollen, vergrößerte er das Chaos nur. Der Kommandant würde die Vergangenheit der Arche kennen und wissen, ob und wo größere, aussagestarke Datenmengen zu finden waren.

Er blieb vor zwei älteren Lemurern stehen. Sie machten einen besonnenen Eindruck. Rhodan riskierte bewusst einen persönlichen Misserfolg, aber er würde es sich nicht verzeihen, wenn er es nicht versuchte. Er deutete auf den hochragenden Koloss. »Ihr seid vor fünfzig Jahrtausenden von Lemuria gestartet. Die Schiffe ... die Archen sind Teil einer wichtigen Entwicklung in der Galaxis. In eurem Trümmerstück werdet ihr, wenn ihr die Einrichtung herausreißt, sicherlich Datensammlungen finden können. Logbücher. Erinnerungen der ganz Alten.«

»Wozu soll das gut sein? Wir müssen überleben – da helfen keine Erinnerungen.«

»Ohne Vergangenheit keine Zukunft«, sagte Rhodan störrisch. »Vielleicht könnt ihr meine Bitte erfüllen. Bringt die Aufzeichnungen bitte heraus und verständigt uns; es ist wichtig, dass wir alle – ihr und wir, die hilfreichen Fremden – die Vergangenheit kennen.«

»Wie sehen diese Speicher aus?«, fragte der Kahlköpfige verständnislos.

Rhodan zuckte mit den Schultern. »Das weiß ich nicht. Das Aussehen sollte einem Gerät entsprechen, wie es sich ein lemurischer Techniker als Speicherelement vorstellt.«

»Viele Technons haben überlebt. Wenn es nicht zerstört ist, werden wir es finden. Bedeutet das, dass ihr wiederkommt?«

»Nach einiger Zeit«, antwortete Rhodan. »Wir fliegen zum nächsten Fragment.« Er blickte auf die optische Wiedergabe des Multifunktions-Armbands, registrierte einige Werte und betrachtete das Hologramm. Dann hielt er die Sequenz an und speicherte sie. Er drehte sich um. »Suchen wir nach dem Kommandanten«, sagte er zu den ratlos herumstehenden Akonen und seinen drei Teammitgliedern. »Von ihm erfahren wir viel mehr, und wenn wir ihn zu seinen Leuten bringen, klärt sich auch das Durcheinander. Kommt!«

Denetree vertröstete die Lemurer und rannte hinter Shimon und Mahal zur Jet. Im gleichen Moment flatterte vom Wald her ein Schwarm strahlend weißer, möwenähnlicher Vögel heran und ließ sich laut kreischend und zeternd auf der höchsten Stelle des Fragments nieder. Dort oben schien eine gewaltige Detonation ein riesiges Trümmerstück herausgerissen zu haben. Rhodan setzte sich schwer in den Pilotensitz und spielte die Messungen des Armbands in den Bordsyntron ein.

»Ich habe vermutet, dass im Lauf der Zeit kosmische Strahlung die Arche durchdrungen hat. Die Werte sind immerhin so hoch, dass sie Mutationen ausgelöst haben.« Er vergrößerte einen Ausschnitt des Holos und deutete darauf. »Hier sehen wir die zerfetzten Teile des äußersten Decks. Die Radioaktivität ist an dieser Stelle besonders hoch.«

»Was hat das zu bedeuten?«, fragte Denetree.

»Es muss eine nukleare Explosion großen Ausmaßes gegeben haben«, antwortete Rhodan. »Ich kann mir vorstellen, dass ein atomares Kraftwerk detoniert ist, als es getroffen und losgerissen wurde.«

»Gut möglich«, meinte Isaias Shimon. »Und was müssen wir darüber hinaus wissen?«

Perry rief die Informationen auf, die beide Schiffe bisher während ihres erzwungenen Orbitfluges zusammengetragen hatten. Zunächst wechselten sich erwartungsgemäß Aufnahmen der Fernortung und Vergrößerungen besonderer Geländemerkmale ab. Wolken, behäbig mäandernde Flüsse und einige Gletscher zwischen uralten Bergzügen bewiesen, dass Mentack Nutai eine planetologisch alte Welt war. Während das Team die Holos betrachtete, startete der Shift und entfernte sich röhrend in nördlicher Richtung.

Die Instrumente der PALENQUE im Orbit richteten sich auf einen Gletscher. Sekunden später war zu erkennen, dass es der Teil der Polkappe war, die als »Nord« bestimmt war, ungefähr 3000 Kilometer von der Landestelle des großen Fragments entfernt. Driscol schien etwas Ungewöhnliches entdeckt zu haben, denn er vergrößerte das fragliche Gebiet in schnellen, einzelnen Schritten.

»Noch ein Wrackstück«, sagte Rhodan leise, nachdem sie Einzelheiten des Bildes diskutiert hatten. »Mit einiger Wahrscheinlichkeit von der Arche.«

Die Metallkonstruktion, glühend oder zumindest stark durch die Reibung in der Atmosphäre während des Absturzflugs aufgeheizt, hatte einen langen, annähernd ovalen Krater in das Eis geschmolzen und lag an dessen Ende. Die Längsausdehnung der Spur entsprach der Richtung der bisher beobachteten Furchen. Ein runder Metallkörper hatte sich tief ins Eis eingeschmolzen; das Wasser im Krater und rund um eine kleine, kuppelförmige Erhebung war wieder gefroren. Das Metall war schwarz wie die Hülle der OVIR und hob sich daher gut sichtbar von dem Weiß der Umgebung ab.

»Wiederholung.«

Rhodan bestimmte die Lage des Fundorts und gab die Daten an den Shift und zur Sicherheit an die beiden Kriecher weiter. Kealil Ron bestätigte den Empfang.

»Nordpolargegend. Unbewohntes Land ...«

Mitten in der Vergrößerung eines ausgedehnten Flussdeltas riss die Übertragung aus Driscols Ortungszentrale übergangslos ab. Einige Sekunden danach wurde auch das Holo blind, das bisher die Beobachtungen des Akonenkreuzers gezeigt hatte.

»Etwa ein Speicherausfall?«, murmelte der Mediker.

Rhodans Finger zuckte auf den Touchscreen der Funkanlage. »Rhodan ruft die PALENQUE!«, rief er unterdrückt. »Warum habt ihr die Übertragung abgebrochen?«

Keine Antwort. Ein zweiter Versuch, vom Syntron auf anderen Frequenzen durchgeführt, erbrachte das gleiche Ergebnis.

Rhodan lehnte sich zurück und schloss für einen langen Atemzug die Augen. »Ihr habt es selbst gemerkt: Die Verbindung zu den Schiffen ist abgerissen. Wieso, wissen wir nicht.«

Denetree hob die Schultern. »Als ... würde ein Unsichtbarer mit uns spielen?«, sagte sie zögernd.

»Zumindest fühlt es sich so an«, meinte er nach kurzem Nachdenken. »Vielleicht hast du Recht. Aber wir sollten etwas tun, so lange wir noch handlungsfähig sind.« Er zwang sich zur Besonnenheit und wählte sich in die Systeme der beiden Kriecher ein. »Rhodan hier – ich setze voraus, dass ihr ebenso wie wir keine Verbindung mit der PALENQUE mehr habt. Hoffentlich nur vorübergehend. Wir halten Kontakt und machen weiter. Habt ihr irgendetwas Sensationelles gefunden?«

Die Antwort aus Kriecher VIII kam augenblicklich. Kriecher V bestätigte den Empfang syntronisch.

»Nein. Vieles deutet auf reiche Bodenschätze hin.«

»Keinerlei Anzeichen für gegenwärtige oder einstige Bewohner. Keine Bauten, Straßen oder derlei.«

»Wenn ich euch einen Rat geben darf«, sagte Perry nach kurzem Nachdenken. »Haltet möglichst geringen Abstand zueinander. Fliegt dicht über dem Boden, falls der unsichtbare Energiefresser auch die kleinen Einheiten abschaltet.«

»Gute Idee. Machen wir. Danke für den Tipp, Rhodan.«

Rhodan streckte die Finger nach den Schaltungen aus und sagte leise: »Unsichtbare Bewohner? Eine hervorragend versteckte Station? Etwas, das sich in einem der Monde verbirgt? Müßig, jetzt darüber nachzusinnen.« Er lachte kurz und humorlos. »Vielleicht mag der Planet keine Besucher, die sich frei bewegen können, und schaltet die Energie ab. Starten wir, so lange wir noch fliegen können.«

Er schloss die Luke und tastete die Startsequenz ein. Die Jet schwebte in einer Höhe von 100 Metern dem Shift hinterher, auf den Fundort des Zylinders zu. Minuten später sahen die vier, dass das Kommandantenmodul in einer Dünenlandschaft aus kreidigem Sand vergleichsweise weich aufgesetzt hatte.

Unsichtbar beobachteten die Menttia der flammenden Herbstwälder die Ankömmlinge in ihren kleinen Flugkörpern, sahen zu, wie sich die Fremden mit den Überlebenden der Zerstörung vermischten und wieder trennten, fühlten dünne, wechselnde Energieströme und erkannten verwundert das Fehlen von Aggressionen, die eine gefährliche Stärke erreichten.

– Vielleicht wollen sie einander helfen? –

– Sie können noch ungehindert miteinander kommunizieren, aber nicht mehr mit ihren Raumschiffen. –

– Es sind Angehörige zweier Sternvölker. Aber sie ähneln einander, so wie wir. –

In den Schauern der Lichtpartikel des heißen Mittags badend kreiste das organisierte Gewimmel der Menttia über dem Hauptteil des zerstörten stählernen Fremdlings. Ein Schwarm bildete eine selbständige Einheit, tauschte sich mit der größeren Kollektivmasse aus und sonderte sich ab. Zunächst beschlossen drei Teile der autarken Feuerwesen-Schwärme, mögliche Gefahren für sich zu unterbinden und errichteten eine weitere Sperre zwischen den Weiten des Weltalls und dem Planetenboden.

Der kleinere Schwarm wirbelte einige Male um die große Ansammlung herum und machte sich dann gemächlich an die Verfolgung des silbergrauen kleinen Flugkörpers, der dorthin unterwegs zu sein schien, wo ein Knäuel der Menttia der singenden Dünen seit vielen Tageswechseln wartete und – überrascht, befremdet und angerührt zugleich – den einsamen, aufopfernden Kampf zweier fremder Individuen beobachtete; zweier Fremder, von denen nicht die geringste Aggressionsbereitschaft ausging.

Sonne und Staub, Sand und Wasser, Feuer und Rauch gaben Duftmoleküle ab, deren Emanationen die Menttia aufnahmen. Die Vorliebe für bestimmte Duftvarianten verband die Teile eines Schwarms, und in der kennzeichnenden Vermischung von Hitze, Licht und Reflexion drehten sich in langsamem Tanz jene Menttia, die jetzt aufmerksam wurden. Gemeinsam mit den kleinen Flugkörpern, denen das lärmende, energiezehrende Fliegen so viel schwerer fiel als jedem Menttia, näherte sich eine energetische Fülle eines benachbarten Stammes der Luftwesen.

7

Der Unsterbliche und der Tod

Die Kommandanten-Überlebenseinheit war, was nach dem Aussehen des Ringschiff-Wracks nicht überraschte, ein etwa dreißig Meter langes zylindrisches Teil, das wahrscheinlich von Feststofftriebwerken aus der Arche herausgeschossen und nach einem Sturzflug an Fallschirmen aus Metallfolie und aufblasbaren Aufprallkörpern gelandet war. Trotzdem bewies eine lange Spur, dass die Geschwindigkeit des Zylinders sehr hoch gewesen sein musste. Sämtliche Rettungseinrichtungen waren zerfetzt, verbrannt, voller Ruß und verschmorter Trossen, die als grausige Dekoration an den Metallteilen klebten.

Der Shift hatte zwischen niedrigen Dünen aufgesetzt. Die Spuren der Raupenketten bewiesen, dass er näher herangefahren worden war. Fußspuren führten in Schlangenlinien zum Wrack. Langsam und in einer enger werdenden Spirale steuerte Rhodan die Jet mehrere Male um das Bild der Verwüstung; seine Gefährten schwiegen und starrten durch die Frontscheiben und auf die Holovergrößerungen der Außenkameras.

»Fünf Leute«, sagte Denetree plötzlich mit belegter Stimme. »Da, an diesem Schattensegel, rechts vom Ausstieg, die Akonen und ein anderer, ein Lemurer.«

Im Gemenge aus sonnenbeschienenen Flächen und Schatten, inmitten verbogener Schienen oder Führungsrohre, dem verbrannten Geschlinge der Taue und einem Wirrwarr von Anschlüssen, stählernen Krallen, die sich weit geöffnet hatten, Resten von Leitungen und Kabeln, deren Isolierung in stumpfen Farben geschmolzen war und wie heißes Wachs getropft hatte, klaffte ein ausgeglühtes Schott, das halb aus den Angeln gerissen war. Eine unvollständig ausgeklappte Rampe mit verbogenem Faltgeländer führte hinunter in den Sand, wo eine tief eingetretene Spur begann. Die dunkle, jetzt zusätzlich geschwärzte Konstruktion und der fast weiße Sand bildeten grotesk-brutale Gegensätze; zerstörte Technik lag halb eingegraben in bislang scheinbar unberührter Natur.

»Wir landen«, sagte Rhodan. Die Jet sank fast senkrecht dem einigermaßen ebenen Stück entgegen und setzte auf den auseinander klappenden Elementen der Stützen auf. Schnell senkte sich der Sandwirbel.

»Angesichts dieser Zerstörung«, bemerkte Doktor Mahal, »brauchen wir wohl keine Waffen.« Er zuckte zusammen; wahrscheinlich hatte er die überflüssige Bemerkung schon bereut.

Isaias Shimon überzeugte sich, dass die Außenkameras auf die Akonen und die fünfte Gestalt gerichtet waren. Denetree schien mehr gesehen zu haben als Rhodan und verließ die Jet als Erste.

Perry Rhodan ließ die anderen vorausgehen und folgte ihnen langsam durch goldfarbenen, knirschenden Sand. Ihn bedrückte, was er gesehen hatte, und die Bilder, die hier abermals zerstörte, unbrauchbare Technik dokumentierten, und auch Hunderte oder Tausende gestrandeter, verwirrter, verletzter und toter Lemurer, die sich eine neue Heimat erschließen mussten, trugen zu reichlich melancholischen Gedanken und Empfindungen bei. Auch wenn er die Erfahrungen von fast drei Jahrtausenden auf seinen Schultern trug, ließ ihn dies nicht unberührt. Er blickte auf seine Stiefelspitzen, als wolle er die Sandkörner zählen. Als Gesprächsfetzen in lemurischer Sprache an sein Ohr drangen, sah er auf und erfasste innerhalb einer endlos langen halben Sekunde ein anderes Bild, das ihn mit seiner Ausschließlichkeit in Bann schlug.

Denetree und Solina Tormas redeten mit einer hoch gewachsenen Frau, einer Lemurerin, die alle um fast einen Kopf überragte und neben einem Schattendach stand, unter dem eine zweite Gestalt, ein hagerer Mann, sich auf einer netzartigen Liege ausgestreckt hatte. Die eingetretene Spur aus dem wuchtigen Zylinder endete dort. Hyman Mahal kniete neben dem Körper und hantierte mit einem syntronischen Diagnosestab.

Der bartlose und haarlose Greis hatte die Augen geschlossen; die Lippen zuckten in einem Gesicht voller tiefer Falten. Zwischen dem Schatten und dem Sonnenlicht auf dem Sand bewegten sich unzählige ameisenähnliche, halb fingergroße Tiere, die aus Sandlöchern hervorkrabbelten und dreieckige Fetzen in den Zangen trugen. Rhodan hörte Worte in einer einzigartigen Altstimme.

»... der Kommandant«, verstand Rhodan. »Atubur Nutai, der Unsterbliche, stirbt mir unter den Händen. Sein Metach'rath erfüllt sich.«

Die Worte kamen von der großen, schlanken Frau, die in einen ehemals weißen, jetzt von Ruß und braunen Flecken beschmutzten und an einigen Stellen zerrissenen Anzug gekleidet war. Ihr ovales Gesicht und die Hände, mit denen sie ruhig gestikulierte, waren von bestürzender reifer Schönheit.

Rhodan trat näher. Sie wurde auf ihn aufmerksam und blickte ihn mit einem sphinxhaften Lächeln an.

»Ich bin Perry Rhodan, der eure Sprache vor vielen Jahren gelernt hat«, sagte er und bemühte sich um besonders deutliche Aussprache, »und das sind meine Gefährten. Können wir helfen? Wenn ja, auf welche Weise?«

Ihr Lächeln blieb undeutbar. Es wich, und Trauer trat an ihre Stelle. Die Persönlichkeit der Frau schlug ihn in ihren Bann. Rhodan spürte etwas wie eine würgende

Hand an seinem Hals. »Es wäre ein Wunder, wenn es so wäre. Der Unsterbliche stirbt. Woher kennst du unsere Sprache?«

»Ich bin älter als du«, sagte Rhodan leise, »und habe sie vor langer Zeit gelernt.« Denetree und Solina starrten ihn schweigend an, fast ehrfürchtig. Er näherte sich dem Lager, auf dem der Greis lag. Er hatte einen kräftigen Körper und das Gesicht eines ausgezehrten Sterbenden. »Ist dies der Naahk – der Kommandant des Schiffs LEMCHA OVIR?«

»So ist es. Ich bin seine Geliebte, Chibis-Nydele.«

Der groß gewachsene Lemurer mit kahlem Greisenschädel auf der Liege trug einen ähnlichen Overall und dicke Bordstiefel wie Nydele. An mehr als fünf Stellen war sein sonnengelbes Kleidungsstück blutgetränkt, das Blut war seit langer Zeit eingetrocknet. Der Brustsaum war geöffnet worden. An einer dünnen Kette aus goldenem Metall hing ein Schmuckstück, das einem bizarren Tierchen glich, das man an einem Korallenriff finden mochte, oder einer exotischen Blüte. Es blinkte rot in rasendem Takt, vielleicht fast fünfzehnmal in der Sekunde.

»Ich kann nichts feststellen, Perry, wobei wir helfen könnten«, sagte der Mediker ruhig. Aus seiner Stimme klang keine Verzweiflung; er betrachtete den Tod auch an dieser ungewöhnlichen Stelle als unabänderlich. Seine Aufzählung klang sachlich. »Innere Verletzungen, starke Blutungen, einige schwere Brüche. Der Syntron reagiert irritiert.«

Rhodan nickte ihm zu und betrachtete, den Kopf in kleinen Rucken drehend, die Akonen, Denetree, Shimon und Mahal und zuletzt Nydele. Sie war hinreißend, etwa fünfunddreißig irdische Jahre alt, reif, schlank und mit einem perfekten lemurisch-akonisch-terranischen Körper ausgezeichnet; ihm fiel keine bessere Charakterisierung ein. Ihren samtbraunen Schädel furchten drei zierliche Hautkämme, deren Schuppen wie manche Schlangenhaut bei jeder Bewegung andere Farben zeigten. Unter Brauen, gleichmäßig gekrümmt wie Schmetterlingsfühler, sahen ihn große, goldfarben-blaue Augen an. Der Blick drückte aus, dass Nydele unendlich viel mehr gesehen hatte als andere.

»Er stirbt. Naahk Atubur Nutai, der Sternsucher, stirbt«, wiederholte sie mit einer Stimme, die Rhodans Zwerchfell in Schwingungen versetzte. Rhodan unterdrückte den spontanen Impuls, sie in die Arme zu nehmen und zu trösten. Sie lächelte verloren. »Endlich stirbt er. Ich habe ihn auf meinen Schultern herausgetragen und hier gebettet. Auf fremdem Sand.«

»Wir können nichts tun, Perry«, wiederholte der Mediker. »Ich kann nur erkennen, dass er keine Schmerzen mehr spürt.«

Rhodan stoppte ihn mit einer Handbewegung und wechselte einen langen Blick mit Solina. Eine Bewegung Doktor Mahals zeigte, dass es keine Hoffnung gab.

»Chibis-Nydele«, sagte Rhodan leise durch das Sirren der Sandkörner im Mittagswind von irgendwoher, »lassen wir ihn sterben. In Würde und im Sand dieses Planeten Mentack Nutai. Auch Unsterbliche haben ein Recht darauf, in die Ewigkeit einzugehen. Ich sehe es an jedem deiner Blicke – du hast ihn geliebt.«

»Ich habe nur ihn geliebt, keinen anderen, und nichts anderes und niemanden mehr als ihn«, sagte sie in einer leisen Explosion von Vertrauen, die nur ihm galt. Er griff nach ihrer Hand; die schmalen Finger waren kühl und weder weich noch hart. Denetree an Shimons Schulter und Solina weinten still. Das dekorative Amulett leuchtete in rasend schnellem Blinken, gab ein fast unhörbares Summen ab und verlosch.

Etwa ein Zellaktivator?, dachte Rhodan in einem Anflug von Hellsichtigkeit. *Der Kommandant der NETHACK ACHTON hat einen besessen. Aber wer hat vor über 50 000 Jahren in Lemuria einen Aktivator ausgeteilt? Ich wünschte, ich wüsste es*

Er ließ Nydeles Hand los. »Begraben wir ihn«, sagte er weich. »Später wird uns Chibis-Nydele berichten, wie es zu diesem furchtbaren Absturz kam. In der Jet sollten Spaten oder Schaufeln zu finden sein.«

»Ich gehe und hole sie«, sagte Ameda Fayard, die bisher alles in schweigender Ergriffenheit mit angesehen und angehört hatte.

Die achtfüßigen Tierchen hatten sich zu einer langen Reihe formiert und krochen mit ihrer Beute auf den Einschnitt zwischen zwei Sandhaufen zu. Dort war ein Loch, in dem sie verschwanden.

Chibis-Nydele bückte sich und strich beinahe zärtlich über das erloschene, eigroße Schmuckstück. »Nutai war ein Mann voller Widersprüche. Unerbittlich hart und unendlich zärtlich. Und manchmal wie ein Kind. Diese Kette ... er hat sie niemals abgelegt, nicht einmal im Schlaf.«

»Hat er gesagt, wieso?«, fragte Rhodan.

»Sie war eine Erinnerung an seine Kindheit, die so lange zurückliegt.« Sie blickte zu Rhodan auf. »Deine Augen ... du hast so viel erlebt wie er, nicht wahr?«

»Atubur Nutai war mehr als fünf Jahrhunderte alt«, antwortete er leise. Auch wenn die Arche 50 000 Jahre lang unterwegs gewesen war – sie mussten die Zeitdilation berücksichtigen. Seine Stimme war heiser. »Es ist so, wie du sagst: Ich bin älter und habe mehr erlebt.«

»Du bist vielleicht auch ein Unsterblicher, wie er«, sagte Nydele. »Aber du lebst, und er ist tot.«

Rhodan nickte nur. Wie eine große Düne begrub das Schweigen, das keiner von ihnen zu unterbrechen wagte, die Gedanken und Empfindungen der Gruppe unter sich.

Sie betteten den federleichten Leichnam des Kommandanten, in goldfarbene Metallfolie aus der mächtigen Rettungskapsel eingewickelt, auf den Grund des ausgeschachteten Grabes und häuften Sand und Kies über ihn. An den offenen Wänden des Grabes bewegten sich dünne, schwarze Wurzeln zur Seite und zogen sich zurück; lautlos verschwanden sie im Sand. Ameda Fayard, die akonische Archäologin, bohrte eine zersplitterte Strebe aus glänzendem Metall, die wie ein Blitz geformt war, am Kopfende in den niedrigen Hügel.

Rhodan ignorierte die aufgeregten Blicke seiner Begleiter, die immer, wenn die Lemurerin nicht hinsah, auf den Zellaktivator deuteten, den Atubur Nutai mit ins Grab nahm.

Schließlich berührte Denetree Nydele am Arm. »Du bist hier ganz allein – wohin sollen wir dich bringen?«

»Das Archenteil ist zu schwer für unsere Flugmaschinen«, sagte Rhodan rasch. »Sicherlich ist er angefüllt mit wichtigen Dingen. In geringer Entfernung, dort drüben, hat ein großes Bruchstück der OVIR eingeschlagen. Willst du zu deinen Leuten?«

Chibis-Nydele drehte sich herum und begann vom Grab zu der Rampe zu gehen. Die Raumfahrer folgten ihr. Sie bewegte sich wie in Trance, bis sie schließlich abrupt stehen blieb. »Ich weiß nicht, was ich tun soll. Ich kann Nutai nicht ersetzen. Kaum jemand kennt mich in der ›Hoffnungsstern‹. Ich bin kein Anführer. Sind ... sind viele gestorben?«

»Davon gehen wir aus«, entgegnete Solina.

Nydele lächelte selbstvergessen. »Kommt zu mir hinein. Lasst uns den Totentrunk für den Sternensucher nehmen. Ich habe euch nicht einmal gefragt, wie es kommt, dass ihr mit der abgestürzten LEMCHA OVIR auf Mentack Nutai zusammengetroffen seid.«

»Die Terraner trafen zufällig auf eine anderes Schiff«, rief Denetree unterdrückt. »Die NETHACK ACHTON, in der ich gelebt habe. Dort haben meine neuen Freunde von der LEMCHA OVIR erfahren und nach ihr gesucht. Sie sind darauf angewiesen, die Vergangenheit der Schiffe kennen zu lernen. Hast du im Kommandantenmodul Informationen darüber?«

Am unteren Ende der Rampe machte Nydele eine einladende Geste. Sie schien erst jetzt die einzelnen fremden Raumfahrer bewusst zu unterscheiden. »Der Kommandant könnte euch vieles berichten. Ich nicht. Ich habe erlebt, wie er tagelang verschwunden war und dann zurückgekommen ist, als sei er um Jahre jünger. Er hat nichts darüber erzählen wollen.«

Rhodan sah und spürte, dass seine Gefährten von der Erscheinung Nydeles ebenso fasziniert waren wie er.

»Aber das Gespinst ist ausgefallen, wie fast alles andere. Wo die Datenspeicher sind, weiß ich nicht. Kommt hinein, vielleicht findet ihr, was ihr sucht.«

Die Spuren im Sand, denen Rhodan und seine Begleiter gefolgt waren, bildeten einen Halbkreis um das Modul. Er schloss daraus, dass Nydele länger als einen Monat versucht hatte, das Sterben des Kommandanten zu erleichtern, oder gehofft hatte, er würde sich außerhalb des Fragments erholen. Allem Anschein nach war sie ständig zwischen der gewohnten Unterkunft und dem Schattenzelt hin und her gelaufen und hatte am Ende ihren Geliebten doch verloren.

Atubur Nutai, ein »Unsterblicher« – sein Leben umspannte die Lebenszeit sämtlicher Generationen der Archenbewohner. Mit ihm war auch das Wissen über die Vergangenheit gestorben. Bewahrte er eine Niederschrift auf, hatte er Daten gesammelt, gab es Annalen oder Archen-Logbücher? Handschriftlich oder als positronische Daten?

Nydele führte sie in die Räume, die Nutai und sie bewohnt hatten, und nahm Rhodans Handgelenk. Am Ende des wuchtigen Zylinders, durch eine Folge seltsam geformter Schleusen und Vorräume, vorbei an einem Lift, blieb sie vor einer Wendeltreppe stehen.

»Der Lift ist ausgefallen. Von hier aus kommst du in die Kommandokanzel. Von zehn Stunden verbrachte Naahk Nutai neun ausschließlich zwischen seinen Kontrollinstrumenten. Hier ist er beim Aufprall so schwer verletzt worden, dass ...«

»Darf ich mich umsehen?«

»Es gibt noch ein wenig Energie. Vielleicht findest du, was du suchst.«

Rhodan dankte ihr und stieg aus dem Bereich des bernsteinfarbenen Lichts in das Halbdunkel einer Technikzentrale hinunter. Das Vorderteil des Zylinders, dessen Boden überraschenderweise parallel zum Boden des Planeten lag, war verglast gewesen; jetzt kamen durch zersplitterte Elemente warme Luft und Sonnenlicht herein. Es gab tatsächlich noch Energie, die durch Teile der Anlagen geisterte; Leuchtfelder mit undeutbaren Bezeichnungen blinkten unregelmäßig, hier und dort knisterte und knackte es; es roch nach verschmorter Positronik. Rhodan ging am Sitz des Kommandanten vorbei und versuchte die Bedeutung von Schaltelementen, Touchscreens, blinden Bildschirmen und einem flackernden Display zu erkennen, das die LEMCHA OVIR in unversehrtem Zustand zeigte; ein kreisender Vierkantring, in fünf Decks eingeteilt und voller unterschiedlicher Kodebezeichnungen. Rhodan kannte solche Zentralen bis zum Überdruss, fand aber nichts, das einem Datenspeicher auch nur entfernt ähnelte. Und selbstverständlich fand er auch keinen Hyperfunksender.

Er ging zurück, stieg die Treppe hinauf und folgte dem Klang der Stimmen. In einem Vorraum mit gerundeten Aussparungen bemerkte Rhodan ein Bild. Der Anblick ließ ihn zusammenzucken. Er ging näher heran und betrachtete es angestrengt.

Der breite Rahmen schien aus Halbedelstein geschnitzt. Zwischen den sechs Fingern einer feingliedrigen, dunkelbraunen Hand, die zwei seltsam geformte Pinsel führte, war das Bild eines Lemurers entstanden, der auf einem Podest aus einem Block die Gestalt eines Haluters – oder einer »Bestie« – herausgemeißelt hatte. Der Hintergrund der Szene zeigte eine idealisierte Landschaft mit drei Monden, vermutlich eine Welt des Großen Tamaniums. Der Haluter, ebenso groß wie der Bildhauer, wirkte überraschend lebendig, aber die Ferse eines seiner stämmigen Beine und ein Arm waren noch nicht aus dem Material hervorgetreten, das wie erkaltete Lava aussah oder wie weicher Obsidian.

Ein unbeholfen gestalteter Bestien-Haluter-Altar in der NETHACK ACHTON. Ein Haluter-Bestien-Bild von, wie er glaubte, hohem künstlerischem Wert in der LEMCHA OVIR. Was hatte es zu bedeuten? Mehr als ein Kunstwerk? Der so genannte Hüter? Eine dargestellte Erinnerung? Oder vielleicht eine haltlose Phantasie? Aus dem Augenwinkel sah er, dass Chibis-Nydele lautlos herangekommen war.

Sie zog ihn mit sich. »Ein Freund Atuburs«, sagte sie. »Er unterhielt sich mit ihm in seinen Träumen, erzählte er mir. Ich habe ihn nie gesehen – niemand hat dieses dreiäugige Wesen je gesehen. Die Geschichte des Bildes – ich kenne sie nicht. Es tut mir Leid.«

Rhodan spürte ihre Finger an seinem Handgelenk und glaubte plötzlich zu verstehen, welche Faszination Nydele auf den uralten Kommandanten ausgeübt hatte. Er folgte ihr in einen Wohnraum, der mit wenigen ausgesuchten Möbeln eingerichtet war. Keines schien zerstört oder losgerissen.

Die Mannschaften der Jet und des Shifts standen, nachdem sie die Räume durchsucht hatten, in einem großen, in archaischem Luxus eingerichteten Raum und hielten Gläser in den Händen.

Chibis-Nydele reichte Rhodan auch eins. »Nutai hat ihn sorgsam gehütet«, sagte sie mit einem herzzerreißenden Lächeln: »Er nannte ihn ›Archewein‹. Die alten Männer, die ihn hergestellt haben, sind längst tot. Dies ist alles, was noch davon übrig ist.« Rhodan blickte in ihre Augen und nahm vorsichtig einen Schluck. »Lasst mich hier bleiben, bis ich mich entschieden habe«, fuhr sie fort.

»Wir respektieren deinen Wunsch, Nydele.« Perry Rhodan fand, er habe schon weniger gute Weine getrunken. »Ich habe nichts gefunden.«

Als er den zweiten Schluck nahm, meldete sich der Funkteil des Multiarmbands. Rhodan winkelte den Arm ab, meldete sich und tastete den Lautstärkeregler des Picosyns auf einen höheren Wert.

»Hier Kriecher VIII. Wir haben das Fragment angeflogen, das sich ins Polareis eingeschmolzen hat. Sieht aus wie ein Raumschiffwrack. Nach wie vor keinen Kontakt zu Mama ... Kossa. Bekommen wir eure Unterstützung?«

»Verstanden, Kriecher VIII«, antwortete Rhodan. Solina Tormas, die ebenso wie Ameda Fayard bisher jedes Stück der Einrichtung mit fachmännischen Blicken und gelegentlichem Nicken gemustert hatte, hob die Hand. »Wir fliegen hin, Perry, nicht wahr?«

Rhodan nickte langsam und nahm einen dritten Schluck.

»Wir kreisen und führen unsere Untersuchungen weiter«, kam es aus dem Kriecher. »Wir erwarten euch. Lausig kalt hier draußen.«

»Position bekannt. Wir kommen.« Rhodan leerte das Glas. »Wir verlieren die Probleme der Archenbewohner nicht aus den Augen«, sagte er zu Nydele: »Wahrscheinlich finden wir noch mehr Bruchstücke. Wir suchen nach ihnen. In einigen Tagen holen wir dich ab.«

An der Wand des Raumes flirrten in lemurisch-altertümlichen Rahmen defekte Hologramme, die vermutlich den Kommandanten in jüngeren Jahren zeigten. Die Gestalt strahlte trotz der lückenhaften zweidimensionalen Darstellung Überzeugungskraft und Willensstärke aus. Der Sternensucher war augenscheinlich die richtige Persönlichkeit für das Amt des Kommandanten gewesen. Deutlich war auf seiner Brust das Aktivator-Schmuckstück zu erkennen.

Chibis-Nydele bemerkte Rhodans Blick. »Ich kann es hier noch lange aushalten, Terraner Rhodan. Macht euch keine Sorgen um mich.«

Rhodan nahm ein Funkgerät aus der Anzugtasche, stellte einen Kanal ein und schaltete das Gerät auf Standby. Er nickte; es wurde eine Verbeugung daraus. »Du erreichst uns mit diesem Funkgerät. Rufe uns, wenn wir dich abholen sollen.«

»Ich danke dir, fremder Terraner. Auch in seinem Namen.« Sie zeigte auf das Bild. Rhodan versenkte einen langen Blick in Nydeles große Augen, dann folgte er Denetree, die über die Rampe zur Jet lief. Die schlangenartigen Ranken in den aufgerissenen Dünen hatten sich hellgrau verfärbt und waren erstarrt. Aus Öffnungen ihrer Unterseiten kamen winzige Käfer und krabbelten auf die Reste der Metallschirme zu.

Vor einer kleinen Ewigkeit hatte sich eine ständig wachsende Schar der Menttia an den ätherischen Ausscheidungen jener Pflanzen ergötzt, die in der Zone des Brackwassers wuchsen, in der sich die Wasser des Ozeans mit denen des Stroms vermengten. Die Menttia der Mündungsblüten, denen Fauna und Flora ihrer Welt zwar nichts Substanzielles bedeuteten, waren standortorientiert; zweimal im Jahr tanzten sie ihre lautlosen Paarungstänze über dem weiten Delta des Stroms. Als sie, in einem mächtigen Schwarm vom Meer einfliegend, über dem Delta kreiselten, sahen sie das kleine Luftgefährt starten, das einem Wesen aus der Tiefsee glich, wie es manchmal leblos am Strand angeschwemmt wurde.

– Die Fremden haben unsere Welt untersucht! –

– So hat es damals auch angefangen, als ... –

Lautlose, aufgeregte Kommunikation. Das Gefährt stieg im steilen Winkel den Wolken entgegen und gewann an Geschwindigkeit. Die Menttia der Mündungsblüten schätzten die geringe Größe und die geringe Gefährlichkeit ab und verglichen sie mit derjenigen der unbeholfenen kleinen Vettern, den zwitschernden oder kreischenden Wesen der Luft.

– Sie kehren zurück in ihr großes Schiff. Wir sollten sie nicht zurückkommen lassen. –

– Dafür sorgen wir. Lasst sie fliegen – wir müssen sie nicht abstürzen lassen und ihre Leben auslöschen ... –

– Wir haben die Kontrolle und können warten. –

Sonne und Staub, Duftmoleküle verschiedener Arten, Monde und Stürme waren unverzichtbare Anteile des Universums und blieben ebenso unverzichtbar für die Menttia. Die vielen Hunderttausend Spindeln aus intelligenter Energie sahen ihren Paarungsplatz nicht angetastet. Die Fremden hatten keine Spuren hinterlassen. Ein Teil des Schwarms verfolgte sie hinaus in den Weltraum, wo sie sich einem der zwei großen Schiffe näherten und darin verschwanden.

Die Space-Jet und der Shift starteten fast gleichzeitig und ohne Schwierigkeiten. Rhodan beobachtete misstrauisch sämtliche Energiekontrollen, aber es gab keine Anzeichen dafür, dass die unsichtbare Macht abermals zuschlug.

»Der Kommandant trug einen Zellaktivator, wie der Naahk der NETHACK ACHTON, nicht wahr?«, sagte Denetree unvermittelt.

Rhodan nickte.

Sie sahen, dass der Shift sie überholt hatte und vor ihnen in geringerer Höhe zum angemessenen Ziel davonjagte. Die Landschaft zog grün und braun unter dem fast senkrechten Licht dahin; ausgedehnte Wälder, kleine Savannen, sanft gerundete Hügel und ein altes, zu vielen dreieckigen Schuttkegeln erodiertes Gebirge. Einige längst erloschene Vulkane tauchten auf. Seen breiteten sich in einigen Calderen aus, von denen die meisten völlig zugewachsen waren.

»Wieso hast du ihm den Aktivator gelassen? Er war tot, er konnte nichts mehr mit ihm anfangen.«

»Angeblich ein Unsterblicher«, warf Mahal ein. »Zum Schluss sterblich wie wir alle. Fast alle. Entschuldigung.« Rhodans Geste ließ ihn die Stirn runzeln.

Rhodan schien darüber nachzudenken, ob er eine Erklärung abgeben sollte. Er entschied sich dafür. »Es hätte Chibis-Nydele das Herz gebrochen«, sagte er, ohne die Augen von den Instrumenten zu lassen. »Sein Tod war bereits ein schlimmer Schlag. Ihrem Geliebten im Augenblick des Todes das Liebste abzunehmen, hätte sie womöglich gebrochen. Außerdem glaube ich, dass der Aktivator nutzlos ist.«

»Wie kommst du darauf?«

»Sein Exemplar muss defekt sein.«

»Wieso?«, fragte Isaias. »Es hat ihn jahrhundertealt werden lassen.«

»Wir wissen aber nicht, um welchen Preis. Und ich ahne, dass er einen hohen Preis zahlte musste, einen unerträglich hohen.« Rhodan zuckte mit den Achseln. »Und was mich darauf bringt? Die Verletzungen, denen er erlag. Ein Aktivatorträger hätte sie überstehen müssen. Nicht wahr, Hyman?«

»Gut möglich. Ich bin nicht so gut über die genaue Wirkungsweise von Zellaktivatoren informiert. Mit der entsprechenden medizinischen Hilfe aber hätte der Kommandant überlebt. Ihm fehlte medizinisches Gerät, das seinen Metabolismus stabilisierte.«

»Was eine der Funktionen eines Aktivators ist«, sagte Rhodan. »Eigentlich.«

Denetree schüttelte bewundernd den Kopf. »Du weißt so viel. Du weißt alles. Gibt es etwas, das du nicht weißt, Perry Rhodan?«

Perry grinste sarkastisch. »Einige Millionen Dinge, Denetree.«

Rhodans Gedanken wirbelten. Beide Naahks, von denen er wusste, trugen Zellaktivatoren. Ihm schwindelte bei der Vorstellung, dass jeder Kommandant einer jeden lemurischen Arche eines dieser – wahrscheinlich – unvollkommenen Geräte trug. Es konnte Hunderte, selbst Tausende Archen, ebenso viele Sternsucher und desgleichen Tausende Zellaktivatoren geben. Abermals fragte er sich, wer vor einem halben Jahrhunderttausend – außer ES – Zellaktivatoren herzustellen in der Lage gewesen war, selbst wenn sie nur ein halbes Jahrtausend lang und überdies lebensgefährlich fehlerhaft arbeiteten.

Er versenkte seinen Blick in Denetrees Augen. »Dinge, die über die Probleme, die wir jetzt erkennen, weit hinausgehen. Ich wollte, ich könnte dir eine bessere Antwort geben.« Er holte tief Luft und konzentrierte sich auf die Steuerung. »Ich weiß, dass die Geschichte der Lemurer sehr alt ist«, fuhr er dann fort. »Vor über 50 000 Jahren wurden wahrscheinlich die Archen auf Kiel gelegt.« Er erwähnte bewusst nicht die Bestien und ihren Krieg gegen das Große Tamanium der Lemurer. »Es ist eine unheimlich lange Geschichte, fast so lang wie die von ES, das mir meinen Zellaktivator schenkte. Von den Halutern – wir und sie sind seit langer Zeit Freunde – erzähle ich dir, wenn wir dazu Zeit haben. Solina Tormas kennt sicherlich alle historischen Zusammenhänge so gut wie ich.« Er grinste. »Oder besser.«

Er betrachtete die Ziffern der syntronischen Kompassanzeige. Sie flogen analog 335 Grad. Immerhin, sagte er sich, schien an Bord der NETHACK ACHTON ein Haluter eine bestimmte wichtige Rolle gespielt zu haben; vielleicht auch nur als Abbild oder Altar-Skulptur? Der Ausdruck völligen Unverstehens in Denetrees Gesicht bewies ihm, dass er von ihr nichts erfahren konnte; sie wusste nichts. Jedenfalls nichts Substanzielles.

»Uralter Planet, Perry«, knurrte Hyman Mahal. »Trotzdem gibt es hier so etwas wie Schneewinde und Schneestürme. Sollen ja gemeinhin in Polnähe keine Seltenheit sein.« Er deutete nach rechts. Auf dem Holo zeichneten sich lang gezogene Wolken ab, mächtige schneeweiße Gewittertürme und eine graue Wolkenwand, die sich von Westen auf die Sonne zuschob.

Rhodan starrte die meteorologische Struktur an. »Vielleicht behindert uns der Schnee oder der Wind. Aber in der Jet haben wir jede Menge feiner Ausrüstung. Wir werden nicht erfrieren.«

»Daran hab ich gar nicht gedacht«, sagte der Exobiologe. »Ich denke ständig darüber nach, welche Fauna die notgestrandeten Lemurer hier vorfinden. Vermutlich träge, weichliche Wesen mit viel Fleisch und Fett, die komplizierte Philosophien des Nichtstuns entwickeln.«

Rhodan dachte an die achtbeinigen Ameisenwesen und hielt seinen Kommentar zurück. Er blickte kurz auf den Chronometer: noch neun Minuten bis zum Ziel.

Übergangslos verlor sich das Dauersignal von Kriecher VIII.

Eine halbe Sekunde danach erloschen sämtliche hochwertigen Verbindungen zum akonischen Shift. Nur die Kontrollinstrumente der Sprechfunkverbindung glühten unverändert.

Abermals zwei Herzschläge später rief eine Stimme: »Energieschwund! Wir müssen landen!« Entweder der Shift oder Kriecher VIII war der Ausgangspunkt dieses Notrufs gewesen. Der Blick auf die Kontrollen bewies Rhodan, dass die Jet vom Energieschwund weiterhin verschont blieb.

»Freunde!«, sagte er entschieden, »jetzt wird es ernst.«

Die Jet überflog eine schwarzgrüne Tundra. In der Ferne schimmerte eine diffuse weiße Fläche, von links dräuten die schneeträchtigen Wolken. In den Holos der Nahortung sahen Rhodan und sein Team, dass die zwei Kriecher und der LAS-TOÓR-Shift mit schwindender Energie irgendwo in der Nähe des Objekts landeten, das im Eis eingeschmolzen war.

Im Zeitraum von fünf Minuten änderte sich das Gelände. Die Tundra, wahrscheinlich eine riesige Permafrostfläche, hörte auf, und binnen weniger Kilometer wurde aus schwärzlichem Grün schmutziges; später breitete sich sauberes Weiß aus. Eisschichten, völlig plan oder in lang gezogenen, deichartigen Aufwölbungen, lösten einander ab. Es war mehr zu spüren als zu sehen, dass die Schicht aus gefrorenem Wasser wuchs und dicker wurde.

Schließlich blendete in der Sonne des frühen Nachmittags der Widerschein einer kristallweißen Fläche ins Cockpit der Jet.

»Ich war so traurig, als ich euch getroffen habe«, sagte Denetree leise. »Ihr wisst, warum. Und seit ich das Schiff verlassen habe, erlebe ich alle Bilder, die ich bisher geträumt habe. Alles verwirrt mich, selbst dieses riesige Eisfeld. Jede Antwort ruft hundert neue Fragen auf.«

»Nur auf diese beschwerliche Weise wird man erwachsen«, murmelte der Mediker. »Glaub es mir: So ist es.«

»Wart's ab, Denetree«, erklärte Rhodan in versöhnlichem, fast väterlichem Tonfall. »Wir werden im Zusammenhang mit den stählernen Riesendingern noch eine Menge Überraschungen erleben. Was wir gerade mühsam herausfinden, ist nur der Anfang.«

»Der Anfang wovon?«, wollte Shimon wissen.

»Von einer grandiosen Geschichte, vermute ich, die kosmische Ausmaße erreicht. Haluter, Lemurer, der Untergang des lemurischen Kontinents auf Terra ... in diesen Größenordnungen. Wenn wir einen Datenspeicher aus der OVIR hätten, gäbe es wahrscheinlich präzise Hinweise auf diesen zeitlichen Ausschnitt der Vergangenheit.« Rhodan deaktivierte den Autopiloten und übernahm die manuelle Steuerung.

Als sich einige Minuten später die Wolkenwand vor die Sonne schob, sahen sie den gelandeten Kriecher, nicht aber den Shift. Die Kriecher der PALENQUE hatten ungefähr 250 Meter vom Rand der ovalen Eisfläche auf einer Ebene aufgesetzt, etwa 50 Meter voneinander entfernt. Rhodan zog die Jet hoch und beobachtete die Ortungsholos. Die Jet schlug einen kreisförmigen Kurs um die dunkle Masse im Eis ein. Als Rhodan überlegte, wo er landen sollte, ertönte Solinas Stimme aus den Lautsprechern.

»Perry! Wir haben eine Energieortung. Irgendwelche mächtigen Dinge unter dem Eis, aber wir müssen herunter. Wir werden aus der Luft angegriffen! Sie sehen aus wie Energiewesen, wie brennende Spindeln ...« Die Verbindung riss ab, die Kontrolllichter flackerten, die aufgeregte Stimme kam wieder.

»Wir überspielen, was wir geortet haben. Mit der letzten Energie. Wir müssen uns wehren ...«

»Verdammt!«, rief Shimon. »Energiewesen! Sind die etwa an diesem Energiedebakel schuld?«

»Wahrscheinlich«, sagte Rhodan und steuerte die Jet schräg abwärts. Die Bremstriebwerke arbeiteten mit Höchstlast. Vielleicht gelang eine weiche Landung, weil die Energiewesen noch zögerten. Offensichtlich verfügten die Akonen noch über so viel Bordenergie, um ihre Daten funken zu können. Der Syntron arbeitete mit gewohnter Zuverlässigkeit. Die Jet sank kontrolliert abwärts, der Boden kam schnell näher, als sich die Wolkenschatten über die Eisfläche ausbreiteten. Mit einem harten Ruck setzte die Jet im Tosen der Triebwerke auf.

»Geschafft«, murmelte Rhodan. »Seht ihr irgendwo diese Energiewesen?«

»Nichts zu sehen.«

Der Bordsyntron zeigte an, dass die Übertragung beendet und die Sendeenergie abgeschnitten worden war. Rhodan schaltete alle Subsysteme der Jet ab, die nicht gebraucht wurden, und rief die Darstellung der Ortungsergebnisse auf. Das Holo über dem Pilotenpult füllte sich mit den scharfen Echos. Im Vordergrund wölbte sich wie ein schwarzer Iglu das Archenfragment, das mit furchtbarer Wucht eingeschlagen sein musste. Etwa 500 Meter weiter nördlich lagerten ausgedehnte dunkle Massen unter dem Eis; von beiden gingen Energieimpulse aus, deren Signaturen, wie Solina Tormas vermutete, etwas mit Lemurerabkömmlingen zu tun hatten.

»Eine neue Entwicklung«, sagte Rhodan. »Also ist der Shift dort gelandet, möglicherweise notgelandet. Eine uralte Station, die noch Energien emittiert.«

»Ebenso wie das Fragment«, warf Denetree schüchtern ein. »Dort lebt niemand mehr. Wer den Absturz überlebt hat, ist inzwischen erfroren.«

Rhodan lehnte sich zurück. Die Kälte des schneebedeckten Eises schien durch die Landestützen aufwärts in die Kabine einsickern. Langsam schüttelte der Mediker den Kopf. »Also ist dieser Planet gar nicht so abgelegen und verlassen, wie wir dachten.« Er deutete auf die eingeblendeten Messlinien und -ziffern des Holos. »Das Fragment hat eine ungewöhnliche Form. Wie eine Kugel ...«

»Da! Die fremden Wesen!«, rief Denetree unterdrückt und deutete nach oben. Unter der Nebeldecke flammten viele kleine Lichter auf.

Inzwischen lag der weißgraue Hochnebel über der gesamten Eisfläche. Der Anblick der schattenlosen Umgebung griff wie eine kalte Hand nach den Insassen. Aus der Höhe, wie aus dem Nichts, erschienen plötzlich spindelförmige, leuchtende Wesen, die sich in rasender Eile heranschlängelten. Aus einer kleinen Gruppe einzelner Geschöpfe wurde ein Schwarm, der sich in der Luft bewegte wie ein tausendfach blinkender Fischschwarm im warmen Ozean. Die Wesen waren halb transparent, wie Flammen, und der Schwarm wuchs von Sekunde zu Sekunde. Sie rasten auf die Jet zu; der golden leuchtende Schwarm teilte sich und umschwirrte den stählernen Körper, vereinigte sich wieder zu einem gewaltigen Ring, der um die Jet kreiste und das Innere in gelbrotes Licht tauchte. Die Luftwesen schienen die Insassen zu beobachten, aber nicht anzugreifen. Sie verhielten sich wie goldene Fische, die den Hai, den sie umschwärmten, zwar nicht fürchteten, aber misstrauisch beobachteten. Auf den Pulten zeigte sich kein einziges Signal für Energieausfall.

»Das also sind die eigentlichen Bewohner Mentack Nutais«, stellte Denetree fasziniert und mit deutlicher Bewunderung in der Stimme fest. »Sie sehen schön, aber gefährlich aus. Werden sie uns töten, Perry?«

»Wahrscheinlich nur dann, wenn wir sie wütend machen oder angreifen. Sie beobachten uns nur, denke ich.«

»Das tun sie aber sehr intensiv«, meinte Mahal. In atemloser Spannung warteten sie und sahen nichts anderes, als dass sich der Schwarm vergrößerte und das goldstrahlende Licht heller strahlte, in rasend schnellen Wirbeln.

»Wenn ihr mich fragt, erleben wir möglicherweise gerade den Beweis für eine einfache Gleichung«, sagte Rhodan drei Minuten später. »Die Bewohner eines Gebiets fühlen sich gestört, womöglich angegriffen und wehren sich gegen uns Eindringlinge. Zuerst die Arche, dann wir. Offensichtlich haben wir ein Tabu-Gebiet betreten oder sind im Begriff, dies zu tun.«

Ein Schwarm, die Menttia der Schneeschmelze, näherte sich dem Rand der Tundra und folgte langsam dem diskusförmigen Fremden, der augenscheinlich zur Landung ansetzte.

– Sie fliegen zum gefährlichen Gebiet! –

– Wir sollten sie zwingen, nicht mehr weiter zu suchen! – – Sie dürfen nicht mehr kommunizieren! –

Das einzelne Menttia-Individuum bedeutete im Schwarm der Gleichartigen nur wenig. Zunächst verbanden hundert Energiewesen ihr Denken und ließen den gemeinsamen Impuls so groß werden, dass die Tausende ihn aufnahmen und den gesamten Schwarm zu einer gemeinsamen Betrachtung bewegten. Die kollektive Erinnerung der Feuerspindeln reichte viel weiter zurück als 50 Jahrtausende, und nun sahen sie, dass die Fremden der Zone näher kamen, in der die Bedeutung jener Erinnerungen verborgen war; den Menttia bekannt, den neugierigen Fremden unbekannt.

Aus der Stratosphäre, durch die Ozonschicht und die Tropopause, wirbelte ein zweiter Schwarm durch die Troposphäre auf die Schnittlinie zwischen Kaltem und Warmem Land zu. Es war die Gruppe der Menttia der weißen Winde.

– Lasst sie suchen. Vielleicht finden sie, was wir nicht wissen. –

– Noch immer nicht wissen. Aber – sie werden gefährlich. –

Im Lauf der langen Evolution, im mitunter heillosen Chaos des Wachsens und Vergehens, bildeten sich Gewissheiten ebenso oft wie Irrtümer. Zur Paarung, die zweimal im planetaren Jahr Millionen und Abermillionen Menttia in leidenschaftlichen Taumel versetzte und an auserwählten Stellen der Welt vereinigte, erkoren die wachsenden Schwärme einzelne Gebiete, die Schönheit und Besonderheiten zur wirbelnden Paarungsleidenschaft beitrugen. Die Menttia der weißen Winde liebten die weite Landschaft der Polargegend. Aus ihrem Schwarm kam der deutliche Impuls: – Es ist gut, dass die großen Schiffe nicht landen können! –

Die Menttia der Schneeschmelze formulierten die Antwort und sandten sie in alle Richtungen: – Es ist besser, dass die Fremden nicht miteinander Informationen austauschen. Zwingen wir sie doch dazu, ohne ihre technischen Mittel etwas unternehmen zu müssen! –

– Also einverstanden. Teilen und beobachten wir, was sie tun, wenn sie voneinander abgeschnitten sind. –

Zwischen beiden Schwärmen herrschte kein Streit, aber die Verschiedenheit der Meinungen wurde deutlich spürbar. Die kollektive Erinnerung reichte weiter zurück als 50000 Jahreswechsel. Beide Schwärme kreisten in großer Höhe über den vier winzigen Schiffen, die auf der Eisfläche standen und eines Teils ihrer Energie beraubt waren. Die Menttia der Schneeschmelze formulierten einen Kompromissvorschlag. – Wir können sie zu jeder Zeit freigeben oder teilweise oder völlig lähmen. Warten wir ab, was sie tun! –

– Wir haben Zeit. Warten wir. Aber es wird interessant sein, mit anzusehen, wie sie sich in der Notlage verhalten. –

Die Menttia, deren Heimat der gesamte Planet bis weit hinaus in den Weltraum war, hatten aus Tausenden verschiedener Beobachtungen deduktiv die Beschaffenheit des Universums abgeleitet; jetzt hatten sie zum zweiten Mal Gelegenheit, fremde Besucher in allen Einzelheiten zu studieren. Einförmigkeit der Handlung, hatten sie erfahren, bedeutete Stillstand und Absturz in die Entropie.

Sie warteten mit endloser Geduld.

Einige Minuten später begannen die Feuerwesen damit, sich aus der Nähe der Space-Jet zu entfernen. In einzelnen schwirrenden Gruppen verschwanden sie oder zogen sich in den grauen Hochnebel zurück. Die Insassen dachten schweigend über das Rätsel nach und kamen zu keinem Lösungsansatz. Es gab im Augenblick nur eine Gewissheit: Beide Kriecher, der Shift und die Jet waren nicht in der Lage, zu starten, zu fliegen und zu funken.

»Sollen wir winken oder mit Lichtsignalen morsen oder Piktogramme ins Eis schürfen?«, fragte Hyman Mahal und wischte Schweiß von seiner Halbglatze.

Rhodan betrachtete grübelnd die Positionen im Holo der Nahortung. »Es wäre förderlich, wenn uns eine geeignete Kommunikationsart einfiele. Wie fangen wir es an, sie von unserer absoluten Harmlosigkeit zu überzeugen?«

»Das scheint nicht mehr nötig zu sein«, murmelte der Exobiologe. Mit einer Kopfbewegung wies er nach draußen.

Der goldflirrende Schwarm löste sich auf. Mehr und mehr flammende Spindelwesen huschten nach Norden und schräg in die Höhe davon, von kleinen und größeren Gruppen gefolgt. Nur noch wenige Wesen rasten um die Jet herum und schließlich ebenfalls davon. Das Licht erlosch und machte dem früh abendlichen Grau Platz, hinter dem schwach die Scheibe des Gestirns zu sehen war, von einer dünnen roten Linie umgrenzt. Rhodan atmete erleichtert aus. »Also keine Demutsgeste.« Er blickte auf die huschenden Ziffern des Bordchronometers. »Wir sollten nachsehen, was unsere akonischen Freunde gefunden haben. Aber ich höre meinen Magen kräftig knurren. Ein kurzer, gemütlicher Bordimbiss? Ich sehe keinen Grund zur Eile.«

Doktor Mahal nickte. »Mein Job. Ich suche ein paar Rationen aus, die uns nicht vergiften. Zehn Minuten, dann ist das Polar-Dinner fertig.«

»Sehr gut. Danke«, meinte Rhodan und vertiefte sich wieder in die Messergebnisse von Solina Tormas' Team. Während der Geruch erhitzter Rationspackungen und von

Maschinenkaffee durch das Cockpit zog, versuchte er, die Ortungen und die Energiemuster bis zur feinsten Analyse zu durchschauen.

Mit dem bloßen Auge war wenig zu erkennen. Solina Tormas sah unter einer Schicht, die zwischen undurchsichtigem Weiß und vage durchsichtigen Eisflächen wechselte, eckige dunkle Dinge und unregelmäßige einzelne Echos, die wahrscheinlich Felsen darstellten, die das Eis unter sich begraben hatte. Ebenso wie von jenem zerbeulten Körper, der sich vor kurzer Zeit ins Eis eingeschmolzen hatte, sickerten geringe Energien. Die schattenhaft zu erahnenden Umrisse entsprachen für Solina einer vergessenen Station, einer kleinen Siedlung.

Ameda Fayard beugte sich über das Hologramm. Ihr ausgebleichtes Haar fiel schwer über ihre Stirn. Sie schien an bevorstehende Schwierigkeiten zu denken. »Diese Linien hier sind Energieverbindungen«, sagte Ameda, als Solina die nächste Ebene der Tiefenschärfe schaltete. »Wie alt können die Anlagen sein?«

Solina zuckte mit den Schultern.

»Uralt. Wir dürfen nicht die Zeit als Maßstab nehmen, die das Eis brauchte, um die Bauwerke einzuschließen und zu bedecken. Du als Archäologin solltest es uns genauer sagen können.«

»Mit im Eis untergegangenen Bauwerken oder Artefakten habe ich keine Erfahrung. Wenn wir solch ein Gebäude betreten könnten und zusätzliche Anhaltspunkte fänden ...«

Die wenigen Schatten unter dem Shift waren länger geworden. Der Himmel überzog sich mit lang gezogenen dünnen Nebelstreifen. Kealil Ron steuerte den Shift in einem engen Kreis um das fragliche Gebiet, das sich während der nächsten Umkreisung als ausgedehnter erwies als zunächst angemessen. Die Taster der Masseortung schlugen weit aus; wahrscheinlich waren die schwach sichtbaren Teile nur die höchsten Erhebungen dieser Anlage.

»Wir könnten ein Loch ins Eis schmelzen«, schlug Arsis Tachim vor.

»Das werden wir vielleicht versuchen müssen.«

Bei der dritten Umrundung erkannten sie eine Unregelmäßigkeit an der Oberfläche der Eisfläche. An einem Untereis-Felsen hatten sich Schollen hochgeschoben, waren gebrochen und hatten sich zu einem Hügel aus kantigen Bruchstücken aufgetürmt. Einige Teile bildeten einen dreieckigen Stollen, der auf der Fläche endete und wie ein Zugang zu den Bauwerken wirkte. »Dort werden wir es versuchen«, sagte Solina. »Warum wird es jetzt plötzlich hell?«

Vor dem Shift waren gold leuchtende Dinge aufgetaucht. Spindelförmig, vielleicht eineinhalb Meter lang, blitzschnell wie Gedankenfische aus Licht, die zahlreicher wurden und den Shift auf schnell wechselnden Bahnen umkreisten. Die Kontrolllichter vor dem Piloten zuckten und flackerten in einem wirren Rhythmus, und der Schwarm der Spindeln wurde zahlreicher, bis er einige Tausende zählte und in seinen rasenden Bewegungen den Shift umgab wie eine Kugelschale.

»Sie greifen uns an«, sagte der Pilot. »Ohne jeden Grund.«

»Vorsichtig«, mahnte Solina und spürte, wie die Furcht nach ihr griff. »Vielleicht sind es die Beschützer dieser vereisten Polarstation?«

»Jedenfalls lande ich!« Kealil packte die Hebel der Steuerung fester. »Das Risiko ist mir zu groß.«

Die Bremstriebwerke begannen augenblicklich zu arbeiten. Die Antigravs des Shifts fielen für einen schrecklichen Augenblick aus, der kantige Körper des Landegeräts sackte schwer durch und fing sich schaukelnd wieder, als die Energie zurückkam.

Arsis drückte die Taste des Funkgeräts. »Energieschwund! Wir müssen landen!«

Kealil hantierte schweigend und verbissen an seinen Kontrollen. Der Shift kippte nach vorn, legte weit nach rechts über und sank kontinuierlich. Der Schwarm aus unzähligen strahlenden Einzelwesen änderte blitzschnell und völlig lautlos seine Wirbel, vereinigte sich zu einer auseinander driftenden Masse und bildete eine Art Saturnring um den Shift. Die Warnautomatik begann zu blöken, gerade als der Pilot die Leistung der Antigravfelder heraufsetzte. Noch sieben Meter ... fünf ... ein letztes Mal heulten die Triebwerke auf, dann krachte der Shift nacheinander auf die Enden der inaktiven Raupenketten. Das Eis splitterte; die Kristalle prasselten gegen die Flanken, als zuerst rechts hinten, dann links vorn, schließlich rechts hinten die Maschine aufschlug.

Fast gleichzeitig verlor der Shift die gesamte Bordenergie. Der Abstandswarner schwieg in überraschender Plötzlichkeit. Drei Sekunden brauchte der Picosyn, um das gekapselte Notaggregat anzuschalten. Die ausgefallenen Lebenserhaltungssysteme sprangen wieder an.

Ameda Fayard stemmte ihren langen Körper vom Boden hoch, griff sich ächzend in den Rücken und stieg in ihren Sitz zurück. Sie massierte ihren Nacken. »Beinahe hätten uns die Biester umgebracht!«, sagte sie leise. »Eine makabre Begrüßung. Ich gehe hinaus und vertreibe sie mit ein paar Schüssen. Oder wir nehmen sie mit dem Bordgeschütz ...«

»Abwarten!«, sagte Solina scharf. »Willst du sie mit Eisbrocken vertreiben?«

Als Ameda nach dem Joystick der Geschützsteuerung griff und blitzschnell zwei Sicherheitsschalter kippte, packte der Pilot ihr Handgelenk und riss es zur Seite. Er sprang halb aus seinem Sitz auf und schob mit der Schulter Ameda zur Seite. »Hör auf!«, rief er grob. »Sie spielen mit uns! Hast du das noch nicht begriffen? Sie können uns umbringen, wenn sie wollen.«

»Ich zeig ihnen, dass wir nicht mit uns spielen lassen!«

Der Pilot kippte die Schalter in die Nullstellung zurück. »Nein. Damit reizt du die Feuerspindeln nur unnötig.«

Ameda griff nach dem Kombistrahler, hob ihn hoch und zielte durch die Frontscheibe auf die lautlosen Wesen, die unverändert den Shift umkreisten. Dann drehte sie sich um, machte gebückt drei lange Schritte durch die Pilotenkanzel und hieb auf das Tastfeld, das die innere Tür der winzigen Schleuse bediente. Quälend langsam glitt die Irisblende auseinander und wieder zusammen, als Ameda in der Schleuse stand. Die äußere Luke ließ sich nur mit dem Handrad öffnen, nachdem die Archäologin die Riegel aufgehebelt hatte. Sie sprang hinunter, lief aus der Deckung des Shifts und atmete eiskalte Luft ein.

Im letzten Sekundenbruchteil nahm sie sich zusammen und feuerte vor sich ins Eis. Die Detonation jagte Splitter und einen Dampfstrahl in die Höhe. Dann gab sie drei Schüsse senkrecht in den Himmel ab, in das Auge des kleinen Taifuns aus strahlenden Wesen. Der Schwarm zuckte zur Seite und teilte sich, und beide Hälften stoben in der Spur der Entladung über dem Shift in die Nebeldecke und verschwanden. Vier Blitze, die irgendwo in diesem von Lichtfunken durchzuckten Himmel entstanden, blendeten die Akonin, die den Strahler senkte und jetzt erst die beißende Kälte auf ihrer Haut spürte.

Um ihrer Enttäuschung Herr zu werden, zitierte sie im Stillen ein paar Zeilen eines uralten akonischen Dramas. Die Warnung ihres Vaters fiel ihr ein: *Weil du schön und nicht von Adel bist, musst du doppelt tüchtig sein.*

»Richtig, Väterchen«, murmelte sie. »Aber ich habe es geschafft.«

Nicht so schön wie Eniva ta Drorar, aber ein paar Millimeter kleiner als zwei Meter, mit einem runden Gesicht und herrlichen, braunen Augen, an allem interessiert, was alt war und Spuren hinterlassen hatte, und von allem fasziniert, das Nachrichten aus der Vergangenheit enthielt. Obwohl nicht adlig, hatte sie sich über die gesamte wissenschaftliche Stufenleiter hinaufgekämpft und war zu der Ochent-Expedition gestoßen; jetzt stand sie neben einem notgelandeten Shift, fror und ärgerte sich noch immer.

Bis vor kurzem hatte sie nicht gewusst, ob ihre fachliche Qualifikation auf dieser Mission gefordert werden würde. Jetzt war es ihr klar. Bisher hatte sich jeder, den sie mit Blicken wie Tiefenbohrungen bedachte, aller seiner Geheimnisse erleichtert gefühlt. Hier im Shift fühlte sie sich unausgefüllt und unterbewertet.

Eigentlich war sie von der Expedition nicht begeistert gewesen, weil der Ochent-Nebel ihr viel kosmische Einöde, aber keine Ruinen, Artefakte oder tief vergrabene Geheimnisse versprach. Aber nun gab es diese verblüffenden Wesen. Eine Art wissenschaftlicher Entschädigung? Schwerlich. Vielleicht fanden sich noch Aufsehen erregende Relikte der Vergangenheit, und dann würde sie eigentlich glücklich sein müssen. Aber sie hatte es sich das alles ganz anders vorgestellt.

Sie murmelte einen ausdrucksstarken Fluch und kletterte in die Luftschleuse zurück. Ihre Ratlosigkeit, was das weitere Vorgehen betraf, war vollkommen. Sie schämte sich ein wenig für ihren extrovertierten Auftritt, aber immerhin: Sie hatte die dreisten Biester erfolgreich vertrieben. Als sie wieder in der Kanzel stand und einen eisigen Hauch mit sich brachte, sah sie, dass sich am Status der blockierten Energien nichts geändert hatte.

»Noch leben wir«, sagte halblaut Solina. »Nur Perry Rhodan kann uns jetzt noch helfen. Also warten wir – zunächst.«

»Denn sonst bleibt uns gar nichts anders übrig«, fügte Kealil Ron fatalistisch hinzu.

8

Eine erstarrte Welt

»Je weniger hochtechnologische Mittel wir benutzen«, hatte Perry Rhodan vor einigen Minuten gesagt, »desto weniger können ausfallen. Also besinnen wir uns der Tradition antiker Sieger über Nord- und Südpole und andere paradiesische Ebenen!«

»Die meisten dieser Helden sind meines Wissens jämmerlich erfroren«, erwiderte Hyman Mahal mürrisch.

Einige Minuten lang gab es, während sie sich aus dem Magazin der Jet – das erklärlicherweise auf die Anforderungen von Prospektoren zugeschnitten war – ausgerüstet hatten, eine Diskussion darüber, ob einer in der Jet bleiben und sie bewachen sollte. Die Tornisterantriebe ließen sich nicht aktivieren; Rhodan hatte es nicht anders erwartet. Isaias Shimon, der Exobiologe, hatte sich angeboten. Schließlich hatten sie sich geeinigt: Es stellte kein Risiko dar, die Jet unbewacht zurückzulassen.

Jetzt, in der angebrochenen Nacht, gingen sie hintereinander auf den Landepunkt des Shifts zu. Die Raumanzüge waren geschlossen und durch dünne Kunststoffseile mit Stahlkern miteinander verbunden, und Perry führte die Gruppe an. Noch brauchten sie die langen Eispickel nicht. Ab und zu blitzte ein Scheinwerfer im Flächenlicht auf.

Plötzlich war Rhodans Stimme in den Helmlautsprechern zu hören. »Es sind nur rund zehn Kilometer zur zertrümmerten Kugel und zu den untergegangenen Objekten. Ein langweiliger Weg, hoffentlich ein wenig beschwerlicher. Ich schlage vor, wir singen Wanderlieder des terranisch-lemurischen Liedguts.«

»Das meinst du nicht im Ernst«, sagte Shimon.

»Nein«, antwortete Rhodan. »Aber da fällt mir ein, dass ich einen Schwung Fragen nicht beantwortet habe. Fragen, die unser junger Gast gestellt hat.«

»Über terranische Lieder? Etwa die Texte zu Alemaheyus wüstem Scheingeklimper?«, fragte Isaias.

Sie kamen in der Schneeauflage der flachen, hindernislosen Eisfläche gut voran. Ab und zu warf Rhodan einen Blick auf den kleinen, magnetischen Expeditionskompass, der für ihre Richtung 260 vorgab. Er hatte in der Jet festgestellt, dass der magnetische Nordpol Mentack Nutais nicht bei 360 lag und anhand der Ortungsanlagen die Weggerade bestimmt.

»Auch darüber«, sagte Hyman Mahal. »Spieler unsichtbarer Gitarren werden bei unserer geizigen und geldgierigen Eignergemeinschaft sicher besser bezahlt als ein Bordmediker.«

Schritt um Schritt gingen sie weiter, meist in der Spur des Vordermanns. Die Dunkelheit wurde von keinem jener leuchtenden Planetarier erhellt; sie schienen spurlos verschwunden zu sein. Entdeckerfreude, Neugierde und die Hoffnung auf wertvolle Funde und nicht zuletzt die Absicht, zur Hilfe für die gestrandeten Lemurer beizutragen, machten den Marsch leichter, der bisher nicht schwierig gewesen war. Aber treibende Schneeflocken und Eiskristalle deuteten auf die Möglichkeit hin, in einen Sturm zu geraten.

»Wahrscheinlich besser bezahlt, ja«, sagte Perry. »Aber die Erfahrungen, die wir hier machen, sind unbezahlbar.«

Immer weiter durch das Dunkel! Es gab kein Positionslicht, an dem sie sich orientieren konnten. Sie vertrauten Rhodan, der in mittlerer Marschgeschwindigkeit führte und besorgt registrierte, dass die treibenden Flocken zahlreicher wurden und fast waagrecht durch den Breitstrahl seines Anzugsscheinwerfers flogen.

Im Scheinwerferlicht tauchte eine kantige Eisscholle vor Rhodan auf. Er bog nach links ab und stapfte weiter. Die Außenmikrofone übertrugen das Knirschen der Raumanzugstiefel im mehlfeinen Schnee. Rhodan fragte sich, wo der Kriecher gelandet sein mochte. Er hatte Denetree während der Essenspause von Halutern berichtet und ihr Bilder und Aufnahmen von ihnen gezeigt – von friedfertigen Halutern, darunter seines Freundes Icho Tolot, nicht von Bestien. Denetree hatte die Bilder voller Ehrfurcht betrachtet und immer wieder das Wort »Hüter« gemurmelt.

Der erste dichte Schneewirbel wehte von der Seite heran und hüllte Rhodan und seine Gefährten ein. 20 Schritte weiter rief Hyman Mahal, der als Letzter ging: »Die verdammten Leuchtdinger kommen zurück, Perry!«

»Wir tun vorläufig so, als gäbe es sie nicht«, antwortete Perry und drehte sich um. »Wo sind sie?«

»Irgendwo, weitgehend unsichtbar, über uns.«

Rhodan bog den Oberkörper zurück und starrte durch die Helmscheibe. Zwischen den treibenden Schneewolken zuckten kaum sichtbar drei oder vier Dutzend jener Energiewesen umher, schwirrten hierhin und dorthin, vereinigten sich zu einem kleinen Schwarm und kreisten auf der Stelle. Ihr Leuchten drang durch die Flockenschauer und ließ die Raumfahrer kurze Schatten werfen. Aber die Spindeln griffen nicht an; sie schienen abwartend zu kreisen und zu warten.

»Ich sehe sie. Gehen wir weiter. Dort vorn sind wir ebenso schutzlos wie hier.«

»Wird das Beste sein«, knurrte Shimon unüberhörbar.

Rhodan ruckte an der dicken Kordel und stapfte weiter. Das Schneetreiben wurde dichter, und aus dem schwachen Wind kamen einzelne Sturmstöße. Noch immer konnte er lange Schritte machen und dem Kompass folgen. Minute um Minute gingen sie schweigend weiter, von den goldenen Spindeln begleitet.

Zweieinhalb Stunden brauchten Rhodan und seine Gefährten, um die Entfernung zum Shift zurückzulegen. Zuletzt fauchten aus Westen einzelne lange Sturmstöße über die Eisfläche und rissen an den Raumfahrern. Sie sahen die dunklen Umrisse des Shifts erst, als sie nur noch zwei Dutzend Schritte von ihm entfernt waren. Rhodan hakte sich von der Verbindung aus, ging zur Einstiegsrampe und schlug mit dem Kolben des Kombistrahles an die Luke. Dumpfe Schläge hallten überlaut durch das Raumfahrzeug. Drei kleine Tiefstrahler flammten auf, dann öffnete sich das Außenschott. Der Shift wirkte äußerlich unversehrt.

Ameda Fayard steckte ihr rundes Gesicht in den Lichtkegel. »Perry Rhodan!«, sagte sie überrascht. »Wie bist du ...« Sie bemerkte Denetree, Mahal und Shimon, die vorgebeugt durch die Schneewolken herankamen. »Wie seid ihr hergekommen? Die Energie ...«

»Zu Fuß«, sagte Rhodan und öffnete den Anzughelm. »Seid ihr in Ordnung? Keine Verletzten?«

»Nein. Nur diese Flammenspindeln, die uns erheblich zugesetzt haben.« Sie zog Rhodan ins enge Innere des Shifts und winkte den anderen. »Ich hab ein paar Warnschüsse auf sie abgegeben, da haben sie sich zurückgezogen.«

»Sie haben uns begleitet und beobachten uns noch immer«, sagte Denetree und begrüßte lächelnd die akonische Historikerin. Die Ankömmlinge stapelten ihre Tragelasten in die Ecken der Luftschleuse und betraten das Cockpit. Shimon und Mahal fanden gerade noch Platz und erkannten, dass der Shift nur vom Notaggregat versorgt wurde. Rhodan zog den Handschuh aus und schüttelte Solinas Hand.

»Offensichtlich haben wir gefährliches Territorium betreten«, sagte er und lehnte sich gegen einen Sessel. Auf den Klapptischen standen Becher und Essensreste. Die Klimaaggregate summten auf Hochtouren. Von den vier eiskalten Raumanzügen, an denen zwei Finger dick der Schnee haftete, tropfte Wasser. »Wir haben eure Messungen und Ortungen akribisch durchmustert und analysiert. Es sind zwei Fundstellen. Ich sage: Weil wir uns ihnen genähert haben, sind die goldenen Spindeln so aufgeregt. Schließlich sind wir Eindringlinge oder günstigstenfalls Besucher ihres Planeten.«

»Wir und die Trümmerstücke der Arche«, fügte Ameda Fayard hinzu.

»Stimmt«, sagte Solina. »Was sollen wir tun? Oder besser: Was können wir tun?«

Rhodan grinste auffordernd. »Nachsehen, denke ich.«

»Und die Spindelwesen? Werden sie uns daran hindern? Sie scheinen wahre Meister in der Technik des Energieraubes zu sein.« Solina winkelte ratlos die Arme an.

Zumindest Ameda schien entschlossen, sofort aufzubrechen. Isaias Shimon deutete ins wilde Schneegestöber vor den Sichtscheiben. »Es besteht für mich sogar die Möglichkeit, dass die Energiewesen den Absturz der Arche verursacht haben könnten«, meinte er, nachdem er den intensiven Blick der hoch gewachsenen Akonin mit dem halb durchscheinend weißen Haar einige Sekunden lang ausgehalten hatte: »Vielleicht sind sie doch nicht so perfekt, wie Solina glaubt.«

»Eine kühne Theorie, Isaias«, antwortete Kealil Ron. Auch der Pilot gehörte zu jenen Akonen, die nahezu jeden Terraner um einen Kopf überragten. »Wir haben nur eine einzige Stelle geortet, an der wir – vielleicht! – unter das Eis gelangen können.«

»Du meinst dieses kleine Schollengebirge?«, erkundigte sich Rhodan. »Nun, der eine Kriecher ist auf der gegenüberliegenden Seite dieser eisbedeckten Anlage gelandet.

Wenn der Sturm nicht zu wild ist, sollten wir es riskieren. Morgen haben wir bei Tageslicht trotz Energieausfall Direktsicht aufeinander.«

»Eine Sub-Eis-Expedition? Jetzt gleich?«, rief Ameda. »Ich mache sofort mit!«

Rhodan musterte die Gesichter der Shift-Insassen und versuchte die Gefahren abzuschätzen, die ihnen möglicherweise drohten. Die goldenen Luftfische, sagte er sich, würden acht Fremde ohne schwere Energiewaffen ebenso wenig angreifen wie die Überlebenden der LEMCHA OVIR. Sie würden neugierig beobachten, was geschah – ebenso neugierig wie er selbst. Hoffentlich war sein bedingter Optimismus berechtigt. »Wir müssen damit rechnen, dass wir längere Zeit weder starten noch die Verbindung zu unseren Schiffen wieder herstellen können«, sagte er nachdenklich. »Also beschäftigen wir uns mit gediegener, ehrlicher Forscherarbeit. Es sind genügend Spezialisten unter uns. Wollen wir aufbrechen, wenn sich der Schneesturm legt?«

Denetree schien zum ersten Mal in ihrem Leben eine solche Szene in einer solch technischen Umgebung zu erleben. Bisher hatte sie sich stets Hilfe suchend an Harriett Hewes gewandt; jetzt lehnte sie sich an Solina an. Buchstäblich, denn beide Frauen saßen nebeneinander quer in einem der breiten Spezialsessel. Sie schien auf Rhodans Aufforderung zu warten. »Ich glaube auch, dass diese Wesen nicht böse sind. Wahrscheinlich haben wir sie erschreckt«, sagte sie nach einigem Zögern. Solina Tormas nickte. »Oder sie haben Schlechtes von früheren Besuchern erfahren.«

Auch Rhodan nickte. »Dann wäre ihre Aufregung erklärbar«, sagte er halb zustimmend. »Wir nähern uns einer Hinterlassenschaft früherer Bewohner. Aber es gibt noch immer keine Gewissheit, dass diese Feuerspindeln an unserer Lage schuld sind. Oder für unsere Lage verantwortlich.«

»Vielleicht hatten die Bewohner großen Ärger mit den goldenen Luftfischen?« Ameda schlug mit der flachen Hand auf ihren Kombistrahler und grinste. »Vermeiden wir also Ärger. Dann leuchten sie uns auf dem Marsch zu den Eisschollen.«

»Einverstanden!«, sagte Arsis Tachim. Bisher hatte sie schweigend zugehört und Becher voller heißer dunkelbrauner Flüssigkeit ausgeteilt, die starke Ähnlichkeit mit terranischem Kaffee-Kakao-Gemisch hatte; wahrscheinlich handelte es sich um akonischen Expeditions-Tee. »Draußen ist es ein wenig heller geworden. Der Schnee spiegelt kein Licht von den strahlenden Planetariern. Brechen wir auf?«

Die Akonen öffneten Wandfächer und rüsteten sich in der Enge mit Expeditionsgerät aus; sie vermieden, wie Rhodans Team, hochtechnisches Zubehör. Sie alle dachten mehr an einen Vorstoß in eisige, rutschige und dunkle Bezirke als an die Eroberung eines uralten, frostklirrenden Hightech-Stützpunkts.

Genau 37 Minuten nach dem Aufbruch hielten sie im Halbdunkel vor den zwei hochgekippten Schollen, die ein fast gleichschenkliges Dreieck bildeten. Einzelne Flocken trieben durch die Lichtkegel, als Rhodan, Solina und Mahal die Handscheinwerfer einschalteten. Das Eis strahlte bläulich auf, an den Kanten schimmerten und funkelten Kristalle. Langsam ging Solina auf das Scheintor zu, die anderen folgten. Es war genug Platz, dass drei Raumfahrer vorsichtig, einen Schritt nach dem anderen, nebeneinander gehen konnten. Bis auf die knirschenden Schritte war es totenstill. Die Energiewesen verharrten als kreisend leuchtender Schwarm direkt über dem eisverkrusteten Felsen, der knappe 20 Meter hoch aus dem Schollen- und Splittergewirr ragte.

Als die Raumfahrer den vermeintlichen Eingang betreten hatten, geriet der Schwarm in aufgeregte Bewegung, huschte wirbelnd näher und zielte mit der Spitze auf den

Eingang. Kurz davor schwangen sich die lanzettförmigen Wesen wieder steil in die Höhe und strudelten hin und her. Ein zweites Mal schienen die leuchtenden Wesen eindringen zu wollen, aber sie scheuten abermals davor zurück und wichen in die Höhe aus. Das gesamte Geschehen hatte keine fünf Sekunden gedauert, dann zerstreute sich die Ansammlung in alle Richtungen und war bald nur noch ein zuckender, leuchtender Ring in großer Höhe. Die Raumfahrer hatten, bis auf Arsis Tachim, die als Letzte eindrang, nichts davon gesehen.

Der Helmfunk arbeitete seltsamerweise anscheinend zuverlässig. Die Eindringlinge hörten Arsis' Bericht über die Leuchtwesen, die sie beobachtet hatte. Perry Rhodan betrachtete die kurze Strecke, die vor ihnen lag.

»Wir werden uns gleich darüber unterhalten müssen, ob dieser Eisschollenberg tatsächlich der Eingang ist. Aber das Verhalten der Goldspindeln deutet darauf hin. Nach so langer Zeit ...?«

Sie bewegten sich mit äußerster Vorsicht hinter den breit gefächerten Kegeln der Scheinwerfer ungefähr 50 Schritte geradeaus und, noch immer auf griffigem Schnee, leicht abwärts. Dann versperrte eine Wand aus Eis den Weg. Sie spannte sich wie ein Schott zwischen den Eiswänden. Rhodan ging bis zu der weißen, kristallen schimmernden Platte und schlug mit der Faust dagegen.

Es klang dumpf, zugleich gab es ein schwaches Echo, ein entferntes Knacken. Rhodan trat fünf Schritte zurück, klinkte den Kombistrahler vom Gürtel aus und hob die Waffe. Er feuerte einen langen Thermoimpuls ab, der innerhalb weniger Herzschläge ein Loch in die Platte schmolz, das größer wurde und sich schnell an den Rändern auflöste, als er den Strahl im Kreis bewegte. Nach drei Schüssen war die Öffnung so groß, dass sie einzeln hindurchsteigen konnten.

Die Platte war fast zwei Handbreit dick. Vor ihnen erstreckte sich ein tunnelartiger Korridor im Eis, ein Spalt mit gerundeten Wänden, der ziemlich steil und in einer engen Kurve abwärts führte. Rechts glänzte dickes Eis auf einer gekrümmten Felswand, in deren Driftschatten sich der Hohlraum gebildet hatte. Die Terraner, die Lemurerin und die Akonen rammten die Spitzen der Eispickel in den Boden, machten kleine, behutsame Schritte und kamen rutschend, taumelnd und oft vom Hintermann durch das Verbindungsseil gehalten, halb fallend bis auf den Grund der halb spiraligen Röhre. Von der Decke hingen Hunderte Eiszapfen in allen Längen, fingerlang bis halb mannslang.

Das Scheinwerferlicht und die Schatten erzeugten phantastische Effekte. Rhodan und seine Begleiter befürchteten, dass ein lautes Geräusch einen Hagel tödlicher Geschosse auslösen könnte. Zuletzt prallte Hyman Mahal gegen Amedas Rücken, klammerte sich einen Moment an ihr fest und keuchte. »Entschuldigung. Bin wieder mal ausgerutscht.«

»Ich kenne wirkungsvollere Methoden des Nah-Flirts«, antwortete die hoch aufgeschossene Akonin und grinste ihn an. Nach weiteren 50 Schritten erreichten sie eine Halle aus Stein, Fels, Metall und Eis.

Solina leuchtete in alle Richtungen nach oben, und schließlich blieb der Lichtkreis auf einem Säulenkapitell haften, das, obwohl dick eisverkrustet und aus grauem Metall, mit dem Fels verschmolz. Die Säule darunter war eisfrei, glatt und sah für Perry Rhodan aus, als bestünde sie aus Gusseisen und enthalte als Zierrat ineinander verschlungene florale Muster.

»Frühakonisch«, sagte Solina. »Zweite kosmophile Periode. Was sagst du, Ameda?«

Es gab rechts und links jeweils etwa 20 solcher Säulen, etwa zehn Meter hoch, mit einem Durchmesser von weniger als einem halben Meter. Sie stützten ein scheinbar massives Dach aus tragfähigem Metall, vermutlich Akonstahl. Geradeaus standen zwei Torflügel weit offen. Überall hatte sich Eis abgelagert; das Wasser war zu Vorhängen, Arkaden, Zapfen und Schleiern gefroren, die dem Gesamtbild ein aberwitzig surreales Aussehen gaben. Ameda Fayards Scheinwerferkegel huschte zur Decke hinauf, spiegelte sich auf der irrwitzigen Dekoration, die aus weißen Kristalltüchern mit tausend Falten, Rüschen und Bäuschen zu bestehen schien. Nach langer Überlegungspause, in der die Raumfahrer 50, 60 Meter weit über den spiegelnden Boden rutschten und schlitterten, antwortete sie: »Entworfen und gebaut für humanoides beziehungsweise akonisches Maß. So genannte heroische Technik. Du könntest Recht haben. Aber altakonisch ... ich weiß nicht. Noch nicht.«

»Wir wollen nicht angefrorene Bestandteile der akonischen Vergangenheit werden«, sagte Rhodan mit mildem Spott. »Weiter. Eine terranische Hinterlassenschaft ist das wohl kaum.«

Hinter dem Tor empfing die Expeditionsteilnehmer eine Art gefrorener Albtraum. Sie schwärmten nach den Seiten aus; acht Scheinwerfer rissen die Umgebung aus tausendjähriger, eisiger Erstarrung. Der Boden bestand aus einer dunkelgrauen Masse, glatt wie eine Gleiterpiste. Darauf gab es große, unregelmäßig geformte oder gewachsene Flächen aus Eis, aber die Fronten der Gebäude waren meist eisfrei. Sie hatten mächtige Vordächer, unter denen nur wenige Eiszapfen hingen. Zwischen den Dächern war Wasser im Lauf endlos vieler Jahre zu Boden gesackt und gefroren und bildete Säulen mit dem Durchmesser von Wehrtürmen.

Die Flanken der Säulen schienen zu beweisen, dass sie mehrmals halb geschmolzen und wieder gefroren waren. Die Gruppe bewegte sich vorsichtig in alle Richtungen, immer tiefer in das Reich der Vergangenheit hinein, zwischen stählernen Wänden, gewachsenem und bearbeitetem Fels und Eis in jeder vorstellbaren Form und in phantastischen, nie gesehenen Mustern.

»Dort drüben, rechts, Perry«, sagte Denetree plötzlich aufgeregt, »da ist das Eis eingebrochen, zerbrochen.«

»Wo? Ach, jetzt sehe ich es auch.«

Die Raumfahrer sahen sich nach jedem zehnten Schritt neuen, grotesken Formen gegenüber. Aber bisher hatten sie nichts entdeckt, das einer zufrieden stellenden Erklärung diente. Vor langer Zeit hatten offensichtlich Akonen hier eine Siedlung errichtet, allem Anschein und dem technischen Aufwand nach für eine dauernde Besiedlung oder zumindest einen häufig gebrauchten Stützpunkt. Die massive Bauart schien diese These zu beweisen. Irgendwann wurde dieser Stützpunkt aufgegeben. *Warum?* Inzwischen blickten alle zu der Stelle, die Denetree anstrahlte.

Zwischen würfelförmigen Bauten mit schmalen Fensterschlitzen und weit vorspringenden Dächern spannten sich, wie an unzähligen anderen Stellen, senkrechte Eisvorhänge. Im Bereich der Scheinwerfer lagen drei solcher aus der Höhe des Polargletschers herabgesunkener Tücher aus Eis, wie theatralische Vorhänge. An der Basis, dicht über dem Boden, klafften in ihnen riesige, gezackte Löcher, als sei ein Geschoss von vier oder fünf Metern Durchmesser vor einiger Zeit in gerader Flugbahn durch sie hindurchgegangen; Trümmer und Splitter waren zusammengeschmolzen.

»Was ist das?«, fragte jemand. Rhodan lief langsam hinüber, leuchtete und fand hinter der Öffnung Splitter und Brocken aus altem Eis. Es war kein Schmelzvorgang gewesen, sondern vor relativ kurzer Zeit war auch hier etwas durchgeschossen. Rhodan erkannte vier solcher Durchbrüche, die in gerader Linie hintereinander lagen.

»Ich weiß es nicht«, sagte er. Noch während er sprach, begann ein weiterer seltsamer Vorgang die Ratlosigkeit der Raumfahrer zu verstärken. Auch die Furcht, an lebensgefährliche Geheimnisse der Vergangenheit zu rühren, nahm schlagartig zu.

Lichter!

Kleine Zentren weißgelber Helligkeit.

An hundert Stellen schalteten sich Lampen ein. Mitten im dicken Eis, an der Unterseite von Dächern, hinter runden und eckigen Fenstern und seitlich von Wegen, auf denen vor Jahrtausenden der letzte Akone gegangen sein mochte.

»Das also ist Teil der Energien«, rief Solina, und das Echo machte ihre Stimme schrill, »die wir angemessen haben. Irgendwo arbeitet noch immer ein Kraftwerk. Das Eis lebt!«

»Wir auch. Noch«, knurrte Kealil.

Perry Rhodan kam zur Gruppe zurück. »Keine Panik! Solina? Ameda? Seid ihr wirklich sicher, dass diese Station von Akonen gebaut worden ist?«

»Zweite kosmophile Periode. Definitiv! Als meine Vorfahren durch das Universum schwärmten und glaubten, es wäre mehr oder weniger ihr Besitz. Wie jeder Geschichtsstudent weiß, waren sie seinerzeit wenig wählerisch in ihren Methoden.«

»Kann es sein, dass sie den Einwohnern dieses Planeten Schlimmes angetan haben?«

»Wer weiß?», antwortete Ameda. »Vor einigen Dutzend Jahrtausenden? Durchaus möglich.«

»Das eröffnet Perspektiven, die zumindest mich nicht überraschen«, sagte Rhodan. »Die uralte Geschichte. Immer das Gleiche. Meine Theorie: Die Energiespindeln erinnern sich an die Auseinandersetzung von damals, wann auch immer, und das macht sie misstrauisch, weil sie meinen, wir wären die Nachfahren ihrer damaligen Gegner und begännen einen neuen Krieg.«

»Daran könnte, beim Permafrost, etwas Wahres sein!«, sagte Arsis mit skeptischem Unterton.

Die Raumfahrer waren langsam weitergegangen. Je tiefer sie eindrangen, desto dichter standen die Gebäude. Das bedeutete, dass zwischen ihnen die Eiseinbrüche seltener wurden. Eine Mauer, vor dünnem Eis glänzend, zeigte aber einen gewaltsamen Durchbruch, der vor kurzer Zeit stattgefunden zu haben schien. Die Anzahl der Leuchtkörper nahm zu. Rhodan hatte wenig Hoffnung, etwas zu entdecken, richtete sein Multifunktionsarmband aber auf den Vorausbereich und tippte auf einige Sensorfelder.

Zu seiner Überraschung zeichnete sich auf dem flackernden Miniholo ein turmähnliches Gebäude ab, dessen Inneres wärmer als die Umgebung war und etwa 20 diffuse Energiequellen aufwies. Aber das Gerät war noch immer nicht voll funktionsfähig.

»Vielleicht erfahren wir dort, wohin ihr mir bitte folgt, ein bisschen mehr«, sagte er. »Nur fünfhundert Meter, schräg links.«

Die Mitglieder der Gruppe drängten sich instinktiv eng aneinander. Zwischen winzigen Inseln aus milchigem Licht, zwischen wuchtigen und winzigen Stalagmiten und Eissäulen, Metallwänden, Sockeln aus perfekt gearbeitetem Gestein, schwer durchhängenden Energiekabeln, von gezacktem Eis heruntergezogen, in einem Irrgarten aus rechtwinkligen Gassen voller Eis oder völlig eisfrei, gingen sie auf einen Turm zu, der in der Mitte eines Platzes aufragte und, 30 Meter hoch, mit dem Gletscher über ihnen verschmolz. Mächtige Bäume umstanden in zwei Kreisen den Platz. Bäume! Gänzlich blätterlos, 25 Meter hoch, mit riesigen Kronen und schneeweiß. Stamm und Astwerk bis zu den dünnsten Ästchen bildeten weiße, fragile Eis-Skulpturen von graphischer Einmaligkeit. Die Wurzeln verschwanden in dicken, kreisförmigen Eisplatten.

»Ein lautes Wort«, flüsterte Arsis, »und die gesamte Pracht fällt klirrend zu einem Haufen zusammen!«

»Ein Grund mehr, das Ganze in schweigender Andacht zu genießen«, meinte Ameda sarkastisch.

»Und wie sollen wir hineinkommen?«, knurrte Shimon.

Sie fanden drei Tore, die in eine runde Halle mündeten. Die Einrichtung und die Treppen schienen Fertigbauteile zu sein. Rhodan dachte an die Nüchternheit einer militärischen Nutzung. Als sie in der Mitte der Halle standen, kam von draußen ein schmetternder Krach, dem das Klirren von Glas oder Eistrümmern folgte. Spitze Echos drangen durch die Zwischenräume der Gebäude. Dann Stille.

Sekunden später schalteten sich in der Decke einzelne runde Leuchtfelder ein. Eine uralte Anlage erwachte zögernd zu neuem Leben, als habe sie die Anwesenheit der Besucher gespürt.

»Ich glaube, ich muss meine Kenntnisse über altakonische Technik erweitern«, sagte Solina leise, fast ungläubig. »Es funktionieren sogar irgendwelche Sensoren, uralte Lampen schalten sich ein. Hier unten muss es also tatsächlich eine Energieanlage geben, die noch – oder wieder – arbeitet.«

»Danach sieht es aus«, fügte Ameda hinzu. »Vielleicht finden wir auch ein Gerät, das uns Informationen liefert.«

»Freut euch nicht zu früh«, meinte Mahal. »Trotzdem: Eine konzentrierte Suche schadet nichts.«

»Wo?«

Rhodan ging auf die Treppe zu und zeigte zur Decke mit den Leuchtfeldern, von denen die Hälfte ausgefallen war. Einige der hellen Kreise flackerten. Mittlerweile war ihnen klar geworden, dass in der Station mehrere Hundert Individuen gewohnt haben mochten. Woran hatten sie gearbeitet oder geforscht, oder was hatten die Akonen damals gesucht?

»Es ist definitiv keine terranische Station«, sagte er unvermittelt und gab seine Gedanken preis. »Aber ein akonischer Stützpunkt, hier im Ochent-Nebel?«

»Aber eine Tatsache. Wenn wir weitergehen, werden wir noch mehr Anhaltspunkte finden«, antwortete Solina. Ameda pflichtete ihr nickend bei.

Die Treppe führte, soweit es einigermaßen klar zu sehen war, durch alle Räume bis zum Dach des Turms. Als sie den nächsten Raum betraten, schaltete sich auch hier die lückenhafte Beleuchtung ein. Bis auf wenige Pulte, die fest eingebaut schienen, war der Raum leer. Überall hatte sich Feuchtigkeit als Eis niedergeschlagen, dessen Kristalle im Streulicht funkelten wie Myriaden winziger Diamanten. Milchiges Licht sickerte durch Fenster, die von einer dicken Schicht Kristallen überzogen waren. Solina und Ameda gingen schnell zu den Pulten, versuchten vergeblich, das mürbe Eis wegzuwischen und richteten dann ihre auf Thermo-Minimum geschalteten Waffen auf die Geräte.

Zwei, drei Schüsse schmolzen den Belag auf der Oberseite der Pulte ab. Darunter kamen leere Platten zum Vorschein, deren Einsätze entfernt waren. Es waren weder Schalter noch Leuchtfelder oder irgendwelche Instrumente zurückgelassen worden.

Ameda murmelte eine akonische Verwünschung. »Nichts. Wir suchen weiter.« Ihr Atem bildete in der Luft lange, weiße Fahnen. Sie schloss den Raumanzug und folgte Rhodan, der vorsichtig über die eisglatten Stufen aufwärts stieg und als Erster in den darüber liegenden Raum hineintappte. Er war völlig leer. Rhodan zuckte vorsichtig mit den Schultern und verließ den Raum; die anderen folgten. Es war ohnehin fast sinnlos, die eingefrorene Anlage zu durchsuchen. Sie würden nichts Wichtiges entdecken.

Es gab neun übereinander liegende Räume. Sie fanden einige zerbrochene Möbelstücke, etlichen Schrott, einen massiv zusammengefrorenen Haufen Abfälle, die immerhin nach dem schockweisen Auftauen der Archäologin und der Historikerin die Herkunft bestätigten.

Auf der obersten Ebene stießen sie auf ein seltsames Idyll in Weiß. Auf einem eisigen Teppich standen ein weißer Arbeitstisch, ein eisverkrusteter hochlehniger Sessel und zwei schneebedeckte Lampen. Der Tisch befand sich vor einer gläsernen Kanzel, die von außen aufgefallen war. Langsam gingen die Raumfahrer näher heran, auf den Rücken des Sessels zu. Hier gab es keine Beleuchtung, und die Strahlen der Scheinwerfer trafen aus acht Richtungen auf die kristallflirrende Möbelgruppe.

Als sie die Szene von vorn sahen, blieben sie ruckartig stehen. Ein Toter saß, ebenso eisverkrustet wie alles andere, in dem Sessel, die tiefgefrorenen Hände im Schoß.

»Der letzte Wächter ...«, murmelte Rhodan. Es war ein Mann, in eine Art Uniform gekleidet. Sein schmales, greisenhaft eingefallenes Gesicht mit den gefrorenen weißen Augen sagte nichts über die Art seines Todes aus. Auf der Tischplatte lagen Stifte und Schriftstücke und einige kleine, unidentifizierbare Gegenstände.

»Bei Drorars Nebel! Ein makabres Stillleben«, stellte Solina fest.

Denetree betrachtete den Toten und schwieg erschüttert. Ron und Ameda hoben die Schriftstücke hoch und versuchten, sie von den Kristallen zu befreien, ohne sie zu zerstören. Als sie am Tisch hantierten, schaltete sich mit erschreckender Lautlosigkeit eine der Lampen ein und überschüttete den Tisch und den Sessel mit grellem Licht.

Wieder erwärmten einige Thermoschüsse die nahe Umgebung. Das Eis auf dem Tisch verwandelte sich in Wassertropfen, die auch von den Ecken einer Hülle fielen, in der Schriftstücke steckten. Einige Ränder waren über der Kante des Umschlags zu erkennen; es waren weiße Schreibfolien, die mit den Deckeln zu einer massiven Eisplatte zusammengefroren waren. Auf dem Deckel, unter einer Schicht Eiskristalle, entdeckten sie Schriftzeichen. Rhodans Finger wischten über die Fläche, und die Schrift wurde eine Spur deutlicher.

»Lies vor«, forderte Shimon die Historikerin auf. »Oder ist es nicht Akonisch?«

Es war unmöglich, die aneinander klebenden Seiten mit behandschuhten Fingern auseinander zu ziehen oder das »Buch« von der Tischplatte zu lösen. Fröstelnd und frierend und mit Hilfe einiger Thermoladungen gelang es schließlich ohne größere Schäden.

Solina hielt das Paket ins Licht. »Alt-Akonisch und handschriftlich. Hier steht: *Von einem Uralten geschrieben und sei-*

nen Enkeln gewidmet. Irgendwann wird das zusammengefrorene Konvolut geschmolzen und getrocknet sein. Erst dann kann ich zum Inhalt vorstoßen.«

»Von einem Greis ...«, sagte Ameda leise. »Oder von jemandem, der erfriert, während er schreibt. Ein Testament?«

»Durchaus möglich«, murmelte Rhodan.

»Vielleicht finden wir darin brauchbare Informationen?«, meinte Isaias und sah zu, wie Solina ein Fach ihres Rückentornisters öffnete und die eisige Platte behutsam hineinschob. »Brauchbar für uns und die gestrandeten Lemurer.«

»Jede Information ist nicht nur von großer historischer Wichtigkeit ...«, sagte Rhodan. Er wurde unterbrochen.

Wieder drang von außerhalb des Turms ein donnerndes Krachen an die Außenmikrophone, wieder gefolgt von lang andauerndem Klirren und Splittern. Ein Teil der Eiszapfen löste sich von der Dachinnenfläche und prasselte zu Boden, löste sich klingelnd und mit hellem Krachen in Splitter auf. Der Boden des Turmgeschosses schien leicht zu vibrieren.

»Wir sind nicht allein hier«, rief Denetree. »Oder das Eis bricht über uns zusammen.«

»Raus hier!«, rief Rhodan unterdrückt. »Ins Freie! Wir untersuchen das Geschriebene im Shift oder in der Jet. Gehen wir, Freunde.«

Ihre Unsicherheit wuchs zur Furcht, verborgene Schaltungen aktiviert zu haben. Möglicherweise hatten die Akonen jene Einrichtungen, die sie jetzt vor den Lichtspindeln schützten, auch zum Schutz vor anderen Eindringlingen errichtet.

Sie wandten sich zur Treppe. Der mühsame, rutschige Abstieg über knapp 350 Stufen begann.

Mit gerunzelter Stirn, unausgeschlafen, aber wachsam, hockte Sharita Coho in ihrem Kontursessel. Sie schien seit Stunden unentwegt auf die Oberfläche des Planeten zu starren, die das halbkreisförmige Holo der Zentrale zeigte. Das Bordchronometer zeigte 03.47 Uhr des 23. April an. Ihre Gedanken liefen über das gesamte Spektrum ihrer sorgenvollen Tätigkeit; von den Erwartungen der PALENQUE-Reeder auf wertvolle Funde über den mysteriösen, aber das Überleben nicht bedrohenden Energieabfluss bis zu dem verdammten Akonraumer, der mit einer Lichtsekunde auf fast demselben Orbit dem eigenen Schiff folgte. Die Messungen, die Omer Driscol vor einer Stunde abgeliefert hatte – Omer, dessen stoische Ruhe sie gerade jetzt zur Verzweiflung brachte! –, zeigten, dass der Kriecher VIII, die Space-Jet und der akonische Shift unverändert und anscheinend unbeweglich dort standen, wo sie gelandet waren: nahe den zwei Ansammlungen dichter Materie unter dem Eis des Polareisrandes.

Paratronschirm, HÜ-Schirm, die Prallschirme – negativ. Es war unmöglich, die Restenergie auf die Schirme zu schalten. Die Funkverbindung zu den vier Objekten war nach wie vor unterbrochen. Das Schweigen war so dicht, dass sie es als Rauschen in den Ohren zu hören schien.

»Noch immer nichts, Alemaheyu?«, fragte sie, obwohl sie die Antwort zu kennen glaubte.

»Nichts, Sharita«, erwiderte der Funker. »Noch schlimmer: gar nichts.«

Was sollte sie tun, außer zu warten? Sie konnte nichts unternehmen. Es schien, dass die PALENQUE im Augenblick nicht gefährdet war, denn alle Notsysteme liefen, bis auf den Antrieb und die Kommunikation mit Mentack Nutai.

– Wir haben die Fremden unter Kontrolle und beobachten jeden ihrer Schritte. –

– Die Insassen der zwei Raumschiffe scheinen nichts Böses zu planen. –

– Aber: Wie schnell können abermals zweihundert oder zweitausend Raumschiffe über unserer Heimatwelt erscheinen! –

Zeit bedeutete wenig im Leben von Wesen, die Sternenlicht tranken und in Partikelströmen der Sonne badeten. Gedanken, selbst von unzählbar vielen, wurden nicht zu Bildwerken, Reliefs oder Schriftwerken, sondern blieben im Bereich kreisender Elektronen. Intelligenz entstand vor Vorzeiten – als sich aus Sonnenwind und Sternenstaub der Urvater aller Menttia zusammenfügte und zum ersten Mal empfand, dass er war und dachte. Intelligenz und Erinnerung unterlagen ebenso dem Gesetz der Entropie wie der nahe Stern und alle Materie in seinem Bannkreis.

In der langen Zeit, die auf die Paarung der ersten Menttia und dem Hervorgehen eines dritten, noch formbaren, folgte, veränderten sich Intelligenz und Erinnerungen. Letztere schwanden mit jeder Teilung um winzige Energiequanten, während die Intelligenz wuchs. Menttia schufen keine Städte und säten und ernteten keine Pflanzen – sie beobachteten, zogen Schlüsse, verglichen und verbrachten ihr Leben in philosophischer Heiterkeit und Leichtigkeit, umschwärmten ihre Welten und trieben dahin in Sonnenwind und Höhenströmungen.

Durch geduldiges Beobachten, Ableiten, Vergleichen und Extrapolieren erhielten sie Einblick in die Natur des Universums. Am Ende eines individuellen Daseins lösten sie sich auf; sie wurden zu Äther, den die anderen Ätherwesen tranken und in dem sie ohne Trauer badeten. Die verschiedenen Schwärme der Sonnenspindeln beobachteten abwartend die großen Schiffe, die ihre Welt umkreisten, die vielen Überlebenden des Absturzes und die kleinen Gruppen der Fremden, die Teile des Planeten erkundeten.

– Sie haben die Stadt im Talkessel betreten. Wir vermögen nicht zu erkennen, was sie tun oder was mit ihnen geschieht. –

– Wenn sie überleben, werden sie zu ihren Raumfahrzeugen zurückkehren. –

An Bord der PALENQUE verging mehr als eine Stunde in völliger Ereignislosigkeit. Harriett Hewes brachte frischen, starken Kaffee und verteilte die Becher.

Eine zweite Stunde verstrich ebenso trübsinnig. Nichts änderte sich, außer der Tatsache, dass der Kaffee der Kommandantin Sodbrennen verursachte.

31 Minuten ...

»Ein Signal!« rief Alemaheyu unterdrückt. »Die LAS-TOÓR, Sharita. Der Erste. Der Ma-Techten ...«

Sharita hob die Hand und winkte dem Funker. »Ich nehme an«, sagte sie. »Mal sehen, ob die Akonen glücklicher sind als wir.«

Das Holo baute sich auf und zeigte den Ersten Offizier, dessen schwarze Augen Sharita lauernd anblitzten.

»Ah! Echkal cer Lethir. Was kann ich für dich tun, Ma-Techten?«, fragte Sharita in beiläufigem Ton. »Wie ist die Lage bei euch? Ebenso paralysiert wie bei uns?«

Der Akone ging nicht auf ihre Frage ein. »Kommandantin, ich stehe kurz davor, das Kommando über die LAS-TOÓR zu übernehmen.«

»Wieso das? Ist Jere von Baloy etwas geschehen?« Die terranische Kommandantin und ihr akonischer Gegenpart hatten einige heftige Wortgefechte hinter sich, aus denen ein widerwilliger, nicht offen eingestandener Respekt erwachsen war.

»Die Disziplin, die auf der LAS-TOÓR stets nur gering geachtet wurde, steht kurz vor dem Zusammenbruch. Das kann ich nicht zulassen. Ein Schiff braucht klare Strukturen, sonst ist es in Gefahr.«

»Bei Letzterem bin ich ganz deiner Meinung«, entgegnete Sharita Coho. Sie blickte dem Akonen in die Augen. »Deshalb sollten wir diese Frage von Kommandant zu Kommandant besprechen.«

»Der Maphan ist im Augenblick nicht ... *erreichbar.*«

»Was soll das heißen?«

»Unsere bordinternen Vorgänge sind nicht für die Ohren und Augen von Terranern bestimmt!«

Sharita schmeckte die Betonung, mit der Echkal cer Lethir das Wort *Terraner* aussprach, ganz und gar nicht. »Was hast du? Misstraust du uns immer noch? Auf Maahkora ...«

»Maahkora liegt Lichtjahre zurück.«

»Wir haben uns Wort für Wort an unsere Vereinbarung gehalten!«, rief die Kommandantin ungehalten.

»Ach ja?«, kam die Antwort von dem ungewöhnlich kleingewachsenen Akonen. »Wieso treibt die LAS-TOÓR dann hilflos im Orbit, während euer Prospektorenschrotthaufen ...«

»Unser ›Schrotthaufen‹ heißt PALENQUE, und wir sind ebenso hilflos wie ihr. Nicht ein Schutzschirm-Projektor lässt sich aktivieren. Keine Verbindung mit unten, keine Triebwerksleistung, nur noch Gespräche mit euch – und die sind ein zweifelhaftes Vergnügen!«

Der Akone reagierte nicht auf Sharita Cohos Seitenhieb. Hatte sie in ihrem Zorn eine Grenze überschritten? Sie versuchte in cer Lethirs Gesicht zu lesen, was ihn bewegte. Misstrauen – sicherlich. Im Gegensatz zu der Mehrheit seiner Besatzung traute er den Terranern nicht; weder ihren Motiven noch der Entwicklung der letzten Zeit, die Akons und Terras Gegnerschaft zusehends abgemildert hatte. Abgemildert, aber nicht beseitigt.

Cer Lethirs schluckte hart: »Das behauptest du. Was wenn das alles nur eine ausgeklügelte Täuschung von euch Terranern ...«

Alemaheyu Kossa schaltete sich ein und sagte laut: »Verbindung abgerissen, Sharita!«

»Abgerissen oder von der akonischen Seite abgebrochen?«

Das Hologramm, eben noch Echkal cer Lethirs Oberkörper zeigend, löste sich auf. »Der Ma-Techten kann nichts dafür. Der gleiche Effekt wie bei dem Kriecher und der Jet. Jemand oder etwas spielt mit uns.« Der Ortungsspezialist beugte sich über seine Konsole. »Sieh dir das an«, fuhr er dann fort. »Das haben die Außenkameras eingefangen!«

Das Holo flackerte einen Sekundenbruchteil, zeigte einen Fehlfarbenwirbel und stabilisierte sich wieder. Vor dem Hintergrund der Sterne und der planetaren Krümmung waren Tausende und Abertausende Funken zu sehen, die mit rasender Geschwindigkeit vom Planeten aufstiegen, stärker zu leuchten begannen und eindeutig auf die PALENQUE zuschwirrten. Kurz bevor sie das Schiff erreichten, schwenkten sie zur Seite und zeigten ihre wirkliche Gestalt. Spindelförmige, goldfarben und sonnenhell strahlende Dinge, die sich wie aufgeregte Jungfische zu einem neuen Schwarm zusammenfanden und das Schiff umkreisten, rasten scheinbar lichtschnell heran. Zu einer Umkreisung der PALENQUE brauchten sie nur wenige Sekunden.

»Was ist das? Es kommt vom Planeten«, sagte Sharita und starrte die Wesen gebannt an. Sie strahlten eine gefährliche Schönheit aus.

»Luftfische«, gab Driscol ungerührt zur Antwort: »Weltraumfische von Mentack Nutai. Ich halte sie für die echten Planetarier.«

»Und was wollen sie von uns?«

Der Funker kicherte nervös. »Sich ein Bild von uns machen? Ich bin genauso klug wie ihr alle. Keine Ahnung!«

Die schwebenden Kameras übertrugen die neuen Bilder auf jeden eingeschalteten Bildschirm des gesamten Schiffs. Einmal dachte Sharita kurz an ihre acht MVH-Sublichtgeschütze. Da die Geschütze ebenso wenig Energie bekamen wie die Prallfeld-Projektoren, ließ sie den Gedanken fallen. Sie blinkte einige Male mit den Landescheinwerfern, aber die Wesen zeigten sich ungerührt und setzten ihre Umkreisungen fort.

»Vielleicht sollten ein paar von uns im Raumanzug nach draußen gehen und so etwas wie einen Dialog mit ihnen versuchen?«, sagte Kossa nach einigen Minuten halb verzweifelt.

»Wir haben nicht so viele Lebensmüde an Bord«, antwortete Sharita resigniert. »Ich dachte auch gerade an solche Versuche. Mir ist das Risiko zu groß.«

»War nur ein Vorschlag.«

»Schon gut. Warten wir also, ob und was sich ändert.«

Die Notbesatzung der Zentrale blickte weiter auf die Holos und wartete auf ein Ereignis, von dem sie nicht ahnten, wie es aussehen würde. Mit jeder Minute wuchs die Furcht vor den glühenden Wesen und ihrem Angriff. Sie hatten etwas mit dem Energieausfall zu tun; das war inzwischen jedem an Bord klar.

9

Donner in den Türmen der Akonen

Rhodan und seine Gefährten blieben vor dem Ausgang der untersten Turmebene stehen. Rhodan blickte nach draußen und sah, dass durch die spitzen Bruchstücke der gefrorenen Stalaktiten quer über den Platz eine breite Spur führte, als wäre ein schweres Fahrzeug darüber und hindurch gerollt und habe das Eis halbwegs zermalmt.

»Wir sind tatsächlich nicht allein hier!«, wiederholte er. »Seht euch die Spur an.«

Die Furcht nahm zu. Die Spuren deuteten auf einen großen, schweren Körper hin. Rhodan und seine Begleiter dachten an ein Fahrzeug oder einen Roboter, der sich aktiviert hatte, als sie dieses Eislabyrinth betraten. Gegenwärtig herrschte Stille zwischen den Gebäuden, die teilweise wie aus massivem Eis herausgemeißelt oder geschmolzen aussahen. Die Lichter hinter meist dicken Eisschichten ließen die Bedrohlichkeit noch stärker hervortreten.

»Folgen wir der Spur«, sagte Rhodan nach einigem Zögern. »Sie führt uns vielleicht in einen Teil der Station, in dem wir mehr erfahren.«

Einige Minuten lang drangen die Raumfahrer mit aller Vorsicht tiefer in die Anlage ein. Es stellten sich ihnen keine schwierigen Hindernisse entgegen. Eine Spur wie von einer Planierraupe kam von rechts. Kealil schwenkte den Scheinwerfer herum und leuchtete sie an.

»Mich würde es nicht wundern, wenn wir hier starke Konkurrenz haben. Eines oder mehrere Wesen, die die Leuchtfische ebenso bedrängt haben«, meinte er und ging in der Schleifspur weiter. Hinter einer Reihe würfelförmiger Gebäude, die einst gemeinsam überdacht gewesen waren, war eine schwarze Mauer zu erkennen. An vielen Stellen war das Dach eingebrochen, und bizarre Eiserscheinungen, die bis zur Unkenntlichkeit verdrehten Säulen glichen, waren bis zum Boden heruntergedrungen.

»Dann hätten die Spindeln auch uns notgelandete Lemurer als Nachkommen ihrer Feinde angesehen?«, fragte sich Denetree laut. »Aber die Leute aus der Arche haben nichts von ihnen bemerkt.«

»Am hellen Tag sind sie kaum zu sehen«, antwortete Rhodan. »Oder sie befinden sich an Stellen, wo sie Nahrung zu sich nehmen. Aber welche? Sonnenenergie? Keine Ahnung. Nachts hätten die Lemurer der OVIR die Spindeln eigentlich ohne Schwierigkeit erkennen müssen.«

»Das sind alles Vermutungen, Perry, aber keine Gewissheiten.«

»Deswegen suchen wir weiter, Solina.«

Die Siedlung im Talkessel war oval, etwa zwei zu einem Kilometer groß, und die Raumfahrer waren kaum mehr als 500 Meter tief eingedrungen. Die Eingänge der kantigen Häuser waren unpassierbar; aus ihnen quoll wie erstarrte Lava nacktes Eis in wolkigen Formen hervor. 100 Schritte weiter begann eine Rampe aus demselben schwarzen Gestein, aus dem die Felsen bestanden. Die Oberfläche war eisfrei. Ein weiteres Rätsel. Die zehn Meter breite Schrägfläche führte auf die schwarze Quadermauer zu und endete auf halber Höhe in einem offenen Eingang. Am obersten Punkt lagen dunkle Körper auf dem Gestein, deren Teile im Scheinwerferlicht aufblitzten. Rechts und links schien die Mauer mit Eis zu verschmelzen.

»Riskieren wir es?«, erkundigte sich Isaias.

»Selbstverständlich«, antwortete Ameda, ohne nachzudenken.

Verfügten die Feuerwesen über ein Kollektivgedächtnis?, überlegte Rhodan. Dann würden sie über die lange Zeitspanne hinweg viele Erinnerungen zwar gespeichert haben, die vielleicht aber verändert und verfälscht worden waren.

Ebenso hielt er es für möglich, dass es nicht nur *die* energiebeherrschenden Luftwesen gab, sondern wie in jeder Population unterschiedliche Gruppen: Junge und Alte. Weise. Kluge und Einfache? Waren sie organisiert wie Ameisen oder Bienen? Hoch intelligente Energie-Mikroben? Indes ... wie auch immer es sich verhielt, hierher, unter das Eis, war ihnen nicht ein einziges Individuum gefolgt.

Die Raumfahrer hatten die Hälfte der Steigung erreicht und sahen sich um. Überall erstreckten sich phantastische Strukturen aus massivem oder dünnem Eis, mitunter von Spalten geteilt, die aussahen, als habe sie starke Hitzeeinwirkung erst vor kurzer Zeit geformt. Aber nirgendwo tropfte Schmelzwasser. Die Kälte zwang die Raumfahrer, so gut wie nie die Handschuhe auszuziehen noch die Helme zu öffnen; einige Minuten waren das Maximum. In einer senkrechten Eiswand, wie ein gefrorener Wasserfall, klaffte ein Loch mit zehn Metern Durchmesser. Noch immer war es, bis auf gelegentliches lautes Knistern, still wie am Grund des Ozeans.

Schweigend gingen sie weiter, bis Ameda Fayard auf den ersten Fund stieß. »Das könnte ein akonischer Roboter gewesen sein«, sagte sie leise und richtete den Scheinwerferstrahl darauf. Sie zählten insgesamt sieben zertrümmerte Geräte, aus Zylinderabschnitten und Würfeln zusammengesetzt und mit Gerätearmen ausgestattet, die auf dem Weg zum Eingang lagen. Sie waren zerbeult, zerstampft, die stählernen Gliedmaßen herausgerissen, das Innere bloßgelegt.

»Etwas, vielleicht eine plötzlich aktivierte Maschine, hat die Dinger mit großer Kraft und offensichtlich in rasender

Wut zertrümmert, als wären sie Spielzeuge«, meinte Shimon und ging in Schlangenlinien zwischen den Trümmern hindurch, die Rampe hinauf. »Oder haben sie etwa gegeneinander gekämpft?«

»Wer gegen wen?«, wollte Mahal wissen.

Niemand antwortete.

Sie gingen weiter. Seltsame Vorstellungen und undeutliche Erwartungen wirbelten durch ihre Gedanken. Aus dem Gebäude hinter dem Durchgang schlug ihnen starker Lichtschein entgegen. Sie kamen durch das Tor, ohne dass sich Projektoren entluden oder Schirme aufbauten. Die Rampe führte waagrecht weiter und gabelte sich in beide Richtungen. Jeweils eine breite Spur führte abwärts auf den Boden einer gigantischen Halle, der andere Teil bildete eine Galerie, die sich an der jenseitigen Hallenstirnwand verlor, die im Halbdunkel lag.

»Da ist es«, sagte Rhodan verblüfft, »das monströse Zentrum der akonischen Planetenstation.« Die Decke des etwa einen Kilometer langen und 300 Meter breiten Gebäudekomplexes war unversehrt; starke Scheinwerfer leuchteten an ihr. Viele der Strahler waren ausgefallen, sodass verschiedene Bereiche heller oder weniger hell und deutlich hervortraten.

»Etwas auf diesem Planeten muss verdammt wichtig für euch Akonen gewesen sein«, knurrte Hyman Mahal, »dass ihr solche Bauwerke aufgetürmt habt. Was war das hier einmal? Eine Nuklearfabrik? Oder ein Sender, um Planeten aus der Bahn zu schießen?«

»Keine Ahnung«, antworteten Ameda und Solina fast synchron. Ameda sprach weiter: »Das werden wir herauszufinden versuchen, wenn wir die Kästen und Anlagen untersuchen.«

»Trennen wir uns«, schlug Perry Rhodan vor. »Jede Gruppe auf einer Seite.«

»Einverstanden.«

Der Helmfunk arbeitete störungsfrei, seit sie eingedrungen waren. Das ließ auf eine starke Abschirmung gegenüber der Energieblockade durch die sonnenglühenden Spindeln schließen. Rhodan testete sein Armband: Nichts. *Fehlfunktion,* schrieb der Picosyn. Der Hallenboden war ebenso eisfrei wie die Rampe, jedenfalls schien es so. Würfel- und schachtelförmige, fensterlose Gebäude aus unterschiedlich farbigem Metall waren ohne erkennbaren Plan über die Halle verteilt, die Decken der kleinen Bauwerke schlossen mit der Ebene der Balustrade ab.

Zwischen den wuchtigen Gebäuden, deren Kanten gerundet waren, wuchsen aus dem Boden ebenso klobige Metallkonstruktionen, die Turbinengehäusen, Generatoren, Umwandlern oder Energieblöcken glichen. Auch sie trugen unterschiedliche Farben. Manche von ihnen waren mit dem Netzwerk mannsdicker Rohre verbunden, die sich nach einem unentwirrbaren Muster kreuzten und in den Decken einzelner Bauwerke verschwanden. In der Mitte der Halle trug ein kantiger Turm aus Steinquadern und Glas in wuchtigen Metallrahmen den Boden und die eisbeschichtete Decke.

Und über allem, auf jeder Fläche und Rundung, lag eine fingerdicke Schicht glitzernder Schneekristalle über einer dünnen Schicht Eis. Im Gegensatz zu der unbewegten Umgebung erfüllte ein tiefes Brummen die Halle. Die Raumfahrer trennten sich in zwei Gruppen und beschleunigten ihre Schritte. Keiner wollte sich länger als notwendig hier aufhalten. Sie tappten die Rampen hinunter und verloren sich zwischen den Blöcken und Gebäuden.

Als Rhodan, neben sich Denetree, um die Ecke des ersten Metallwürfels bog, ertönten hinter ihnen ein hartes metallisches Schnappen und kurz darauf einige klirrende Geräusche, und eine Schottwand schob sich langsam aus der Wand hervor. Gelbe, rote und orangefarbene Lichter zuckten, ein schwerer Motor winselte. Geradeaus versperrte ihnen eine zweite Wand den Weg, aber in ihr klaffte ein Loch wie von einem Geschoss, das sie mit hoher Energie durchschlagen hatte. Die gezackten Ränder waren bizarr aufgebogen; einige Bruchstücke lagen verstreut auf dem Granitboden.

»Wenn es nicht völlig unmöglich wäre ...«, murmelte er, drehte sich zu Denetree um und sah aus den Augenwinkeln Mahal und Shimon, die wie er von Gerät zu Gerät gingen.

Solina meldete sich. »Einwandfrei, Perry. Sämtliche Aufschriften sind in Altakonisch. Ameda hat es bestätigt.«

»Danke. Habt ihr jemanden gesehen? Oder etwas, das Roboter zertrümmert und Löcher durch massive Eis-Schottplatten bricht?«

»Bei den explodierenden Meerespilzen Shaghomins! Nichts, leider«, sagte die Historikerin fast verlegen.

Rhodan und Denetree stiegen durch das Loch. Ein akonischer Shift hätte bequem hindurchgepasst, sagte sich Perry und verwarf den Gedanken. 15 Schritte weiter, in der Mitte eines grünlichen Bauwerks, zischten knirschend zwei Schotthälften auseinander. Das Innere erhellte sich in einem düsteren roten Licht. Aus dem Schott kam auf breiten Raupenfahrwerken ein Roboter herausgerollt und blinkte mit zahlreichen Sensoren. Rhodan packte Denetree am Handgelenk, zog sie mit sich und rannte zur Seite. Die Maschine fuhr hydraulische Arme mit doppelt handgroßen Greifern aus. Sie war durch ein dickes Spiralkabel mit irgendetwas innerhalb des Bauwerks verbunden, rumpelte geradeaus und prallte schwer gegen eine metallene Schaltbank. Das Gehäuse kippte halb aus dem Fundament, aus dem Inneren sprühten Funken.

»Wir haben eine verbotene Grenze überschritten, Denetree«, sagte Rhodan und beobachtete, den Kombistrahler in der Hand, wie der Robottank rückwärts fuhr, die Richtung änderte und sich wieder vorwärts wälzte. Er traf das Kastenelement an der äußersten Kante, riss es aus der Verankerung und rammte fünf Meter weiter die Ecke des nächsten Gebäudes. Eine mächtige Eisplatte zersplitterte und brach in unzähligen Scherben zu Boden. Einige armlange Bruchstücke zuckten ins Innere der Schaltbank und lösten ein energetisches Desaster aus. Dort blieb der Robot bockend stehen, mit durchgehenden Ketten. Die Metallglieder erzeugten auf dem Steinboden kreischende Geräusche. Funken sprühten in alle Richtungen.

»Keine Panik!«, rief Rhodan ins Helmmikro. »Wir sind nicht in Gefahr! Ein Uralt-Roboter dreht durch.«

Es war nicht zu erkennen, welchen Zwecken die Anlage gedient hatte. Aber die alte akonische Technik war noch eingeschränkt funktionsfähig. Während die Maschine immer wieder gegen Hindernisse anrannte, die sie nicht als solche erkannte, gingen Rhodan und Denetree auf einem breiten Stück Felsboden geradeaus weiter. Sie kamen zu einem kantigen Bauwerk, das im Gegensatz zu den Metallkonstruktionen aus transparenten Elementen bestand. Der Lärm der Maschine in ihrem Rücken ging unverändert weiter und erfüllte die Halle mit krachenden Schlägen und einem nervenzerreibenden Dauerton.

Als Rhodan stehen blieb, erhellte sich schlagartig der gesamte Bau und erstrahlte in weißem, gleichmäßigem Licht. Es waren mehrere Ebenen zu erkennen, in denen sich Schaltelemente oder die Einrichtung einer Zentrale befanden. Wieder öffnete sich automatisch ein breites Portal; die Erschütterungen lösten große Eisflächen ab. Die beiden Raumfahrer gingen durch die Öffnung in eine Halle von beträchtlicher Größe hinein, von der aus mehrere Metalltreppen steil nach oben und nach unten führten. Hier waren lange Schaltbänke, akonisch-altmodische Sessel und Tische zu erkennen. Aus Bodenöffnungen begann plötzlich heiße Luft zu strömen, die sich flirrend abzeichnete und das Eis der Decke und der Stufen zu schmelzen begann. Vom Hintergrund der Halle kamen in Sekundenabständen drei krachende, dröhnende Geräusche von erheblicher Lautstärke, daraufhin ein mächtiges Klirren, und einige Strahler fielen aus.

»Ich suche dort oben«, sagte Denetree und unterbrach sich. »Schon wieder dieses Krachen. Kann das ein Kampf sein?«

»Ich weiß es nicht«, sagte Rhodan. »Irgendwelche Dinge brechen zusammen.«

»Ich bin ungefähr in der Mitte der Halle«, meldete sich Mahal. »Ich glaube, ich habe etwas Großes zwischen den Gebäuden gesehen. Ganz weit hinten.«

»Wir haben durch unser Eindringen irgendwelche Restenergien ausgelöst. Kannst du Genaueres erkennen?«, erkundigte sich Rhodan. Wieder dachte er an eine technische Hinterlassenschaft, die völlig außer Kontrolle geraten war und sich einen Weg durch die Anlage bahnte.

»Nein. Es kommt von der anderen Seite.«

»Wir haben auch nichts erkennen können«, gab Solina durch. »Eines ist sicher: Hier wurden vor langer Zeit Energien erzeugt und verteilt. Aber wozu?«

Rhodan und Denetree verständigten sich durch ein Handzeichen, dann stieg Rhodan durch dünne Dampfwolken die steile Treppe hinunter. Denetree kletterte aufwärts und sprang von den Eisenstufen, als sie die höhere Ebene erreicht hatte. Die mächtigen Scheiben in schweren Rahmen, die die Ebene unterteilten, waren fast eisfrei. Denetree öffnete den Helm und schnüffelte. Die Luft roch stechend, war atembar, aber feucht, und auf dem Anzug und der Haut schlug sich der dünne Nebel nieder. Sie ging zwischen festgefrorenen Sesseln von einem Pult zum anderen, riskierte vergeblich, Hebel zu bewegen und Knöpfe zu drücken.

Sie erkannte keine Wirkung, versuchte, nach draußen zu sehen, aber das Eis versperrte die Sicht. Es gab nur Helligkeit und unförmige Schatten. Sie kletterte von Stockwerk zu Stockwerk, wie im steinernen Turm, aber auch hier waren alle Anlagen außer Funktion. Langsam machte sie sich an den Abstieg.

Plötzlich ertönte eine Stimme, in der panische Angst mitschwang. Denetree erkannte Ameda, die aus irgendeinem Teil der Halle rief: »Ich brauche Hilfe! Ich bin in dem blauen Würfel. Ich kann mich nicht bewegen. Ein Fesselfeld.«

»Ich komme, aber ich muss dich erst suchen!« Solinas Stimme klang beherrscht.

»Ich weiß, wo du bist.« Schwere Atemzüge begleiteten Kealil Rons Ruf. »Ich komme ...« Dann ertönten ein Fluch und undefinierbare Geräusche, und gleichzeitig liefen im Bereich der Halle Maschinen an. Eines der dicken Rohre, die sich aus dem Hintergrund in die Richtung der Rampe spannten, glühte dunkelrot auf.

Ron fluchte wieder. »Mich haben massive Platten eingesperrt! Ich komme hier nicht heraus. Ihr müsst warten ...«

»Hast du die Hilferufe gehört, Perry?«, fragte Denetree zaghaft. »Ich kann hier oben nichts tun.«

»Ganz ruhig«, antwortete Rhodan. »Zuerst suchen wir auf der gegenüberliegenden Seite der Halle.«

Denetree kletterte, so schnell es der Raumanzug erlaubte, die leiterartigen Treppenstufen hinunter. Aus dem Treppenschacht wallten ihr Dampfwolken entgegen. Als sie halb erschöpft den Eingangssaal erreichte, der sich inzwischen mit dichtem Dampf gefüllt hatte, schob sich Rhodan aus den trägen Wolken heraus und wischte über die Sichtscheibe des Helms. »Jetzt wird es offensichtlich ernst. Keiner von uns kann die alte Technik kontrollieren.« Er sah sich um und machte Denetree auf die eckige Turmsäule oder den Tragepfeiler aufmerksam. Dort leuchtete in den etwa zwölf Ebenen farbiges Licht. Die auffallend starke Beleuchtung der Ebene unterhalb der Decke pulsierte kobaltblau. Mindestens ein Dutzend der Rohre glühten ebenfalls in unterschiedlichen Farben.

»Ich bin hier«, rief von irgendwo Solina in aufkommender Panik.

»Und ich bin links von dir, Perry«, sagte Isaias Shimon. Denetree und Rhodan drehten sich um. Shimon kam in höchster Eile aus der Richtung der Seitenwand und winkte. Rhodan blickte angestrengt in Denetrees Gesicht, über das Schweiß und der Niederschlag des Dampfes liefen. »Schließe deinen Helm, Denetree«, sagte er. »Isaias, geh mit Denetree so schnell wie möglich zum Ausgang. Die Situation gerät außer Kontrolle. Los, schnell!«

»Meinst du wirklich ...«, begann Shimon, aber Rhodan winkte ab. »Ich kann euch nichts befehlen. Aber nehmt den Rat eines Erfahrenen an. Beeilt euch! Los!«

»Also gut«, sagte Shimon. »Komm, Denetree. Hier, meine Hand!«

Sie gingen schnell davon. Rhodan sah ihnen einige Atemzüge lang nach, dann konzentrierte er sich wieder auf die Funksprüche und die in Aufruhr geratenen Bezirke der Halle. An diesen Vorgängen, die aus dem Ruder zu laufen begannen, hatten die Energiespindeln keinen Anteil und keine Schuld.

Dann hörten Mahal und er den Hilferuf Arsis Tachims.

Im Lauf der Evolution, vor und während der Paarung, die Millionen und Abermillionen Menttia in leidenschaftlichen Taumel versetzte und an ausgewählten Stellen der Welt vereinigte, wählten manche Individuen die gischtenden Meereswellen des Frühlings und des Herbstes, über denen der Salzduft der Schöpfung sie umhauchte. Andere entdeckten Molekülwolken von Duftpartikeln, die von Wüsten aufstiegen, nachdem periodische Regenfälle sie in Blütenfelder verwandelt hatten. Wieder andere ergötzten sich an den ätherischen Ausscheidungen bedürfnisloser Pflanzen, die in Talkesseln Sommerhitze und Winterkälte überstanden. Als sich die Achsenneigung ihrer Welt zu verändern begann, veränderten sich diese Plätze. Spätestens dies war in der gemeinsamen Erinnerung der Ausgangspunkt; hier dorrte es, dort stieg das Meer, dort zog es sich zurück, und andernorts versiegten Duftquellen. Die Menttia, deren Besitz der gesamte Planet bis hinaus in die samtene Dunkelheit des Alls war, hatten sich zu riesigen Gruppen zusammengefunden, ohne ihre Individualität aufzugeben.

Einst war dies unser Paarungsplatz. Ein Talkessel, voll mit Duftmolekülen, die der Wind zu uns herauftrug.

Und das Idyll wurde zum Schauplatz der Kämpfe und des großen Tötens ...

Fauna und Flora waren in ihrem Universum gleichberechtigt, selbst wenn ihnen die Intelligenz der Einzelwesen und erst recht die geballte Leistung der Masse fehlten. Erkenntnisfähigkeit, ein Vorgang der Evolution, der ihnen die Unabhängigkeit denkender Wesen sicherte, lehrte die Menttia, die unterschiedlichen Versionen der Energie zu ihrem Nutzen zu manipulieren. Niemals gab es Bedauern darüber, keine Greiforgane zu haben, mit denen man weniger flüchtige Dinge hätte bauen können. Bis massive Raumschiffe erschienen, von fremden Händen aus Erz erbaut. Die wie Meteoriten in den atmosphärischen Raum hinabstürzten, nachdem das All ihr Kommen von jenseits der sichtbaren Sterne angekündigt hatte.

– Die acht Fremden werden erkennen, dass sie eine Totenstadt durchsuchen. Enttäuscht werden sie sich wieder entfernen. –

– Wenn wir weiterhin die Energie blockieren, können sie nicht starten. –

– Also müssen wir ihnen den Start ermöglichen. –

– Sonst bleiben und siedeln sie auf unserer Heimat ... –

Raumschiffe landeten, aus ihnen quollen fremde Wesen, die schlechter rochen als Blüten, Meersalzwind oder Wüstenblumen. Als die Fremden begannen, den Talkessel zu verwüsten, indem sie klobige Dinge darauf bauten, besannen sich die Menttia darauf, dass jede Energie bis zu einem bestimmten Maß zu manipulieren war. Sie versuchten, mit ihren Mitteln die Fremden zu vertreiben. Aber jene Wesen handelten rücksichtslos, ahnungslos, stark und klug. Der Kampf um das Gebirgstal begann und forderte während langer Jahre unzählige Opfer. Nach verlustreicher Zeit gaben sie die eiserne Stadt auf und verschwanden; die Menttia erfuhren nie, ob sie sich besiegt gefühlt hatten oder ob es irgendeinen anderen Grund für ihr Verschwinden gab.

Viele Menttia waren in fremder Energie verglüht, endlos viele Tageswechsel verstrichen, und die planetare Achse veränderte weiter ihren Winkel. Die polare Kälte ließ die Duftpflanzen verdorren, und das Eis begann die Stadt der Akonen zu bedecken; aber noch war diese Entropie nicht vollkommen.

– Wir erkennen nicht, was unter den uralten Schutzeinrichtungen geschieht. Also warten wir weiter. –

Irgendwo in der Halle ertönte ein peitschender Schlag, als sei ein Hochenergiegeschütz abgefeuert worden. Während Rhodan und Mahal sich so schnell wie möglich zur anderen Seite der Halle bewegten, fragte sich Perry zum wiederholten Mal, wozu diese Anlage einst erbaut worden war. Er mochte sich täuschen, aber vieles deutete auf eine militärische Forschungsstation hin, die Waffen entwickelte oder Schutzfelder oder neue Techniken; es gab offensichtlich Konstruktionseinrichtungen und Werkstätten.

Daher die Fesselfelder und die »Fallen«, die jetzt zur Gefahr für ihn und seine Begleiter wurden. Im Funkverkehr hörte er, wie Ameda und Arsis versuchten, ihre Kameraden zu finden und ihnen zu helfen. »Hyman«, sagte er leise, »wir müssen die Akonen finden.«

»Ich glaube, einer ist dort drüben.«

Zwischen Metallwänden, gläsernen Abschottungen, den Wänden der kubischen Bauwerke, massiven großen und kleinen Sockeln, auf denen fremdartig bizarre Maschinen standen, sahen sie Kealil, der von sieben Metern hohen Platten aus Metall und Glas eingesperrt war und versuchte, mit seiner Waffe einen Spalt zwischen den Kanten der Rahmen zu vergrößern. Ameda wand sich ebenso verzweifelt wie sinnlos in einem grünlichen, zylindrischen Fesselfeld. Arsis war nicht zu sehen.

»Solina!«, sagte Rhodan laut und betont. »Wo ist Arsis? Kommt zu dem freien Platz zwischen den beiden roten Bauten. Über uns kreuzen sich drei grün glühende Röhren.«

»Verstanden«, rief Solina. »Ich sehe die Röhren. Ich komme.«

Arsis gab keine Antwort, aber sie hörten ihr schweres Atemholen. Im gleichen Moment sahen Kealil und Ameda, dass sich Rhodan und Mahal näherten. Rhodan kletterte auf einen Sockel und versuchte, Leitungen, Schaltungen und Projektoren zu erkennen. Wieder peitschte ein Energieschlag auf. Dieses Mal sah Rhodan, dass das längste Rohr, das neben dem Pfeilerturm verlief, wie in einem langen Blitz zu flackern begann und augenblicklich in Dunkelheit zurückfiel.

Das gewaltige Echo war noch nicht verhallt, als sich neues Dröhnen und Krachen erhob. Es kam ebenfalls vom dunklen Ende der Halle. Nur undeutlich erkannten Rhodan und Mahal, dass sich ein Gegenstand, der gewaltige Zerstörung auslöste, in beachtlicher Geschwindigkeit näherte. Es kam genau durch die Mitte der Anlage, also auf sie zu.

Eissplitter wirbelten über die Kanten der Gebäude, gefolgt von Fetzen schwerer Konstruktionsteile. Ein Roboter flog, sich überschlagend, mit schlenkernden Gliedmaßen fast bis zur Decke. Ein Gebäude schräg hinter dem Turm schwankte und sackte langsam zusammen, die dicken Rohre mit sich reißend.

»Schnell weg hier!«, rief Rhodan, stoppte und versuchte, den Überblick nicht zu verlieren. Flüchtig, nur aus dem Augenwinkel, sah er hinter dem Turm etwas Großes, Rotes. Gewaltiges Krachen und Poltern erfüllte die Halle und kam in zahlreichen Echos von Wänden und Decken zurück. »... bin in einer Grube ... gefangen ... Glasplatte über mir ...«, hörte er über Funk Arsis' Stimme.

Ein Entladungsblitz zuckte vom Boden zur Decke. Ein dicker Mast kippte wie ein gefällter Baum und traf das Dach eines Metallgebäudes. Warnlichter zuckten in drei Farben, akustischer Alarm dröhnte aus unterschiedlichen Richtungen auf. Perry und Mahal hasteten stolpernd aus der voraussichtlichen Bahn dieses wild gewordenen Giganten, der sich unaufhaltsam näherte. Eine dicke Rauchsäule erhob sich, und aus unsichtbaren Rissen oder Löchern heulten Dampffontänen. Als Perry neben Mahal hinter einer niedrigen Quadermauer die Seitenwand erreichte, glühten mehrere Rohre auf.

Wieder prasselten Blitze aus zerstörten Anlagen. Wieder ein Schrei, scharf und erleichtert: »Ich bin losgekommen!«

Die massiven Rahmen der Glaselemente, die Kealil eingesperrt hatten, fuhren quälend langsam auseinander. Das Fesselfeld um Ameda schaltete sich ab. Was Arsis rief, verstand Perry in dem Lärm nicht. Durch die blendenden Blitze, den Dampf und die wirbelnden, von den starken Vibrationen ausgelösten Eissplitter sah Perry, wie eine Wand barst und daraus ein Wesen hervorschoss, keine Maschine, sondern ...

... ein Haluter!

Ein tiefschwarzer Gigant, der auf Säulenbeinen und Laufarmen rannte, den halbkugeligen Schädel gesenkt und den Rachen mit den blitzenden Zahnreihen aufgerissen hatte. Er trug einen roten Kampfanzug; die riesigen Augen waren weit geöffnet. Die Erscheinung dauerte nur eine halbe Sekunde, dann war der Haluter wieder zwischen den Bauwerken und Anlagen verschwunden und toste auf die steinerne Rampe zu. Sie lag außerhalb von Perrys Sichtbereich.

»Unmöglich«, ächzte Rhodan. Ein Haluter! Wie kam er hierher? Und noch wichtiger: Wie war er auf die LEMCHA OVIR gekommen? Denn der schwarze Raumer, der an die Fähre angedockt war, musste diesem Wesen gehört haben. Was hatte der Haluter auf der Arche gesucht? Wie hatte er überhaupt von ihrer Existenz erfahren? Die LEMCHA OVIR war im Schutz ihres Anti-Ortungsfeldes Jahrzehntausende lang durch die Milchstraße gerast. Dass dieser Haluter durch Zufall auf sie gestoßen war, grenzte an eine Unmöglichkeit. Aber, und dieser Gedanke verschlug Rhodan endgültig den Atem, wenn es kein Zufall war ... was hatte den Haluter bewogen, den Flug der Arche bis zum katastrophalen Ende mitzumachen?

Und da war noch ein weiterer Gedanke, der Rhodan beunruhigte. Er hatte den Haluter nur für einen kurzen

Moment gesehen. Aber in diesem Augenblick ... Rhodan schob den Gedanken beiseite. Nein, unmöglich. Völlig unmöglich. Seine Sinne mussten unter der Anspannung verrückt spielen.

Die mächtige Gestalt rannte weiter und zerstörte, was ihr im Weg stand. Über die Dächer sah Perry, wie jenseits des Durchgangs die Reste der Roboter hochgeschleudert wurden. Er klappte den Helm hoch und wandte sich an Mahal. »Raus hier! Schnell. Hier fliegt gleich alles in die Luft.« Dann rief er: »Denetree! Shimon! Seid ihr in Ordnung?«

»Wir bewegen uns auf den Ausgang zu«, gab Shimon zurück. »Wir warten auf euch draußen, auf dem Eis.«

Perry und Mahal flüchteten, so schnell sie konnten, den undeutlichen Geräuschen hinterher, mit denen der Haluter seinen Weg aus dem Eis zurücklegte. Sie würden nicht annähernd mit ihm Schritt halten können.

Kealil und Arsis meldeten sich. »Wir sind ebenfalls dicht vor der Rampe«, sagte der Pilot. »Die Zerstörungen werden weitergehen. Die Anlagen schalten sich selbst ein und aus. Überall Überschlagblitze und Trümmer.«

»Ameda und Solina sind unverletzt?«

»Keine Sorge«, rief Ameda. »Wir schaffen es schon!«

In Abständen von einigen Sekunden bebte der Boden. Hinter den Flüchtenden breiteten sich Dampf und Rauch aus. Blitze und mächtige Funken trieben die Raumfahrer zum Ausgang, die Rampe hinauf und weiter. Die einzige Möglichkeit, das Inferno zu überleben, lag draußen auf der Eisfläche, möglichst weit entfernt von den Felsen und dem Spalt im Eis.

Denetree schleppte sich 30 Schritte hinter Shimon her und erkannte Teile des Weges wieder, auf dem sie eingedrungen waren. Sie keuchte erschöpft, in den Knien nisteten Schmerz und Ermüdung, sie hatte Hunger und sog ständig vom Flüssigkeitsvorrat des Raumanzugs. Sie wollte nur eins: sich hinlegen und lange schlafen.

Hinter ihr erhob sich eine wuchtige Mauer. Rechts davon, neben einem der würfelförmigen Häuser, waren Eismassen eingedrungen und bildeten bis zur Decke einige ineinander verdrehte, verquollene und schiefe Säulen. Links lagen Trümmer unter einer Eisschicht, die annähernd die Form einer Bank hatte. Denetree schlurfte darauf zu und setzte sich; ihr weicher Tornister drückte gegen die Rückenlehne. Wolken aus schweißnasser Luft entwichen, als Denetree den Raumanzug öffnete.

Sie atmete vorsichtig die eisige Luft ein und schloss, nur für einen Moment, die Augen. *Zwischen die dicken Moospolster der Sauerstoffbäume gekauert, neben meinem Bruder Venron, dem Einzigen, mit dem sie offen reden konnte. Sie erzählten sich erfundene Geschichten von den Sternen, von der Freiheit, die es zwischen ihnen geben musste, den Abenteuern ...*

Ein langes Beben und grelles, klirrendes Prasseln rissen Denetree hoch. Sie sah gerade noch, wie sich zwischen Shimon, der stehen geblieben war, und ihrem Platz die gefrorenen Stalaktiten lösten und zu Boden fielen. Sie zerbarsten, verkeilten sich ineinander, schleuderten mächtige, scharfkantige Splitter nach allen Seiten und bildeten binnen weniger Sekunden einen wachsenden, undurchdringlichen Wall neben der riesigen Eis-Spiegelplatte. Zusammen mit der mächtigen Eiswand, die Denetree zu umgehen gewagt hatte, war ein Eisgefängnis entstanden. »Isaias«, rief sie kläglich, »ich bin eingeschlossen. Bitte hilf mir!«

Sie war aufgesprungen und sah sich Hindernissen gegenüber, die zu hoch und zu massiv für sie waren. Sie lauschte auf Shimons Antwort. »Verdammt. Ich weiß auch nicht, was ich tun kann. Lass mich nachdenken ...«, kam es kläglich aus den Helmlautsprechern.

Hilflos drehte sich Denetree im Kreis. Wieder fielen einige Quadratmeter Eiszapfen herunter und bohrten sich in den Wall. *Wenn ich die Eisplatte vielleicht durchschmelzen kann ...,* dachte sie, aber sie war viel zu dick. Sie tastete nach dem Kombilader, der viel zu schwer für ihre Hand war.

Es ging viel zu schnell; erst später erlangten die Bilder, die sie sah und erlebte, ihren Sinn. Die riesige Eisplatte, in der sich Teile der Umgebung spiegelten, bekam Risse, sie wurde von einem Geschoss durchschlagen, das rot glühend an Denetree vorbeiflog, mit rasend schnellen Bewegungen der kraftvollen Gliedmaßen, nur Fingerbreiten über dem Boden, und den Eiswall in einer weißen Explosion zersprengte, noch ehe alle Splitter der Wand den Boden erreicht hatten.

Die Zeit schien plötzlich ganz langsam abzulaufen. Tausend unregelmäßige Kristallscherben, die in alle Richtungen auseinander klirrten, zeigten in der milchig durchstrahlten Eisluft ebenso viele winzige, verkantete, verkrümmte und stechend scharfe Bilder, die eine einzige Gestalt spiegelten: Ein vierarmiges Wesen mit drei glühend roten Augen, die auf Beinen und Armen lief und trotz der grauenhaften Furchtbarkeit ihrer Erscheinung wie die Verheißung einer Erlösung war, wie ein ultimater Schrecken, der sich binnen eines Sekundenbruchteils in eine traumhaft zärtliche, Rettung verheißende, tausendfache Tatsache verwandelte. Als die Bilder verschwanden und zu Boden klirrten, fasste ein mächtiger Arm nach Denetree und rannte weiter.

Sie fühlte sich angefasst, hochgehoben, nach vorn gerissen. Hart, ausschließlich, und dennoch mit der Zärtlichkeit eines gigantischen Gotteswesens.

Das mit ihr geradeaus weiterstürmte. Durch klirrende Hindernisse, über vereisten Boden, unter den tödlichen Speeren der Stalaktiten und der vagen Helligkeit entgegen, inmitten der sie schemenhaft die Gestalt des Exobiologen zu erkennen glaubte. Das Donnern schwerer Gliedmaßen auf dem Eis nahm sie nur wie aus einer entfernten Kulisse wahr.

Als dann das ohrenbetäubende Klirren der Eisscherben aufklang, lockerte sich der Griff der kurzen Gliedmaßen.

Der Hüter!

Der Hüter selbst trug sie mit all seiner väterlichen Liebe durch die messerscharfen Splitter und würde sie unversehrt retten.

Sie verlor das Bewusstsein. Mildtätige Schwäche, Dunkelheit und Entspannung kamen über sie. Sie, Denetree, die vom Arm des Göttlichen berührt und getragen worden war, rutschte aus dem sicheren Halt und prallte schwer auf den Boden.

Flüchtig nahm sie drei rot glühende Augen wahr, dann war die Erscheinung von der Größe des Shifts hinter dem zusammensackenden Eiswall verschwunden.

»Was ... ist das?«, schrie Shimon aus den Helmlautsprechern.

Denetree lag wie erstarrt da. Sie kam irgendwie wieder auf die Füße und blickte sich ratlos um. Sie war von den blitzschnell aufeinander folgenden Ereignissen hoffnungslos überfordert.

Wieder flogen die tausend Bruchstücke des Stalaktitenwalls auseinander, und der Hüter kam zurück, bremste in einer aufstiebenden Kristallsplitterwolke, lief auf sie zu und streckte, während er sich aufrichtete, zwei der vier Arme aus. Jetzt sah Denetree den Hüter genau. Er war doppelt so groß wie sie selbst. Als sich der Rachen unter den übergroßen Augen öffnete, packte Denetree einen Gedanken lang eisiger Schrecken. Doch dann dröhnte die Stimme des Hüters auf und fegte ihre Furcht hinweg. »Du sollst meinetwegen nicht leiden, meine Kleine.« Das Grollen rief abermals einen Hagel aus Eiszapfen hervor. Die Arme waren ausgestreckt, sechsfingrige Riesenhände hielten Denetree, und der Hüter warf sich herum und stürmte mit ihr davon, wieder auf die Schneise im Eiswall zu.

Zwei kürzere Arme falteten sich über Denetrees Körper und schützten sie vor den Splittern, als der Hüter in den Wall rammte, und während er dröhnende Schritte machte, ertönte wieder seine mächtige Stimme. »Keine Furcht, meine Kleine! Ich tu dir nichts. Gleich ist es vorbei.«

Sie erkannte flüchtig Isaias Shimon, der wie eine Eissäule dastand, als der Hüter an ihm vorbeiraste und sich in den Spalt neben der Felswand stürzte. Isaias wusste nicht, mit wem er es zu tun hatte. Furcht hielt ihn umklammert. Unbegründete Furcht.

Wie eine lodernde Kugel sprengte der Hüter den schmalen Spalt auseinander und zertrampelte die Trümmer zu kleinen Brocken. Mit einem weiten Satz gelangte er durch den halb zusammenstürzenden Eingang auf die Fläche der polaren Eismasse hinaus, rannte hundert riesige Schritte weiter und verlangsamte seine krachenden Bewegungen. Bevor er anhielt, beugte er sich langsam vor und setzte Denetree mit erstaunlicher Behutsamkeit auf dem Boden ab.

»Alles vorbei, meine Kleine«, brüllte er. Seine Stimme hallte über das Eis. Ansatzlos stürmte der Hüter weiter, in die Richtung, in der die Space-Jet notgelandet war. Denetree richtete sich langsam auf, saß im Schnee und starrte fassungslos seiner Gestalt nach. Hinter dem Hüter wirbelte, von seinen Tritten hochgeworfen, ein Doppelschleier aus Schnee und Eiskristallen in die Höhe.

Sie war gerettet.

Der Hüter – er existierte! Er hatte sie so sacht auf dem Eis abgelegt, als wäre sie ein hilfloser Säugling. Ihr Bruder, die Sternensucher waren tot, das Schiff Vergangenheit, und sie hatte ein Wunder erlebt, das dies alles mühelos aufgewogen hatte. Ihr schwindelte, und sie hatte Schwierigkeiten, die Umgebung zu erkennen und richtig zu deuten, als sie aufstand und sich nach den anderen Raumfahrern umsah.

Ihr Körper wurde in einem unkontrollierbaren, kochend heißen Glücksgefühl gebadet.

Über ihr bewegte sich ein riesiger Schwarm wie eine Tornadowolke. Zuerst bildete sich seitwärts eine Spitze aus, die in elegantem Bogen herunterschwebte, auf etwas außerhalb von Denetrees Sicht zielte und sich dann senkrecht in die Höhe schraubte. Der Großteil der goldenen

Luftfische folgte und bildete schließlich einen strahlenden Trichter, dessen Endstück sich wahrscheinlich um die Jet drehte.

Ich lebe. Ich bin dem Eis entkommen. Der Hüter hat mich gerettet, dachte sie und schwankte. Ihre Müdigkeit war verschwunden. Die Stimmen aus den Lautsprechern waren bedeutungslos; sie versuchte, ihr Glückserlebnis zu verarbeiten. Irgendwo hinter ihr kämpften sich die anderen aus dem Eis.

Sie betrachtete fasziniert die Sonnenspindeln, und Minuten später sah sie ebenso wie die Raumfahrer hinter ihr, dass die Jet problemlos startete und, eskortiert von den goldenen Spindelwesen, fast senkrecht dem Firmament entgegenflog und ebenso verschwand wie die Lichtwesen.

Sie holte tief Luft, hustete und zwang sich dann, zusammenhängend zu sprechen. »Denetree ruft Perry Rhodan«, sagte sie laut und versuchte, ihre Heiserkeit zu unterdrücken. »Der Hüter ist mit der Jet der PALENQUE gestartet. Perry, er war es wirklich! Der Hüter existiert!«

Nach einer langen Pause antwortete Rhodan: »Denetree, wo bist du?«

»Er hat mich vor dem Ausgang abgesetzt. Mir ist nichts geschehen.«

»Gut.« Denetree glaubte Rhodan schlucken zu hören. »Warte auf uns«, sagte er dann, »wir kommen.«

Plötzlich merkte sie, dass sie fror. Sie schloss den Anzug, drehte sich um und wartete auf die Gefährten.

Nacheinander rutschten und kletterten beide Gruppen auf der Bahn der Verwüstung, die der Haluter hinterlassen hatte, das letzte Stück durch den Eisspalt an die Oberfläche. Der Schneefall und der Sturm hatten aufgehört, und in der Luft über dem Komplex im Eis waren keine glühenden Sonnenwesen mehr zu sehen.

Denetree kam langsam auf Rhodan und Shimon zu. »Er hat mit mir geredet, Perry«, sagte sie, noch immer fassungslos. »›Mein Kleines, meine Kleine‹, hat er gesagt. Und hat gebrüllt, aber es hat mir keine Angst gemacht.«

»Das ist Art der Haluter, wenn sie jemanden mögen«, antwortete Rhodan.

»Haluter ...? Der Hüter ist ein Haluter, wie du sie mir gezeigt hast?«

»Davon gehe ich aus. Wir können die Aufnahmen unserer Anzüge später auswerten. Ich bin sicher, sie werden es belegen.« Sein Gesichtsausdruck zeigte tiefe Verwunderung und Betroffenheit. »Durch sein Wahnsinnsrennen hat er uns alle gerettet. Warum er die Jet gestohlen hat, und wohin er fliegt ... keine Ahnung. Hat er dir seinen Namen genannt?«

»Der Hüter hat einen Namen?« Denetree dachte einen Moment lang nach. »Nein. Er hat nichts gesagt. Er hat mich beschützt und abgesetzt, als würde er sich davor fürchten, mich zu verletzen.«

»Haluter hin oder her. Gehen wir zum Shift zurück«, murmelte Ameda kühl. »Es ist kalt, und hier draußen kommen wir nicht weiter.«

»Tja«, meinte Mahal. »Wären wir Haluter, dürften wir frei herumfliegen.«

»Mit gestohlenen Jets. Das ist das größte Rätsel«, knurrte Rhodan und stapfte weiter. »Was tut ... wozu braucht ein Haluter unsere verdammte Jet?«

Wieder blieb ihnen nur hilfloses Schulterzucken. Die leuchtenden Luftfische verfügten also offensichtlich über eine klare Unterscheidungskraft. Sie hatten den vierarmigen Haluter nicht mit humanoiden Gestalten verwechselt, und dass er das Raumfahrzeug der zweiarmigen Zweibeiner von ihrem Planeten entfernte, war sicherlich in ihrem Sinn.

Wieder vibrierte der Boden. Solina deutete auf einen dunklen Punkt in der weißen Einöde. »Dort steht unser Shift. Wir brauchen jetzt keinen Kompass, Perry.«

»Schon gut. Gehen wir.«

Sie setzten sich mit müden Schritten in Bewegung. Einige öffneten die Helme und versuchten, nicht an der kalten Luft zu ersticken. Später, sagte sich Rhodan, konnten die Syntrons die Aufnahmen der Anzugkameras auswerten. Das würde seine Vermutungen bestätigen. Vielleicht sogar die eine aberwitzige, die er für sich behalten hatte. In diesem Fall würde er Hilfe anfordern müssen. Ganz spezielle Hilfe ...

Die Vibrationen des Eises wurden stärker, verebbten, hörten ganz auf und kamen verstärkt wieder. Dann schob sich krachend und dröhnend ein kugeliger Körper hinter ihnen aus dem Eis, stahlgrau und groß wie ein Shift. Eisplatten, Schnee und mannsgroße, dicke Splitter überschlugen sich in der Luft und prasselten zu Boden. Ein Zylinder mit halbkugeligem Abschluss wuchs fünf ... zehn, fünfzehn Meter in die Luft, wurde zu einem Turm, dessen runde Kappe sich knarrend hob und große Öffnungen freigab.

»Weg hier!«, brüllte Rhodan. Die Raumfahrer hasteten wieder unbeholfen auf den Shift zu. In den Öffnungen unter dem halbkugeligen Dach der dicken Röhre erschienen flackernde Lichter, dann schob sich eine massive Projektormündung langsam hervor. Das Ende der Röhre begann sich zu drehen, der Projektor schien ein Ziel zu suchen, hob und senkte sich und schwenkte hin und her. Rhodan war sicher, dass dieser massige Turm ein Relikt der Station aus den Kämpfen der Akonen gegen die Leuchtfische war.

Perry bewegte sich, so schnell er konnte, von dem Geschützturm fort, aber wenn er und die anderen Flüchtenden Ziele des Zielsuchers darstellten, bedeuteten weitere 50 Meter Abstand gar nichts.

Der Projektor oder die Energieerzeuger innerhalb des stählernen Turms summten. Das Geräusch jaulte höher und stieg in den Ultraschallbereich. Die Raumfahrer hatten ungefähr 300 Meter zwischen sich und das Gerät gebracht, als sich die erste Glutbahn aus dem Projektor löste. Ein ohrenbetäubendes Kreischen hallte über die Eisfläche.

Der sonnenhelle Strahl schlug in die schwarze Kuppel des eingeschmolzenen Wracks ein, ließ es aufglühen und detonieren. Der Projektor senkte sich und sprang abermals an; wieder erschütterten Detonationen den Boden. Die Raumfahrer wurden langsamer und blieben stehen, drehten sich um und starrten das Vernichtungswerk an.

Die Waffe der alten Akonen arbeitete wie ein besonders energiereicher Thermostrahl. Das Eis verwandelte sich in gewaltige Dampfwolken, aus denen die glühenden Trümmer des detonierenden Wracks in alle Richtungen geschleudert wurden. Die hastenden Gestalten warfen in den aufflammenden Strahlen lange, harte Schatten; das Eis unter ihren Sohlen zitterte und bebte unaufhörlich. Nach einigen Minuten und etwa zehn Schüssen, die jedes Mal von dem grellen Kreischen begleitet wurden, begann der Kopf des Geschützes rot zu glühen, wurde dann weiß glühend und löste sich auf. Knirschend schob sich der Schaft der Anlage in den Boden zurück, umwabert von Dampf und Flammen. Aus dem tiefen Trichter im Eis, der unsichtbar hinter Rauchwolken schmolz, ertönten schmetternde Detonationen.

Der Lärm hatte die Raumfahrer halb taub gemacht. Langsamer gingen sie weiter und drehten sich häufig um. Das Beben war vorbei. Perry Rhodan überlegte schweigend; es gab keine harten Fakten. Möglicherweise, vermutlich, vielleicht, wahrscheinlich – die Rätsel wurden weder geringer noch kleiner. Er fand als Erster die Sprache wieder.

»Die Feuerspindeln haben möglicherweise erkannt, dass der Haluter gegen die Technik des alten Stützpunkts gekämpft hat. Daher erlaubten sie ihm, den Planeten zu verlassen. Der Energieausbruch wird sie wieder anlocken, glaube ich.«

»Vielleicht wird der Bericht, den wir gefunden haben, uns letzte Gewissheit verschaffen. Dieses Wrack ... es war Teil des zweiten Schiffes, der LEMCHA OVIR.« Auch Solinas Stimme war anzumerken, dass sie erschöpft war.

»Du meinst, die LEMCHA OVIR hat die schwarze Kugel jahrtausendelang mitgeschleppt?«, fragte Denetree ungläubig.

»Genau das meint sie«, schaltete sich Arsis ein. »Und das uralte Projektorgeschütz hat wahrscheinlich kein größeres und besseres Ziel gefunden.«

»Zufall, dass es nicht den Shift beschossen hat?«, wollte Ameda wissen.

»Erst die Zerstörungen, die der Haluter in der Station angerichtet hat, haben alle möglichen Schaltungen ausgelöst«, antwortete Rhodan. »Und so gab es Kettenreaktionen verschiedener Art.«

»Uns hat es verschont«, sagte Shimon. »Aber wir sind noch lange nicht in Sicherheit.«

Die Dunkelheit hatte abgenommen, über dem Horizont wuchs ein grauer Streifen. Rhodan zog den rechten Handschuh aus und tastete sein Multiarmband ein. *Keine Funktion.* Der Shift schien sich im vagen Morgenlicht zu nähern. Schweigend, wieder mit geschlossenen Raumanzugshelmen, erreichten die Expeditionsteilnehmer die halb eingeschneite Maschine und zwängten sich nacheinander hinein. Die Tornister blieben wegen der Enge in der Schleuse gestapelt.

Rhodan wartete geduldig und suchte den Himmel ab. Er dachte an verschiedene Möglichkeiten, sich mit den leuchtenden Wesen zu verständigen, jetzt, da sie ihre Intelligenz bewiesen hatten. Aber auch einige Zeit nach den Energieausbrüchen zeigte sich kein Lichtspindel-Schwarm.

Solina winkte ihn in die Schleuse. Die äußere Schleusentür schloss sich. »Es ist eng, aber warm«, sagte die Historikerin mit einer knappen, einladenden Geste. »Erholsamer Schlaf, fürchte ich, wird sich als Unmöglichkeit herausstellen.«

»Was immer auch passiert«, sagte Kealil und zapfte die kaffeeartige Flüssigkeit aus dem Spender, »einige Zeit können wir warten, ohne zu verhungern.«

»Aber es sollte bald etwas passieren«, antwortete Rhodan und rang sich ein zuversichtliches Lächeln ab.

Wohin lenkte der Haluter die Space-Jet? Sie konnten nur mutmaßen. Die PALENQUE und die LAS-TOÓR waren nur eingeschränkt einsatzbereit. Ihre Orter würden die Jet nicht weit verfolgt haben können. Und selbst, wenn Rhodans ungeheuerlicher Verdacht in Bezug auf den unbekannten Haluter zutreffen sollte – in dieser Frage half es ihm vermutlich nicht weiter. Er spielte die Aufnahme seiner Anzugkamera ein, verfolgte die vierarmige Gestalt in ihrem roten Anzug. Nein, es konnte nicht sein ...

In der drangvollen Enge des Shift-Cockpits setzte Rhodan sich auf eine Sesselarmlehne, trank den stark gesüßten Akon-Kaffee und zermarterte, die Augen geschlossen, sein Hirn nach der Möglichkeit eines Auswegs. Er war für einige Minuten eingenickt, als ihn die Stimme des Piloten hochschreckte. »Da sind sie! Mehr als vor der Notlandung!«

Ein Schwarm Spindeln, in den ersten Sonnenstrahlen schwach sichtbar, flirrte kreisend um den Shift.

Rhodan nickte schwer und sprach sich innerlich Mut zu. Dann streckte er die Hand aus und sagte zu Hyman Mahal: »Gib mir bitte deine Waffe.«

»Was hast du vor?«

»Ich gehe hinaus«, antwortete Rhodan kalt entschlossen, »und zwinge jeden einzelnen Feuerfisch, uns als neue Freunde zu akzeptieren.«

»Viel Glück dabei«, bemerkte Solina kopfschüttelnd.

Ameda Fayard starrte ihn an und hob ihre Waffe. »Soll ich dir helfen?«

»Nein, danke. Ich brauche Einfälle, keine Zielangaben.«

Rhodan schob die zweite Waffe in eine Schlaufe des Anzugs, quälte sich aus der dampfenden Enge des Cockpits, schloss die Schleuse und den Raumanzug und kletterte mit einiger Mühe zum höchsten Punkt des gedrungenen Shifts, an dem er einigermaßen sicher stehen konnte.

Trotz des Sonnenlichts sah er den Schwarm, der in etwa 200 Metern Höhe über dem Shift kreiste.

»Sofortumschalter!«, murmelte er. »Hat ein bisschen gedauert.« *Die leuchtenden Luftfische*, dachte er, *beherrschen die Energiemanipulation und wissen zweifellos seit langem, was Raumschiffe sind und wozu sie dienen. Sie beobachten uns, und jetzt besonders mich.* Er stellte Mahals Waffe auf den feinst gebündelten Thermostrahl und geringe Leistung ein und begann, das grobe Bild einer Space-Jet in den Schnee zu brennen. Dampf stieg auf, wo der Strahl auftrat, und im Morgenlicht traten die dünnen Schatten deutlich hervor.

Dann folgte der Umriss eines Haluters, der stilisierte Blumen in zweien seiner Hände hielt. *Schon die ersten Versuche, damals, in meiner Jugend,* überlegte Rhodan, *waren nonverbal. Jene Platte, die einer Raumsonde mitgegeben wurde. Mit der berühmten Zeichnung von da Vinci. Oder war es Michelangelo? Ich unternehme im Grund nichts anderes.*

Er wartete, kennzeichnete den Haluter mit dem Symbol einer Sonne und strich beide Bilder mit langen Bahnen durch, nachdem er von der Jet ausgehend einen Pfeil zu den Sternen gezeichnet hatte. »Denetrees angeblicher Hüter«, murmelte er. Er drehte sich um neunzig Grad und »zeichnete« den schildkrötenähnlichen Shift. Neben dem akonischen Raumfahrzeug entstanden acht humanoide Gestalten, die ihrerseits angedeutete Blumen in den Händen hielten und ebenfalls ein Sonnenzeichen erhielten.

Die beobachtenden Spindeln waren aufmerksam geworden. Der Schwarm schien sich langsamer und tiefer über dem Boden zu drehen. Perry hätte lieber versucht, mit den eingeschränkten Möglichkeiten des Shifts zu arbeiten, mit wechselnden Sendeenergien etwa, aber bei diesen simplen Bildern ging er das geringste Risiko eines Missverständnisses ein. Nonverbale Kommunikation, zurück zu den Wurzeln. Sahen die Luftfische mit ihren energetischen Sinnen dasselbe wie er mit menschlichen Augen?

»... und die guten Ankömmlinge«, sagte er. Vom Shift aus entstand eine Reihe von Punkten, die zu den Sternen führen sollte, und zu den beiden Raumschiffen, die als Kreis und abgeflachter Kreis gezeichnet wurden. Dann war der Energiepack des Kombistrahlers leer. »Und was nun?«

Die Antworten der Lichtfische konnten naturgemäß nur darin bestehen, dass sie die Energien freigaben. Falls sie den Sinn seiner Eiskritzeleien begriffen hatten. Ihm blieb nichts anderes übrig, als zu warten. Plötzlich fiel ihm noch eine Variante ein, und er drehte sich ein zweites Mal zur Seite. Dann zeichnete er mit dem zweiten Strahler das annähernd U-förmige Bruchstück der Arche, viele kleine Männchen und viele große Blumen neben einem Sonnensymbol. Schließlich wusste er nicht mehr weiter und begann vom Shift herunterzuklettern.

Vielleicht brauchten die Spindeln viel Zeit, um überlegen und entscheiden zu können.

10

Nach dem Desaster

Echkal cer Lethir blickte zum Podest hinüber. Der Maphan Jere von Baloy saß nicht in seinem Kommandantensessel; er schlief also noch immer, so, wie es der Dienstplan auswies. Nur die Position des Piloten war besetzt.

Seit seinem Gespräch mit der terranischen Kommandantin war mit der Ungeduld, dem Gefühl, das sie einem Irrtum nachhingen, den sie teuer bezahlen würden, die hilflose Wut in Echkal gewachsen. Den Ersten Offizier störte mittlerweile nahezu alles, was er sah. Sharita Coho war eine Terranerin, wie man sie aus den akonischen Geschichtsbüchern kannte: selbstgerecht, herrrisch, arrogant, als gehöre das Universum ihrem Volk, und nur ihrem Volk allein. Echkal cer Lethir traute ihr alles zu, nur eines nicht: einen Fehler einzugestehen.

Die Demütigung, die ihr die Siebente akonische Flotte unter Admiral Mechtan von Taklir vor einigen Tagen hinzugefügt hatte, musste in ihr arbeiten. Echkal hätte sich an ihrer Stelle nicht so einfach geschlagen gegeben. Er hätte nach außen hin Kooperationsbereitschaft signalisiert und im passenden Moment zugeschlagen. Nicht gerade die feine Art, aber ihm, Echkal, wäre keine andere Wahl geblieben; es ging um das Überleben seines stolzen, aber kleinen Volkes im Angesicht der terranischen Übermacht. Und wenn es um das Überleben ging, war vieles erlaubt. Eigentlich sogar *alles*.

Der Energieabfall, der die LAS-TOÓR plagte, musste das Werk der Terraner sein. Ihr wissenschaftlich-technisches Potential überstieg das der Akonen um das Vielhundertfache. Und dank Perry Rhodan würde die PALENQUE Zugriff auf dieses Potential haben. Wer konnte schon wissen, was die Terraner auf Maahkora noch angestellt hatten? Die nagelneue Space-Jet mochte nur eine Ablenkung sein, unter deren Schutz die eigentliche Aufrüstung stattgefunden hatte.

Soweit, so schlecht. Echkal cer Lethir kam aus kleinen Verhältnissen. Keine adlige Herkunft hatte ihm den Weg zur Flotte geebnet, keine reiche Familie seine Karriere befördert. Echkal hatte gelernt, dass man zuweilen moralisch zwielichtige Handlungen tätigen musste, um sich zu behaupten. Das galt für Individuen ebenso wie für Völker. Es konnte gar nicht anders sein, als dass die Terraner ebenso dachten und handelten. Woher sonst sollte ihre Übermacht entspringen?

Nur ... mussten sie dazu auch noch Heuchler sein?

Ihre aufgesetzte Freundlichkeit trieb ihn zum Wahnsinn. Wieso bekannten sie sich nicht offen zu ihren Methoden und Zielen?

Und ausgerechnet der größte Heuchler unter den Terranern war in seine Kabine gezogen, auf Veranlassung Jere von Baloys, der das für einen großartigen Witz hielt. Jetzt war es zu spät, die »Geisel« hatte es sich häuslich in seiner Kabine eingerichtet. Doktor Hartich van Küspert, der Hyperphysiker von niederem Adel; *cer* Küspert eigentlich. Mit seiner unsachgemäßen, uniformfernen terranischen Freizeit-Kleidung. Ebenso wenig hoch gewachsen wie leider auch er, Echkal. Dieser Schein-Adlige hatte sich doch nur gemeldet, um an Bord der LAS-TOÓR Spionage zu betreiben.

»Aber die Zeit des Versteck-Spielens ist bald zu Ende! Dafür sorge ich!« knurrte der Ma-Techten der LAS-TOÓR. Als seine Blicke durch die Zentrale glitten, beruhigte er sich ein wenig: Überall perfekte Sauberkeit! Hochwertig zuverlässige akonische Instrumente und Einrichtung; alles sah aus wie fabrikneu.

Die Situation zerrte und zehrte an den Nerven aller Besatzungsmitglieder. Im hohen Orbit umkreisten sie den Planeten wie dessen drei Monde in endloser Wiederholung. Und Maphan Jere von Baloy tat nicht das Geringste, um diesen Zustand zu ändern, sondern schlief oder trainierte schwitzend seinen beneidenswert langen Körper, trug gebrauchte, zerknitterte Overalls; Zeichen einer nachlässigen Berufsauffassung, die er, Echkal, nicht zu teilen vermochte.

»Ich zeige es dir, Jere von Baloy!«, flüsterte der Erste Offizier. »Und euch dort drüben!«

»Dort drüben« bedeutete weniger als eine Lichtsekunde Abstand. Beide Schiffe befanden sich auf ihren Bahnen gerade noch im normaloptischen Bereich und nahmen fast gegenüberliegende Positionen ein; die PALENQUE glich für den akonischen 215-Meter-Kugelraumer ständig einem winzigen, aufgehenden Mond. Die terranische Kommandantin hatte etwas von strahlenden Wesen gefaselt, die beiden Schiffen die Antriebsenergien geraubt hatten. Eine irrwitzigere Lüge hätte sie sich nicht ausdenken können! Zugegeben, die Orter der LAS-TOÓR waren funktionsuntüchtig, er hatte keine Möglichkeit, ihre Behauptung zu überprüfen, aber das war auch nicht nötig. Es war offensichtlich, dass die Terranerin sie zum Narren hielt.

Der Ma-Techten drückte den Finger auf ein Tastfeld. »Zwei Neehlak sofort in die Zentrale!«, schnarrte er.

»Sofort«, antwortete eine träge Stimme unwillig. Es dauerte lange, bis zwei Raumfahrer aus verschiedenen Eingängen die Zentrale betraten. Der Ma-Techten winkte sie zu sich her. »Geht sofort in meine ... in die Kabine unserer terranischen Geisel. Sofort hierher bringen! Noch während dieser Umkreisung. Ich halte ihn auf, und ... die Kabine untersuchen. Gründlichst!«

»Selbstverständlich, Ma-Techten.« Hintereinander gingen sie ohne sonderliche Eile gemeinsam durch ein Schott. Immerhin. Den Schlaf des Maphan wollte cer Lethir nicht stören. Noch nicht. Noch war der Zeitpunkt nicht gekommen, dem Kommandanten offen die Stirn zu bieten. Erst mussten noch weitere Besatzungsmitglieder die Wahrheit über die Terraner erkennen. Dann konnte er handeln, das Kommando übernehmen und den terranischen Raumer nach Drorah schleppen lassen. Eine Untersuchung würde seine Vermutungen bestätigen.

Echkal cer Lethir wartete ungeduldig, kontrollierte die Energieversorgung des Schiffes und erhielt die gleichen Rückmeldungen wie bisher: Die vorhandene Restenergie reichte nicht einmal aus, um die LAS-TOÓR zu beschleunigen. Lediglich Echkal cer Lethirs Herzschlag beschleunigte sich.

Die Raumfahrer kamen zurück, in ihrer Mitte ging der Terraner. Als er cer Lethir sah, kam er auf ihn zu und streckte die Hand aus. »Ich habe mich schon gefragt, wann ihr endlich auf meinen wissenschaftlichen Rat zurückgreifen wollt«, sagte er in verbindlichem, leicht dozierendem Tonfall. »Ich muss dir aber leider sagen, dass ich für eine rasche Änderung der Situation vorläufig keine ...«

»Spar dir deinen schönen Worte!«, sagte cer Lethir schneidend. »Ich erkenne die Situation besser, als du ahnst. Du bist als Geisel an Bord. Ab sofort werden wir dich auch als solche behandeln.«

»Wieso das?« Van Küspert fuhr mit beiden Händen durch sein schütteres braunes Haar. »Beim Sonnenwind! Was habe ich mit dem Energieabfall zu tun? Weißt du denn nicht, dass euer Shift ebenso ...«

»Das spielt keine Rolle«, antwortete der Ma-Techten kalt. »Hier an Bord gilt akonische Jurisdiktion, und ich bin im Augenblick der Dienst habende Offizier. Du wirst deine beziehungsweise meine Kabine bis auf Weiteres nicht betreten, Doktor van Küspert.« Er deutete auf die Neehlak. »Bringt die Geisel in eine Arrestzelle!«

Van Küspert ließ sich widerstandslos abführen. Echkal cer Lethir sagte zum Dienst habenden Espejel: »Wenn die Terraner die Blockade aufzuheben geruhen, sendest du dieses Ultimatum an die gegnerische Kommandantin.«

Der Funker nickte, bestätigte und speicherte die Aufnahme. Was er sich dabei dachte, verriet seine Miene nicht. Der Ma-Techten starrte ins Großhologramm und betrachtete das terranische Schiff, auf dessen Hülle sich die Sonnenstrahlen spiegelten. Es sah aus, als verfolge die PALENQUE weiterhin die LAS-TOÓR auf der Kreisbahn um Mentack Nutai.

Da die LAS-TOÓR gerade aus dem Schatten des Planeten hinausdriftete in die Tageshemisphäre, sah Echkal cer Lethir nicht, wie sich durch die Wolken winzige Lichtpunkte in großer Anzahl dem Schiff näherten. Innerhalb einer Stunde würden daraus lange, golden strahlende Spindeln werden.

»Und was tun wir mit dem Kriecher?«, erkundigte sich Isaias Shimon mit undeutlicher Stimme. Er trank kohlensäurehaltigen akonischen Fruchtsaft und kaute einen bräunlichen Konzentratriegel.

Rhodan zuckte mit den Achseln. »Ich gebe hier keine Befehle«, antwortete er. »Ein Rat: Wenn die Spindeln genügend lange beraten haben, lassen sie uns vielleicht starten. Dann fliegen wir zu den drei Hilflosen.«

»Und dann?«, murmelte Mahal schläfrig.

Rhodan antwortete knapp vor dem akonischen Piloten. »Keine Ahnung. Uns fällt schon etwas ein.«

Sie hatten knapp zwei Stunden gewartet. In der drangvollen Enge des Cockpits hatten sie immerhin, bis auf Rhodan, die Raumanzüge ausziehen und gewaltsam in Seitenfächern verstauen können. Trotzdem war es höllisch eng, aber feucht und warm. Solina und Ameda hatten im Pilotensitz Platz gefunden und versuchten mit Tüchern und Abrissen einer Papierrolle die Niederschrift, die sie im

Turm der Station auf dem Tisch des Greises gefunden hatten, zu trocknen, um darin lesen zu können. Kealil kauerte, den Rücken an der Basis des Schaltpults, auf dem Boden und schien eingeschlafen zu sein.

Rhodan rätselte noch immer, welches Ziel der Haluter mit der gestohlenen Jet angeflogen haben mochte. Nach wie vor waren sämtliche Kommunikationsgeräte ausgefallen.

Solina blickte von der ersten lesbar gemachten Folienseite hoch. »Ein Wissenschaftler des ersten Landekommandos brachte seine Familie mit«, sagte sie unvermittelt. »Einen etwa zehnjährigen Jungen und ein Mädchen, sieben Jahre alt. Von dem Mädchen ist der Text, die Zeichnungen sind von ihrem Bruder.«

»Woher weißt du das?«, fragte Rhodan.

»Der alte Mann hat den Text kommentiert. Er ist der letzte Überlebende der akonischen Station, den man auf seinen Wunsch zurückgelassen hat; er war unheilbar krank und sehr, sehr alt.«

»Ich verstehe«, murmelte Rhodan. »Wie viel Zeit liegt zwischen Urtext und Kommentar?«

»Weiß ich ... wissen wir noch nicht. Wir sind noch nicht so weit gekommen.« Solina raschelte mit der Folie.

»Die Kleine scheint entweder telepathisch begabt gewesen zu sein, oder sie fand heraus, wie man mit den Lichtfischen kommunizieren kann. Oder damals konnte«, fuhr Ameda Fayard fort. »Wie wir wissen, sind Kinder, weil sie anders und unkomplizierter denken als Erwachsene, manchmal unbewusste Medien. Ihr Bruder machte mit ihr lange Ausflüge, und so fanden sie heraus, dass sie – andere kleine Lebewesen und auch Kinder – für die leuchtenden Spindeln wohl keine Störung darstellten.«

Auch Denetree war von der Erschöpfung übermannt worden. Sie hatte sich zwischen den Sitzen zusammengekrümmt und schien vom Hüter zu träumen. Ihr Gesicht hatte auch im Schlaf jenen melancholischen Ausdruck, den es annahm, wenn sie sich unbeobachtet fühlte und in ihren Wachträumen schwebte; ihr Zopf hatte sich halb aufgelöst. Die Sonne stand kurz vor ihrer höchsten Position, und die langsam kreisenden Spindeln waren kaum auszumachen.

»Ob die Sonnenfisch-Spindeln auch die Notgelandeten belästigen oder gar ernsthaft angreifen?«, fragte Arsis in die Stille hinein.

»Das ist, um es vorsichtig auszudrücken, nicht unwahrscheinlich«, antwortete Rhodan. »Der einzige willkommene Eindringling war wohl bisher der Haluter.«

»Wir können nicht helfen«, sagte Arsis. »Weder den Lemurern noch uns selbst.«

Rhodan nickte nur. Während sich der Schwarm im hellen Sonnenlicht auf der spiegelnden Fläche in bizarren, ständig wechselnden Mustern um den Shift bewegte, warteten die Raumfahrer auf den Erfolg oder Misserfolg von Perrys nonverbaler Kommunikation.

11

Die Entscheidung der Menttia

– Was sollen wir wegen der Fremden unternehmen? –

Seit das große Metallrad in der Lufthülle zerborsten und in Teilen im Heimatplaneten eingeschlagen war, konnten die Schwärme nicht mehr als ein reichliches halbes Tausend Individuen zählen. Während die Menttia mit ihren energetischen Sinnen alle Aktivitäten der Fremden erkannten und zu deuten versuchten, begannen sie zu verstehen, dass die Ankömmlinge sich von jenen Eroberern unterschieden, die mit tödlicher Energie in der Vergangenheit so grausam unter den Schwärmen gewütet hatten.

– Wenn wir die Sperren behutsam lockern, werden die Fremden durch ihre Handlungen ihre wahren Absichten offenbaren. –

Das riesenhafte Kollektiv hatte beschlossen. Die Menttia der weißen Winde verstanden und bewegten sich auf die Eindringlinge zu, vereinigten sich mit dem wartenden Schwarm und absorbierten deren Eindrücke. Sie hatten einem völlig fremden Wesen – sie hatten dessen Landung nicht beobachten können –, das für die Zerstörung jener Siedlung aus der Vergangenheit verantwortlich war, den Start von ihrer Welt gestattet. Der Fremde war mit einem Raumfahrzeug der »anderen« geflüchtet.

– Wir können jederzeit verhindern, dass die wenigen Fremden uns gefährlich werden. –

– Wir werden ihnen also die technische Freiheit wiedergeben. –

Eine strahlende Wolke senkte sich in machtvollen Spiralen über die polare Eisfläche auf die zwei winzigen Punkte. Binnen kurzer

Zeit breitete sich über der Zone der Zerstörung, in Dampf und Schmelzwasser, das in Strudeln irgendwo im Eis versickerte, das seltsame Licht aus Sonnenstrahlen und einer unzählbar großen Zahl leuchtender Menttia aus, die über den einfachen, aber deutlichen Zeichen aus Vertiefungen und Schatten schwebten und deren Sinn verstanden hatten.

Solina Tormas schreckte als Erste hoch, stieß Kealil Ron an und deutete auf die Sichtscheiben, auf denen der letzte Schnee in einzelnen Tropfen schmolz.

»Wenigstens in der Beleuchtung gibt es Änderungen«, murmelte Rhodan Sekunden später. Er zwängte sich zwischen Isaias und Arsis hindurch und kroch durch die Schleuse ins Freie. Zum ersten Mal sah er eine solch große Menge leuchtender Luftfische, hinter deren Schwarm die Sonne verschwand. Als er den Kopf hob und in das Strahlen starrte, hörte er hinter sich ein Knacken, dann die typischen Geräusche eines anlaufenden Bordaggregats.

»Perry! Wir haben wieder Energie!«, rief Kealil aus dem Pilotensitz. Zehn Sekunden später rief Arsis: »Nur der Funk bleibt tot. Aber vielleicht ...«

Langsam drehte sich Rhodan um. Es war früher Nachmittag. Über dem Eisfeld lag unverändert der bronzefarbene, schattenlose Glanz der Kollektivintelligenz. Seine Eiszeichnungen waren nicht mehr deutlich zu erkennen. Er nickte, grinste kurz und quälte sich wieder ins Innere des Shifts. »Die Spindeln diktieren unsere Möglichkeiten«, sagte er. »Wenn wir schon den Funk nicht gebrauchen können, versuchen wir es im persönlichen Gespräch. Wollten wir nicht zum Shift hinüberfliegen?«

»Das schaffen wir schneller mit den Raupen«, meinte Kealil, der an seinem Pult auf Tastfelder tippte, Schalter umlegte und wartete, bis die Rampe knirschend eingefahren und die Schleuse geschlossen war. Er lachte kurz. »Festhalten, Freunde.«

Die Raupenketten ruckten an. Binnen weniger Atemzüge gewann der Shift an Fahrt und rumpelte mit durchdrehenden Raupenketten geradeaus. Die Höchstgeschwindigkeit lag bei 180 Stundenkilometern; die Vibrationen rüttelten die Besatzung durch. Acht Mann füllten den Innenraum fast völlig aus, klammerten sich an jedem Griff und aneinander fest und versuchten, den Piloten nicht zu behindern. Zwei steile Fontänen wirbelten hinter den Raupenketten schräg in die Höhe, während der Shift die geringe Distanz zum Kriecher zurücklegte.

»Wenn der Shift starten kann, schicken wir einige von uns zur PALENQUE!«, brüllte Rhodan durch den Lärm der Getriebe. »Mehr als vier Leute passen nicht hinein.«

»Und wir?«, rief Hyman Mahal.

»Wir lassen einige von uns bei den Lemurern und fliegen dem Kriecher hinterher.«

»Meinetwegen«, gab Kealil zurück. »Alles ist besser als dieses verdammte Gedränge hier drinnen.«

Einige Minuten später verlangsamte er das Tempo und hielt in einer Wolke aus Schnee und Eiskristallen neben dem halb zugeschneiten Kriecher an. Die Insassen schienen zu schlafen und hatten offensichtlich nicht gemerkt, dass die Energie freigegeben worden war. Kealil betätigte den Warnsummer und öffnete die Schleuse; einige Atemzüge später war er allein im Cockpit. Rhodan hämmerte mit beiden Fäusten gegen die undurchsichtigen Scheiben der winzigen Kabine und weckte die drei Prospektoren.

»Ich würde Denetree gern bei den Gesprächen mit den Lemurern dabeihaben«, sagte er, während sie warteten, dass die Kriecher-Crew die winzige Schleuse öffnete. »Isaias oder Hyman? Wer will unbedingt zur PALENQUE?«

»Den Medikus haben wir bisher nicht gerade dringend gebraucht«, meinte Shimon. »Willst du nach oben, Hyman?«

Mahal sah zu, wie die Kriecher-Crew nacheinander aus der Kabine kroch und setzte ein zweifelndes Gesicht auf. »Meinetwegen. Wenn sie mich mitnehmen?«

»Eng wird es werden, Doc«, sagte der bärtige Prospektor und schüttelte Rhodans Hand. »Was ist eigentlich los? Woher kommt ihr so plötzlich?«

Rhodan und Solina berichteten in wenigen Sätzen, was vorgefallen war. Einige erleichterte Rufe und Bemerkungen kamen aus der Druckkammer, dann ein Gelächter. Die Impulstriebwerke des fliegenden Kompaktlaboratoriums summten; Heißluftdüsen bliesen die Sichtflächen frei. Die Akonen berieten miteinander, und kurze Zeit später zwängte sich Hyman Mahal als Letzter in die Kabine des Kriechers VIII.

Rhodan, Solina und Shimon zogen sich zum Shift zurück. Der Kriecher startete, schwebte einige Sekunden lang in geringer Höhe und trat dann ungehindert einen Steigflug an, dessen Bahn schräg unterhalb der leuchtenden Riesenwolke in den Hochnebel zeigte. Kurz darauf war die Spezialkonstruktion verschwunden.

»Ein oder zwei Probleme weniger«, sagte Perry Rhodan. »Wahrscheinlich haben sie es ohne Funkunterstützung schwer, das Schiff zu finden – aber sie sind Profis.«

»Sie schaffen es auch im Sichtflug«, sagte Shimon.

Die Zuversicht der Zurückbleibenden wuchs. Offensichtlich hatten sich die Lichtfische entschlossen, dem Shift und dem Kriecher den Start und die Rückkehr zu ermöglichen. Der nächste Test der Kommunikationsanlage und der Multifunktionsarmbänder ergab, wie vermutet, Fehlanzeige. Rhodan setzte sich auf die Kante der Schleuse und sah in die Gesichter seiner Schicksalsgenossen. »Wohin? Zur Geliebten des Kommandanten? Zum großen Archenfragment? Zu den Insassen der Planetenfähren? Oder zurück zu eurem und unserem Schiff? Ich ahne, dass unsere skeptischen Freunde« – er zeigte auf den unverändert kreisenden Schwarm – »zu allerletzt den Schiffen die Bewegungsfreiheit zurückgeben werden.«

»Fliegen wir zu Chibis-Nydele«, schlug Denetree vor. »Es ist doch die geringste Entfernung, nicht wahr?«

»Du hast Recht«, antwortete Kealil. »Vielleicht besinnen sie sich eines Schlechteren. Dann wären wir immerhin aus Schnee und Kälte heraus.«

»Worauf warten wir noch?« Ameda winkte zu den Leuchtspindeln hinauf und kroch gebückt in die Schleuse. Trotzdem rammte sie mit der Stirn die Oberkante des inneren Rahmens und stieß einen kaum unterdrückten Fluch aus. Minuten später steuerte Kealil Ron den Shift in südliche Richtung. Als sie einige Kilometer Höhe erreicht hatten, versuchte er sich zu orientieren. Bald schien es, als wären sie auf dem richtigen Kurs zu den Dünen und dem Überlebenszylinder der LEMCHA OVIR.

Die Menttia der Sandblüten hatten es aufgegeben, einen einzelnen Fremden misstrauisch und prüfend zu beobachten; die weibliche Fremde war so harmlos wie die Wassersucher zwischen den Dünen.

– Sie ist allein. –

– Und sie bewegt sich, als wäre sie hinfällig. –

– Sie hat mit jenen Fremden, gegen die wir gekämpft haben, nichts zu tun. –

Die feurigen Spindeln, über den Dünen und dem Sand meist unsichtbar, hatten ihre Beobachtungen mit den anderen Schwärmen ausgetauscht. Ohne zu erschrecken, aber mit Neugier und wohlwollender Erwartung erfuhren sie von dem Kommunikationsversuch der Fremden, der in den Gefilden der Weißen Winde stattgefunden hatte. Dies war in der Vergangenheit nicht geschehen, nicht ein einziges Mal.

Die weibliche Fremde hielt sich lange in dem metallenen Zylinder auf. Abseits dieses Bruchstücks hatte sie einen Sonnenschutz aus Folie errichtet, die so golden glänzte wie ein Menttia-Paar, das sich gefunden hatte und einander umgaukelte. Nachts stand oder saß die Fremde still neben ihrem Zelt und schien den Sternenhimmel und die fernen Schleier und Wolken leuchtenden Gases zu bewundern.

In den Menttia der Sandblüten erwachte der Wunsch, wenigstens mit dieser Fremden zu kommunizieren. Lange tauschten sie

Gedanken aus, und schließlich fanden sie einen Weg, sich ähnlich auszudrücken wie jene anderen Fremden im Schnee.

In der Enge des Shifts übermannte Müdigkeit Perry Rhodan; er spürte trotz des Aktivators Hunger, Durst und Schlafmangel und sehnte sich dringend nach einer ausgiebigen Dusche. Den anderen Raumfahrern erging es unter diesen Umständen nicht anders; aber es gab zu dem, was sie unternahmen, keine Alternative. Obwohl auch die Syntronspeicher der Ortung von den Feuerspindeln »abgeschaltet« worden waren, gelang es Arsis Tachim und Kealil Ron, ohne große Irrflüge die Landekapsel des Kommandanten wiederzufinden. Auf der höchsten und am stärksten bewachsenen Düne war eine Art Zelt aus goldfarbiger Folie aufgerichtet, auf der sich die Sonne des späten Nachmittags mit rötlichem Schein spiegelte.

Arsis bestimmte die Windrichtung und drehte den Shift. Er sank nach einer Umkreisung ungefähr auf dieselbe Landestelle herunter und setzte im Sand auf. Die aufgewirbelte Wolke trieb zwischen die Dünen. Der Wind hatte die eigenen Spuren fast völlig verweht. Auf einem der Sonne zugewandten Dünenhang weckten glitzernde Punkte und Striche Rhodans Neugier.

Nacheinander kletterten die Raumfahrer aus der Schleuse und halfen sich gegenseitig aus den Anzügen. Die Hitze, die der Sand ausstrahlte, wurde durch einen warmen Wind kaum gemildert, aber die Brise wehte den Akonen und Terranern eine unangenehme Geruchswolke in die Nasen.

»Freunde«, sagte Ameda Fayard und machte stöhnend einige Körperübungen, »wir riechen säuerlich. Ich möchte fast sagen: Wir stinken.«

»Das wäre kein Wunder«, murmelte die Pilotin und stopfte einen Raumanzug nach dem anderen in verschließbare Fächer. »Unter bestimmten Umständen soll heißer Sand ebenso gut reinigen wie heißes Wasser.«

»Versuch es bitte später«, bat Solina und legte die Mappe mit den feuchten Folien in die windgeschützte Ecke der Schleuse. »Chibis-Nydele hat sicherlich Verständnis für verschwitzte Raumfahrer.«

Chibis-Nydele trat aus der Schleuse, beschattete die Augen mit der Hand und winkte. Sie drehte sich um und tauchte wieder in das Dunkel des zylindrischen Archenteils. Langsam wateten die Raumfahrer durch den heißen Sand zur halb zugewehten Rampe und näherten sich der zerstörten Schleuse. Denetree gähnte und betrachtete die Umgebung, als sähe sie alles zum ersten Mal.

»Willkommen«, rief Nydele. Sie kam ins Sonnenlicht und trug ein Tablett mit acht Bechern und zwei großen Krügen. »Mir war, als sollte ich euch erwarten. Wo ist dein Fluggerät, Perry Rhodan?«

»Irgendwo im All«, antwortete er und spürte wieder die Faszination, die diese Mutantin ausstrahlte. »Eine lange, komplizierte Geschichte.«

»Kommt hinauf zum Zelt. Das ist eine gute Stelle, um lange Geschichten anzuhören.«

Sie folgten ihr und setzten sich im Schatten in den Sand. Nydele füllte die Becher und reichte sie herum. Tatsächlich wehte unter der Goldfolie ein kühlender Wind.

Nydele lächelte Rhodan und Denetree an und sagte: »Frisches, heißes Huccar. Es vertreibt Hunger, Durst und, vorübergehend, Erschöpfung. Ihr seht so aus, als brauchtet ihr Stärkung.«

»Danke.«

Sie setzte sich auf einen Hocker, dessen Beine halb im Sand versunken waren, und blickte die Raumfahrer nacheinander mit prüfendem Lächeln an. Sie war barfuss und trug einen halb durchsichtigen Umhang, der an den Knöcheln endete. Rhodan nahm, ohne zu kosten, einen tiefen Schluck und spürte augenblicklich die belebende Wirkung des säuerlich prickelnden Getränks. Er verständigte sich durch einen Blick mit Denetree und machte eine auffordernde Geste. »Erzähl, was wir erlebt haben.« Er tippte auf sein Armbandgerät. »Sollte sich etwas in der Energieversorgung ändern, erfahre ich es. Wir haben also genügend Zeit.«

Denetree trank, drückte den Becher in den Sand, sodass er nicht kippen konnte, und versuchte eine Zusammenfassung der Erlebnisse zu geben. Ab und zu unterbrach einer der Gefährten mit einer kurzen Erklärung oder Richtigstellung.

Als Denetree von Rhodans Kommunikationsversuch erzählte, hob Nydele die Hand und deutete zu den Dünen hinüber. »Die Nächte sind feierlich, leise und wunderbar. All die Sterne. Und die Farben der Sternenwolken.« Erst jetzt fiel Rhodan die schlanke Schönheit ihrer schmalen Hände auf.

»Diese sonnenleuchtenden Luftfische, wie ihr sie nennt, tanzen nachts lautlos über meinem Heim und den Dünen. Mit dünnen Feuerlinien haben sie Spuren in der Düne eingebrannt. Du solltest sie ansehen, Unsterblicher Rhodan, ehe sie der Wind verbläst.«

»Wir gehen gleich hinüber«, antwortete Rhodan. »Lass uns erst zu Ende berichten.«

Denetree erzählte von der Flucht des Haluters, der Zerstörung der Anlage und der schwarzen Kugel, vom Start des Kriechers und des Shifts. »Und so wird es noch eine Weile dauern, bis wir dich zu den Überlebenden bringen und in unser Schiff zurückkehren können«, schloss sie.

»Ich ... bin noch nicht bereit dazu«, sagte Nydele leise. Sie wandte den Kopf und blickte hinunter zum Grab des Kommandanten.

»Es gibt vorläufig keine Eile«, bestätigte Isaias Shimon.

Rhodan leerte den Becher, stemmte sich in die Höhe, nickte Denetree zu und verließ den Schatten. Er ging durch unberührten Sand zu der bezeichneten Stelle, die ihm während der Landung aufgefallen war. Hoffnungsvolle Gedanken entstanden in seinem Kopf, als die Strukturen im Dünenhang deutlicher zu sehen waren. War sein Kommunikationsversuch ein denkbarer Anfang eines weiteren Austausches zwischen den Spindeln und den Besuchern ihrer Welt?

Wie mit einem haardünnen konzentrierten Thermostrahl waren Sandkörner geschmolzen und glasartig miteinander verbacken worden, zu Kreisen, Strichen und einfachen Gestalten. Rhodan fasste das am weitesten links sichtbare Bild ins Auge und versuchte, die Figuren einer kurzen Reihe zu erkennen und richtig zu deuten.

Drei Spindeln. Darüber eine linsenförmige, perspektivisch gekippte Spirale. Rhodan pfiff durch die Zähne. *Ein Schwarm der Feuerfische also.* Daneben eine Spindel, durch einen Strich mit der Darstellung der Jet und des Haluters verbunden. *Alles klar.* Also handelte es sich um eine Kollektivintelligenz, deren Teile über den Dünen wussten, wie jene über der Polargegend handelten. Wieder eine Spindel, die im Kontakt mit einem einzelnen Zweibeiner stand. *Also Chibis-Nydele.* Dann ein großer Kreis, begleitet von drei kleinen Kreisen; der Planet. Weiter. Die Krümmung des Planeten. Darüber zwei kleine Kreise: *die Raumschiffe.* Und zuletzt: wieder das Symbol eines Schwarms, der über dem hufeisenförmigen Archenfragment kreiste. Einige Striche verbanden Schwarm und die eiserne Heimstatt der überlebenden Lemurer. *Ein weiterer Kontaktversuch?*

»Oder der Hinweis, dass Spindeln und Lemurer sich vertragen können?«, murmelte Rhodan und hob den Blick zum bleichen Mond II, der über den fernen Wäldern schwebte. »Der Shift und die Kriecher waren wohl nicht wichtig genug.« Hinter ihm knirschten Schritte; er wandte sich um und blickte in Nydeles Gesicht.

»Vermagst du zu verstehen, was die leuchtenden Tanzwesen mir sagen wollen?«, fragte sie schüchtern.

Rhodan hob die Schultern und schwieg einige Atemzüge lang. Er genoss den Anblick ihres Gesichts. »Halbwegs«, antwortete er dann. »Sie sind dir und euch nicht feindlich gesonnen, denke ich. Euch, den Lemurern ...« Einem plötzlichen Impuls gehorchend redete er weiter. »Du und Denetree, die aus einem anderen Sternenschiff geflüchtet ist ... es ist eine bittere Wahrheit, die wir bisher allen Lemurern verschwiegen haben.«

»Ach, unsterblicher Perry«, sagte sie und war sich ihrer Wirkung auf ihn ebenso bewusst wie er, der im Blick ihrer sanften Augen zu versinken drohte. »Bittere Wahrheiten kenne ich. Ich kenne sie ebenso gut wie du. Nicht so gut wie Atubur Nutai, mein einzigartiger Geliebter. Glaubst du, mich erschüttern zu können?«

»Ich weiß es nicht«, sagte Rhodan. »Die Wahrheit ist: Seit dem Start eurer Schiffe sind rund fünfzig Jahrtausende vergangen. Ihr wart in einem geschlossenen System. Außerhalb dieses Systems haben sich endlos viele Dinge verändert. Erschrick nicht. Ihr seid die letzten Lemurer. Ihr seid die Vorfahren der Akonen und der Terraner; ich bin ein Terraner. Denk darüber nach ... und geh behutsam mit diesem Wissen um. Die Überlebenden sind fünfzig Jahrtausende von ihren Ahnen entfernt. Sprich vorläufig nicht mit Denetree darüber – sie ist noch zu jung und würde unter dieser Erkenntnis vielleicht zusammenbrechen.«

Vom Zelt her näherten sich die anderen Raumfahrer.

Nydele legte die Finger weich, aber bestimmend um Rhodans Handgelenk. »Ich werde mit diesem Wissen behutsam umgehen. Lass mir Zeit – von Atubur habe ich viel gelernt. Abwarten, nachdenken, das Mögliche gegen das Wünschenswerte abwägen. Sag mir eines: Werden wir diesen Planeten je verlassen können?«

Rhodan überlegte zehn Atemzüge lang. »Nein«, entgegnete er dann. »Ich sehe keine Möglichkeit.«

»Auch nicht mit eurer Hilfe?«

»Vielleicht. Aber ... wohin? Es ist eine Welt, auf der ihr siedeln und euch vermehren könnt. Die Feuerspindeln scheinen mit euch Frieden geschlossen zu haben. Eure OVIR ist zerstört und wird nie wieder starten können.«

»Bevor deine Freunde hören, worüber wir reden und falsch verstehen ... ich muss darüber nachdenken. Wissen es die Lemcharoys schon, dass wir hier siedeln müssen?«

»Ich weiß es nicht«, antwortete Rhodan. »Aber sie werden es herausfinden. Einige, die Entschlossenen und Klugen unter ihnen, haben sich bestimmt schon damit abgefunden.«

Nydele senkte den Kopf und schien zu überlegen, ob irgendeine Kraft ihr stählernes Heim in die Nähe einer zukünftigen Siedlung transportieren konnte. Sie warf einen zweifelnden Blick auf die in den Sand geschmolzenen Zeichen. »Du hast nach Aufzeichnungen gefragt. Ich suche planmäßig nach Atubur Nutais Logbüchern und Aufzeichnungen. Aber ich habe noch nichts gefunden.«

Sie gingen auf die Raumfahrer zu. »Der Kriecher müsste mittlerweile die PALENQUE erreicht haben«, sagte Isaias.

»Und die Luftfische müssten mittlerweile erkannt haben, wie wichtig ungestörte Kommunikation für uns ist«, fügte Kealil wütend hinzu. »Wollten wir nicht zu den Notgelandeten fliegen? In drei Stunden ist es stockdunkel.«

»Einverstanden«, antwortete Rhodan. »Du willst weiter deine Einsamkeit genießen, Chibis-Nydele?«

»Ich war lange Zeit einsam.« Nydele begleitete die Raumfahrer zum Shift und setzte sich auf die Abdeckung der Raupenketten. »Jetzt versuche ich, mit dem Alleinsein zurechtzukommen.«

Solina bückte sich in die Schleuse, hielt das halbwegs getrocknete Folienbündel ins Sonnenlicht und blätterte in den ersten, losgelösten Seiten. Nach einiger Zeit hob sie den Kopf und hielt Ameda Fayard die bleichen Folien entgegen. »Ich fasse den Text der ersten Seite zusammen. Darauf hat tatsächlich ein Kind geschrieben, dass die ›brennenden Spindeln‹ am Himmel zweimal im Jahr an einen bestimmten Platz kommen, um sich zu paaren und fortzupflanzen. Der Platz ist ein Heiligtum, und er liegt in einem großen Felsental im Norden.«

»Nördliches Felsental«, sagte Rhodan, ohne große Überraschung zu zeigen. »Der Text entspricht dem Standort dieser Siedlung, die wir mit knapper Mühe verlassen konnten.«

Die Archäologin hatte mitgelesen. »Hier steht auch, dass der junge Akone die Wesen beobachtet hat. Er nennt sie ›Menittia, Menthian oder Menttia‹. Das sind keine akonischen Begriffe. Ich habe auch kein Datum gefunden. Aber er schreibt, dass der Talkessel voller wunderlicher Gewächse ist, die während der Paarung blühen und einen zauberhaften Geruch verströmen.«

»Das war vor vielen Jahrtausenden, ehe Schnee und Eis die aufgegebene Anlage in Besitz nahmen«, meinte Isaias Shimon. »Was habt ihr noch gefunden?«

»Später werden die Wesen nur noch ›Menttia‹ genannt. Es dürfte sich wohl tatsächlich um unsere sonnenleuchtenden Luftfische handeln.«

»Davon bin ich überzeugt.« Arsis Tachim kletterte in die Schleuse und hantierte am Pilotenpult.

Rhodan hörte konzentriert zu, was Solina und Ameda mit erheblichem intellektuellem Aufwand aus dem Text interpretierten. Der Bericht oder die Erzählung in Kinderschrift, womöglich von einem Greis geschrieben, war für ihn fast so gut wie ein Beweis. Dass die Akonen die Menttia von einem »heiligen« Versammlungsplatz vertrieben und in der Folgezeit gegen sie gekämpft hatten, schien indes durchaus glaubwürdig. Aber diese Ereignisse lagen Jahrzehntausende zurück; die Station existierte, sie hatten es erlebt, noch heute, inzwischen zerstört und halb ausgebrannt.

»Zu viele angebliche Wahrscheinlichkeiten«, sagte er zu Chibis-Nydele. »Wenn die Menttia sich über eine so lange Zeit an Kämpfe und Niederlagen erinnern, sollten sie auch in der Lage sein, unsere Harmlosigkeit zu erkennen. Sie halten uns alle – Lemurer, Terraner und Akonen – für Nachkommen ihrer damaligen Gegner. Deshalb misstrauen und fürchten sie uns.«

»Nicht alle von uns, wie sich gezeigt hat«, warf Denetree ein. »Sie fürchten wahrscheinlich nur die großen Raumschiffe.«

Kealil wischte sich den Schweiß von der Stirn. »Ich glaube, dass unsere Vorfahren mit überlegener Technik über die Menttia gesiegt haben, nachdem sie ihnen, vielleicht ohne es zu wissen, das Tal der Paarung weggenommen haben«, sagte er abschätzend.

»Durchaus vorstellbar«, sagte Rhodan und zog Nydele von der Abdeckung hoch. »Die Erkenntnisse und Einsichten sind höchst aufschlussreich, bringen uns aber nicht weiter. Fliegen wir?«

»Zurück in die Enge«, knurrte Isaias und half Denetree in die Schleuse.

Rhodan drückte die Hand der Lemurerin. »Du hast das Funkgerät«, sagte er leise. »Wir kommen wieder. Aber zuerst müssen wir Kontakt mit unserem Schiff aufnehmen.«

»Ich warte hier und suche nach Datenspeichern, Unsterblicher.«

Die Mannschaft zwängte sich wieder in die Kabine des Shifts. Als sich Nydele genügend weit von dem Fluggerät entfernt hatte, startete Arsis und schlug in geringer Höhe den Kurs zum Fragment der LEMCHA OVIR ein, in die rote Sonne hinein, die inmitten lang gestreckter Wolkenbänke drei Handbreit über dem Horizont stand.

Es schien, als hätten sich alle Menttia von Mentack Nutai über dem Lager der Lemcharoys versammelt, das völlig ungeordnet im Halbkreis um das mächtige Fragment ausgebreitet dalag. Auf einer ebenen Fläche, 500 Schritte vom Rand der aufgeworfenen Dämme entfernt, standen die zwei Planetenfähren. Ein Licht, dessen Färbung verstörend wirkte, und lange Schatten lagen über der Einschlagstelle.

Der rötliche Glanz des Sonnenlichts mischte sich mit dem Leuchten, das aus der gewaltigen Menge der Menttia kam. Die Planetarier bildeten eine scheibenförmige Wolke, die so groß war wie ein Hurrikan. Die Überlebenden hatten zu arbeiten aufgehört; nur von zwei Feuern, die niemand mehr beachtete, erhoben sich graue Rauchfahnen im abendlichen Wind. Der Shift flog in 200 Metern Höhe auf das Fragment zu, geriet in den Bereich des fahl goldenen Leuchtens und beschrieb einen weiten Kreis um das Lager, bevor Arsis ihn neben den Fähren landete.

»Beim Großen Auge! Die Szene wirkt bedrohlich«, sagte sie zwischen zusammengebissenen Zähnen und schaltete den Antrieb ab. »Ich glaube, deine Kunst der zeichnerischen Kommunikation ist gefragt, Terraner Rhodan.«

Denetree öffnete die Schleuse und ließ die Rampe ausfahren. Die Landung des Shifts schien niemanden zu interessieren; die Lemurer starrten ängstlich zur Menttia-Wolke hinauf und schienen einen Angriff oder ein schreckliches Ereignis zu erwarten.

Rhodan folgte Denetree ins Freie. »Das ist eine ziemlich verfahrene Situation«, murmelte er. »Wir, die Shift-Mannschaft, sind von den Menttia akzeptiert worden, aber ob das reicht ...?«

Er sah sich um, starrte die rußbedeckten Wände des Wracks an, suchte einen freien Platz im Boden und zuckte mit den Schultern. Auf rätselhafte Weise tauschten die Menttia Informationen aus. Davon war er überzeugt. Aber ob diese riesige Anzahl Planetarier von der Zerstörung der Station wusste, und von der Flucht des Haluters? Selbst wenn es sich so verhielt ... konnten sie von der Harmlosigkeit der Lemurer überzeugt werden?

Rhodan entschloss sich zu handeln, obwohl er noch keinen festen Plan hatte. Er zerrte den Antigravtornister aus einem Vorratsfach und testete dessen Funktion: Das Gerät zeigte Bereitschaft an! Er legte es um und schwebte schnell bis zu einer Stelle auf dem Damm, vor der die gerundete

Seite des Wracks aufragte. Er hob den Kombilader und überzeugte sich, dass der Strahl so eng wie möglich gebündelt war.

Wieder Blumen, Striche und Männchen?, dachte er, stieg etwa 20 Meter senkrecht hoch und drückte ab. Der dünne Strahl fraß sich durch den Belag auf dem Metall und hinterließ eine feine, rauchende Spur, die deutlich zu sehen war. Ein wirrer Chor murmelnder Stimmen begleitete seine Versuche; die Lemurer starrten ihn verständnislos an. Rhodan zeichnete bedächtig den Umriss eines Humanoiden vor dem Hintergrund des Wracks; die Gestalt hob »flehend« die Arme zu der Wolke über seinem Kopf.

Er hatte keine Reaktion der Menttia erwartet, doch aus dem Schwarm löste sich ein Keil, schwirrte heran und kreiste dicht über Rhodan und dessen Zeichenversuch.

Rhodan malte eine Wolke, aus der leicht erkennbar Regen fiel. Wo die Tropfen auftrafen, wuchs ein Schössling, den er zu einem Baum anwachsen ließ. Ein Humanoide pflückte eine Frucht, die in der Baumkrone gewachsen war, und dann zeichnete er eine Gestalt, die eine große Blüte zum Schwarm hinaufhob. Als der Energiepack sich zu leeren begann, gehorchte er einer plötzlichen Idee und zeichnete eines jener runden, ohrenlosen und grinsenden Gesichter. Dann zuckte er mit den Schultern und heftete die heiß geschossene Waffe an das Gürtellager. Langsam schwebte er zum Shift zurück und federte in den weichen Untergrund.

»Das war's«, sagte er. »Ob sie viel Zeit zum Überlegen brauchen?« Er entledigte sich des Antigravgeräts und verstaute den Tornister. Der kleine Schwarm wirbelte vor der Wand umher, auf der seine Zeichnungen eingebrannt blieben. Die Sonne hatte ihre Form verändert und wirkte wie platt gedrückt, als sie den Horizont berührte. Das Wrack wurde in blutig rotes Licht getaucht. Als Rhodan den Shift erreicht hatte, schien es, als hebe sich die Riesenwolke der Menttia langsam; einige Minuten später bewies auch die schwindende Helligkeit, die Millionen der Spindelwesen verströmten, dass es sich so verhielt.

»Sie denken und warten«, sagte Denetree und flocht das Ende ihres Zopfes fester, ohne die Augen von den Menttia zu lassen. Rhodan setzte sich und sah in den Gesichtern der Crew die gleiche Skepsis, die auch ihn erfüllte. Er rechnete nicht mit einem schnellen Erfolg; die Basis der Verständigung war so klein, dass Irrtümer wahrscheinlich blieben. Aber vielleicht äußerten sich die Menttia auf ähnliche Weise, wie sie es auf dem Hang der Düne getan hatten.

»Wollen wir hier übernachten?«, erkundigte sich Solina. »Oder riskieren wir den Flug zur LAS-TOÓR?«

»Oder besser zur PALENQUE?«, fragte Kealil laut. »Beide Kommandanten werden schon lange beunruhigt sein und uns erwarten.«

Mit dem Kriecher war Hyman Mahal zur PALENQUE zurückgeflogen, sodass Sharita Coho und die Besatzung mehr Informationen über die zurückliegenden Vorgänge besaßen als Maphan Jere von Baloy. Im schwindenden Licht kamen drei Lemurer auf den Shift zu. Solina und Rhodan erkannten die beiden Fährenpiloten und die Freundin Kalymels.

»Nun, Kalymel«, begrüßte ihn Solina, »die neue Heimat erschreckt euch. Diese Wesen werden Menttia genannt und sind die wahren Planetarier. Ihr müsst euch mit ihnen vertragen.«

Kalymel und Rasturi wussten nicht, wie ernst die Historikerin ihre Bemerkung meinte. Ihre Blicke gingen zwischen den Menttia und dem Wrack hin und her. »Woher wisst ihr das? Habt ihr mit ihnen geredet?«, fragte Kalymel dann.

»Wir haben uralte Aufzeichnungen gefunden, in denen ihr Name steht.« Ameda deutete auf die Fähren. »Es war richtig, alle Lemurer hier zu versammeln. Mit den Fähren könnt ihr den besten Platz für eure endgültige Siedlung suchen. Wie oft könnt ihr sie noch starten?«

»Fünf, sechs Mal«, antwortete Ascelin, der Pilot der PIXAL. »Wenn uns nicht vorher die ... Menttia umbringen.«

»Wenn es euch gelingt, mit ihnen Botschaften auszutauschen, werden sie Frieden halten«, sagte Rhodan. »Ist im Wrack ein Datenspeicher gefunden worden?«

Kalymel schüttelte den Kopf. Rhodan zog ihn 20 Schritte zur Seite, legte ihm die Hand auf die Schulter und überlegte, ob der Lemurer die Wahrheit ertragen konnte. Früher oder später würde er sie sowieso erfahren. »Ich sage es nur dir«, flüsterte er. »Verwende dieses Wissen, wie du es für richtig und angemessen hältst. Euer Naahk, der Sternsucher Atubur Nutai, ist tot. Wir haben ihn begraben.«

Er sah in Kalymels Gesicht das lähmende Entsetzen, das diese Mitteilung hervorrief. »Sein Grab in den Dünen ist neben der Kommandozentrale, in der seine Gefährtin Chibis-Nydele lebt«, fuhr er dennoch fort. »Sie will zu euch gebracht werden, wenn ihr einen endgültigen Platz für eure Siedlung gefunden habt. Es tut mir Leid, eine solch schmerzliche Nachricht zu überbringen.«

Kalymel nickte langsam. Dann drehte er sich herum und starrte blicklos das Wrack an. Schließlich legte er die Finger auf Rhodans Hand. »Danke, fremder Terraner. Ich ... habe keine Worte. Es ist furchtbar ... für uns alle.« Wieder nickte er, dann ging er zu den Lemurern, die, insgesamt vielleicht 20 Dutzend, ihm entgegenblickten. Sie saßen und lagen in kleinen Gruppen zwischen den Feuern und hatten Sitze, Tische, Liegen und andere Ausrüstung aus dem Wrack zwischen den ausgebauten Kabinen aufgestellt. Offensichtlich verfügten sie über genügend Wasser und Nahrungsmittel. Ein Schweigen der Unsicherheit und Furcht hatte sich ausgebreitet.

Rasturi lief zu Kalymel, schob ihre Hand in seine und ließ sie nicht mehr los. »Kein Datenspeicher, Terraner«, bestätigte sie.

Ascelin nickte und machte eine entschuldigende Geste. Ameda und Isaias blickten zu den Menttia hinauf, die sich tatsächlich in größere Höhe zurückzogen. Der Eindruck der Gefahr war zugleich mit dem abnehmenden Leuchten geringer geworden. Kealil blinzelte in den letzten Sonnenstrahlen und hob auffordernd die Hand. »Wir sollten uns einen Platz für die Übernachtung suchen, Perry. Morgen entscheiden wir vielleicht unter günstigeren Bedingungen.«

»Einverstanden. Los!«, meinte Rhodan. Kealil schaltete die starken Landescheinwerfer an. Denetree schien die Aufforderung überhört zu haben. Sie betrachtete reglos das Wrack und das Lager. Ihr Gesicht zeigte den starren Ausdruck eines Schmerzes, der, durch Müdigkeit verstärkt, dem erschreckenden Anblick des Wracks und des chaotischen Lagers galt. Ein einziger Blick zeigte Rhodan, dass sie wieder zurückgefallen war in jene Depression, an der sie seit dem ersten Tag in der PALENQUE litt.

Rhodan nahm ihre Hand und zog sie zum Shift. »Komm mit uns. Der Anblick hier deprimiert selbst mich. Morgen sieht auch für dich die Welt wenigstens heller aus. Schlaf wird auch dir gut tun.«

Er half ihr in die Kabine. Als Kealil den Shift startete, knickten Denetrees Knie ein. Sie verlor das Bewusstsein und sackte in der Enge der Kabine zusammen. Solina stemmte sich aus dem Sitz hoch und half Rhodan, die junge Lemurerin in den Kontursessel zu betten. Kealil steuerte den Shift im kalkweißen Licht der Scheinwerfer zurück zu den Dünen und zu Chibis-Nydele.

In den Räumen, die Kommandant Atubur Nutai und Nydele bewohnt hatten, fanden sich Schlafgelegenheiten, spärlich funktionierende Duschen, einige frische Kleidungsstücke und genügend Essen für die Shift-Besatzung. Selbst Rhodan fühlte abgrundtiefe Müdigkeit; trotzdem testete er erfolglos sein Multifunktionsarmband.

Erst dann wusch er sich, trank kaltes Huccar und streckte sich auf einigen Decken aus, die Nydele über den weichen Teppich eines Raumes geschichtet hatte. Auf einem niedrigen Tisch brannte ein Flämmchen in einer Schale Öl. Der Aktivatorchip unter seiner Haut schien zu glühen und pulsieren.

Irgendwann am Morgen lag Perry Rhodan mit offenen Augen da, fühlte sich ausgeschlafen und ordnete langsam seine Gedanken. Er hielt das Armband, das er nachts abgelegt hatte, an seine Augen und versuchte es einzuschalten: keine Funktion.

Die Menttia brauchen verdammt lange zur Entscheidungsfindung, dachte er und richtete sich auf. Aus den anderen Räumen, die sparsam, aber mit ausgesuchten Stücken eingerichtet waren, drangen die Geräusche der anderen Raumfahrer. Es roch nach einem heißen Getränk und irgendwelchem Gebackenem.

Rhodan befestigte das Multiarmband an seinem Handgelenk und ging langsam in seinem Schlafraum hin und her. Die Ölschale war leer gebrannt. Aus einem Durchgang, der in einem Streifen Tageslicht lag, fiel ein Schatten in den Korridor.

Chibis-Nydele nickte Rhodan zu und winkte. »Ich glaube, ich habe etwas gefunden, wonach du suchst. Komm mit.« Sie führte Rhodan in das Arbeitszimmer des Kommandanten. Sonnenlicht, durch Spiegelflächen umgelenkt, kam aus dem Kommandoteil und fiel auf den kostbar gearbeiteten Schreibtisch. Rhodan sah, dass in der Frontwand, unterhalb der Schreibfläche und an etwa einem Dutzend anderer Stellen sich die intarsienverzierte Oberfläche geöffnet und kastenförmige Elemente sich hervorgeschoben hatten.

»Geheime Fächer, Unsterblicher«, flüsterte Nydele. Sie trug an diesem Morgen ein weißes, weites Hemd und eine ebensolche Hose aus Stoff, der wie ein Kristallgitter wirkte. Die Aura aus Trauer und Überlebenswillen, die sie umgab, machte Nydele gleichermaßen begehrenswert und verletzlich. »Ich habe zufällig diesen Punkt berührt, und alle diese

Kästchen sind hervorgesummt.« Sie zeigte auf eine schimmernde Darstellung in der Schreibfläche aus Metallfäden, unterschiedlichem Holz in auffälliger Maserung und kostbarem Stein. Rhodan erkannte einen stilisierten Oberkörper und einen Kopf, der von einer Kapuze umhüllt war. Das tiefbraune Antlitz war kaum zu erkennen. Hinter der Kapuze konnte sich alles verbergen: Ein Mann oder eine Frau, vielleicht nicht einmal ein Menschen. Alles war möglich.

»Das ist die einzige Darstellung des Legendors«, sagte Nydele, »die ich kenne. Atubur hat oft von ihm gesprochen. Er soll die Schiffe ins All geschickt haben. Aber ich kenne die Vergangenheit ebenso wenig wie die Zukunft. Hier.« Sie nahm aus dem größten Metallfach ein Kästchen, das mit dicken Kabeln mit dem Inneren des Schrankes verbunden war. Nacheinander zog sie ein gelbes, schwarzes, rotes und blaues Kabel aus einer Multiverbindung und reichte Rhodan den Behälter, der aus ebenso aufwendiger Intarsienarbeit bestand.

Rhodan klappte den Deckel hoch.

Im Inneren steckten etwa drei Dutzend fingerlange, dünne Chips zwischen golden schimmernden Kontaktleisten. Nydele musterte den Inhalt der anderen Fächer, in denen sich ausgetrocknete Tintenbehälter, viele Schreibgeräte, Kugeln aus Glas und Stein, einige in durchsichtiges Material eingegossene Pflanzen, Schmuckstücke und Buchkuben befanden; Hinterlassenschaften aus dem Leben des Kommandanten.

»Hier saß er oft und lange.« Die Stimme der Frau nahm Perrys Gedanken in bestimmte Zeiten und Gelegenheiten seiner eigenen Vergangenheit mit. »Er trank Huccar, sprach mit mir und erzählte aus der Zeit, als noch 10 000 Lemurer das Schiff bevölkerten, und erzählte von seinen Visionen und davon, dass jede aufgezeichnete Erinnerung erodiert und schwächer wird und schließlich in der Entropie aufgeht. Vieles habe ich nicht verstanden. Atubur war ein kluger Mann.«

Rhodan klappte behutsam das Kästchen zu, das etwas größer als seine Hand war.

»Wenn es je einen Datenspeicher in der OVIR gegeben hat, dann ist es dieser. Er gehört dir, unsterblicher Rhodan.«

»Ich danke dir«, antwortete Rhodan mit tiefem Ernst. »Wenn wir die Informationen unbeschädigt auslesen können, gehören sie ebenso den letzten Lemurern. Ich verbürge mich, dass sie euch zugänglich gemacht werden.«

Sie nickte und berührte seinen Oberarm. Sie gingen durch die Korridore und das System der Räume bis zum Schleusenvorraum, der in Tageshelligkeit gebadet war. Die Crew des Shifts wartete, kauend und Becher voll heißem Huccar in den Händen.

Rhodan hob lächelnd das Kästchen hoch und sagte: »Jetzt haben wir einen Grund mehr, einen neuen Start zu den Schiffen zu versuchen. Der Datenspeicher!«

»Ich habe den Speicher eurem Anführer gegeben«, bekräftigte Chibis-Nydele unaufgefordert. »Er soll ihn entschlüsseln und den Überlebenden die Geschichte ihres Schiffes berichten.«

Kealil nickte. »Somit steht auch das Ziel unseres Fluges fest. Die PALENQUE. Echkal cer Lethir wird wahrscheinlich toben.«

»Du, Perry, Denetree, Isaias und ich – die anderen leisten in der Zwischenzeit Nydele Gesellschaft? Guter Vorschlag?«, fragte Arsis.

»Einverstanden. Wenigstens so lange, bis die Kommunikation zwischen den Schiffen wieder funktioniert.«

»Eine vernünftige Alternative.« Die Pilotin blickte in den Morgenhimmel, aber zwischen den Wolken waren keine Menttia zu sehen. Sie hob ihren Becher. »Start in zwanzig Minuten.«

In großer Höhe, nahe der Grenze zum luftleeren Raum, hatten sich alle Menttia-Schwärme zu einer einzigen Wolke zusammenge-

schlossen. Sie schwammen wohlig in dem ständigen Partikelstrom, den die Sonne aussandte, und tauschten unablässig ihre Beobachtungen und die Analysen dessen aus, was sie als Kommunikations-Versuche der Fremden erkannt zu haben glaubten. Viele Menttia wussten, dass es ihnen ebenso wie den Fremden an einer wissenschaftlichen Basis fehlte, an einer gemeinsamen Terminologie, denn im Gegensatz zu den Fremden hatten die Menttia niemals die Notwendigkeit gesehen, ihr Wissen schriftlich niederzulegen.

– Wir hätten in Sand schreiben müssen, und der nächste Sturm hätte alles fortgeweht. –

Die Menttia der Sandbrandung tauschten ihr Wissen mit denen der Mondnähe aus. Ihre osmotische Gedankenverbindung beinhaltete die Vermutung, dass ein Raumschiffwrack und zwei Planetenfähren keine gefährlichen Maschinen waren und ein halbes Tausend Fremder keine Gefahr für die Heimatwelt darstellte. Die Menttia der flammenden Herbstwälder brachten ihre Vermutung ein, dass die Zerstörung der alten Talkessel-Stadt die Gefährdung aus der Vergangenheit ausgelöscht hatte und weitere Sicherheit für alle Menttia gewährleistete und die Zeichnungen der Fremden ihren Willen ausdrückten, ohne Aggressionen auf dem Planeten zu leben.

– Wir sollten den Fremden ein Zeichen geben. –

– Ein Zeichen der Friedlichkeit. Und wenn sie nicht verstehen, ein zweites Zeichen. –

– Es ist fraglich, ob sie es verstehen. –

Als die Menttia der Mündungsblüte mit den Schwärmen der weißen Winde korrespondierten, waren sie unsicher, ob die zwei großen Raumschiffe ihnen gefährlich werden könnten. Aber langsam setzte sich die starke Vermutung durch, dass sie bald so überraschend verschwinden würden, wie sie aufgetaucht waren, denn es waren »andere« Fremde, trotz aller Ähnlichkeit mit den Überlebenden des zerstörten Schiffs.

– Wenn sie Aggression zeigen, können wir sie abermals kontrollieren. –

– So wie wir es die vergangenen Tageswechsel getan haben. –

Als die Menttia der Sandblüten und all die anderen kleinen Schwärme übereinstimmten, dass sie jederzeit die Kontrolle über das gesamte Geschehen behalten würden, stimmten sämtliche Menttia überein: – Lösen wir die Blockade ihrer Energie! –

– Geben wir allen Schiffen die Selbständigkeit zurück! –

– Warten wir die Folgen ab! Beobachten wir sie ständig und gewissenhaft wie bisher! –

Die riesige Wolke, viel größer als der Schwarm über dem nächtlichen Lager der Überlebenden, drehte sich in harmonischer Langsamkeit in den Schauern der solaren Energiepartikel. Erst später sonderten sich einzelne Schwärme ab und kehrten zu ihren bevorzugten Heimatgebieten zurück.

Denetree betrat den Shift als Letzte. Auf der halb von Sand bedeckten Rampe blieb sie stehen und winkte Chibis-Nydele und den Zurückbleibenden. Mit sicheren Griffen verriegelte sie die Schleuse und gurtete sich im letzten freien Sitz an. Arsis hatte – erwartungsgemäß abermals vergeblich – das Funkpult gecheckt, ebenso wie Rhodan und Solina ihre Anzüge. Die akonische Pilotin fuhr über ihr kurzes, glattes Haar, nickte Rhodan zu und startete den Antrieb.

»Hinauf zur PALENQUE«, murmelte Rhodan und betrachtete fast liebevoll das Kästchen, das er mit beiden Händen im Schoß festhielt. Er schloss die Augen und überließ sich der Professionalität der Pilotin.

Das Schicksal Chibis-Nydeles und der Lemurer berührte ihn tief. Die innere Verarbeitung eines solchen Schocks verlief stets in vier Abschnitten. Zuerst kam das Leugnen, das Vergessenwollen und das Nicht-Für-Möglich-Halten. Diese Phase hatten die Lemurer hinter sich, ebenso wie das Verhandeln und Feilschen mit dem Schicksal. Sie befanden sich seiner Ansicht nach zwischen der dritten und vierten Station des Leidenswegs, zwischen Depression und der Annahme der Umstände. Dies galt auch, nur wenig gemildert, für Denetree.

Der Shift schwebte mit voller Triebwerksleistung auf einer gekrümmten Bahn einem niedrigen Orbit entgegen.

Vergeblich suchten die Blicke der Insassen die Raumschiffe. Als die Wolken durchstoßen waren und der Shift sich schließlich der Grenze zum Dunkel des Alls näherte, schrie Arsis auf. »*Endlich! Volle Energie!*«

Im gerundeten Cockpit vor der Steuerung flammten sämtliche Instrumente auf. Leuchtfelder und Displays zeigten scharfe Farben. Klicken, Summen, Schnarren und Surren drang aus den Sockeln der Pulte. Als Arsis auf die Felder des Displays tippte, bauten sich drei Holos auf.

Augenblicklich baute sich die Verbindung zur Zentrale der PALENQUE auf. Gleichzeitig erfasste die Ortung des Shifts die LAS-TOÓR, nach einigen weiteren Schaltungen auch das terranische Schiff. Noch bevor Arsis oder Rhodan ihre Durchsage beginnen konnten, zeichnete sich ein scharfes Echo ab. »Wir sind von der LAS-TOÓR erfasst worden. Klarer Ortungsimpuls.«

»Also haben die Menttia auch die Energiesperre der Schiffe aufgehoben«, sagte Solina. »Jetzt kann eigentlich nichts mehr schief gehen ...«

Die Ruhe, die in der Zentrale der LAS-TOÓR herrschte, war in hohem Maß trügerisch; sie glich der Stille vor einer vernichtenden Detonation. Die Besatzung und cer Lethir fragten sich schon seit Stunden, wann die Situation kippen würde.

Die Energieblockade bestand unverändert. Das Kuppelholo zeigte unverändert den voluminösen Kreisring aus leuchtenden Spindeln, der zwischen Pol und Äquator des Schiffes rotierte und dessen zahllose Einzelwesen sich in einem unbegreiflichen Tanz umeinander drehten. Es schien, als würden sie sich in der Energie, die auf unbekannten Wegen das Schiff verließ, wie in einem belebenden Bad räkeln und drehen. Und ebenso unverändert kreisten die LAS-TOÓR und die PALENQUE im hohen Orbit um den Planeten.

Unverändert! Länger als achtundvierzig Stunden!

Ma-Techten Echkal cer Lethir, Stellvertreter des Kommandanten, starrte in das Holo, das die Umgebung des Schiffes im normaloptischen Raum wiedergab. Es war tatsächlich wie eine Explosion, als der Cheftechniker rief: »Echkal! Ma-Techten! Die fremden Wesen! Sie ...«

Die Köpfe aller Anwesenden in der Zentrale ruckten in die Höhe. Erstaunt und – nach wenigen Sekunden – erleichtert sahen sie, wie die leuchtenden Spindeln die Kreisbahn verließen, eine Spitze formierten und in unglaublicher Geschwindigkeit hinunter in die Lufthülle des Planeten rasten, fast gedankenschnell und bis auf das letzte Individuum. Der Raum um das Schiff war leer.

»Dieser Effekt ist schwerlich den Terranern zuzuschreiben«, sagte der Cheftechniker. Echkal sah mit grimmigem Widerwillen ein, dass der Techniker Recht hatte.

»Möglicherweise müssen wir unsere Ansichten ändern, Ma-Techten.«

»Noch ist nichts bewiesen«, antwortete Echkal schroff. Er fühlte sich überfordert und allein gelassen. Jere von Baloy war noch immer nicht zu seiner Position als Kommandant zurückgekehrt.

»Wir sollten den Maphan verständigen«, sagte Oe ta Acenusk. Die schlanke Therso stützte sich auf das Ringpult des Feuerleitstandes und war ebenso ratlos wie der Rest der Besatzung. Echkal cer Lethir warf ihr nur einen verwunderten Blick zu. Oe war als Terranerfresserin bekannt und dem Kommandanten gegenüber kritisch eingestellt. Ein solcher Vorschlag aus ihrem Mund ...

»Energie!«

Der Funker Netkim Okaw sprang auf und fiel schwer in den Sitz zurück. »Wir haben ... meine Geräte. Ein Hyperfunkspruch. Die Siebente Flotte meldet sich!«

»Auch das noch!«, murmelte cer Lethir. Er hatte selbst mit dem Gedanken gespielt, die Siebente Flotte zu rufen. Aber zu dem Zeitpunkt, den er gewählt hatte. »Wer ruft uns? Wer will mich sprechen?«

Er hatte eben damit begonnen, in Gedanken eine Kausalanalyse durchzuführen. Die Wahrscheinlichkeit, dass die leuchtenden Wesen etwas mit der abfließenden Energie zu tun hatten, drängte sich ihm jetzt endgültig auf. Sie verschwanden, und die Energie kehrte zurück. Kausalzusammenhang! Er holte tief Luft. »Egal. Stell den Anruf durch.«

Der Funker schaltete ein Holo auf den Platz des Ersten. Die Syntrons der einzelnen Stationen hatten sich eingeschaltet. Plötzlich leuchteten, blinkten und strahlten sämtliche Displays, Holos und Touchscreens der Zentrale, als ob nie eine Unterbrechung stattgefunden hätte. Aus der Tiefe des Schiffes kamen die Geräusche anlaufender Nebenaggregate. Im Holo vor Echkal erschien Mechtan von Taklir. Der gefürchtete Admiral ...

Echkal richtete sich auf, grüßte korrekt und blickte in das wütende Gesicht des Admirals.

Übergangslos polterte Mechtan von Taklir los. »Ihr unfähigen Zivilisten! Seit achtundvierzig Stunden ist eure Rückmeldung fällig! Seid ihr alle in Dauerschlaf verfallen?«

»Wir befanden uns in einer ausweglosen Situation ...«, begann Echkal.

Die Augen des Admirals unter dem militärisch kurzen Haar schienen ihn durchbohren zu wollen. »Das scheint bei euch ständig der Fall zu sein. Warum sind die Meldungen nicht erfolgt? Ich habe einen Flottenverband in Alarmbereitschaft versetzen lassen. Er ist startbereit.«

»Admiral«, sagte Echkal. »Die Planeten, die wir im Ochent-Nebel gefunden haben, sind problematische Welten. Wir hatten bis vor wenigen Sekunden fast totalen Energieausfall. Der Planet ist offensichtlich von einer Gemeinschaftsintelligenz ...«

»Die ich bei der Besatzung des verehrten Maphan vermisse. Wo steckt dein Kommandant?«

»Dienstfrei, Admiral von Taklir. Ich vertrete ihn.«

»Typisch, ihr Wissenschaftler.« Die Zentrale-Besatzung hörte dem ungleichen Dialog schweigend zu. Echkal cer Lethir wusste, dass der Admiral keinen Fehler verzieh und in dieser Beziehung über ein untrügliches Gedächtnis verfügte. Er bemühte sich, den Blicken standzuhalten und wartete auf das unangenehme Ende der Zurechtweisung.

»Ich habe die Order, dass sich die LAS-TOÓR in regelmäßigen Abständen bei der Siebenten Flotte mit einem präzisen Statusbericht zu melden hat, weder gelockert noch aufgehoben.«

Echkal schüttelte den Kopf und fragte sich, was ihn sein Widerspruch kosten konnte. »Weder unsere Ortung noch die Kommunikationsanlagen – alle! – funktionierten nicht, Admiral. Wir waren bis eben völlig hilflos. Nur die Versorgungsaggregate liefen. Es ist wissenschaftlich ungeklärt, wer für die Energieblockade verantwortlich ...«

Der bullige Oberkörper des Admirals schien sich unter der Uniform drohend zu wölben. Seine Blicke zuckten durch die Zentrale. Es war nicht zu erkennen, ob ihn Echkals Erklärungsversuche überzeugten. »In einer Stunde erwarte ich einen umfangreichen Bericht. Sonst sehe ich mich gezwungen, euch mit massiver Flottenunterstützung beizustehen.«

»Wir werden den Bericht abliefern ...«, begann der Ma-Techten. »Aber ...«

»Kein ›Aber‹! Ich will, dass Maphan Jere von Baloy mir erklärt, was vorgefallen ist. Wir werden eure Meldung genau prüfen. Bei der geringsten Unregelmäßigkeit reagiere ich wie angedroht.«

Gesicht und Oberkörper des Admirals verschwanden. Cer Lethir spürte Schweißtropfen, die durch seine Brauen in die Augen liefen. Seine Gedanken rasten. Der Admiral war ein Mann, der zu seinem Wort stand. Der Flottenverband würde ausgeschickt. Und dann ... was immer geschah, Echkal cer Lethir ahnte, dass die Ereignisse keinen guten Ausgang für ihn nehmen würden. Und noch weniger für die Terraner, die, wie sich immer mehr verdichtete, doch nicht hinter den Energieausfällen steckten ...

»Ich habe unseren Shift in der Ortung«, sagte Actim Octon scharf. »Er hält Kurs auf das terranische Schiff.«

»Verstanden.« Cer Lethir schaltete das Holo auf sein Pult. »Feuerleitstelle?« Der Erste Offizier hatte längst seine Befehle für diesen Fall gegeben. Sie durften kein Risiko eingehen.

»Bereit, Ma-Techten«, erwiderte Oe ta Acenusk. »Ziel mit Impulsgeschütz klar erfasst.«

Das Holo, von Messlinien und Entfernungsangaben durchzogen, zeigte die PALENQUE und deren Kurslinie, dazu den Kurs und das Echo des Shifts. Das nächste eingeblendete Signal bewies, dass der Pilot des Shifts sowohl den Impuls als auch die Zielerfassung des Geschützes registriert hatte.

»Hier Arsis Tachim!«, rief eine aufgeregte Stimme in die durcheinander wirbelnden logistischen Störungen der Zentrale. »Es ist alles in Ordnung! Wir haben ebenso wie ihr keine Energieblockade mehr. Erklärungen folgen! Wir haben Aufsehen erregende Entdeckungen gemacht. Ich setze Rhodan, die Denetree und Isaias Shimon in der PALENQUE ab und nehme dann augenblicklich Kurs auf die LAS-TOÓR!«

»Geschützkontrolle!«, sagte der Ma-Techten. »Keine Feuererlaubnis. Aber in Bereitschaft bleiben.« Ein Offizier musste standfest und in der Lage sein, seine Pläne blitzschnell zu ändern, wenn die Situation es erforderte.

»Verstanden«, bestätigte Oe. »Feuerbereitschaft bleibt.«

Die Gedanken des Ersten Offiziers überschlugen sich. Am Wahrheitsgehalt der Meldung, die Arsis in letzter Sekunde abgesetzt hatte, zweifelte er nicht. Ebenso wenig daran, dass auch der Shift unter einer Energieblockade gelitten hatte. War das alles also etwa nicht ein neuer Trick der Terraner gewesen? Er drehte sich halb herum, sodass er die Frauen und Männer an den runden Pulten im Blickfeld hatte. »Also«, sagte er, »die LAS-TOÓR ist definitiv nicht hier, um einen Kriegsgrund zu liefern. Warten wir ab, was Arsis zu berichten hat. Aber ich werde nicht die gesamte Verantwortung tragen.« Er tippte auf ein Feld des Touchscreens. »Bitte zwei Neehlak in die Zentrale!« Er deutete auf das Ortungshologramm. »Der Shift schleust gerade bei den Terranern ein. Zunächst gehen wir näher heran und versuchen die Lage zu klären. Aber dazu brauchen wir den Maphan. Pilot!«

»Ich höre!«

»Wir verlassen den erzwungenen Orbit und holen zur PALENQUE auf. Halbe Kraft, keine schneidigen Manöver.«

»Verstanden.«

Zwei Raumfahrer, die ebenso nachlässig wie der Kommandant gekleidet waren, betraten die unterste Ebene der Zentrale. Echkals zuvorkommende Geste überraschte sie; noch mehr waren sie von seinen Anordnungen überrascht.

»Holt den Maphan und von Küspert, die terranische Geisel. Die Anwesenheit des Kommandanten ist dringend erforderlich, und den Terraner brauchen wir, um die Unterhaltung mit der Kommandantin drüben zu entschärfen.«

»Sofort, Ma-Techten.«

Die Vorfälle, die lange Unsicherheit und der Beweis, dass auf einem einsamen Planeten eine Kraft existierte, die hochmoderne Raumschiffe lähmte und deren Besatzung zu Sprachlosigkeit und syntronischer Taubheit verurteilte, waren geeignet, an seinem Bild des Universums zu rütteln. Echkal cer Lethir entschloss sich abzuwarten. Falls nötig, konnten sie jederzeit das Feuer eröffnen.

Die Besatzung wartete, bis Jere von Baloy und Hartich von Küspert ihre Plätze eingenommen hatten. Die LASTOÓR war auf dem Kurs zu einem niedrigeren Orbit eingeschlagen und näherte sich der PALENQUE.

»Ich habe nicht die ganze Zeit geschlafen oder trainiert«, erklärte Jere von Baloy leichthin. »Die Entwicklung ist nicht an mir vorbeigerauscht. Du hast dich einwandfrei geschlagen, Ma-Techten – wir wollen daher erst einmal den Admiral und seine tatendurstigen Flottenkommandanten beschwichtigen.« Er winkte Hartich van Küspert heran. »Schalte dich in die Zentrale der PALENQUE. Vermutlich berichten Rhodan und sein Team, was sie erlebt und gefunden haben.«

»Ich glaube«, antwortete der Terraner sichtlich erleichtert über die Wendung der Dinge, »das ist ein vernünftiger Vorschlag.«

Im gleichen Augenblick meldete der Ortungsspezialist, dass der Shift aus der PALENQUE ausschleuste und mit blinkenden Positionslichtern Kurs auf das eigene Schiff nahm.

Echkal cer Lethir stellte verblüfft fest, wie erleichtert er war, dass Jere von Baloy die Verantwortung wieder übernommen hatte.

Perry Rhodan, inzwischen geduscht und in frischem Bordoverall, wartete nicht auf Denetree und Isaias Shimon, die sich noch erfrischten und in der Messe einen schnellen Imbiss einnahmen. Vor wenigen Minuten hatte er sich von Arsis Tachim verabschiedet und das Schleusenmanöver des Shifts beobachtet. Jetzt betrat er die Zentrale und hob sein kostbares Kästchen hoch. »Das sind die Speicher der abgestürzten LEMCHA-OVIR-Arche. Sie stammen aus dem Kommandoteil des Schiffes und wurden mir von der Gefährtin des Naahk übergeben. Es liegt also ein schönes Stück Arbeit vor uns. Anscheinend sind die Datenträger in besserer Verfassung als Denetrees Chip. Das ist das Zweitwichtigste unserer Mission. Das Wichtigste ...«

Er berichtete kurz vom Auftauchen des Haluters, von dessen Flucht – dank des Medikers Hyman Mahals kannte die Besatzung diesen Teil der Erlebnisse – und der Gewissheit, dass die Menttia für die seltsamen und beunruhigenden Manipulationen der Schiffsenergien verantwortlich waren. »Mit ein wenig Optimismus dürfen wir annehmen, dass die Ur-Planetarier gegen eine Siedlung von etwa fünfhundert überlebenden Lemurern nicht vorgehen werden. Es wäre ihnen ein Leichtes, die Lemurer zu vertreiben.«

In gebotener Kürze erzählte er von seinen zeichnerischen Versuchen und den Reaktionen darauf, von Chibis-Nydele und von den Akonen, die auf Mentack Nutai zurückgeblieben waren. »Wohin der Haluter mit der PALENQUE-Jet geflohen ist, wird sich vermutlich nicht mehr feststellen lassen«, sagte er. Er notierte auf einer Folie einige Schalt- und Kodeangaben. »Selbstverständlich wird die Liga Freier Terraner den Verlust so schnell wie möglich ersetzen.« Er wandte sich an Alemaheyu Kossa. »Kannst du eine Hyperfunkverbindung nach Halut einrichten? Notfalls über Relaisstationen oder sonst irgendwie? Ich muss dringend mit einem alten Freund sprechen.« Er sah die Kommandantin fragend an.

Sie nickte dem Funker zu. »Versuche es, Alemaheyu. Wenn es jemand schafft, dann du.«

Rhodan reichte dem Funker die Folie. Kossa warf einen Blick darauf und nickte langsam. »Das sind über fünfundzwanzigtausend Lichtjahre. Das wird einen Augenblick dauern ...«

»Von den überlebenden Lemurern haben wir erfahren, dass einige Bruchstücke ihrer Arche zwischen den Brocken im Asteroidengürtel treiben«, fuhr Rhodan fort. »Wahrscheinlich kämpfen dort viele Lemurer um ihr Leben.«

Sharita Coho reagierte augenblicklich. »Wir werden unsere Kriecher bemannen und losjagen. Unsere Aufgabe, Perry.«

Er berichtete von Chibis-Nydele, dem Grab des Naahk und der notgelandeten Kommandozentrale, von Nydeles überraschendem Fund und dem Bildnis des Haluters in Atubur Nutais Wohnkabine.

»Die Geheimnisse um die Archen werden zahlreicher, je mehr wir scheinbar erfahren«, warf die Kommandantin ein. »Die Vergangenheit und die Gegenwart – sie werden uns noch lange in Atem halten.«

Omer Driscol schaltete ein Ortungsholo zum Pult der Kommandantin. »Die LAS-TOÓR hat sich uns genähert und schleust gerade ihren Shift ein.«

Rhodan nickte und betrachtete die Vorgänge im Holo. »Also wird das Informationsdefizit unserer akonischen Begleiter in Kürze beseitigt sein.«

Eniva ta Drorar, die akonische Geisel, war Rhodans Bericht schweigend gefolgt und blickte immer wieder das Kästchen an, das auf Rhodans Pult stand. Für sie, dachte Perry, war der lemurische Datenspeicher das Symbol für einen uneinholbaren Vorsprung der Terraner.

»Das war das Wichtigste«, sagte Rhodan und lehnte sich zurück. »Alles andere kann mit Bordmitteln analysiert werden – die akonische Anlage im Polareis, die Rohstoffe des Planeten, das weitere Schicksal der Lemurer, die hier wahrscheinlich eine winzige Kolonie gründen werden, und die Möglichkeiten, zusammen mit den Menttia ein brauchbares System der Verständigung zu erfinden. Denn wenn wir beispielsweise versuchen würden, ihre Bodenschätze auszubeuten, könnten die Menttia es als aggressives Verhalten missverstehen.«

»Ja«, antwortete Sharita nachdenklich. »Ich glaube, du hast Recht. Wir sollten nichts überstürzen. Einige Probleme erscheinen mir zu groß, als dass wir sie allein lösen können.«

Alemaheyu schaltete und murmelte in sein Headset. In der Zeit, in der die Schiffe und Beiboote weder starten noch Funksprüche und Informationen wechseln konnten, hatten sie an Bord alle Einzelheiten diskutiert und alle bisher ausgeführten Ortungen und Beobachtungen bearbeitet und analysiert. Die Oberflächenerforschung des Planeten und der optisch zugänglichen Bereiche des Ochent-Nebels galten inzwischen als fast beendet; die Erleichterung darüber, dass sämtliche Energien wieder frei verfügbar waren, hielt trotz der Unsicherheit an. Wie würden sich die Menttia verhalten?

Der Funker meldete sich. Die leuchtenden Felder der Displays ließen erkennen, dass die Vorgänge in der Zentrale in sämtliche Räume des Prospektorenschiffs übertragen wurden. »Perry! Die Verbindung zu deinem Freund steht.«

»Danke.« Rhodan sah in Icho Tolots glühende Augen. Er hob grüßend die Hand. »Tolotos, alter Freund – ich brauche dich dringend hier im Ochent-Nebel. Es geht um Dinge von größter Wichtigkeit, von kosmischer Bedeutung. Ich werde dir hier alles erläutern, aber lass alles stehen und liegen und fliege zu uns. Ich sende dir einen Datensatz mit allen Positionsangaben. Sprich mit niemandem darüber; halte alles unter dem Siegel der Verschwiegenheit. Wirst du kommen?«

Nach der Schaltpause dröhnte, trotz erkennbar zwischengeschalteter akustischer Filter, die Stimme des Haluters. »Ich starte sofort, Perry. Wenn du mich so dringend bittest – eben empfange ich deine Positionsangaben. Willst du mir noch etwas sagen, ehe ich starte?«

»Du erfährst alles von mir, wenn du hier bist. Niemand darf erfahren, wohin du fliegst.«

»Ich habe verstanden, mein Kleines. Vertrau mir.«

»Danke«, sagte Perry erleichtert, winkte kurz und trennte die Verbindung.

Zwei Atemzüge später schaltete Alemaheyu Kossa auf das große Zentrale-Holo um. Über den Köpfen der Besatzung entstand das Abbild der LAS-TOÓR-Zentrale. Kommandant Jere von Baloy füllte ein Drittel des Bildes aus.

Sharita Coho musterte den Maphan voller Misstrauen. Ihre strenge Borduniform stand in auffallendem Gegensatz zu dessen weitem, farbigem Hemd und der lockeren Hose.

»Wir scheinen einen misslichen Abschnitt unserer Mission hinter uns zu haben.« Der hoch gewachsene Kommandant lächelte verbindlich. »Einige meiner verantwortlichen Besatzungsmitglieder waren der Meinung, der Energieausfall wäre von dir gesteuert.« Seine Blicke huschten durch die Zentrale der PALENQUE und erfassten Eniva. Er nickte ihr unverändert lächelnd zu, dann begrüßte er Perry Rhodan.

Die Kommandantin antwortete sofort; ihre Stimme klang gereizt.»Warum so misstrauisch, Maphan? Es ist einfach, uns zu beschuldigen. Wir waren ebenso betroffen wie ihr. Bis eben. Aber wir Terraner haben die Menttia dazu gebracht, die Blockade aufzuheben. Von der LAS-TOÓR kamen keine entscheidenden Impulse.«

Perry Rhodan hatte nicht vor, sich einzumischen. Er kannte die verdeckte Rivalität zwischen Sharita und dem Maphan. Sie schienen gewillt zu sein, ihre Auseinandersetzung fortzusetzen, die bei der Entdeckung der NETHACK ACHTON angefangen hatte.

»Immerhin haben Solina Tormas und Ameda Fayard wichtige Feststellungen getroffen, und unser Shift samt Piloten war nicht ganz unwichtig. Dass Arsis Tachim wohlbehalten eingeschleust hat, dürftest du bemerkt haben.«

»Wir haben auch bemerkt, dass ihr bereit gewesen seid, euren eigenen Shift mit unbekannter Besatzung aus dem Orbit zu schießen«, sagte Sharita schneidend. »Es hat wohl mächtige Langeweile bei euch geherrscht? Besonders bei deinem Ma-Techten.«

»Ma-Techten cer Lethir hat sich einwandfrei verhalten«, antwortete der Kommandant kriegerisch. »Inzwischen hat ihn, was die alten Rivalitäten betrifft, die Vernunft der Gegenwart eingeholt. Uns sitzt die Flottenleitung im Nacken. Sie will Meldungen und Ergebnisse. Ihr habt miterlebt, wie unsere Raumsoldaten die Arche beschlagnahmt und entführt haben. Einschließlich einer Wirkungssalve zum Abschied.« Maphan Jere von Baloy winkte ab. »Wir werden Kurs auf den Planeten nehmen und unsere Besatzungsmitglieder abholen. Möglicherweise können wir die Lemurer mit einigen Hilfsmitteln unterstützen. Das wird sich an Ort und Stelle zeigen. Inzwischen werten wir unsere Informationen aus, was uns einige Zeit beschäftigen wird.«

»Beachtet, dass ihr die Menttia nicht verärgert oder bei ihnen einen aggressiven Eindruck hervorruft. Die Folgen sind bekannt.«

»Ist denn bewiesen, dass sie solche Meister der Energiekontrolle sind?«

»Die gesamte Entwicklung hat es bewiesen«, schaltete sich Rhodan ein. Sein knappes Lächeln war ernüchternd kalt. »Ursache und Wirkung. Einfache Kommunikationsversuche haben Erfolg gehabt – alle Einheiten verfügen wieder über Energie, wie gewohnt. Leider sind wir Terraner nicht in der Lage, mit derartig präziser Wirkung Teile der Bordversorgung ab- und einzuschalten; es wäre eine einmalige Friedensinitiative für die gesamte Galaxis.« Er bemerkte, dass ihn Echkal cer Lethir mit nachdenklichem, keineswegs misstrauischem Gesichtsausdruck ansah. »Wir werten die Daten der Arche aus. Wäre es nicht ein feiner Beweis für wissenschaftliche Zusammenarbeit, wenn ihr Akonen eine Menttia-Lemurernachfahren-Kommunikationsmethode entwickeln würdet?«

Der Maphan nickte und deutete dann nach unten. »Wir werden es versuchen. Zuerst landen wir bei den Lemurern und holen unsere Leute ab. Folgt ihr uns?«

»Aus Sicherheitsgründen bleiben wir im All. Aber wir schlagen einen niedrigeren Orbit ein«, antwortete Sharita. »Wenn die Menttia euch der Energie berauben, können wir noch immer landen und euch heraushauen.«

»Deine Freundlichkeit scheint grenzenlos.« Jetzt sprach der Akone mit hörbarer Ironie. »Wir werden uns stets gern daran erinnern. Nun ... vorläufig werden wir uns nicht aus den Augen verlieren.« Er hob grüßend die Hand und vollführte mit den langen Virtuosenfingern eine Geste des Abschiednehmens.

Sharita nickte knapp, löste das Holo auf, und Kossa trennte die Verbindung.

»Vorläufiges Ende des Belagerungszustandes«, meinte Rhodan und stand auf. »Wir sollten keine Zeit verlieren und mit der Entzifferung der Speicherdaten anfangen. Ich glaube, Denetree hat genügend Erfahrung und kann Eniva, mir und vielleicht Driscol helfen.«

»Impuls! Überaus deutlich! *Hyperfunkimpuls!*«, rief Alemaheyu und riss den Arm in die Höhe.

»Schon wieder?«, fragte sich Rhodan laut und schüttelte verblüfft den Kopf. »Ist er eben gesendet worden?«

»Nein«, sagte Alemaheyu zögernd. »Ich habe ihn erst eben in meinem Speicher gefunden. Die Überprüfung hat erst angefangen, als wir wieder Energie hatten. Mein Syntron läuft gerade heiß ... hier sind die Daten.« Hologramme bauten sich auf. Zeitangaben waren eingeblendet. Eine Oberflächenansicht des Planeten wurde eingeblendet, der Syntron lieferte eine Serie Vergrößerungen: Die Mannschaft erkannte die Kommandozentrale des Wracks zwischen den Dünen der nördlichen Äquatorgegend.

Rhodan rechnete zurück, erinnerte sich ... der Hyperfunkimpuls, dessen Ziel Kossa nicht ermitteln konnte, enthielt keine Nachricht, sondern war ein unmodulierter Impuls – der exakt dem glich, der von der NETHACK ACHTON ausgesandt wurde! Er war ungerichtet gesendet worden, nachdem Chibis-Nydele den Behälter mit den Speicherchips aus dem Schreibtisch des Naahk entfernt und die Verbindungen zum »Gespinst« gelöst hatte. »Schon wieder solch ein ›wahrscheinlich‹«, sagte er sarkastisch. »Wahrscheinlich werden die Hyperfunkimpulse ausgelöst, wenn Fremde die Zentralen der Archen oder in diesem Fall des Wracks betreten. Sharita! Ich muss hinunter zu Chibis-Nydele, denn wir alle, acht Leute, haben in der Zentrale trotz intensiver Suche nichts gefunden, was Ähnlichkeit mit einem Hypertechniksender hatte. Wieso verfügten die alten Lemurer in den Archen über diese Technologie?«

»Wir werden trotzdem nicht landen«, entschied Sharita. »Aber dich kann ein Pilot mit einem Kriecher hinunterbringen. Und wieder zurück.«

»Das ist kein zu großer Aufwand für eine Erkenntnis dieser Art«, meinte Rhodan und griff nach dem Multifunktionsarmband. »Aber es ist eilig. Die LAS-TOÓR ist wahrscheinlich schon im Landeanflug.«

»Wir kümmern uns um die Speicherdaten«, antwortete die Kommandantin und erhob sich aus ihrem Kontursessel. »Den Weg zu den Kriecherhangars kennst du. Ah! Eine neue Meldung ...«

Das bärtige Gesicht eines Kriecher-Piloten war plötzlich in den Holos.

»Aramis vom Dumas-Trio«, murmelte Kossa. »Kriecher V. Viel Spaß, beim Flug, Perry.«

»Ich bin noch sozusagen bei der Arbeit«, rief Aramis in rauem, leutseligem Tonfall. »Schließlich waren wir schon unten. Rhodan soll kommen; ich fliege ihn, wohin er will.«

»Ich komme zum Kriecher-Hangar«, rief Rhodan und verließ mit langen Schritten die Zentrale. Nach wenigen Schritten schwang er sich in den Abwärts-Antigravschacht und wieder hinaus auf das Hangardeck. Über dem Schott blinkte das gelbe Alarmlicht. Rhodan riss einen Raumanzug aus der Halterung, checkte den Syntron und zog den Anzug so schnell über, wie er konnte. Dann öffnete er das Schott, passierte die Sicherheitsschleuse und lief auf die offene Schleuse des Kriechers zu.

Aramis begrüßte ihn mit einem knochenbrechenden Händedruck und zeigte auf den Sitz neben dem des Piloten. »Anschnallen, ja? Und wohin soll es gehen?«

Zischend schlossen sich die Schleusentüren. Vor den Insassen lief eine Holokarte ab. Rhodan legte den Finger auf die Steuertaste, suchte den Äquator und fand den Rand der Wüste.

»Hierhin. Zum Kommandoteil der Arche. Alemaheyu gibt dir die genauen Koordinaten.«

»Hast du gehört, Mama?«, rief Aramis ins Mikro. »Achtung – ich fliege los!«

»Verstanden, Kriecher V. Syntrons zusammengeschaltet. Rhodan lehnte sich in den federnden Sitz. Für zwei Mann war die Kabine fast bequem zu nennen. Das Schott des Hangars glitt zur Seite, das fliegende Laboratorium hob sich und bewegte sich nach vorn. Zwei Sekunden danach stürzten sie sich zum Planeten hinunter.

Eine Zeit lang studierte Perry Rhodan die Anzeigen der Nahortung und hob den Kopf, als er sicher war, dass der Kriecher den richtigen Kurs eingeschlagen hatte. Er sah eine Zeit lang zu, wie sicher der grauhaarige Terraner das fliegende Kompaktlaboratorium steuerte, und machte sich Gedanken darüber, wie gut oder schlecht diese Konstruktionen im Asteroidengürtel einzusetzen waren; seine Skepsis wurde nicht geringer.

»Einige große Trümmer der Arche sind offensichtlich nach der Kollision in den Asteroidengürtel gerissen worden«, wandte er sich an Aramis. »Haben sich die Kriecher-Teams schon abgesprochen, dort nach Überlebenden zu suchen?«

Der Prospektor zupfte an seinem verwegenen Schnurrbart. »Vier Mannschaften sind bereits gestartet.« Er ließ den Kriecher durchsacken und aktivierte den Lichtschutz der neuen Frontscheibe; die Mittagssonne brannte blendend herunter. »Wir haben auch den Menttia-Faktor diskutiert. Wenn sie uns das Schürfen auf dem fünften Planeten nicht erlauben, probieren wir's auf dem vierten und dem sechsten.«

»Wenn es dort keine Menttia gibt«, schränkte Rhodan ein. Auf dem Rundum-Holo der Ortung war kein Echo der LAS-TOÓR zu entdecken. »Sie haben mir nicht mitgeteilt, ob sie die Eingeborenen nur einer Welt ihres Systems sind.«

»Wir werden es herausfinden.« Aramis' breite Fingerkuppe tippte auf ein Touchscreenfeld. »Mama, hat Driscol den Akonen auf dem Schirm?«

Alemaheyu antwortete sofort. »Sie haben gerade den niedrigen Orbit verlassen und steuern nach unten. Perry? Solina und die anderen warten auf dich bei Nydele. Ich habe mit ihnen gesprochen.«

»Verstanden. Danke«, sagte Rhodan und hob die Finger vom Multiarmband.

Der Waldrand unter dem Kriecher ging in Buschwerk und savannentrockenes Land über, größere Sandflächen lösten kleine Stellen ohne Bewuchs ab, dann begannen die ersten niedrigen Dünen. Der metallene Zylinder tauchte zwischen Dünenhängen auf, und die Folie der Zeltwände blendete im Sonnenlicht.

»Wir sind da«, brummte Aramis und setzte den Kriecher im zerwühlten Sand auf.

»Aus diesem Wrackteil wurde der Hyperfunkimpuls abgestrahlt.« Rhodan arbeitete sich ins Freie hinaus. »Wozu, an wen? Warum? Vielleicht finden wir einen verwertbaren Anhaltspunkt.«

Chibis-Nydele und Solina Tormas kamen ihnen entgegen und zogen sie nach kurzer Begrüßung in den Schatten. Ameda und Kealil schliefen irgendwo in den Wohnräumen. Misstrauisch schnupperte Aramis mit gesträubtem Bart am kalten Huccar, doch Rhodans Geste schien ihn zu beruhigen.

Nach dem ersten Schluck wandte sich Rhodan an Chibis-Nydele. »Wir haben einen Funkimpuls aufgefangen, der von diesem Teil der Arche ausgestrahlt wurde.«

»Das ist gut möglich«, antwortete die Lemurerin. »Vielleicht ein automatisierter Notruf des Gespinsts?«

»Das würde ich auch annehmen, doch der Impuls war überlichtschnell ...«

Chibis-Nydele sah ihn fragend an. »Überlichtschnell?«

»Um ein Vielfaches schneller, als euer Schiff je geflogen ist. Wir nennen diese Technik ›Hyperfunk‹, und sie war den Erbauern eures Schiffs nicht bekannt. Eigentlich ist dieser Vorgang unmöglich, aber unsere Syntrons haben den Impuls eindeutig aufgezeichnet.«

»Ich verstehe nichts von Technik«, sagte sie nach längerem Nachdenken. »Aber wie du weißt, geistert noch Restenergie durch die Kommandozentrale. Einmal habe ich ein Summen gehört, und daraufhin roch es nach verbranntem Kunststoff. Vielleicht könnte das mit diesem Impuls zu tun haben?«

»Nach unserer ersten Begegnung?«

Sie nickte. In der Luft über den Dünen war kein Mentiaschwarm zu sehen.

Solina stand auf. »Ich helfe dir beim Suchen, Perry. Aber seit deinem Start gab es nichts, das unsere Aufmerksamkeit erregt hat.«

»Komm«, sagte er. »Hilf mir.«

Sie betraten die Schleuse, kletterten die Wendeltreppe hinunter und schmeckten beide den Geruch verschmorter positronischer oder elektrischer Anlagen. Der Gestank, dem sie schnüffelnd nachspürten, wurde stärker, je näher sie dem Vorderteil und den Elementen der Sichtscheibe kamen. Im zusätzlichen Licht von Rhodans Raumanzug entdeckten sie auf einer Bodenplatte vor der Front eines Schaltschranks eine Verfärbung, die unzweideutig von starker Hitzeentwicklung stammte.

»Ich ahne, was wir hier finden werden«, murmelte Rhodan, schob die Schneide des kleinen Allzweckwerkzeugs seines Anzugs unter die Ecken und hebelte die doppelt handgroße Platte auf.

Der Scheinwerferstrahl blendete in einen schwarzen, würfelförmigen Hohlraum hinein.

Das Gerät, das an zwei Seiten völlig zerschmolzen und ascheweiß ausgeglüht war, hatte ebenfalls die Gestalt eines Würfels gehabt. Der Schmorgeruch nach dem Brand und der Zerstörung durch eine Selbstvernichtungsanlage war stechend.

»Der Sender«, stellte Solina fest. »Was sonst? Der Naahk hat mit Sicherheit nichts von ihm gewusst. Er hätte seine Kenntnis seiner Geliebten anvertraut.«

Rhodan seufzte, richtete sich auf und verstaute das Werkzeug. Er sah sich in dem halb zerstörten Raum um. »Ich frage mich, wer diesen Sender hier eingebaut hat! Die Konstrukteure der Arche können es nicht gewesen sein, sie besaßen nicht die notwendige Technologie!«

»Vielleicht der Haluter, der mit der Arche reiste?«

»Möglich, ja sogar wahrscheinlich. Aber wenn das so gewesen ist, bleibt die Frage, wozu er es getan hat! Wollte er auf sich aufmerksam machen? Wohl kaum, sonst hätte er ihn schon vor langer Zeit ausgelöst oder hätte einfach den Sender seines Schiffs benutzt.«

»Ein Notruf?«, warf Solina ein. »Schließlich wurde der Impuls im Moment der Katastrophe ausgelöst.«

Rhodan zuckte die Achseln. »Möglich. Aber dann war die Anlage defekt. Der Impuls wurde lange *nach* der Katastrophe ausgelöst. Viel zu spät. Immerhin würde das auch erklären, wieso wir nur noch verschmorte Reste vorgefunden haben.«

»Und wieso es ein unmodulierter Impuls war. Ich meine, was für eine Botschaft sollte er schon darstellen? Wahrscheinlich war er das letzte Lebenszeichen der defekten Anlage ...«

Sie gingen zurück zur Schleuse. »Sie hat mich gefragt«, sagte Solina auf dem Weg dorthin leise. »Ich wollte es ihr nicht sagen, aber dann konnte ich nicht anders ...«

Rhodan lächelte unschlüssig. »Aber Nydele weiß jetzt, dass sie und die Archenbewohner die letzten Lemurer sind und die Geschichte sie überholt und schließlich mit ihren Nachfahren zusammengeführt hat.«

»Ja.« Die akonische Wissenschaftlerin senkte den Kopf. »Zusammengeführt, durch einen unglaublichen Zufall.«

Die LAS-TOÓR erschien am Himmel und flog in etwa 300 Metern Höhe röhrend und dröhnend einen weiten Kreis um das zylindrische Fragment. Als Kealil Ron aus der Schleuse stürzte, unterhielt sich Solina über ihr Multifunktionsarmband schreiend mit jemandem in der Zentrale. Langsam fuhren die acht Landestützen aus dem abgeplatteten unteren Pol; das Schiff schwebte auf den Antigravprojektoren und dem Prallfeld. Schließlich entschloss sich der Kommandant, auf den weit gespreizten Landebeinen aufzusetzen. Sie versanken metertief im sandigen Untergrund. Der Triebwerkslärm hörte auf.

Chibis-Nydele legte ihre Hand auf Rhodans Unterarm und lächelte in sein Gesicht. »Dieses Schiff, oder vielleicht dein Schiff ... könnte es die Kommandoeinheit dorthin schleppen, wo wir Lemurer unsere kleine Stadt bauen werden?«

»Das ist technisch gesehen kein Problem. Aber wo soll diese Siedlung entstehen?«

»Das wissen Kalymel und seine Freunde noch nicht. Sie wollen mit einer Fähre den schönsten und besten Platz suchen.« Nydele blickte aufmerksam zwischen dem riesenhaften Schiff und dem kleinen Wrackteil hin und her.

Ameda Fayard kam aus der Schleuse und holte zu Kealil auf. Solina deutete auf die ausfahrende Rampe. »Maphan von Baloy hat angeordnet, dass wir an Bord gehen und unsere Berichte abgeben«, sagte sie.

»Ich bin sicher«, antwortete Rhodan und drückte ihre Hand, »dass wir gemeinsam noch lange Zeit hier verbringen werden. Bitte den Kommandanten, den Lemurern zu helfen, und besonders unserer Freundin Nydele.«

»Keine Sorge. Ich kann hartnäckig sein, wenn es darauf ankommt. Viel Glück bei deiner Suche nach den vergessenen Erinnerungen.«

»Sie sind verdrängt, aber nicht verloren«, entgegnete er und winkte Kealil und Ameda.

Aramis betrachtete nachdenklich und prüfend die Dünen und richtete dann seinen Blick auf Nydele; hingerissen zwirbelte er die Bartspitzen. Rhodan wartete unter dem Zeltdach, bis die Akonen im Schiff verschwunden waren und sich die Polschleuse geschlossen hatte. Als die

Zeltfolie unter der Wirkung der Triebwerke zu flattern begann, endete für Rhodan ein Kapitel dieser eigenartigen Mission. Sehr bald, sagte er sich, würde ein neues, womöglich noch geheimnisvolleres Kapitel aufgeschlagen werden.

Er sah dem startenden Prospektorenraumer nach. »Auch die Akonen haben versprochen, euch zu helfen«, sagte er schließlich zu Nydele. »In einigen Tagen ist Gelegenheit dazu. Der Entschluss der Überlebenden, wo sie siedeln, muss von ihnen selbst getroffen werden. Wir kommen zurück und bringen ein paar Dinge in Ordnung.«

»Ich weiß, dass du dein Wort halten wirst, Unsterblicher.« Nydele begleitete Rhodan und Aramis zum Kriecher und winkte als sie starteten. Eine Stunde später schleusten sie im Hangar der PALENQUE ein.

Epilog

24. April, 22.35 Uhr Schiffszeit, 1327 NGZ

Die OVIR PIXAL bewegte sich mit brüllenden Triebwerken über dem Küstenstreifen nach Westen. Kalymel, Rasturi und Ascelin saßen in der Pilotenkabine. Einige überlebende Tenoy und die drei Räte, die den Absturz des Wracks leicht verletzt überstanden hatten, hatten sich in den Sitzen des Passagierraums festgeschnallt. Die Lemurer hatten sich entschlossen, so lange nach einem geeigneten Platz für ihre Siedlung zu suchen, bis die Mehrheit von der richtigen Wahl überzeugt war.

Die Planetenfähre flog langsam in 150 Metern Höhe. Sandstrände und Felsküsten wechselten einander ab. Felsinselchen ragten aus der niedrigen Brandung. Die Farbe des Meeres wechselte von Tiefblau zu Smaragd und zu Grau. Ein ausgetrocknetes Flussbett und Brackwasserwälder schoben sich von rechts ins Blickfeld. Dann schwang sich eine große Bucht landeinwärts, die am Horizont in eine Halbinsel auslief, über der einige Vogelschwärme kreisten.

»Sieht gut aus. Alter Wald und eine Bucht in der Bucht«, rief Ascelin. Das sollten wir uns genauer ansehen.«

Kalymel war überwältigt von der Weite des Meeres, das die Halbinsel umgab. Er steuerte die Planetenfähre tiefer und kreiste langsam um das niedrige Kap. Die Lemcharoys sahen einen Fluss mit klarem Wasser, einige grasbewachsene Hänge und einen Felsenkamm; auf einem Plateau und auf einer zweiten Fläche an der Flusskrümmung bot sich die Halbinsel als Siedlungsgebiet an. Die Fähre sank mit dröhnenden Triebwerken abwärts und landete am Flussufer.

Im Buschwerk flüchteten vierbeinige Tiere mit braunen und roten Fellen. Die Vogelschwärme stoben kreischend auseinander. Die Halbinsel war vom Wrack der »Hoffnungsstern« rund 75 Kilometer Luftlinie entfernt.

»Hier haben wir Holz und Steine zum Bau von Häusern«, sagte Kalymel und kletterte aus der Kanzel. »Wie wir es aus den Aufzeichnungen und aus den Zeichnungen im Gespinst lernen werden.«

»Und von diesem Platz aus haben wir Verbindung mit dem großen Land bis zum Gebirge.« Rasturi legte den Arm um Kalymels Hüfte. Über dem blaugrauen Horizont des Meeres schwebte der größte Mond dieses Planeten. Kalymel überlegte, ob er ihn nicht »Hoffnungsmond« nennen sollte, LEMCHA ONTARM; vielleicht ein gutes Zeichen für den Neubeginn?

»Dort, Kalymel«, zitierte Rasturi leise und mit mehr als einem Hauch sinnlichen Begehrens in ihrer Stimme aus ihren gemeinsamen Schiffsträumen, »ist der Strand aus gelbem Sand, mit dem kühlen Schaum der Brandung, von dem wir so oft geträumt haben. Bald ...«

In den Kronen der großen Bäume rauschte und fauchte der Wind, der seltsame Gerüche aus dem Inneren des Landes herantrug. Kleine Tiere kletterten an den Baumstämmen hinauf, und in den Wäldern würden die Lemcharoys jagen können, wenn sie gelernt hatten, wie man die Waffen richtig gebrauchte.

»Mit den Fähren schleppen wir nach und nach alles hierher, was wir aus dem Schiffswrack brauchen können«, sagte ein Rat, der einen kurzen Spaziergang beendet hatte. »Wir sind wenige; es muss keine große Siedlung gebaut werden.«

»Ich fliege zurück«, sagte Kalymel leise. »Alle Überlebenden werden erkennen, dass es der schönste Platz dieser Welt ist.«

Sie kletterten in die Fähre. Wieder flog Kalymel einige Runden um das Siedlungsgebiet und schaltete die Aufnahmegeräte ein. Die überlebenden Lemcharoys konnten schon in einer Stunde sehen, an welcher Stelle sie ihre Häuser bauen wollten; Dutzende Wohnstätten, zum ersten Mal seit dem Start nicht aus Stahl und Kunststoff.

Die Insassen der Planetenfähre, die mit heulenden Triebwerken zum Wrack flog, sahen den Schwarm Menttia nicht, die friedlich im Sonnenlicht hoch über der Halbinsel kreisten.

Gegenwärtig, während der »Nachtphase«, war die Anwesenheit einer Pilotin in der Zentrale unnötig; die PALENQUE kreiste in einem 100-Minuten-Orbit auf einer äquatornahen Bahn um Mentack Nutai. Rhodan saß neben Sharita Coho unter dem Zentralhologramm, in dem abwechselnd die Sonne auf- und unterging. Vor ihnen standen halb gefüllte Kaffeebecher. Die Kommandantin war in gelöster Stimmung. Sie stand nicht unter der Beobachtung ihrer Besatzung und hatte ihren Frieden mit Rhodan geschlossen. Der Unsterbliche hatte nicht ihre Position vereinnahmt, hatte sie nicht an den Rand gedrückt. Im Gegenteil, er hatte das Abenteuer ihres Lebens für sie eröffnet. Und die Aussicht auf einen Profit, der ihren Traum von einem eigenen Prospektorenraumer in greifbare Nähe rückte.

Die Erlebnisse und Beobachtungen der vergangenen Tage waren zwar noch nicht restlos aufgearbeitet, aber alle Daten waren gesichert. »Da sitzen wir wieder, tatenlos und wartend. Eine frustrierende Nachtwache, Perry«, sagte Sharita nach einiger Zeit nachdenklichen, behaglichen Schweigens mit ironischem Lächeln.

»Jemand wie ich hat lernen müssen, dass Warten ein wesentlicher Teil des Lebens ist.«

Sharita nickte zeitlupenhaft langsam. »Verständlicherweise habe ich darin weniger Erfahrung als du.«

»Richtig.«

»Du meinst, du hättest tatsächlich deinen Haluterfreund erkannt?«, sagte sie nach einer angemessenen Weile, die Brauen fragend hochgezogen.

Rhodan nickte.

»Und denselben Haluter hast du angefunkt und hierher gerufen. Das wäre der erste Haluter der Geschichte, der an zwei Stellen gleichzeitig anwesend ist!«

Bei der Auswertung der Aufnahmen, die Rhodans Syntronkamera in der Anlage unter dem Eis automatisch gemacht hatte, hatten zwei kurze Sequenzen die Gestalt des Haluters gezeigt. Immer wieder hatte sich Rhodan die Bilder vorgespielt; als Standbild, in Zeitlupe, rückwärts, in zunehmend unschärfer werdenden Vergrößerungen. Der Syntron der PALENQUE hatte schließlich Rhodans Wahrnehmung bestätigt: Bei dem Haluter auf den Aufnahmen handelte es sich um Icho Tolot. Wahrscheinlichkeit: 98,43 Prozent.

»Da dem so ist«, gab Rhodan im gleichen Tonfall zurück, »kann er es nicht sein. Ich weiß es. Ich glaube nicht an ... Zauberei. Aber ein paar aufmüpfig rudimentäre Zellen in meinem Kopf, in denen vage Erinnerungen schlafen, geben keine Ruhe.« Er zuckte mit den Achseln. »Vergessen wir das Thema. In Kürze wird Icho sein Schiff hier abbremsen, und dann ist er zumindest bei uns. Vielleicht klären sich dann wenigstens einige unserer vielen Fragen.«

Sharita hob den Becher und blinzelte ihm zu. »Wir warten ungeduldig auf ihn und eine neue Space-Jet. Ich rechne nicht damit, dass er die Jet in seinem Raumschiff anliefert.«

»Kaum. Aber eure Eignergemeinschaft soll keinen Verlust erleiden.«

Vier Kriecher, von Alemaheyu überwacht, waren auf dem Flug zum Asteroidengürtel zwischen den Bahnen des siebenten und achten Planeten der roten Sonne. Aus der Umlaufbahn hatte die Besatzung der PALENQUE beobachtet, wie der akonische Forschungskreuzer die Kommandozentrale Chibis-Nydeles zur Halbinsel transportiert und dort einige Container ausgeladen hatte. Die Versuche, die Speicherdaten zu entziffern, waren in vollem Gang; Denetree hatte ihre Arbeit für eine Schlafperiode unterbrochen.

Rhodans Blicke lagen auf der Oberfläche des Planeten, die in ständig wechselndem Licht und unter den Wolken in bizarren Schatten unter dem Schiff entlangzogen. Aus dieser Höhe, dieser Orbitposition, waren genau jene Einzelheiten nicht zu erkennen, die das Schicksal vieler lebender und hoffender Wesen schilderten; vielleicht war die Gründung einer winzigen Lemurer-Siedlung mit all ihren technischen und überlebenswichtigen Problemen ein hoffnungsvolles Zeichen.

»Verlust, Gewinn, Mehrwert und Reichtum – auf Mentack Nutai geht es vordringlich um andere Dinge«, sagte Sharita leise.

»Um weitaus mehr«, bekräftigte Rhodan. »Aber das erfahren wir erst später.«

»Also: Warten?«

»Ja. Geduldig warten und in der Zwischenzeit Sinnvolles tun.« Rhodan nahm einen tiefen Schluck; die kommenden Tage und Wochen versprachen mehr Aufregung, als ihm lieb war. Vor seinem inneren Auge erschien die Gestalt Chibis-Nydeles, und plötzlich dachte er an so viele Begegnungen, die seinen Lebensweg säumten und ihn als Verlierer zurückgelassen hatten, dem nichts anderes blieb als Nachdenklichkeit.

Anhang

Höllenfahrt & Wunderländer – unterwegs in den vielen Welten der Science Fiction

von Hartmut Kasper

Fremde Welten, ferne Meere – woran denkt PERRY RHODAN-Autor Hans Kneifel bei diesem Stichwort? »Ich denke zunächst an Welten mit archaischen, leeren, weiten Stränden unter farbigen Monden und fremdartigen, drohenden oder einfach schönen Sternenkonstellationen, an Strände, die regelmäßig überflutet werden und auf denen dann seltsames Strandgut zurückbleibt, jeden Morgen etwas Neues, Interessantes.«

Seit alters her träumen Menschen von fernen, fremden Welten; und bereits die antiken Philosophen vermuteten, dass solche Welten auch über unseren Köpfen, in den Sternen zu finden sein müssten. Werfen wir einen Blick auf die Himmelskörper unserer Phantasie.

Variis mundis – die Vielzahl der Welten

Leben nämlich sei überall entstanden: »Und man möchte verfechten, im All sei solches geschehen / in den vielfachen Welten, in vielfacher Weise erschaffen / mehr als auf einem bestimmten und einzgen beliebigen Erdkreis«, heißt es bei Lukrez im Fünften Buch seines Lehrgedichts »De rerum naturae« im ersten Jahrhundert vor Christus (Vers 1344 ff). Sehr früh also hatte man die

Möglichkeit ins Auge gefasst, das All (»omni«) sei voller verschiedener Welten (»Variis mundi«) und diese wimmelten von Leben.

Meist dachte man sich diese anderen Erdkreise als mindestens erdähnlich, wenn nicht erdgleich. Vielleicht etwas kälter, etwas heißer als unsere Welt, vom Grundsatz her aber gleichartig. Dazu gehörte denn auch eine durchaus menschenähnliche Belegschaft, die besonders durch bauwerkliche Meisterleistungen das Interesse der Himmelsforscher auf sich zog. Zu Beginn des 17. Jahrhunderts bestaunte Johannes Kepler die Krater auf dem Mond als kreisrunde, also offenbar von vernünftiger Hand angelegte und befestigte Senken, in ihrer ungeheuren Größe vergleichbar nur den irdischen Pyramiden; gegen Ende des 19. Jahrhunderts entdeckte Giovanni Schiaparelli in einem Observatorium in Mailand Kanäle auf dem Mars.

Vor solchen Ingenieursleistungen hatten sich die dort zuvor ortsansässigen Götter in andere, metaphysische Regionen geflüchtet, ja, die Planeten schieden sogar als Raststation für frisch Verstorbene auf ihrem Weg ins Paradies aus, als welche sie noch nach Klopstock gedient hatten. In seiner Ode »Die Verwandelten« ist der Ring des Saturns ein Ort, an dem Über- und Außerirdisches verschmelzen konnte – Saturn galt in der Renaissance als schwarze Anti-Sonne. Für Klopstock aber »schwebt auf Himmelsreisen / Um den goldenen Ring der Engel Gottes: / Selbst die kenntnisdurstende Seele zögert / Dort in den Lauben.«

Die Astronomen räumten die Lauben vom goldenen Ring des Saturns, schickten den Engelstouristen ins Exil, entvölkerten den Mond und ließen zuletzt selbst Mars als leblose Wüste zurück. Nur wo sind sie hin, die belebten, bevölkerten, blühenden *variis mundis* des Weltenalls?

Wer wirklich in die Fremde will, muss weit fahren. In den frühen Tagen der menschlichen Expeditionsgeschichte glaubte man, dass die Welt umso unheimlicher würde, je weiter man von daheim wegführe. Jenseits der Außenposten der eigenen Zivilisation hausten die Bestien – hier schrien die Löwen, hier starrten die Chimären den Menschen an. Doch je mehr sich unser Planet rundete, desto deutlicher wurde, dass die weiteste Reise nur wieder nach Hause führte.

Wohin war die Fremde verschwunden?

Zum Teil hatte sie sich, wie gesehen, auf den Mars, die goldenen Ringe des Saturn, kurz: in den Sternenhimmel verlagert. Zu einem anderen Teil aber war sie buchstäblich in den Untergrund gegangen; ihr Abstieg vollzog sich in zwei Schritten:

In die Fremde, erster Schritt: Höllenfahrt

Als sich im Alten Testament Korach und seine Rotte gegen Moses und Aaron erhoben, da »spaltete sich der Boden unter ihnen, die Erde öffnete ihren Rachen und verschlang sie samt ihrem Haus, mit allen Menschen, die zu Korach gehörten, und mit ihrem ganzen Besitz. Sie und alles, was zu ihnen gehörte, stürzten lebend in die Unterwelt.« So lautet einer der ersten Berichte über eine Höllenfahrt, hier noch in geselliger Runde (Numeri 16,31 ff).

In vielen Religionen finden sich Vorstellungen über ein unterirdisches Totenreich, eine düstere Leichenresidenz, in der Totengötter als Hausmeister übellaunig herrschen. Als Eingänge oder Schleusen dienen Höhlen, Schächte, Abgründe. Da das aus den Vulkanschloten herausgeschleuderte Magma heiß und glutflüssig ist, stellte man sich die Unterwelt gern ebenso feurig vor.

Besonders liebevoll-detaillierte Ausgestaltung erfuhr die christkatholische Hölle, und zwar sowohl von Seiten des frommen Volkes als auch von Seiten mancher Theologen, die sich ihr als Forschungsgegenstand widmeten. Hier sei stellvertretend für viele an den großen Gottesgelehrten Joseph Bautz erinnert, einen wahren Baedeker der Unterwelt, den man seiner Leidenschaft für die karthographische Erschließung der Hölle wegen auch den »Höllen-Bautz« nannte.

Herausragende Verdienste im Bereich der Höllenkunde hat sich auch ein Dichter erworben, Dante Alighieri (1265–1321). In seinem Epos »La Comedia« fährt sein erdichtetes Alter Ego besuchsweise in die Hölle. Seine Reise beginnt am Karfreitag des Jahres 1300; als Fremdenführer steht ihm Vergil zur Seite, der längst zu den Toten hinabgestiegen, also landeskundig ist. Über dem Tor zur Hölle begrüßt ein Spruch die Wandersleute: »Durch mich gelangt man zu der Stadt der Schmerzen ... Wer mich durchschreitet, der lass alle Hoffnung fahren.« (III. Gesang, Verse 1 und 9)

Dantes Hölle ist ein gigantisches Trichterbauwerk, das sich in neun verengenden Kreisen von der Oberfläche der Erde bis hinab zu ihrem Mittelpunkt in die Tiefe windet. Die Touristen wie Dante bewegen sich je nach Landschaft und Lage der Dinge zu Fuß vorwärts oder in einem Boot, auf dem Rücken eines Zentauren oder in der Hand eines Riesen. Im neunten und letzten Kreis der Hölle stecken die Verräter fest im vereisten Fluss Cocytus, und im Mittelpunkt der Welt, am tiefsten Grund der Hölle also, befindet sich Luzifer selbst eingefroren: ein riesenhaftes, haariges Monstrum.

Nachdem sich die Geologen der irdischen Unterwelt bemächtigt haben, musste die Hölle ins Exil. Und wie so manches Motiv der europäischen Geistesgeschichte, das auf der Erde nicht mehr haltbar schien, zog auch sie in den schwarzen Raum über unseren Köpfen um. Demnach werden immer wieder die fremden, menschen- und lebensfeindlichen Planeten der Science-Fiction-Literatur als »Hölle« tituliert; beispielhaft für das ganze Genre zitiere ich einige PERRY RHODAN-Titel: »Die Atomhölle von Gray Beast« (79), »Das Tor zur Hölle« (379), »Die Hölle von Maczadosch« (627), »Die Gravo-Hölle« (874), »Die Goon-Hölle« (1143), »Hölle auf Erden« (1153), »Hölle Sothom« (1311). So wundert es also nicht, wenn in der utopischen Literatur – ich collagiere einige PERRY RHODAN-Titel – »Der Fürst des Feuers« (1391) im »Feuersturm« (1398) unterwegs ist, wahrscheinlich »Im Auftrag der Toten« (1394) – schließlich ist die Welt der Zukunft, »Das hohle Paradies« (PRTB 390), in dem der »Höllentanz der Marionetten« (PRTB 47) aufgeführt wird, eine »Hölle Hoch vier« (PRTB 387), vielleicht sogar insgesamt »Satans Universum« (PRTB 85).

In die Fremde, zweiter Schritt: Wunderland

Die zweite epochale Unterwelt wird im Jahr 1864 von Lewis Carroll (1832–1898) erfunden. Hinter dem Pseudonym verbirgt sich Charles Lutwidge Dodgson, ein menschenscheuer, eigenbrötlerischer Dozent für Mathematik und Logik und Liebhaber junger Mädchen in Oxford (»Ich mag Kinder, Jungen ausgenommen«,

Alice betritt die Welt hinterm Spiegel – schon ein Blick auf die Uhr zeigt: Hier ist alles entstellt!

schrieb er einmal). Für seine Lieblingsfreundin, die bildschöne und damals zehnjährige Alice Pleasance Liddell, erzählt er »Alice's Adventure Under Ground«, wie die Urversion des vielleicht berühmtesten Buches der phantastischen Literatur heißt. Das handgeschriebene Unikat schenkte er Alice selbst; die erwei-

Der Jabberwocky – fremdes Leben hinterm Spiegelglas

terte und von John Tenniel illustrierte Ausgabe erschien 1865 unter dem Titel »Alice's Adventures in Wonderland«.

Die Story: Alice sitzt am Fluss und langweilt sich. Da läuft ein weißes Kaninchen vorüber, das eine Uhr aus der Tasche zieht und jammert: »Oh weh, ich werde zu spät kommen!« Das Tier und sein Verhalten erstaunt Alice, sie folgt ihm bis in den Kaninchenbau, der sich zu einem schier endlosen Schacht weitet, in den sie stürzt. Die Welt, in der sie nun landet (ihrer Vermutung nach irgendwo beim Mittelpunkt der Erde), ist eine absurdparodistische Fabelwelt, in der alle Naturgesetze außer Kraft gesetzt sind, sich verkehrt haben, und in der Figuren unterwegs sind wie das paffende Raupentier, die grinsende Cheshire-Katze, Amok laufende Spielkarten oder der schrullige Hutmacher, der, wie man weiß, eben »mad as a hatter« ist.

Sechs Jahre nach dieser ersten Expedition ins unterirdische Wunderland schickt Carroll seine Alice noch einmal auf Reisen. Ziel ihres Ausflugs ist diesmal das »Land hinter dem Spiegel«, eine albtraumartige Landschaft, die unsere hiesige Welt in ein verdreht-verspieltes Jenseits umgestaltet. Alice betritt es durch ein Looking-Glass – ein Spiegelglas also: »Tun wir doch so, als ob aus dem Glas ein weicher Schleier geworden wäre, dass man hindurchsteigen könnte.« Und wie auf ihr Kommando »schmolz das Glas dahin, ganz wie ein heller, silbriger Nebel.«

Hier ist die Schwerkaft aufgehoben; Schachfiguren und Bilder sind lebendig; und man muss schon sehr schnell rennen, ja eigentlich fliegen, um auf der Stelle zu bleiben. In einem Laden gibt es die zauberhaftesten Dinge, aber sobald man ein Fach näher ansieht, erweist es sich als leer, während alle Fächer ringsherum voll gepackt bleiben. Alles an Raum und Zeit ist verkehrt, sogar die Sprache ist völlig aus den Fugen geraten, und am Ende fragt sich Alice: »Wer träumt wen?«

Wüste, Wasser, Eis – Einöden im Weltenraum

Die fremden Planeten der Science Fiction sind häufig globalisierte Extrembiotope: Wüsten-, Eis-, Wasser- und Dschungelwelten. Die meisten von uns erinnern sich an solche Landschaften aus den *Star-Wars*-Filmen: an den Dschungelplaneten Dagobah, den Eisplaneten Hoth (wunderbar gespielt von einer norwegischen Winterlandschaft) und den Wüstenplaneten Tatooine. Gerade hier begeben sich wahre Wunder, deren nicht geringstes in der Frage steckt, nach welcher Luft die Menschen in diesen öden, pflanzen- und also eigentlich doch völlig sauerstofflosen Planeten eigentlich schnappen.

Die Mutter aller Wüstenplaneten aber dürfte der Mars sein, und so verfügen wir denn mittlerweile über eine ganze Bibliothek von Mars-Romanen. Im Jahr 1897 erschien der erste wirklich große, und zwar in Deutsch: »Auf zwei Planeten« von Kurd Laßwitz. Laßwitz – nach dem der bekannteste deutsche Preis für utopische Literatur benannt ist – lässt in diesem umfangreichen Werk die technisch hoch entwickelten Bewohner zur Erde fliegen und der Menschheit bringen, was sie – abgesehen von kleinen, bescheidenen Ansätzen dazu – bislang vermisste: Technik und Kultur nämlich. Der Mars erscheint in dieser Erzählung wie ein futuristisches Ägypten im Weltraum: Der gealterte, ausgetrocknete Planet wird mittels Kanalnetz am Leben erhalten, und »eine ununterbrochene Kette blühender Ansiedlungen«, marsianischer Städte also, zieht sich an den Wasseradern entlang wie ehedem die ägyptischen Metropolen am Nil.

In Ray Bradburys »Die Mars-Chroniken« (1946 ff), einer melancholischen Variante des Mars-Romans, sind diese Städte tot, und jede dieser Städte ist nur noch »eine sinnlose Aneinanderreihung rosafarbener Felsen, die auf einem Sandhügel schlummerten, ein paar umgestürzte Säulen, ein einsamer Tempel, und dann wieder die Wüste. Meilenweit alles eine weiße Wüste zu beiden Seiten des Kanals«. Und wie ist das Wetter? Hören wir einen marsianischen Tankwart: »Marsianisches Wetter. Heiß wie die Hölle am Tag, kalt wie die Hölle in der Nacht. ... Hier oben ist alles verrückt – der Boden, die Luft, die Kanäle, die Eingeborenen (Ich habe noch keine gesehen, aber es sollen sich ja noch welche herumtreiben), die Uhren. Sogar meine Uhr ist komisch. Auch die Zeit ist völlig verdreht.« Hölle & Wunderland – einträchtig beieinander.

Tarzans Vater Edgar Rice Burroughs hat – beginnend mit seiner Erzählung »Under the Moons of the Mars« (1912) – eine ausschweifende literarische Mars-Expdedition unternommen und fabelhafte Lebewesen, bizarre Landschaften und bildschöne

Museum in der Marsstadt: Kunst für Blinde, schwebende Skulpturen, aber doch »dieselbe unsterbliche Schönheit«, wie man sie bei den Vernunftwesen aller Welten findet

Prinzessinnen mit kupferroter Haut und schillernden Lippen vorgefunden, während Stanley G. Weinbaums Erzählung »A Martian Odyssey« (1934) mit ihrer phantastischen Zoologie bis heute eine der bekanntesten SF-Kurzgeschichten ist.

Auch etliche Romane und Kurzgeschichten Philip K. Dicks spielen auf dem Roten Planeten, darunter die Story »Erinnerungen en gros«, die als *Total Recall* mit Arnold Schwarzenegger in der Hauptrolle verfilmt wurde. Sein Roman »Marsianischer Zeitsturz« war ursprünglich in Fortsetzungen unter dem Titel »All We Marsmen« veröffentlicht worden. Die »Marsmenschen« dieses Buches sind die Siedler von der Erde, ihr Mars ist ein australisches Outback von planetarischem Ausmaß mit eigenen Aborigines, verkümmerten und entwurzelten Ur-Marsianern. Ihre Kanäle sind längst von den Menschen in Besitz genommen und umgetauft worden, und so heißen sie nun Senator-Taft- oder William-Butler-Yeats-Kanal. Im israelischen Mars-Kibbuz werden Orangen angebaut, anderswo gedeihen Radieschen, und Japan liefert Fahrräder, deren Betrieb unter den marsianischen Schwerkraftbedingungen ein Vergnügen ist. Dennoch: Dicks Mars ist nicht mehr bunt, zukunftsträchtig und sagenhaft wie in der Frühzeit der Science Fiction, sondern ein alter, ausgelaugter Planet, auf dem Aussiedler ihr armseliges Dasein fristen, unterhalten nur von gelegentlichen Affären und einer grassierenden Angst vor der Volksseuche Schizophrenie, die an den Grenzen zwischen Wahn und Wirklichkeit rüttelt wie einst Schröder am Gitter des Bundeskanzleramtes. Niemals nämlich ist in Dicks Romanen etwas so, wie es auf den ersten Blick scheint. Zusätzlich schickt Dick bewährte Mächte der Finsternis ins staubige Feld: Deutschland als Großmacht und Herkunftsland des verstümmelnden Medikamentes Contergan, dubiose Figuren mit deutschen Namen wie der Autist Manfred Steiner oder die Psychologen Glaub und Burghölzli, korrupte Gewerkschaftler und – als Hort allen Verderbens – die UN, die den rechtschaffenen USA als Militärmacht Konkurrenz bieten. Und so enthüllt sich unter der Oberfläche der Wüstenwelt ein System von ineinander verschachtelten Labyrinthen, in dem sich die Figuren immer weiter verlieren, zumal wenn sie, wie Manfred Steiner, auch noch durch die Zeit gleiten und Einblick haben in »die Gruftwelt ..., die Welt nach dem Tod« – der Mars als Welt, auf der jedermann seine private Hölle finden kann, wenn er es nur wie die Kinder der Kolonisten macht, die »an Steinen und Sand kratzten, als versuchten sie irgendwie, die Marsoberfläche aufzubrechen und darunter zu gelangen«.

Walt Disney hat, wie man weiß, sein Leben lang eine Vorliebe für Fabelwesen gepflegt, etliche davon selbst erfunden, andere in seinem Film *Die Wüste lebt* von 1954 vor die Kamera gelockt; doch die monströsesten aller Sandkreaturen sind ihm dabei entgangen und wurden fast zeitgleich von Frank Herbert entdeckt: In »Dune World« (1963–64), dem ersten Teil von »Dune« (komplett 1965; dt. »Der Wüstenplanet«), taucht zum ersten Mal der bis zu 400 Meter lange Sandwurm aus den Dünen von Arrakis, dem Wüstenplaneten, auf, der Shai-Hulud, der »Großvater der Wüste«: »Dort ... erhob sich ein silbergrauer Hügel aus dem Sand, der sich immer weiter in die Höhe hob und schließlich zu einem riesigen, suchenden Maul wurde. ... Durchdringender Zimtgeruch erreichte ihre Nasen und betäubte sie beinahe. Mondlicht reflektierte sich auf den kristallenen Zähnen.« In jungen Jahren ist der Wurm mit dem Zimtaroma noch ein Mischwesen aus Tier und Pflanze, und aus seinen Exkrementen wird die Melange gewonnen, das Gewürz der Gewürze, jene Droge, nach denen ein ganzes Imperium süchtig ist.

Seit Menschen sich für Arrakis interessieren, haben sie versucht, Pflanzen und Tiere ihrer Heimatwelt hier anzusiedeln, und so leben auf Arrakis – neben den titanischen Sandwürmern – Kängurumäuse (Unterart: Muad'dib) und Wüsteneulen, Dattelpalmen und Melonen.

Frank Herberts mehrbändiges Epos vom Wüstenplaneten, dem Roten Herzog Leto Atreides, seinem Sohn Paul, der Bene Gesserit und den Harkonnen, von der Abdankung Pauls, der Regentschaft seines Sohnes und der geradezu alexandrinischen Zersplitterung des Reiches ist zum vielleicht beliebtesten Zyklus der Science Fiction geworden. Die Idee zu dieser Welt war Herbert übrigens, wie gesagt, fast gleichzeitig mit Disneys Wüstenvorhaben gekommen: Im Jahr 1953 hatte er sich mit einem wissenschaftlichen Projekt zur Kontrolle von Sanddünen befasst.

Ein düsterer Sandschleier hatte sich über Burroughs bunten Mars gelegt. Neuerdings jedoch hält etwas wie ein neuer Optimismus in die Science Fiction Einzug, und ihr Fürsprecher und Wegbereiter ist Ben Bova, der mit seinen Planetenromanen »Mars«, »Venus«, »Jupiter« und »Saturn« bereits das halbe Sonnensystem literarisch aufbereitet hat. All diese Romane sind nach Bovas Aussagen »miteinander verbunden, sie haben sich als ein großes Gemälde erwiesen vom Wandel der Erde, das zeigt, wie dieser Wandel unsere Ausbreitung über das ganze Sonnensystem verlangt. ... Ich stelle sie mir als historische Romane vor, wenn auch über eine Geschichte, die noch nicht geschehen ist. ... Meine Leser sind technisch gebildete Leute, die an Erzählungen interessiert sind darüber, wie wir von hier nach dort kommen. Und jeder von ihnen will Teil dieser phantastischen Zukunft sein.«

Diesen Zukunftsteilhabern bieten Bovas Planetenromane technisch akkurat recherchierte Abenteuerbücher über Helden, die ungeheuren Strapazen und Herausforderungen zum Trotz Neuland zwischen den Sternen entdecken: Einen Mars, unter dessen Oberfläche ein gefrorenes Meer auf bessere Zeiten und wärmeres Wetter wartet; eine Venus, auf deren Boden Blei schmilzt, in deren Wolken hingegen sich eine Art Leben regt; einen Jupiter, dessen weltumspannender Ozean fünftausend Kilometer tief ist und in dem maßlose Geschöpfe jagen, umwirbelt von mikroskopischen Diamanten.

Bovas Romane sind jedoch nicht bloß astronomisch-utopische Berichte; ihren besonderen Reiz gewinnen sie dadurch, dass sie Elemente althergebrachter, sogar überlebter menschlicher Kulturen in den Weltraum und in die Zukunft versetzen: die Kultur der Navajo auf den Mars; christlichen Kreationismus und islamischen Fundamentalismus ins Vorfeld einer Forschungsreise zum Jupiter, deren Suche nach Leben dort draußen den herrschenden Theokraten auf der Erde als Gotteslästerung erscheint.

Im bislang letzten Roman der Serie, »Saturn«, werden, wie einst Kriminelle nach Australien, tausende Menschen in fernste Fernen deportiert, und zwar in Saturns System der vielen Monde. Eine »astronomische Wunderwelt« hat ein Kritiker diesen Teil des Weltraums genannt – unsere Sonde Cassini-Huygens sieht im Augenblick ja nach, in wieweit dieses System als neue Heimat für die Menschheit taugt ...

Ein anderes Meer, gesprächiger

Ganz ähnlich wie Jupiter in Bovas Vision ist eine andere und über den Bereich der Science Fiction hinaus prominente Welt vollständig von einem Ozean bedeckt: die Welt Solaris, wie sie Stanislaw Lem in seinem gleichnamigen Roman beschrieben hat. Solaris ist ein Planet, der zwei Sonnen umkreist, und zwar so, dass er in absehbarer Zeit eigentlich in den Glutenabgrund stürzen sollte. Tut er aber nicht, er scheint im Gegenteil seine Bahn selbständig zu stabilisieren. Solaris wird zum Forschungsgegenstand. Auf den ersten Blick ist sie eine leblose Welt mit einem schwarzen, leeren Ozean. Doch eben dieser Ozean selbst wird bald darauf als organisches Gebilde erkannt – der Steuermann seines Planeten. Zur Steuerung bedient sich der Solaris-Ozean einer Modellation der Raum-Zeit-Metrik, und – was immer das ist – wer dergleichen vermag, sollte wohl intelligent sein. Also versuchen die Menschen, mit diesem einzigen Bewohner des Planeten in Kontakt zu treten; aber wie spricht mit man zu einem Wesen ohne Sinnesorgane, ohne Gehirn, ohne Gliederung?

Dass auf fremden Welten fremde Wesenheiten wohnen, ist einer der fundamentalen Glaubenssätze der Science Fiction. Aber so weit die Phantasie der SF-Autoren sie auch in die imaginären Räume hinausgetragen hat, es ist ihnen kein fremdartigeres Wesen begegnet als diese Solaris. Und als die Einsiedlerin Solaris ihrerseits aktiv wird, da redet sie anders als alle Geschöpfe vor ihr – sie drückt sich aus in Gewittern, in archaisch-marokkanisch anmutenden Pseudo-Städten und schließlich in »Lebendbildungen«, das heißt Fleisch (oder was auch immer) gewordenen Spiegelbildern von Menschen. Nur in einem sind sich alle diese Ausdrucksformen gleich: Sie verraten nichts, sondern vertiefen nur das Geheimnis der Solaris.

Schwere Welt, Wiege der Helden

Isaac Newton (1643–1721), der Begründer der klassischen theoretischen Physik, fand im Jahr 1666 das Gravitationsgesetz. Seitdem weiß man, dass auf verschieden großen und verschieden massigen Himmelskörpern eine andere und jeweils eigene

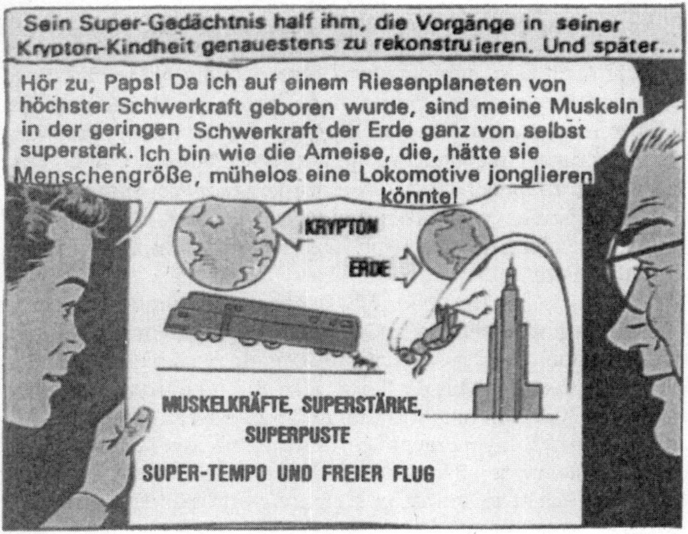

»Hör zu, Paps!« – Astrobiologische Lektion für einen Mann vom Lande

Schwerkraft wirkt. Diese Schwerkraft setzt sich zusammen aus der Anziehungskraft, also der Gravitation, und der durch die Rotation bewirkten Fliehkraft. Im Ergebnis heißt das: Ein Mensch wiegt auf der Erde mehr als beispielsweise auf dem Mond, weniger als auf dem Jupiter, und am Äquator wieder weniger als am Pol. Zur Bewegung seines Körpers müsste, so ließ sich voraussagen, ein Mensch auf dem Mond also weniger Kraft aufwenden als hier, auf dem Jupiter aber erheblich mehr. Daraus ist zu folgern: Ein Lebewesen, dessen Muskeln und Skelett an eine hohe Schwerkraft angepasst ist, vermöchte auf einer Welt mit vergleichsweise niedriger Schwerkraft große Taten verrichten: Er ist übermäßig stark und vermag außerordentlich weit zu springen.

John W. Campbell (1910–1971) hatte 1934 die Figur des Aarn Munro erfunden. Dessen Eltern waren auf dem Jupiter gestrandet: »Aarn Munro war dort geboren worden. Er war zwanzig Jahre alt, als er ein Schiff landen sah, das den riesigen Planeten auch wieder verlassen konnte. Der auf dem Jupiter Geborene, der durch die dort herrschenden harten Lebensbedingungen an Kraft und Geschwindigkeit übermenschlich geworden war, hatte dann an irdischen Universitäten studiert ... und nach abgeschlossenem Studium begann der ungeheuer massige Wissenschaftler seine Arbeit bei der Spencer-Rocket-Gesellschaft.« (aus: »Der unglaubliche Planet«). In einer späteren Version der Herkunftsgeschichte von Superman werden dessen überragende Kräfte mit dem Gravitationsunterschied zwischen Krypton und der Erde erklärt.

Den klassischen Schwerkraftwelt-Roman schrieb Hal Clement (d.i. Harry Clement Stubbs, 1922–2003): »Unternehmen Schwerkraft« (»Mission of Gravity«, 1953). Auf dem Planeten Mesklin, einem sich rasend schnell drehenden Riesenplaneten mit drei Gravo am Äquator, aber bis zu 700 Gravo an den Polen, ist eine irdische Forschungsrakete abgestürzt. Menschen können unter diesen Schwerkraftverhältnissen nicht überleben. Also haben die menschlichen Raumfahrer ein Abkommen mit Barlennan getroffen, einem einheimischen Händler, Seefahrer und Abenteurer. Barlennan ähnelt einer fünf Zentimeter hohen Raupe mit sechsunddreißig Beinen; sein Schiff, die »Bree«, ist ein loser Verbund von Flößen, knapp zehn Zentimeter hoch, schwimmt es auf dem Methanmeer. Barlennan wird am Ende die in geschäftlicher Hinsicht reichlich naiven Erdlinge gehörig über's Ohr hauen; ihre Kenntnisse interessieren ihn brennend, wenn ihm auch ihre Vorstellungswelt reichlich absurd vorkommt. So »werfen« die Menschen hin und wieder etwas, und Barlennan fragt: »Was ist ›werfen‹?« – »Werfen bedeutet, dass man einen Gegenstand aufhebt und ihn so fest von sich wegstößt, dass er in einiger Entfernung wieder zu Boden fällt.« Darauf der Kaufmann: »Vernünftige Leute täten das nie« – wie auch auf einer Welt, auf der ein Sturz aus wenigen Zentimetern Höhe absolut tödlich wäre.

Asyl für Märchenfiguren – die Sternenkarte des PERRY RHODAN-Universums, erster Teil

Der Weltraum der Weltraumserie PERRY RHODAN ist ein von Leben förmlich übersprudelnder Kosmos. Seit Rhodan mittels Mondflug im Real-Jahr 1961 seinen Weg ins All antrat, sind buchstäblich hunderte von Planeten entdeckt, besucht, besiedelt und für den Leser beschrieben worden.

Viele Sonnensysteme hat die Serie nur kurzfristig gestreift, manche Welten aber sind zu den Fixsternen des Rhodanversums geworden. Und weil PERRY RHODAN allerlei Märchen- und Sagenmotive übernimmt und in das System seines Universums einparkt, gibt es hier natürlich auch Riesen, Zwerge und Zauberer. Die Zauberer sind übersinnlich begabte Mutanten, wie sie auf der Erde oder auf anderen Planeten entstehen können. Zwerge und Riesen aber werden von bestimmten Kolonialplaneten beigesteuert.

Die Riesen heißen Ertruser, sie stammen von der Kolonialwelt Ertrus, dem dritten Planeten der Sonne Kreit. Ertrus ist eine Schwerkraftwelt von 3,4 Gravo. Erstaunlicherweise sind die Menschen von Ertrus dennoch nicht etwa klein und gedrungen wie die platten, aber pfiffigen Handelsleute von Mesklin, sondern ragen etwa zweieinhalb Meter auf.

Die Zwerge stammen von Siga, dem zweiten Planeten von Gladors Stern. Auf dem Kolonialplaneten Siga beginnen die Generationen der Siedler zu schrumpfen; ihre Größe pendelt sich schließlich auf etwa 11 Zentimeter ein. Gleichzeitig verlängert sich die Lebenszeit und der körperliche Reifungsprozess; die Pubertät dauert bis ins 50. Lebensjahr; Schwangerschaften 25 Jahre.

Neben Ertrus und Siga tritt im »Meister der Insel«-Zyklus mit Oxtorn ein neuer und bis heute aktiver Heldenlieferant die Serienbühne. Die Welt Oxtorn und ihre Bewohner, die Oxtorner, sind von Scheer ursprünglich nicht im Exposé vorgesehen gewesen. Scheer macht in seiner Vorgabe für Heftroman Nummer 210 (»Auf den Spuren der CREST«) zwar wieder mit neuen Blüten terranischer Militärakadmien bekannt wie einem natürlich 1,90 Meter großen Kommandanten mit blauen Augen, einem leitenden Ingenieur und einem Chefwissenschaftler, denn diese drei sind die »wichtigsten Männer des Raumschiffes ANDRO-

TEST I. Sie sollten namentlich erwähnt werden. ... Alle anderen Personen können frei erfunden werden.« Während die hoch gewachsenen leitenden Kommandoingenieurswissenschaftler der ANDROTEST I längst ins Seriennirvana eingegangen sind, hat sich die von H. G. Ewers (d. i. Horst Gehrmann) frei erfundene Person Omar Hawk den Lesern eingeprägt. Hawk ist Oxtorner, ein umweltangepasster Mensch, der von einer unwirtlichen Sturmwelt stammt, Oxtorn, achter Planet der pulsierenden Sonne Illema. Hier beträgt die Schwerkraft 4,8 Gravo; eisige Blizzards und glutheiße Wirbelstürme ergänzen das touristenfeindliche Programm.

Die Menschen, die sich hier von Kosmo-Genetiker an eine lebensfeindliche Umwelt anpassen lassen, waren mit ihrem Raumschiff auf Oxtorne abgestürzt. Erst die vierte Generation kann ohne technische Assistenz im Freien ungeschützt überleben. Diese Generation aber hat es in sich: »Skelette und Muskeln waren hart wie Stahlplastik. ... Die plötzlichen Temperaturschwankungen zwischen achtzig Grad plus und hundertzwanzig Grad minus wurden als angenehm empfunden, die Stürme reizten dazu, ihnen aufrecht zu trotzen.« (H. G. Ewers: »Die Festung der Raumfahrer«). Omar Hawk, der Oxtorner, ist denn auch nicht auffällig groß, sondern kompakt, und besitzt unter irdischen Schwerkraftverhältnissen unvorstellbare Körperkräfte. Die Serie hatte ihre Schwerkrafthölle und darauf ihren Aarn Munro gefunden.

Neuerdings hat das Autorenteam sogar einem Oxtorner die Unsterblichkeit verliehen, Monkey, der anstelle seiner verlorenen organischen Augen miniaturisierte Hochleistungskameras trägt.

So hat neben den Riesen, Zwergen und Zauberern auch der starke Mann der Jahrmärkte und Zirkusse seinen festen Platz in der Serienhandlung gefunden.

Die Höllenwelten sind übrigens auch für ihre merkwürdige Fauna bekannt: Auf Oxtorn lebt der achtbeinige Okrill, ein tödlicher Elektrofrosch mit Infrarot-Organ; auf dem Planeten Last Hope, der (wie das PERRY RHODAN-Lexikon formuliert) »eine klassische Höllenwelt« ist, so sonnennah, dass auf seiner Sonnenseite kurz nach Tagesbeginn Blei und Zinn zu kochen beginnen, in der Nacht aber infolge langsamer Rotation zu einer einzigen

Oxtorner Omar Hawk mit Okrill als Haustier – echter Sohn der Höllenwelt

Eisfläche gefriert, dort also leben die Marschiere-Viels, fünfhundert Meter lange Laufrochen auf sechsunddreißig Beinen, die ihr Leben lang vor der Nachtkälte auf der Flucht sind und mit Hilfe eines über sechshundert Meter langen Stachels Sonnenenergie wie Honig saugen ...

Wunderwelten, wenn auch ohne Alice – die Sternenkarte des PERRY RHODAN-Universums, zweiter Teil

Während aber die körperverändernden Welten wie Siga, Ertrus, Oxtorn oder auch Epsal (quadratisch-praktische Raumfahrer) und Rumal (Ödnisbewohner, die eigenartige Fruchtbarkeitsrituale entwickelt haben) in aller Regel nur als Exporteur von Heldenmaterial in Betracht kommen und selten zum Spielort der Serienhandlung werden, gibt es andere Planeten, die selbst eine Hauptrolle spielen.

Im Zyklus um die »Große Leere« (PERRY RHODAN 1650–1699) treffen Perry Rhodan und seine Einsatztruppe auf die Sampler-Planeten. Jede dieser Welten weist eine Anomalie aus, Resultat eines technisch inszenierten Verstoßes gegen die Naturgesetze.

Der Planet Shaft etwa heißt nach dem Schacht, der ihn durchzieht – allerdings reicht der Schacht in eine Tiefe von dreißigtausend Kilometern, während die Welt selbst nur einen Durchmesser von dreizehntausend Kilometern aufweist. Natürlich springen einige terranische Expeditionsteilnehmer hinein – und verschwinden spurlos. Hätten die Helden sich ein wenig umgesehen, hätten sie womöglich die beinahe endlos stürzende Alice als ihre Vorgängerin entdeckt – die Sampler- oder Tabuplaneten sind zweifellos Nachfahren der Carroll'schen Wunderwelt ... Noman ist ein kleiner Planet mit geringer Dichte, der dennoch acht Gravo Schwerkraft aufweist; an einem Ort dieser Welt, einem unsichtbaren Kubus von etwas über einen Kubikkilometer Kantenlänge, herrscht eine Schwerkraft von nur einem Gravo, die allerdings aus unterschiedlichsten Richtungen wirkt. Auf Trantar ist der Horizont unnatürlich nah, die Sichtweite beträgt nur ein Fünftel der bei einer Welt seines Ausmaßes zu erwartenden Strecke. Tornister ist ein Planet ohne Nachtseite – seine Sonne steht an jedem beliebigen Ort der Oberfläche im

Knospende Figuren auf einer Schachbrettwelt – fast eine Illustration zu Curayo aus »Alice Through the Looking Glass«

Zenit; Schatten gibt es nur auf einer Insel, die deswegen »Insel der Schatten« heißt. Sloughar ist eine drei Milliarden Jahre alte Welt, auf der sich die Ruinen einer vier Milliarden Jahre alten Stadt befinden. Außerdem gibt es unter den Tabuplaneten eine Welt ohne Farben; einen Riesenplaneten ohne Gravitation; eine Welt, deren Schwerkraft schräg nach vorne zieht; und schließlich (in »Durchgang zur Spiegelwelt«, Heftroman 1677) eine Welt, die aus bloßen Spiegelungen anderer Orte des Universums besteht, darunter der »Brücke in die Unendlichkeit« – einer Spiegelwelt eben, einem Planeten, wie durch ein »Looking Glass« zusammengesetzt.

In jüngster Zeit haben Planeten Karriere gemacht wie Linckx, der (von der Orthographie her leicht belgisch anmutende) »5-D-Planet« (Heftroman 2117), oder Curayo (Heftromane 1904–1907). Curayo, die Welt »Zwischen den Zeiten« (Heftroman 1905), firmiert als »Zeithölle«. Auf dem an wertvollen und raumfahrtförderlichen Rohstoffen reichen Planeten verläuft die Zeit in Gräben, und in diesen Zeitgräben in völlig unterschiedlichen Geschwindigkeiten. In der Turbozeit rast sie, in den Müden Zonen schneckt sie sich vorwärts, in den Frostzeitzonen steht sie still – ferner Nachklang der auf ewig unveränderlichen Eiszeit bei Dante. In der Pufferzone zwischen den Gräben läuft die Schmiegezeit völlig unvorhersehbar ab. Noch gefürchteter, weil unerforschlich, ist die Paradoxzeit: In ihrem Bereich stehen auf einem schachbrettartigen Feld Figuren, deren Aussehen sich zeitlupenhaft wandelt, sie zerfließen zu »neuer Gestalt, als bestünden sie aus perlender Flüssigkeit«; Doppelgänger knospen aus ihnen hervor, die gleich nach ihrer Geburt wieder vergehen; nichts geschieht wirklich; die Zeit läuft im Kreis.

Und wenn schon die Zeit im Kreis verläuft, kehren auch wir zurück, und zwar zur fremdesten aller Welten – der Erde.

Nichts unheimlicher als das Eigene – Rückkehr in eine verfremdete Heimat

Eines Tages – so erzählen Arkadi und Boris Strugatzki in ihrem Roman »Picknick am Wegesrand« – ist auf der Erde jenes Ereignis eingetreten: ein »Besuch« von auswärts hat stattgefunden. Niemand weiß, wer uns besucht hat, niemand hat unsere Gäste gesehen oder von ihnen gehört. Aber als sie wieder fort sind, da haben sie auf der Erde sechs Zonen zurückgelassen, sechs scharf umgrenzte Gebiete, in denen nichts mehr ist wie zuvor, und nichts mehr geheuer: Die Naturgesetze sind verschroben, die Schwerkraft konzentriert und verfielfacht sich auf kleinen Flächen, Tote stehen auf, und ein merkwürdiger »Ramsch« liegt verstreut herum – »ewige Akkumulatoren«, »Todeslampen«, ein Perpetuum Mobile, »Krebsaugen« und »donnernde Servietten« oder die legendäre »Goldene Kugel«, die alle Wünsche erfüllt, wenn man nur vorher ein Menschenopfer gebracht hat ... In Konkurrenz zur UNO und ihren Wissenschaftlern, die die Zone erforschen wollen, gehen Schatzsucher hinein in dieses Wunderland, diese »Schatzkammer ... der Hölle«; sie riskieren ihr Leben für diese unmenschlichen Güter und nehmen in Kauf, dass sie selbst und ihr Nachwuchs sich seltsam verändern, aufhören, Mensch zu sein.

Manchmal, wenn Leute wie wir ein Picknick veranstaltet haben, bleiben Gegenstände zurück: ausgebrannte Zündkerzen,

Ölfilter, Zeitungsschnipsel, ein Federmesser, Münzen. Wie mag diese Hinterlassenschaft auf Ameisen wirken? In diesem spukhaften Roman sind wir die Ameisen und bestaunen, was die Besucher an Unbegreiflichkeiten zurückgelassen haben nach ihrem »Picknick am Wegesrand«.

Auch Robert Charles Wilson berichtet von einer Heimsuchung und Entstellung der Erde: Im März irgendeines Jahres 1912 verändert sich die Welt. Von Amerika aus sieht man den östlichen Nachthimmel in allen Regenbogenfarben strahlen; kurz vor Mitternacht verstummt das atlantische Kabel. Schiffe, die in Richtung Europa unterwegs sind, entdecken am anderen Tag Tierkadaver in der See, allerdings von monströsen Tieren, wie man sie nie zuvor gesehen hat. Als die Schiffe die europäischen Häfen erreichen, sind keine europäischen Häfen mehr da. Zwar findet man die britischen Inseln und alle anderen Länder des Kontinents dort vor, wo sie nach Lage der Karten sein sollten, aber die menschliche Zivilisation ist verschwunden, und auch die bekannte Tier- und Pflanzenwelt ist ausgelöscht. Was hier wächst und gedeiht, was sich hier tummelt, hat Jahrmillionen einer ganz anderen Evolution hinter sich. Die Wissenschaftler nennen den runderneuerten Kontinent »Darwinia«.

Wilsons gleichnamiger Roman erzählt von der Erforschung und Neubesiedlung Darwinias. Und von noch viel mehr: Denn für einige der Menschen ist nach dem Ereignis die Zeit merkwürdig transparent geworden, hellsichtig durchschauen sie die Zukunft; andere, die »Alten Männer«, haben das Sterben verlernt. Zwischen all diesen wandeln Ungeheuer und Dämonen über die Erde, und schließlich geht ein ganz neuer, zukünftiger, maschineller Himmel über dieser Welt auf und leistet ihr vom Ende der Zeit her Beistand, wo sich galaktische Gemeinschaftsintelligenzen in ihren Hochburgen gegen den Sirenengesang der Schwarzen Löcher stemmen, alles Gewesene im Archiv ihrer Erinnerungen verwahren und gegen Datenkorruption und quasi-bewusste Parasiten verteidigen – um es etwas vereinfacht zu sagen.

Aber gehen wir noch einmal an den Strand.

Wenn es viele Welten gäbe – auf welcher würden Sie als PERRY RHODAN-Autor leben wollen, Herr Kneifel?

Einen Strand unter unbekannten Sternenbildern, roten Monden und blauen. Jeden Morgen spült das Meer etwas Neues an, und man weiß nicht, ob es das Skelett eines Tieres ist, eine Blume, ein Gerät oder eine Nachricht – und auf einer solchen Welt würden Sie wohnen wollen, Herr Kneifel?

»Ja – mit dem gebotenen Luxus, einem kleingeschriebenen Luxus, nicht verzinkt, aber hinreichend anspruchsvoll und wohl ausgerüstet. Ich bin ja mehr ein Stadtmensch, der das Dauersummen braucht, um leben zu können.«

Und welche Welt würden Sie meiden? »Regnerische, kalte, nasse Planeten mit übellaunigen Eingeboren, die böse schauen und keine Lust haben, Science Fiction zu lesen.«

Welche Science Fiction er selbst liest? »Alles von Poul Anderson und James Blish über Alfred Berster bis Hal Clement mit seinem Schwerkraftroman – der Hauptast der amerikanischen SF eben. Und dann natürlich William Gibson« – der Kolumbus des Cyberspaces, der Entdecker einer virtuellen Welt hinter dem Monitor. Gibson hatte von Gesprächen mit Leuten über Computer her »den Verdacht, dass jeder auf irgendeiner Ebene, ohne es wirklich zu sagen, das Gefühl zu haben schien, dass hinter dem Bildschirm ein Raum war. Ich nahm das eben und spann es aus.« Und so begibt sich sein Held Case, der Konsolen-Cowboy, in ein kybernetisches Wunderland.

Und dort geht es so zu: »Das Virus von Case hatte ein Fenster in das Steuer-Eis des Archivs gebohrt. Case hackte sich durch und stieß auf einen unendlichen, blauen Raum, von farbcodierten Sphären durchsetzt, die auf ein enges Gitter aus hellblauem Neon aufgezogen waren. Im Nicht-Raum der Matrix besaß das Innere einer beliebigen Datenkonstruktion grenzenlose subjektive Dimensionen; ein Spielrechner für Kinder ... hätte mit ein paar Grundbefehlen grenzenlose Schluchten des Nichts hervorgezaubert. Case begann die Sequenz einzutippen ... Schon glitt er wie auf unsichtbaren Gleisen durch die Sphären.« (Aus: »Die Neuromancer-Trilogie«). Übrigens wurde auch Neo zu Beginn der *Matrix*-Trilogie aus einem Land hinter dem Glas-Bildschirm gerufen: »Wake up, Neo. The Matrix has you. Follow the white rabbit!« – Alices Kaninchen hat sich vermehrt ...

Darüber hinaus sind Kneifels literarische Vorbilder einerseits die großen deutschen Autoren der Barockzeit, deren Texte »lawinenmäßig daherkommen; man erschrickt ob der Geringfügigkeit des Menschen, seiner Hinfälligkeit. Dann natürlich Herman Melville, Raymond Chandler und – als man jünger war – Ernest Hemingway mit seinen absolut präzisen Aussagen über Getränke, die man trinken und über solche, die man meiden sollte. Später kam Jorge Luis Borges hinzu, und zwischendurch Edgar Wallace mit seinen Afrikaromanen: ›Sanders‹, ›Sanders der Königmacher‹, ›Leutnant Bones‹ – das war sicher nicht stilprägend für mich, und mich hat auch nicht die damals von vielen Menschen geteilte, aber natürlich furchtbar falsche Weltsicht von Wallace fasziniert, sondern die Geschichten, die er erzählt, und ihr mystischer Unterton. Und schließlich liebe ich Heinrich Heine, den Lyriker.«

Im Laufe Ihrer Tätigkeit als PERRY RHODAN-, ATLAN- und – das soll nicht vergessen werden – »Raumpatrouille Orion«-Autor haben Sie, wenigstens im Geiste, viele verschiedene Welten besucht. Welches war für Sie der phantastischste Planet?

»Fast jeder war phantastisch in seiner Art. Aber am liebsten waren mir doch die, die nicht auf den ersten Blick unwirtlich, tödlich waren, sondern solche, die höchste Anforderungen an den Intellekt stellen, rätselvolle Welten, deren Geheimnissen man mit einem naturwissenschaftlichen Verstand auf die Spur kommen konnte. Wenn ich überhaupt einen Favoriten habe, dann ist es Chromund, die Farbwelt. In meinem Roman ›Die goldenen Menschen‹ (PERRY RHODAN-Taschenbuch 10) landet eine schiffbrüchige Studentenmannschaft auf dieser Welt und gleicht sich ihr mehr und mehr an – bis sie der Erde verloren gegangen, mit Terra nicht mehr kompatibel ist. Auf der Erde müssten diese Menschen sich im Raumanzug bewegen.«

Eine Schreckensvision? Kneifel lacht: »Nein, ein Happy End.«

Tipps zum Weiterlesen:

Ray Bradbury: Die Mars-Chroniken, München 1970

Hal Clement: Unternehmen Schwerkraft, München 1978

Ben Bova: Mars, München 1999

–: Venus, München 2002

–: Jupiter, München 2002

–: Saturn, München 2004

William Gibson: Die Neuromancer-Trilogie, München 2000

Frank Herbert: Der Wüstenplanet, München 2001

Kurd Laßwitz: Auf zwei Planeten, München 1998

Stanislaw Lem: Solaris, Frankfurt am Main 1975

Arkadi & Boris Strugatzki: Picknick am Wegesrand, Frankfurt am Main 1981

Robert Charles Wilson: Darwinia, München 2002

Vernor Vinge
Eine Tiefe am Himmel

Tausende von Jahren in der Zukunft: Das bedeutendste Ereignis in der Geschichte der menschlichen Zivilisation steht kurz bevor ...

Ausgezeichnet als bester Roman des Jahres – das einzigartige Meisterwerk eines der größten Science-Fiction-Autoren unserer Zeit!

»Ein grandioses Buch. Mit diesem Roman schuf Vernor Vinge, was der Wüstenplanet für seine Zeit war: Das große galaktische Epos des beginnenden 21. Jahrhunderts.«

Analog

3-453-87063-8

HEYNE

Das Heyne Science Fiction Jahr

Das einzigartige Kompendium zum erfolgreichsten Genre der Welt in seinen multimedialen Erscheinungsformen!

Mit Essays und Artikeln, Interviews und Analysen, Buch- und Filmbesprechungen, umfangreichen Marktberichten – und vielem, vielem mehr.

3-453-87896-5

HEYNE

Perry Rhodan
DIE GRÖSSTE SCIENCE FICTION-SERIE DER WELT
JEDE WOCHE ERSCHEINT EIN NEUER SPANNENDER ROMAN. ERHÄLTLICH IM BAHNHOFSBUCHHANDEL UND AM KIOSK.
1. Auflage
3. Auflage
5. Auflage
Perry Rhodan
Sternenozean Band 1
Der Sternenbastard
Perry Rhodan
3. Auflage
Flugziel Doriter
Blick in die Zukunft
Perry Rhodan
5. Auflage
Solaner-Jagd
Wolke im All
INTERNET: WWW.PERRY-RHODAN.NET
KOSTENLOSES INFOMATERIAL:
PERRY RHODAN • POSTFACH 2352 • 76413 RASTATT